蜜月告急

WEDDING NIGHT

by Sophie Kinsella

蘇菲・金索拉

羅雅萱 譯

獻給希貝拉

序篇

亞瑟

年輕人！老是匆匆忙忙、擔心東擔心西的；老是馬上就要一個答案。不斷地有人來煩我，讓我筋疲力盡。

我總是跟他們說，不要回來了，不要再回來了。

把青春留在當下，就留在那裡就好。所有值得帶上人生旅途的東西，你都已經帶著了。

這句話我說了二十年，他們有聽進去嗎？當然沒有。現在又來一個，氣喘吁吁地爬上懸崖頂端。我猜年紀大概三十幾快四十。藍天下看起來頗為英俊，跟某個政客長得有點像，是嗎？也可能是電影明星。

我對他沒有印象，不過這也不重要了。現在的我連照鏡子都不見得記得自己的臉。那傢伙用目光掃射四周，從坐在椅子上的我到我最愛的橄欖樹，全盡收他眼底。

「你是亞瑟嗎？」他突然說。

「正是。」

我迅速瞧了他一眼。他身上穿著名牌運動衫——可能值好幾杯雙份蘇格蘭威士忌。

「要不要喝一杯？」我親切地說。一開始就把話題導向酒總是好的。

「不需要。」他說。「我只想知道發生什麼事？」

我忍不住打了個呵欠。果然不出我所料，他想知道發生什麼事。又一個發生中年危機的銀行家回到年輕時去過的地方，回到當年事發現場。我很想回他，回去吧，不要問了，回到你問題叢生的成年生涯，因為你的問題沒辦法在這裡解決。

可是他不相信我。他們都一樣，都不相信我。

「親愛的孩子，」我輕聲說，「你長大了，事情就是這樣。」

「不。」他不耐煩地說，伸手擦去眉頭上的汗水。「你不懂，我來這裡是有原因的，你聽我說。」他往前踏了幾步，高大的身軀背對著太陽，英俊的臉龐上意志堅決。「我來這裡是有原因的。」他又說了一次。「我本來不打算介入——可是我不得不插手，非插手不可。我要知道到底發生什麼事……」

01

洛蒂

二十天前

我買了一只訂婚戒指給他。我錯了嗎？

又不是很女性化的戒指；簡單的戒環上鑲著一顆小鑽石。店員說服我買這個。如果理查不喜歡有鑽石，他可以反過來戴。

不戴也沒關係，放在床頭櫃上也無所謂。

甚至也可以拿回去退，再也不提這件事。每過一分鐘，我對這只戒指的信心就又少一點。只是想到他如果什麼都沒準備我就很難過。好吧，也許求婚對男人很不公平；要安排場地、單腳下跪、求婚、還要買戒指，女人做什麼？只要說：「我願意。」就好了。

當然也可能是：「我不要。」

不知道在所有求婚中有多少比例得到的答案是「我願意」，又有多少是「我不願意」？我正準備開口跟理查分享這個念頭時，又匆忙閉上嘴巴。我是白癡。

「什麼？」理查抬起頭。

「沒事！」我微笑。「這菜單……看起來很棒！」

不知道他買戒指了沒？其實不管有沒有，我都不介意。如果他先買了會很浪漫，不過一起去挑也很浪漫，不管怎麼樣都好。

我小口喝水，含情脈脈地笑著看理查。我們坐在面對河景的角落位置。這是街上一家新開的餐廳，離薩沃伊飯店很近。黑白大理石、古董水晶吊燈和淺灰色的古典餐椅，裝潢高雅不俗氣，最適合午餐的求婚約會。我穿著低調的準新娘襯衫和花裙，還特地花錢買了吊帶襪，為更進一步的「結合」做好準備。我從來沒穿過吊帶襪。不過，我也沒被求過婚。

說不定他在薩沃伊飯店訂了房間。

不，理查不是那種人。他從來不做突兀或荒謬的舉動。精美的午餐還有可能，昂貴的飯店房間，不可能。這點我可以接受。

他看起來好緊張；把玩袖口、檢查手機、轉轉水杯。我們目光交接，他微笑。

「嗯。」

「嗯。」

他好像在打暗號，迴避真正的問題。我玩弄著餐巾，調整椅子的位置。等待的感覺好痛苦。他怎麼不快點講？講完就算了！

不對。我不是這個意思；當然不是，這又不是注射疫苗。那……這是什麼呢？這是個開始，是第一步，一起展開偉大的探險。因為我們想共同面對人生、因為我們無法想像和其他人共度這段旅程、因為我愛他、他也愛我。

我眼眶開始有點濕潤。真是糟糕。自從我知道他想做什麼之後，我已經好幾天都這樣子了。

理查一向很直率，不過是很可愛的那種。直截了當，不玩遊戲（感謝老天）。他也不會給妳什麼突如其來的驚喜。我過生日時，他暗示很久說他安排了驚喜小旅行。這樣很好，因為我就知道我要準備過夜包，帶一些東西出門。

雖然最後他確實有讓我意外，因為結果不是如我預期的週末度假，而是一張去鄉間小鎮斯特勞德的火車票——他在我生日當天請快遞送來公司，那天本來應該要上班，但他偷偷幫我和主管請兩天假。等我搭火車到站時，有專車載我到一棟好可愛的英國柯茲沃鄉間小屋。他已經點好火爐，在屋子裡等我，還在火爐前鋪好羊毛毯。（嗯，在火爐前做愛真的超棒，只是有火花跑出來，還燙到我大腿。不過沒關係，這只是小事。）

然後這次他又開始示意，而且不只是隱約的暗示而已，更像是立在路中央、體積龐大的指示牌，上面寫著：我很快就會向妳求婚。他先安排好今天的約會，說這是「特別午餐」，然後又使了個眼色（我當然是假裝沒看到），說他有個「很重要的問題」要問我。接著他又開始逗我，問我喜不喜歡他的姓「芬奇」。（我很喜歡。我當然會懷念當洛蒂．葛來芙妮，不過我也很樂意當洛蒂．芬奇。）

我有點希望他委婉一點，多給我一點驚喜。不過這樣至少我知道要先去做指甲。

「洛蒂，妳決定了嗎？」理查露出他一貫親切的微笑看著我。我胃一揪。那瞬間我還以為聽明的他已經求婚了。

「嗯……」我低頭掩飾我的困惑。

我的答案當然是「我願意」，非常開心地大喊「我願意」。我到現在還不敢相信我們已經走到這一步。婚姻！我和理查在一起的這三年，一直刻意避開跟婚姻、承諾等有關的話題，譬如小孩、房子、沙發、香草盆栽等。我們算是在他的住處同居，但我還是保有自己的住處。我們是情侶，但聖誕節各回各的家。目前是走到這一步。

在一起一年後，我就知道我們很合，我知道我愛他。我見過他最好的一面（生日驚喜之旅，還有那一次我不小心開車碾過他的腳，他都沒有生氣），也見過他最糟糕的一面（有一次去諾福克的路上衛星導航壞掉，他卻堅決不肯問路，結果開了六小時才到），但是我仍然想跟他在一起，我已經得到他了！理查不是那種外放的人。他做事深思熟慮，仔細慎重。有時候你會以為他根本沒有在聽，但又突然醒過來，你才發現他全程都很專心，就像在樹下假寐的獅子，其實隨時都準備好撲殺獵物。我比較像四處跳躍的瞪羚。倆人個性互補，就像大自然。（當然，這只是比喻，不是真的指大自然的食物鏈。）

所以，交往一年後，我就知道是他了。但是，我也知道如果我走錯一步會有什麼後果；根據我的經驗，「婚姻」這個詞就像酵素，會對感情產生各種作用——通常是有破壞力的那種。

看我第一個交往比較久的男朋友傑米就知道。我們在一起四年，我正準備說我爸媽當年結婚時，跟我們現在年紀正好一樣（二十六歲和二十三歲）。不過提那麼一次，他就嚇壞了，說想「冷靜」一下。冷靜什麼？在這之前我們處得很好。他之所以需要「冷靜」，顯然是因為害怕再聽到「婚姻」這兩個字。

「冷靜」期還沒結束，他已經跟一個紅髮女孩在一起了。我並不介意，因為我也認識了席莫斯。席莫斯輕快的愛爾蘭口音好性感。我連我們後來出了什麼問題都不知道。熱戀一年——瘋狂地徹夜做愛、其他事情都不重要之類的熱戀，突然變成每晚吵架，從歡愉瞬間變成疲憊、變得很不愉快，太多國情高峰會議之類的討論，太多「現在是什麼情況？」和「希望從這段感情中得到什麼？」而耗盡兩個人的精力，之後勉強又維繫了一年。現在回想，我們交往的第二年，就像我人生中一個悲慘的大黑點。

接著是朱利安。這段感情也維持了兩年，但是從來沒有真正穩定，只有表面看起來像在交往而已。我想當時我們倆都太投入工作了；那時我剛開始在布雷製藥公司上班，到處出差。他則努力爭取會計事務所合夥人的職位。我甚至不確定最後有沒有好好分手，可能只是逐漸疏遠，然後偶爾以朋友的身份見面。兩個人都不太知道哪裡出了問題。大約一年前他約我出去，我表明我已經有穩定交往對象，而且過得很幸福——他就是理查。我是真的愛他，而他現在就坐在我對面，口袋裡可能還有只戒指。

理查比我歷任的男友帥（也許是我個人偏見，不過我覺得他真的很帥）。他是媒體分析師，工作認真，但不是工作狂。他沒有朱利安有錢，可是我不在乎。他很有活力，很有趣，爽朗的笑聲讓人聽了就有好心情。有一次我們去野餐，我用小雛菊編花圈，從那之後他就暱稱我「黛西[1]」。有時候他會發脾氣，可是沒關係，沒有人是完美的。回顧我們交往的過程，我看不到和

1. 英文為Daisy，同小雛菊。

席莫斯那段的黑點，也沒有和朱利安那段的空白，只看到藍天與微笑的照片剪輯，像是流行音樂錄影帶，只有幸福的時光、親密感和笑聲。

現在到了影片的高潮，他即將要跪下，深呼吸……

我替他感到緊張。我希望有個美好的求婚過程，然後將來可以跟我們的孩子說，你爸向我求婚那天，我又重新愛上他一次。

我們的子女，我們的家，我們的人生。

這些影像在我腦海中盤旋，我心裡鬆一口氣。我已經準備好了，我今年三十三歲，已經準備好了。自從成年後，我一直避開婚姻的議題，其他朋友也都一樣，就像刑案現場拉起的警戒線，上頭寫著：請勿進入。絕對不可以進去，因為會觸霉頭，男朋友會拋棄你。

可是現在沒有什麼霉頭好觸，我可以感受到餐桌上彼此流動的愛意。我想握住理查的手，想抱住他。他是個很棒很棒的人。我運氣真好。四十年後，等我們白髮蒼蒼、滿臉皺紋時，也許會手牽手在街頭漫步，想起今天，感謝老天爺讓我們找到對方。在這個充斥著陌生人的世界裡，要找到彼此的機會有多高？愛情如此不可捉摸，這簡直是奇蹟……

天啊，我眼淚快掉下來了……

「洛蒂？」理查發現我眼眶濕潤。「黛西寶貝，妳怎麼了？還好嗎？」

雖然我對理查比對其他男友都坦誠，但或許不需要把完整的思考過程都跟他分享。我姐姐費莉絲說我的思緒就像好萊塢的彩色電影，提醒我不是每個人都聽得到小提琴配樂。

「抱歉！」我輕拭眼角。「沒事，我只是很捨不得你出差。」

他晚上要搭飛機去舊金山，一去就是三個月。雖然不是很長，但我一定會非常想念他。唯有規劃婚禮這件事能分散我的注意力。

「親愛的，不要哭，這樣我會心疼。」他握住我的手。「我們可以每天視訊通話。」

「我知道。」我也握住他的手。「我會準備好。」

「不過，妳可能要記住，如果我在辦公室，妳說什麼大家都聽得到，我主管也聽得到。」

他眼神裡的笑意透露他其實在逗我。上一次他出差，我們在視訊時，我建議他如何應付討厭的主管，卻忘記理查的辦公室是開放空間，他主管隨時都會經過（結果幸好沒有）。

「謝謝你提醒。」我聳肩，跟他一樣不動聲色地說。

「還有，他們也看得到妳，所以最好不要脫光光。」

「不會脫光光。」我同意。「我會穿透明內衣褲，簡單就好。」

「我也是。」

他微笑握緊我的手。「我愛妳。」他聲音低沉，熱情而溫柔。這句話我百聽不厭。

「洛蒂……」他清了清喉嚨。「我有件事想問妳。」

我內心感覺快爆炸了！臉上掛著充滿期待的笑容，思緒紛亂。天啊……他要開口了……我的人生就要轉變了……洛蒂，專心一點……盡情享受這個時刻……可惡！我的腿怎麼了？

我驚恐地低頭一看——

這個吊帶襪的廠商是騙子！他一定會下地獄，因為根本就沒勾住，有一邊滑到我的膝蓋上，然後小腿上有一片粗製濫造的魔鬼氈。超難看。

我不能在這樣的情況下被求婚。我不想下半輩子每次回顧這一刻就想到：那一刻好浪漫，可惜褲襪掉了。

「抱歉，理查。」我打斷他的話。「等我一下……」

我偷偷伸手下去把褲襪拉起來，但脆弱的布料卻被我扯破。很好。我腿上現在不只有外露的塑膠片還有尼龍布。我被求婚的過程竟然因為褲襪毀了。早知道就不穿褲襪。

「妳沒事吧？」理查疑惑地看著我從桌下起身。

「抱歉，我要去趟洗手間。」我低聲說。「可以暫停一下嗎？一下就好。」

「妳還好嗎？」

「我沒事。」我尷尬地脹紅了臉。「我的衣服……出了點意外，不想讓你看到。你可以不要看嗎？」

理查乖乖地把頭別開。我推開椅子，快速穿過餐廳，不理會其他顧客的目光。不用遮了，褲襪整個掉下來。

我衝進洗手間，脫下鞋子和爛褲襪，看著鏡中的自己，心臟怦怦跳。我竟然暫停自己被求婚的過程。

感覺好像時間暫停，就像科幻片；理查進入靜止狀態，我有很多時間可以思考要不要嫁給他。

當然，我其實不需要思考。答案是：我願意。

一名帶著串珠髮箍的金髮女子轉頭看我，手裡還握著唇線筆。我拎著鞋子和褲襪，動也不動地站在那裡，看起來是有點奇怪。

「那邊有個垃圾桶。」她點頭示意。「妳還好嗎？」

「還好，謝謝。」我突然有股衝動，想要分享這件大事。「我男朋友正在跟我求婚！」

「真的！」鏡子前所有的女人都轉過來看我。

「妳說『正在』是什麼意思？」一名身穿粉紅色、身材纖瘦的紅髮女孩困惑地問我。「他說『妳願意……』了嗎？」

「他正準備開口，我卻發現褲襪掉了。」我揮舞著手中的褲襪。「他只好暫停。」

「暫停？」有人疑惑地說。

「那妳還不快點回去。」那名紅髮女孩說。「不要給他改變心意的機會。」

「好刺激！」金髮女子說。「我們可以看嗎？可以錄影嗎？」

「可以放到網路上！」她朋友說。「他有沒有請快閃團什麼的？」

「應該沒有——」

「這東西要怎麼用？」一名銀髮老太太不耐地打斷我們的對話，雙手在自動給皂機下揮舞。

「為什麼要發明這種機器？肥皂有什麼不好？」

「狄阿姨，妳看，要這樣。」紅髮女孩安慰她。「妳手放太高了。」

我脫下另一隻鞋。既然都來了，乾脆在腿上擦點乳液。我可不想日後回顧時心想：那一刻好浪漫；可惜我的皮膚好粗糙。接著拿出手機傳簡訊給費莉絲。

他開口了！！！

沒多久我的螢幕上就出現她的回應：

妳該不會被求婚到一半傳簡訊吧！！！

在洗手間休息一下。

好刺激！！！你們很合。幫我親他一下。（親親親）

好！晚點再聊。（親親親）

「哪一個是他？」我把手機收好時，金髮女子問我。「我要去看看！」她衝出洗手間，幾秒後又馬上回來。「我看到他了！是坐在角落那名黑髮男子嗎？好帥。妳的睫毛膏暈開了。」她遞給我一支妝容修正筆。「要不要修個妝？」

「謝謝。」我露出友善的微笑，擦去眼下淡淡的黑色陰影。棕色捲髮原本盤在腦後，不知道要不要為了這重要的一刻把頭髮放下來？

不要，太俗氣了。我決定在髮際拉出幾撮髮絲，同時檢查其他地方。口紅：珊瑚色；眼影：灰色亮粉，襯托我的藍眼珠。腮紅：因為太興奮而臉色發亮，可以不用補妝。

「我好希望我男友向我求婚。」一名身穿黑衣的長髮女子用渴望的眼神看著我。「妳的祕訣是什麼？」

「不知道。」我回答，很可惜沒幫到她。「我們已經交往一段時間，個性很合，也很相愛——」

「可是我跟我男友也是！我們住在一起，性生活很美好，一切都很好……」

「不要給他壓力。」金髮女子睿智地說。

「我只不過一年提一次。」長髮女孩看起來好難過。「他聽了總是很焦躁，所以我就不提了。我該怎麼辦？搬出去嗎？都六年了——」

「六年？」正在擦手的老太太抬起頭。「妳是有什麼問題？」長髮女子臉一紅。「我沒有什麼問題。」她說，「這是私人對話。」

「私人個鬼。」老太太指著洗手間裡的人。「大家都在聽。」

「狄阿姨！」紅髮女孩尷尬地說。「小聲一點！」

「不要叫我小聲一點！」老太太瞪著紅髮女孩說。「男人就像叢林裡的野獸，狩獵完畢就把獵物吃了，吃完睡覺。妳這不是把獵物盛盤裝好送給他嗎？」

「事情沒有這麼簡單。」長髮女孩不滿地說。

「在我那個時代，男人為了性而結婚，這可是很大的動機！」老太太笑著說。「妳們現在都同居睡在一起了，才想要訂婚戒指，順序全都顛倒了。」她拎起包包。「走吧，艾美，妳還在等什麼？」

艾美急切地看了我們一眼表示歉意，跟著她阿姨離開洗手間。我們全挑眉交換眼色：神經病。

「妳放心。」我握住長髮女子的手安慰她。「我相信事情一定會解決。」我想分享我的喜悅，我希望每個人都享有我和理查的好運：找到對的人，而且要知道自己找到對的人。

「對。」她努力緩和情緒。「我也希望，祝妳幸福美滿。」

「謝謝！」我把修正筆還給金髮女子。「我走了！祝我好運！」

我走出洗手間，看著忙碌的餐廳，感覺好像我按下了「開始鍵」。理查的坐姿跟剛才一模一樣，甚至沒有在看手機。他現在一定跟我一樣專注，因為這是我們人生中最特別的一刻。

「抱歉。」我坐回位置，露出我最含情脈脈的笑容。「繼續剛才的話題？」

他也對我微笑，不過看得出來他有點不知從哪開始，可能要逐步摸索才能回到剛才那一刻。

「你有沒有覺得今天很特別？」我提示。

「當然。」他點點頭。

「這裡好美。」我環顧四周。「很適合……討論重要的事情。」

我若無其事地把手擱在桌上，果不其然，理查握住我的手，皺著眉，深呼吸。

「對了，洛蒂，我有件事要問妳。」四目交接的當下，他臉色微微皺起。「我想這件事可能不會讓妳太意外……」

天啊天啊，他要開口了！

「什麼事？」我的聲音因為緊張而沙啞。

「來點麵包嗎？」

理查嚇一跳，我則驚訝地抬起頭。服務生的動作太輕，我們都沒有注意到他。理查放開我的手，開始討論全麥麵包。我氣得想把整籃麵包丟掉。那服務生是看不出來嗎？他們都沒有受過偵測顧客即將求婚的訓練嗎？

我看得出來，他被打斷後分心了。笨服務生。竟敢破壞我男友的重要時刻。

「你剛才不是要問什麼事？」服務生一離開我馬上提醒他。

「喔，對。」他看著我，深呼吸一口氣，接著表情又突然一變。我驚訝地轉頭一看，竟然有另一名服務生朝我們走過來。不過，我想在餐廳裡本來就會發生這些事。

我們點了餐——其實我也不知道自己點了什麼——服務生離開，但是隨時都會有其他服務生回來。我好同情理查。在這種情況下他要怎麼求婚？男人都怎麼辦到的？

我忍不住挖苦地看著他。「今天運氣很不好。」

「不會。」

「倒酒的服務生隨時會出現。」我說。

「這裡好像火車站。」他無奈地翻著白眼。我覺得我們好有向心力，一起面對各種情況。他什麼時候求婚有關係嗎？如果那一刻並不完美又有什麼關係？「要不要點香檳？」他問我。

我露出會意的微笑。「這不會……太早嗎？」

「那要看情況了。」他挑眉。「妳說呢？」

他的言下之意好明顯。我不知道該大笑還是該抱他。

「如果是這樣……」我刻意停頓，拉長彼此等待的時間。「好。我的答案是我願意。」

他眉頭放鬆，看得出來他如釋重負。他真的以為我會拒絕嗎？真是謙虛，真是個可愛的男人。天啊，我們要結婚了！

「理查，我完全願意。」我又補上一句，聲音突然顫抖。「你不知道這對我有多重要，這……我不知道該說什麼。」

他握緊我的手，彷彿這是我們彼此間的暗號。我好同情其他必須訴諸言語文字的情侶，因為他們沒有我們的默契。

我們倆都沒有說話，幸福的雲朵圍繞著我們。好希望那朵雲永遠停在這裡。我可以想像我倆的未來：一起油漆房子、推嬰兒車、跟學步兒裝飾聖誕樹……他爸媽可能想在聖誕節時來小住，沒有關係，因為我愛他的父母。事實上，等這件事一公開，我第一件事就是要去薩塞克斯看他媽媽。她一定很樂意協助籌辦婚禮，反正我也沒有媽媽幫我辦。

好多的可能性，好多的計畫，一起共度美妙的人生。

過了許久我才又開口，輕輕地摩擦他的手指。「你很高興嗎？幸福嗎？」

「非常幸福。」他輕撫我的手。

「這一刻我已經想好久了。」我滿足地嘆氣。「可是我從來沒想過……應該沒有人會去想……那會是什麼樣子？會有什麼感覺？」

「我知道。」他點點頭。

「我會永遠記得這家餐廳，也會永遠記得你現在的模樣。」我緊緊握住他的手。

「我也是。」他簡短地說。

他只要斜眼一瞥或稍微轉頭，就能傳達好多的訊息。我最愛他這一點：不需要說話，便能輕易看出他的意思。

長髮女子從餐廳另一側注意我們。我忍不住對她微笑。（不是得意的笑容，那就太過份了，是謙虛感激的笑容。）

「喝點酒嗎？」侍酒師朝我們走過來，我抬頭對他微笑。

「我們要來點香檳。」

「沒問題。」他也微笑回應。「特選香檳嗎？我們也有適合特別日子的法國慧納酒莊香檳……」

「法國香檳好了。」我忍不住分享我們的喜悅。「今天是很特別的日子！我們訂婚了！」

侍酒師露出笑容。「恭喜！也恭喜你，先生！」我們同時望向理查，卻意外發現他並沒有融入在此刻的喜悅，反而瞪著我，好像我是什麼妖魔鬼怪。他怎麼一副受驚的模樣？怎麼了？

「妳——」他的聲音緊繃，「妳在說什麼？」

我突然意識到他為什麼不高興。當然。我怎麼可以這樣跳進來破壞一切。

「理查，對不起。你要先通知你父母嗎？」我握住他的手。「我完全了解，我保證不會先告訴別人。」

「告訴別人什麼？」他張大眼睛瞪著我。「洛蒂，我們沒有訂婚。」

「可是……」我疑惑地看著他。「你剛才向我求婚，我說好。」

「我沒有！」他把手抽走。

好，我們倆人當中，有一個人瘋了。侍酒師已經巧妙地默默離去，我看到他把端著麵包籃，正準備朝我們過來的服務生帶走。

「洛蒂，對不起，可是我不知道妳在說什麼？」理查伸手抓頭髮。「我沒有提到結婚或訂婚或什麼的。」

「可是……你不就是這個意思！點香檳，又說『妳說呢？』，我就說『我完全願意』。你說得好委婉！好美！」

我望著他，希望他會同意，希望他能體會我的感受，可是他只是一臉迷惑，我突然心底一沉。

「所以……你沒有那個意思？」我喉嚨好緊，幾乎說不出話。我不敢相信會發生這種事。

「你沒有求婚的意思？」

「洛蒂，我真的沒有求婚！」他堅決地說。

不用叫這麼大聲吧？四周的人都好奇地轉頭看我們。

「好啦！我知道了！」我拿餐巾擦鼻子。「你不用昭告全餐廳。」

我覺得好丟臉，難過到全身僵硬。我怎麼會誤判到這種程度？

如果他不是在求婚，那為什麼他沒有求婚？

「我不懂。」理查自言自語說。「我沒有說什麼，我們也沒討論過這——」

「你明明就說了很多！」我又氣又難過。「你說要安排『特別的午餐』。」

「的確很特別！」他反駁。「我明天要去舊金山。」

「你問我喜不喜歡你的姓氏！」

「辦公室同事在做非正式的調查，只是開玩笑而已！」理查一臉不知所措，「只是隨便聊聊！」

「你還說你有個『很重要的問題』要問我。」

「不是重要的問題。」他搖搖頭。「只是個問題而已。」

「我有聽到『重要』兩個字。」

接著是一陣令人難受的沉默。幸福的雲朵飄走了，好萊塢彩色電影與小提琴聲也消失了。

侍酒師悄悄把酒單擺在桌角後迅速離開。

「那這個重要程度中等的問題到底是什麼？」過了許久我終於問。

理查表情尷尬地說，「沒關係，不是什麼重要的事。」

「告訴我！」

「好吧。」最後他終於說。「我本來要問妳累積的飛行里程要怎麼辦，要不要去一起去旅行。」

「累積里程？」我忍不住大罵。「你特別訂位、點香檳，只為了討論累積里程？」

「我不是這個意思！」他苦著臉。「洛蒂，我覺得很對不起，我真的完全不知道——」

「可是我們剛才一直都在討論訂婚的事！」我的淚水又湧上來。「我摸著你的手說我好開心，說這一刻我已經想像好久了，你還附和！不然你以為我在說什麼？」

理查眼神閃爍，彷彿在尋找逃生路徑。「我以為妳……以為妳又在自己碎碎唸。」

「『碎碎唸』？」我瞪著他。「什麼叫『碎碎唸』？」

他神色更慌張了。「坦白說，我常常都不知道妳在說什麼，」他突然脫口承認。「所以有時候我就……順著妳的話說。」

順著我的話說？

我深受打擊，瞪著他，說不出話來。我以為我們之間有獨特的默契，以為這是我們的暗號，結果原來他只是順著我的話題。

兩名服務生放下沙拉後迅速離開，彷彿感覺到我們沒有開口的心情。我拿起叉子又放下。理查似乎根本沒注意到他面前有盤子。

「我還買了訂婚戒指要送你。」我打破沉默。

「天啊。」他雙手抱頭。

「沒關係，我拿回去退。」

「洛蒂……」他看起來好痛苦。「我們一定要……我明天出發，可不可以先不要討論這件事？」

「那你有打算要結婚嗎？」話一出口，我心底突然好悶。一分鐘前我還以為自己訂婚了，好像跑完馬拉松，高舉雙手興奮地衝過終點線；現在又回到起點，綁起鞋帶，甚至不知道接下來還有沒有比賽？

「我……天啊，洛蒂……我不知道。」他的口氣好像被困住。「應該有吧。」他的眼神愈來愈閃爍。「或許吧，總有一天。」

嗯，這個訊號很明顯。或許他總有一天想結婚，但不是跟我，是別人。

我突然被刺骨的絕望淹沒。我一直以為就是他了。我怎麼會誤判到這種程度？這要我怎麼再相信自己？

「好。」我低頭看著我的沙拉，瞪著沙拉葉、酪梨片和石榴子發呆，試圖整理思緒。「可是，理查，我想結婚，想要生小孩，有自己的家庭。我想跟你一起建立這些。但婚姻需要兩個人。」我暫停，呼吸沉重但堅決保持冷靜。「我想，早點知道事實總是比較好。謝謝你。」

「洛蒂！」理查驚慌地說。「等等！我們之間沒有改變什麼。」

「全都變了。我已經不年輕，沒辦法等候補。如果我們之間沒有可能，我寧可現在知道，繼續過我的人生。」我想微笑，卻哭不出來。「祝你舊金山之行愉快。我先走了。」淚水就要從我睫毛滑落。我得趕快離開，回公司檢查明天的簡報好了。下午也可以請假，但沒什麼意義，又不能打電話給朋友報喜訊。

我正準備走出餐廳，突然有隻手抓住我。我驚訝地轉頭一看，原來是剛才戴串珠髮箍的金髮女子。

「怎麼樣？」她興奮地問。「他有送妳戒指嗎？」

她的問題像刀一樣插中我的心。他沒有送我戒指，現在連男友也不是，可是我寧可死也不想承認。

「其實……」我驕傲地抬起下巴。「他有求婚，可是我拒絕了。」

「哇！」她伸手搗住嘴巴。

「對。」我瞄到隔壁桌明顯在偷聽的長髮女子。「我拒絕了。」

「妳拒絕了？」她一副不可置信的模樣，我突然一陣憤慨。

「對！」我不滿地瞪著她。「我拒絕了。我們倆並不適合，我決定結束這段感情，雖然他真的很想娶我回家，生小孩養狗什麼的……」

我可以感受到背後傳來好奇的目光。轉身一看，原來有好多人都熱切地聽著。現在是全餐廳的人都加入了嗎？

「我拒絕了！」我氣得提高音量。「我說我不要！」我對著依然坐在位置上，一臉驚愕的理查大喊：「對不起，理查，我知道你還愛著我，我知道我傷了你的心，可是我的答案是不要！」

說完心情才稍微好一點，大步走出餐廳。

回到公司，桌子上貼滿便利貼。我剛才出去時一定有很多電話進來。我癱坐下來，長長嘆了口氣，接著又聽到咳嗽聲。實習生凱拉正在我小小的辦公室門口徘徊。她常在我門口逗留。她是我見過最認真的實習生，聖誕節寫了張雙面卡片給我，說我是她的榜樣，對她很有啟發性，我在布里斯托大學的那場演講吸引她來我們公司實習。（跟一般製藥公司的校園徵才演講相比，我承認那次我講得還不錯。）

「午餐如何？」她雙眼發亮地問我。

我心底一沉。為什麼當初要告訴她理查會求婚的事？可能是因為我太有信心了，看到她興奮的樣子讓人振奮，好像我是女超人。

「還不錯。那家餐廳很好。」我開始翻桌上的紙，彷彿在找什麼重要的資訊。

「那妳要訂婚了嗎？」

她的話像潑灑在傷口上的檸檬汁。怎麼這麼不委婉？怎麼可以直接問主管：「妳要訂婚了嗎？」尤其是如果主管沒有戴上碩大的新戒指時，譬如我就沒有。我考慮在考核時提這一點：凱拉不太懂得尊重人際界線。

「嗯。」我順了順外套，爭取時間，忍住喉嚨裡的哽咽。「沒有，我決定拒絕。」

「真的？」她的口氣很疑惑。

「對。」我點點頭。「我仔細思考了我的生涯規劃和工作。現在這個時間點不是最好的安排。」

凱拉非常震驚。「可是……你們超配。」

「凱拉，有些事情不像表面上那樣地簡單。」我翻紙的動作加快。

「他一定很傷心。」

「算有吧。」我頓了一下才說。「他很難過……還哭了。」

反正她不會再遇到理查，我想隨便怎麼說都可以。我可能再也不會見到理查。一想到這一點，胃就像被狠狠重擊。我們之間結束了，全都結束了，我再也不會跟他做愛，再也不會在他身邊醒來，再也不會擁抱他。最後這一點讓我最想放聲大哭。

「天啊，洛蒂，妳的話真有啟發性。」凱拉眼神發亮。「知道什麼對妳的職業生涯不利，有勇氣站起來說：『不！我不要依照大家的期待活。』」

「沒錯。」我沮喪地點頭。「我是在替全天下的女性發聲。」

我下巴在顫抖。想要趕快結束這段對話，以免上演在實習生面前放聲大哭的事件。

「有什麼重要的留言嗎？」我茫然地掃瞄桌上的便利貼。

「史帝夫來問明天的簡報，然後有個叫班的傢伙打來。」

「哪個班？」

「他說妳知道。」

哪有人這樣。我猜是去校園徵才遇到的沒禮貌學生，想搶先一步進門。我現在沒心情處理這種事。

「好，我要先整理簡報。」我開始點滑鼠，直到凱拉離開為止。深呼吸，冷靜，繼續，繼續，繼續，繼續。

電話鈴聲響起，我迅速地接起來。

「夏洛蒂．葛來芙妮。」

「洛蒂！是我啦！」

我有種想掛上電話的衝動。

「喔，嗨，費莉絲。」我忍住。「嗨。」

「嗯……妳還好嗎？」

我聽得出來她在逗我，心中狠狠地咒罵自己，早知道就不該在餐廳傳簡訊給她。這是壓力。我壓力好大。我不該把我的愛情生活告訴我姐，不該告訴她我跟理查交往，更不該介紹他們認識或討論求婚的事。

下次我跟新對象交往絕對不告訴任何人，一句話都不講，直到度過十年幸福的婚姻生活，生了三個小孩，重新許下當年結婚的誓言為止。唯有到那個時候，我才要發簡訊給我姐說：跟妳說！我有交往對象了！他好像不錯！

「喔，還好啊。」我故作輕鬆，若無其事地說。「妳呢？」

「我很好。那……？」

她故意留個問號。我很清楚她的意思。她的意思是，那妳有沒有戴上超大顆鑽石戒指，啜飲香檳，躺在高級飯店套房裡讓理查吸妳的腳趾頭？

我心頭一緊。我沒辦法討論這件事，也沒辦法忍受她的同情。我要趕快換個話題，什麼話題都好。

「對了。」我故作冷靜明快地說，「我正在考慮要不要去唸那個商業理論碩士？妳知道我一直都有這個打算，真不知道我還在等什麼？我可以申請倫敦的伯貝克學院，利用閒暇時間讀書……妳覺得怎麼樣？」

02

費莉絲

天啊，我好想哭，事情搞砸了。我不知道為什麼，只知道搞砸了。

洛蒂每次失戀就馬上說她要去念碩士，幾乎是典型的制約反應。

「說不定還可以繼續攻讀博士。」她說，語氣微微顫抖。「或去國外做研究？」

她騙得了一般人卻瞞不了我。我是她姐姐。我知道她現在情況很糟。

「不錯啊。」我說。「去國外念博士，很好啊！」

沒必要問她細節或事情經過。洛蒂自有她一套處理分手的方式，不能催她，也絕對不能表示同情。這是我從經驗中學到的教訓。

她和席莫斯分手那一次，帶著一堆巧克力棉花糖冰淇淋出現在我家門口，雙眼佈滿血絲。我問她，「發生什麼事？」那是我第一次講錯話。她聽到馬上像手榴彈一樣爆炸。「拜託，我就不能來跟自己的姐姐好好吃個冰淇淋，不被問一堆問題嗎？也許我只是想跟妳相處，我的人生又不是只有男朋友，我想……重新評估我的人生，去唸個碩士。」

傑米跟她分手那一次，我也講錯話。我說，「天啊，妳好可憐。」

她幾乎要把我砍了。「可憐？什麼叫我好可憐？費莉絲，妳不是女性主義者嗎？怎麼會因為我沒有男人而同情我？」她狠狠罵了我一頓，把氣全出在我身上，最後我差點需要移植新的耳朵。

所以這次我就默默地聽她說她早就想繼續唸書、很多人都不知道她有多聰明、以前唸大學時，教授還幫她報名比賽，但我都不知道。（其實我知道。她跟傑米分手那次就提過。）

最後她終於沉默。我不敢呼吸，我猜已經快講到重點了。

「對了，我跟理查分手了。」她的口氣像隨口提到而已。

「喔，真的嗎？」我也用同樣的口氣，彷彿只是在討論連續劇的情節。

「對，分手了。」

「了解。」

「不合適。」

「嗯，這……」簡短的安慰句都說完，我詞窮了。「真是……」

「是很可惜。」她頓了一下。「就某個方面來說。」

「好。那他……」我如履薄冰。「妳不是……」

其實我想問的是，一個小時前他不是求婚求到一半嗎，後來怎麼了？

我不太相信洛蒂的版本。她有時候太夢幻，只看到自己想看的，可是老實說，我真的跟她一樣，以為理查要向她求婚。

結果他們現在不僅沒有訂婚而且還分手了？我忍不住覺得驚訝。我跟理查很熟，他是個好男人，算是她交往過最好的對象。（她常在半夜喝醉酒之後問我對她交往對象的意見，然後在我還沒說完時就說不管我怎麼想，她都很愛對方。）他個性穩重、心地善良、事業有成，不會小器，也沒什麼大問題，帥氣但不會驕傲。重點是他愛她。這點最重要。他們倆很有默契，具備成功情侶的要素。兩人對話和開玩笑的方式、坐在一起的樣子，他的手老是輕輕摟住她的肩膀，手指纏繞著她的髮絲。還有他們都有同樣的目標，從外帶壽司到去加拿大度假，兩個人總是一起。光看就知道。至少我看就知道。

不對。既然我看得出來，為什麼他看不出來？笨男人。他到底希望找到什麼樣的配偶？我妹有什麼不好？難道他以為跟她在一起會錯失與身高一八〇的超級名模墜入愛河的機會嗎？

我氣得把紙揉成一團，丟進垃圾桶，然後才又發現我需要那張紙。可惡。

電話那端保持沉默。我可以感受到洛蒂難過的心情沿著電話線路散發。天啊，我快受不了了。不管她有多容易生氣，我非問多點不可。這太誇張了。前一分鐘他們準備要結婚，下一刻就進入洛蒂不可觸碰的分手過程。

「妳不是說他要問什麼『重要的問題』？」我試探性地問。

「對。他後來改口。」她刻意輕描淡寫地說。「他說不是『重要的問題』，只是有『問題』要問我。」

我苦著臉，情況不妙。「重要的問題」不算是「問題」的一種，連邊都扯不上。

「所以他到底要問什麼事？」

「結果是要問累積的飛行里程怎麼處理。」她的口氣依舊很平淡。

累積的飛行里程？糟糕，我可以想像她的反應。我突然發現伊恩．艾理伍德站在我辦公室窗邊打手勢。我知道他要幹嘛，他要今晚頒獎典禮的演講稿。

寫好了。我用唇語示意，公然扯謊，指著我電腦表示有技術問題阻撓。我會寄給你，寄—給—你。

他終於走了。我看了一下錶，心跳微微加速。我只有十分鐘的時間附和洛蒂，然後把演講稿寫完還有補妝。

不對，只剩九分半。

我心中又竄起一股對理查的不滿。如果他真的要傷我妹的心，就不能挑別的日子嗎？一定要在一年當中我最忙的一天？我連忙在電腦上找出演講稿的檔案，開始打字。

最後，我要感謝今晚各位的參與，感謝得獎者，也感謝那些氣得咬牙切齒的人，我都有看到！（停頓，眾人笑）

「洛蒂，我們今晚有一場很重要的頒獎典禮。」我內疚地說。「我要去忙了。妳知道如果可以的話我一定會馬上去找妳……」

才剛說完我就發現自己犯了致命的錯誤——我表露出我的同情。果然，她馬上對我發飆。

「找我？」她尖銳地說。「妳不用來找我。妳以為我在為理查的事情難過嗎？妳以為我的人生只繞著一個男人轉嗎？我根本沒有在想他，只是打給妳說我想去唸碩士的事，就這樣而已。」

「我知道。」我收回剛才的話。「就是這樣沒錯。」

「我還想看看美國有沒有交換生計劃，像是史丹福大學……」

她繼續說，我繼續打字，愈打愈快。這份演講稿我擬過六次，每年都一樣，只有順序變動。

飯店業持續地創新與變化，產業的成就與創新成果讓我敬佩。

可惡。不行。我按下刪除鍵，再來一次。

我與評鑑團隊在全球各地見證的產業成就令人感到敬佩。

對，用「見證」聽起來比較正式莊重，好像我們花了一年的時間跟神聖先知對話，而不是請穿著細高跟鞋、古銅色肌膚的辣妹在泳池畔展示最新科技。

我要感謝布萊德利．羅斯……

先感謝布萊德利還是梅根？還是先感謝麥可？

我知道我一定漏了誰，這是感謝詞的定律。每次都會忘記感謝某個重要人士，講完才想到要拿回麥克風，用尖銳的嗓音再提一次，可是到時已經沒有人在聽妳說話，妳只好親自去找那個人，花半個小時當面道謝，兩個人都面帶微笑，但對方頭上始終有個對話框寫著：妳忘了我的存在。

也感謝協助舉辦這場盛會的各位，以及無法協助的各位，我所有的員工，大家的員工，所有的家人，以及世界上其他七十億人口，耶穌／阿拉／其他神明……

「……其實我覺得這是好事，真的，我可以趁這個機會重新調整我的人生。我真的很需要。」

我把注意力放回電話上。洛蒂最可愛的特質之一就是她拒絕面對任何不愉快的事。她堅定的勇氣讓人心碎，讓我好想抱住她。

可是這也讓我有點想扯頭髮，大喊：不要再提他媽的碩士！快承認妳很難過！

因為我知道接下來會怎麼發展。每次都一樣，我看過好幾次。她先是表現得很勇敢很正面，拒絕承認哪裡出問題，連續好幾天甚至好幾週都不出狀況，臉上總是掛著笑容。不認識她的人會說，「哇！洛蒂把分手處理得真好。」

她通常要過一陣子才開始反應。每次都一樣，用某種衝動、白癡、誇張的形式呈現，只讓她心情雀躍個五分鐘。但每次內容都不一樣，可能是在腳踝上刺青、剪個誇張的髮型、在倫敦市郊買了昂貴的公寓，最後賠錢賣掉，或加入宗教團體，或在私密部位穿洞結果引發感染。那次最慘。不對，加入宗教團體那次才是最慘。她被騙了六百英鎊之後還一直在講「啟示」。那些可惡的傢伙。我覺得他們在倫敦到處尋覓剛失戀的人來剝削。

通常心情愉快一陣子後，洛蒂才會真的崩潰，進入哭哭啼啼、請假和「費莉絲，妳為什麼沒有阻止我？」、「費莉絲，我討厭這個刺青！」還有「費莉絲，我覺得好丟臉，這樣要怎麼去看醫生？我該怎麼辦？」

我私下把這些分手後的白癡行為稱做「令人遺憾的選擇」，也是我媽還在世時常說的一句話。範圍從來家裡吃飯的客人穿了雙難看的鞋子，到我爸最後和南非選美皇后搞上床的決定，只要她冷冷地瞪一眼，低聲說「真是令人遺憾的選擇」，我們就會嚇得發抖，感謝老天爺做出這些「遺憾的選擇」的不是我們。

我很少想念我媽，不過有時我好希望有其他家人可以幫忙整頓洛蒂的人生。我爸幫不上忙。第一，他住在南非的約翰尼斯堡。第二，如果妳的話題跟馬無關，或者不是要請他喝威士忌，他不會有興趣。

聽洛蒂喋喋不休地提國外進修的事，我心底一沉，可以感受到另一個「令人遺憾的選擇」就快出現。它就在不遠處。我覺得自己好像把手遮在額頭上，瞭望遠方，不知道何時會有鯊魚浮現，咬住她的腳。

如果她可以大吼大叫亂丟東西多好。她把怒氣發洩出來，我就可以放輕鬆。我跟丹尼爾分手時，連續罵了兩星期的髒話。這當然不好，但起碼我沒有加入宗教團體。

「洛蒂……」我摸著頭。「妳知道我明天開始放兩個星期的假吧？」

「喔，對。」

「妳不會有事吧？」

「當然不會有事。」她尖銳的口氣又回來了。「我晚上要吃披薩，開瓶好酒。早就應該這麼做了。」

「好好享受，不要喝酒解千愁。」

這是另一句我媽常說的話。我突然想起她穿著窄管白長褲和畫著亮綠色眼影的模樣，坐在我們以前香港的家，在吧臺前端著一杯馬丁尼。「親愛的，喝酒解千愁。」我和洛蒂穿著從英國空運過來，同款式的粉紅色睡衣，看著她喝酒。

她過世之後，我們常互相朗誦她以前常說的話，彷彿是什麼宗教的教義。我一直以為這是一般的敬酒詞。多年後，有次我在同學家吃午飯時，舉起酒杯向大家說：「各位，喝酒解千愁。」把同學嚇壞了。

現在改說這句：「喝個爛醉把臉丟光。」

「謝謝妳，我才不會喝酒解千愁。」洛蒂不滿地反駁。「妳還不是一樣。」

她說的沒錯。我跟丹尼爾分手後喝醉過好幾次，也曾經醉後在咖哩簡餐店發表長篇大論。

「是。」我嘆口氣。「再聊吧。」

我掛上電話，閉起眼睛，給自己十秒的時間重新開機，專心工作。我要忘記洛蒂的愛情生活，專心準備晚上的頒獎典禮，馬上把演講稿寫完。

我睜開眼睛，迅速輸入一串要感謝的人名，大概有十行字，不過多講總比少講好。我發信寄給伊恩，信件主題：演講稿！急件！然後跳起來。

「費莉絲！」我一走出辦公室，西莉雅馬上衝過來。她是我們產量最高的自由撰稿者，臉上佈滿專業美容評論家的註冊商標——魚尾紋。一般人以為美容療程可以消除陽光造成的傷害，其實剛好相反，反而因此曝曬更多紫外線，把美容沙龍開在泰國真的不太好，應該開在完全沒有日照的寒冷北國。

嗯，這能不能寫成一篇文章？

我迅速在黑莓機裡輸入：零日照美容中心？才抬頭。「怎麼了？」

「咕嚕牛來了！看起來很生氣。」她緊張地說。「我要不要先走？」

咕嚕牛[2]是甘特．巴哈麥爾在業界的綽號。他旗下有十家連鎖豪華飯店，定居瑞士，腰圍四十吋。我知道他今晚有受邀，但我們上次刊出那篇評論，批評他在杜拜新開的美容度假飯店「棕櫚星球」後，我還以為他不會出席晚上的活動。

「沒關係，不用擔心。」

「不要跟他說是我寫的。」西莉雅的聲音在顫抖。

「西莉雅。」我雙手握住她的肩膀。「妳認為妳寫的有沒有錯？」

「沒有。」

「那就對了。」我在幫她打氣，可是她看起來好害怕。很難想像這麼一個文筆犀利、有批判

2. 英國知名卡通人物，是一頭尖牙利嘴的牛。

性又詼諧的人，本人其實溫和又敏感。
嗯，這能不能寫成一篇文章？
我輸入：評論家側寫？
然後又刪除。讀者不想認識評論家，也不想知道「西」其實住在倫敦哈克尼區，本身是位出色的詩人。讀者只想知道花大錢住五星級度假飯店可以買到陽光或雪景、白沙灘或山林、寧靜或型男美女、埃及棉寢具或吊床、高級料理或昂貴的招牌三明治？
「妳放心，沒有人知道『西』是誰。」我拍拍她。「我有事先走了。」我快步穿過走廊，走進大廳，環顧四周。挑高的空間通風又寬敞，也是旅訊國際大樓唯一比較像樣的場地。每年座位擁擠不堪的副主編們都要求把這裡變成辦公空間但都不成功，只有在頒獎典禮時才真正展現它的價值。我看著四周，在腦子裡一一標記注意事項；沒人偷吃雜誌封面造型的大蛋糕：ＯＫ；外燴公司排好玻璃杯：ＯＫ；桌子擺滿獎盃：ＯＫ。資訊部門的伊恩站在講臺上，正在操作讀稿機。
「可以嗎？」我衝過去看。
「可以。」他抬頭。「演講稿已經輸進去了。要檢查音效嗎？」
我站上舞臺，開麥克風，看了看讀稿機。
「晚安！」我大聲說。「大家好。我是費莉絲緹．葛來芙妮，《旅訊》雜誌編輯。感謝各位參加本社第二十三屆頒獎典禮。今年發生了好多事！」
從伊恩挑起的眉毛，看得出來我的口氣不夠生動。

「閉嘴。」我說。他笑了。「總共有十八個獎項……」

獎項數目太多了。我們每年都在吵要刪掉哪些獎項，最後一個也刪不了。

「廢話連篇……好了。」我關上麥克風。「待會見。」

我快步走回辦公室時，看到出版商葛文站在走廊另一端，正在送某位腰圍四十吋的客人進電梯，一看就知道是誰。咕嚕牛回頭狠狠地瞪我一眼，用他的胖手指比著四，直到電梯門關上都沒有放下。

我知道他是什麼意思，我一點也不怕。我們只給他新開的飯店四顆星的評價，沒有給五顆星，那又怎樣？他應該蓋間更好的飯店，在他那「得獎的人造沙灘」上多投資一點，在水泥地板上多鋪點沙子，少雇用幾個自以為了不起的員工。

我走進洗手間檢視妝容。有時候我會被鏡中的自己嚇到。怎麼會跟安潔莉娜・裘莉差那麼多？眼睛下方什麼時候出現黑眼圈？我突然覺得自己怎麼這麼黯淡？從頭髮到眉毛到暗沉的肌膚。我需要漂白，全部一起漂白好了，一定有美容中心有專門漂白的大水槽，進去浸一下就好，順便張開嘴巴做牙齒美白。

嗯，這可以寫成一篇文章嗎？我在黑莓機上輸入：漂白？然後拿出各式各樣的刷具補妝，最後反覆塗上NARS的大紅色口紅。我很適合搽口紅。也許我死後墓碑上會寫著：費莉絲緹・葛來芙妮長眠於此，她搽口紅很好看。

我看了錶，走出公司，按下速撥鍵打給丹尼爾。他知道我會打給他，我們有討論過打電話的時間，他一定會接，一定要接……快點接啊丹尼爾……你在哪裡……？

語音信箱。

王八蛋。

丹尼爾可以讓我在六十秒內從冷靜變得暴躁。

嘟一聲進入語音信箱。我深呼吸。

「你不在。」我刻意冷靜地說，一邊走回辦公室。「真可惜，因為我等一下要出席一個活動，你應該記得，這件事我們討論過好幾次。」

我的聲音在發抖。不行，不能受他影響。快放下。離婚是一段過程，這也是一段過程，我們全都是「道」的一部份，還是「禪」？隨便啦，總之就是常出現在別人送我的「離婚」書上，寫在封面的圓圈或樹上的某個字。

「總之，」我深呼吸，「可以讓諾亞聽我的留言嗎？謝謝。」

我暫時閉上眼睛，提醒自己不要再跟丹尼爾說話，我要從記憶中抹除他討厭的臉孔。我只要跟那個點亮我生命的小臉蛋說話，那個排除一切困難讓這個世界變得有意義的小男孩。我想像他粗亂的瀏海、大大的灰眼睛、鬆落到腳踝處的皺巴巴制服襪子，抱著猴子布偶躺在丹尼爾的沙發上。

「親愛的，希望你在爹地家玩得愉快，待會見。我晚點再打，如果我沒空打電話，那就先跟你說晚安，我愛你。」

我快走到辦公室門口了。我還有事情要忙，卻忍不住不停地說話，直到語音信箱又嘟一聲強迫我振作為止。

「晚安，寶貝。」我把電話緊貼著臉頰。「祝你好夢。晚安——」
「晚安。」傳來一個熟悉的聲音，我差點被自己穿著名牌高跟鞋的腳絆倒。
剛才那是什麼？是幻覺嗎？還是他把電話拿起來聽？我迅速搖手機，再聽一次，檢查有沒有問題。
「喂？」我小心翼翼地說。
「喂！喂喂喂喂……」
天啊，那個聲音不是電話裡傳出來的，是從——
我匆匆忙忙轉進我的辦公室，果然是他，我七歲的兒子坐在訪客專用的沙發上。
「媽咪！」他興奮地大喊。
「哇！」我說不出話來。「諾亞，你竟然來我辦公室，真是太……丹尼爾？」我轉頭問站在窗邊翻過期雜誌的前夫。「怎麼了？我們不是說好，這時間諾亞不是應該在你家吃飯嗎？」我刻意裝出愉快的口吻。
「可是我們並沒有。」諾亞得意地說。
「是！親愛的，我知道！丹尼爾？」我滿臉笑容。通常我對丹尼爾笑得愈燦爛，代表我愈想砍他。
雖然我們倆已經不在一起，我還是忍不住挑剔地看著他；他胖了好幾磅、穿了新的條紋襯衫、沒有抹髮雕是個錯誤，頭髮看起來又細又塌。也許楚蒂就喜歡他這樣。
「丹尼爾？」我又問一次。

他聳聳肩，沒有回答，彷彿一切不言可喻，不需要多說什麼。他以前不會聳肩，這是我們分手後才出現的動作。以前他總是駝背，現在卻愛聳肩。他的西裝袖口露出一條卡巴拉生命之樹手環。他現在面對衝突會像橡皮一樣反彈，從前的幽默感被自以為是取代。他變得直來直往，再也不開玩笑。

無法想像我以前竟然會跟他上床，也無法想像我們一起「製造」出諾亞。也許就跟電影《駭客任務》演的一樣，這段期間我一直都躺在接電極的水槽裡，等我醒來，我會發現自己出現在遠比現在更合理的情境中。

「丹尼爾？」我的笑容已經僵硬。

「我們說好諾亞今天晚上跟妳。」他又聳肩。

「什麼？」我目瞪口呆地看著他。「哪有？今晚輪到你！」

「我今天晚上要去德國法蘭克福，我有寫信跟妳說。」

「沒有，你沒有。」

「我有。」

「你沒有！你沒有寫信跟我說。」

「我們說好送諾亞過來這裡。」

他很平靜，只有他有辦法這麼平靜。我剛好相反，我快崩潰了。

「丹尼爾。」我的聲音在顫抖，因為我很努力克制想打爆他腦袋的衝動。「我今天在忙頒獎典禮，怎麼可能會同意讓諾亞今晚過來呢？怎麼可能！」

他又聳肩。「我要去機場了。他吃過了，這是他的過夜包。」他把諾亞的背包丟到地上。
「諾亞，還好嗎？媽咪今天運氣很好，晚上你跟她回家。」

我別無選擇。

「太好了！」我微笑對諾亞說。他正焦慮地看著我們倆。看到他憂慮的眼神，我心都碎了。這個年紀的孩子應該要無憂無慮才對。「我運氣真好！」我撥著他頭髮安撫他。「不好意思，等我一下……」

我穿過走廊去洗手間。裡面沒人，很好，因為我已經忍不住了。

「他—才—沒—有—寄—他—媽—的—信—跟—我—說！！！」我大聲怒吼，喘著氣看著鏡中的自己。感覺比剛才好了一成，足以撐過今晚。

我平靜地走回辦公室，剛好看到丹尼爾穿上外套。

「旅途愉快。」我坐下來，轉開鋼筆，在卡片上寫下「費莉絲緹．葛來芙妮與《旅訊》團隊恭賀得獎！」到時獻花給得獎人（摩洛哥馬拉喀什新開的那間度假飯店）時一起附上。

他還沒有離開，我可以感覺到他還站在那裡，有話要說。

「你還在？」我抬頭看。

「還有一件事。」他又用一副理直氣壯的表情看著我。「離婚協議書的內容還有幾點要提出。」

我一陣愕然，無法反應。

「什麼？」最後我勉強說。

他不能再提出更多點了。我們已經談完，都準備要簽字了。經過一次法庭訴訟、兩次上訴和幾百萬封律師函，這事已經結束了。

「我跟楚蒂討論時，她提出幾個值得研究的點。」他又攤手。不行，我好想揍他！他怎麼可以跟楚蒂討論我們離婚的事？這是我們之間的事！如果楚蒂想要離婚，請先嫁給他，看她有多喜歡跟他結婚！

「幾點而已。」他拿出一疊紙放在我桌上。「可以看看。」可以看看。好像在推薦我看什麼推理小說。

「丹尼爾。」我覺得自己好像一鍋快沸騰的水。「你不能就這樣丟出新的東西，離婚協議書已經擬好了，該談的都談完了。」

「把事情處理好應該比較重要吧？」

他責備的口氣好像我建議隨便談談就好，不用準備，不需要什麼技巧，用熱熔膠槍噴一噴黏起來就好，不用手工縫製。

「我對協議內容很滿意。」我嚴厲地說。其實說「滿意」並不正確，因為「滿意」不包含從他的公事包裡翻出一疊寫給其他女人的情書草稿，只要有人想找口香糖都可能不經意發現。情書。拜託，情書耶！我到現在還是無法相信他寫情書給其他女人，而不是他自己的太太，也不敢相信他會寫詩描述露骨的性愛，還搭配漫畫。我真的很震驚。如果他那些詩是寫給我，一切可能都會不一樣。也許我應該在結婚前就發現他是個自我中心的怪胎。

「喔。」他又聳肩。「也許我看得比較遠，也許妳靠得太近看不清楚。」

靠得太近？是我在離婚，我要怎麼不靠得太近？這個情緒多變、表情欠揍的白癡是誰？他怎麼會進入我的生活？我氣得呼吸急促，腎上腺素激升。如果我現在從位子上站起來，一定可以跟奧運短跑金牌烏塞恩．博爾特比快。

接著事情就發生了。我不是故意的，我只是迅速移動手腕，事情就這樣了——鋼筆墨水灑在他的襯衫上，冒出六個小點，我心裡也浮現痛快的感覺。

「這是什麼？」丹尼爾低頭看他的襯衫，接著又一臉驚愕地抬起頭。「這是墨水嗎？妳是故意對我彈鋼筆嗎？」

我瞄了諾亞一眼，看他有沒有發現我幼稚的行為，不過他正沉浸在《內褲超人》的漫畫裡。

「我手滑。」我無辜地說。

「妳手滑？妳是五歲小孩嗎？」他氣憤地擦拭襯衫，有一滴墨漬因此暈開。「我要打給我的律師。」

「順便討論父母親的責任，你最喜歡的主題。」

「很好笑。」

「並沒有。」我突然恢復冷靜。針鋒相對讓我很疲憊。「真的沒有。」我看著專心看書看得哈哈大笑的兒子。他的短褲拉高，露出膝蓋上用原子筆畫的臉孔，旁邊有個箭頭指向圖案，用歪斜的字跡寫著「我是超級英雄」。丹尼爾怎麼可以這樣把他丟下，一走了之？他兩個星期沒有看到諾亞了，也從來不會打電話跟諾亞聊天。好像諾亞只是他某個嗜好；買齊所有裝備、也有了一定的程度，卻突然決定他其實不是那麼有興趣，應該改學攀岩。

「真的沒有。」我重複。「你走吧。」

我沒有抬頭看他離去，只是把他那一疊愚蠢的文件拿起來翻閱，氣到一個字也看不進去，只好打開電腦開始憤怒地打字：

丹尼爾沒說一聲就來我辦公室，把諾亞丟給我，違反我們的協議。態度很差，還想在離婚協議書上多加幾點。拒絕理性的討論。

我拿下掛在脖子上的記憶卡，插進電腦存檔。我的記憶卡很有安慰效果，所有與丹尼爾相關的事情和檔案都存在裡面。我把記憶卡掛回去，接著撥給我的律師巴納比。

「巴納比，你絕對不相信。」一進入他的語音信箱我馬上說。「丹尼爾又要修改協議書內容。請回電給我好嗎？」

我不安地瞄了諾亞一眼，看他有沒有聽到我說的話。不過他正在看書看得咯咯笑。只能把他交給我的助理了。以前臨時需要找人顧小孩時，她也幫過我。

「來吧。」我站起來，撥他的頭髮。「我們去找愛麗絲。」

身為派對主辦人，如果想在派對閃避不想見到的人其實很容易。一看到那個腰圍四十英吋，穿著粉紅色條紋襯衫的龐然大物朝我走來，我馬上就有理由脫身。（真的很抱歉，我必須要跟文華東方酒店的行銷經理打個招呼，馬上回來……）

派對已經開始半小時。我很成功地避免跟咕嚕牛打照面。還好他體積龐大，派對現場人又多又擠。每次他出現在我方圓三英呎內，我都有辦法假裝很自然地朝反方向走開，或完全離開現場，真的不行就躲進洗手間。

可惡。我一走出洗手間就看到他在等我。沒想到甘特．巴哈麥爾竟然守在女廁門口的走廊上。

「嗨，甘特。」我圓滑地說。「真高興見到你。早就想跟你聊——」

「妳一直在躲我。」他嗓音低沉，口氣嚴厲。

「哪有！派對好玩嗎？」我強迫自己伸手拍拍他壯碩的手臂。

「妳詆毀我新開的飯店。」

他用渾厚的喉音發出「詆毀」兩個字。我很訝異他竟然會這個字。我就不知道德文的「詆毀」怎麼說。我的德文僅限於「計程車，謝謝。」

「甘特，你反應過度了。」我親切地微笑。「四顆星的評比稱不上……是詆毀。我很遺憾評論家覺得沒辦法給你們五顆星——」

「妳沒有親自評比我的飯店。」他怒氣沖沖地說。「妳派了個業餘的來，這係對我的不尊重！」

「才不係！」我忍不住反駁。然後又脹紅著臉改口說，「才不是。」

我不是故意的，只是我有個壞習慣，會不經意模仿別人的口音和聲音。甘特聽了更生氣，更兇狠地瞪著我。

「費莉絲緹，有什麼問題嗎？」葛文匆忙朝我們走過來。葛文是我們的出版商。我看得出來他的雷達已經啟動，也知道原因。去年咕嚕牛買了二十四頁的跨頁廣告，他是我們的大金主。但我可不能因為他買廣告就給他的飯店五星級的評價。《旅訊》雜誌不輕易給五星級的評價。

「我只是在跟甘特先生解釋，我派出頂尖的評論家去評比他的飯店。」我說。「我很遺憾他不滿意，可是——」

「妳應該要親自出馬。」甘特咬牙切齒地說。「妳的名聲呢？妳的信譽呢？」

說完後他大步離去。我其實有點嚇到，抬頭看葛文時心臟還在砰砰跳。

「哇！」我故作輕鬆地說。「真是反應過度。」

「妳為什麼沒有去？」葛文皺眉。「所有大飯店開幕都是妳去採訪。每次都這樣。」

「我決定派西莉雅去。」我語氣愉快，沒有正面回答問題。「她文筆很好。」

「妳為什麼沒有去？」他重複，彷彿沒有聽到我的回答。

「我……呃……有些事情要處理。」我咳了幾聲，不願意說出那個字。「私事。」

葛文突然恍然大悟。「離婚的事？」

我沒辦法回答，只是轉著手腕上的錶，似乎突然對機械充滿興趣。

「又是妳離婚的事？」他口氣變得很尖銳，這不是好兆頭。

我臉頰尷尬發燙。我知道我離婚的事情鬧得很大，像《魔戒》那樣的史詩等級。我知道這佔據我太多工作的時間。我也知道我一直向葛文保證事情都處理好了。

可是這不是我的選擇。我也不覺得這很有趣

「我正在跟一位專門辦離婚的律師談，他在愛丁堡。」我最後坦承。「他很忙，我只好飛去——」

「費莉絲緹。」葛文把我叫到走廊邊。一看到他緊抿著嘴唇的模樣，我心裡一揪。他每次想砍薪水、刪預算、告訴別人不再幫他們出雜誌，請他們馬上離開大樓時都是這種微笑。「費莉絲緹，妳知道，沒有人比我更同情妳所受的折磨。」

真會說謊。他有太太、有情婦，兩邊相安無事，他怎麼可能體會？

「謝謝你。」我只能這麼說。

「可是妳不能讓離婚的事情影響工作，影響旅訊國際集團的聲譽。」他厲聲說。「明白嗎？」

我突然開始緊張。根據我的經驗，當葛文開始提到「旅訊國際集團的聲譽」時就表示他考慮開除對方。這是個警訊。

但是我也知道，根據我的經驗，唯一的方法就是絕對不承認。

「葛文。」我盡量把自己拉高，站直，嚴正地說。「我要鄭重澄清一件事。」我頓一下，假裝自己是英國首相卡麥隆，正在接受議會質詢。「我要說清楚，我絕對、絕對不會讓我的私生活影響到工作。事實上——」

「趴下！」一陣刺耳的尖叫聲打斷我的話。「雷射槍攻擊！」

我的血液凍結。這該不會是——

糟了。

耳邊傳來一陣熟悉的射擊聲。橘色的塑膠子彈穿過空中，擊中其他人的臉，飛進香檳酒杯裡。諾亞沿著走廊跑向大廳，拿著他的全自動玩具槍到處射擊，放聲大笑。可惡，我為什麼沒有先檢查他的背包？

「住手！」我衝過去抓住他的領子，拿走他手上的塑膠槍。「住手！葛文，我真的很抱歉。」我氣喘吁吁地說。「今天晚上輪到我前夫顧小孩，可是他臨時把諾亞丟給我——糟糕！抱歉！」

我一時緊張不小心按到塑膠槍上的按鈕，子彈像動作片《霸道橫行》裡演的一樣連發，正中葛文胸口。*我在用自動武器屠殺我主管，這在年度考績表上一定會很難看。*我腦海裡突然閃過這個念頭。一連串的子彈彈到他臉上，他驚恐地大叫。

「對不起！」我把槍丟到地上。「我不是故意要射……」

我顫抖地發現站在十英呎外的甘特，茂密的白髮上有三顆橘色的塑膠子彈，他的飲料裡也有一顆。

「葛文。」我吞了吞口水。「我不知道該說什麼——」

「都是我的錯。」愛麗絲急忙打斷我。「是我在照顧諾亞。」

「可是他本來不應該來公司的。」我指出。「所以是我的錯。」

我們轉向葛文，等他裁決。他搖搖頭，看著現場。

「私生活。工作。」他雙手緊握。「費莉絲，處理好自己的事情。」

我的臉因羞愧而發燙，拎著邊走邊抗議的諾亞回辦公室。

「可是我要贏了！」他一直抱怨。

「對不起。」愛麗絲抱著頭說。「他說這是他最喜歡的遊戲。」

「沒關係。」我對她微微一笑。「諾亞，以後再也不可以在媽媽辦公室玩塑膠槍。」

「我去找點東西給他吃。」愛麗絲說。「費莉絲，趕快回派對，快點去。沒關係。諾亞，來吧。」

她把諾亞帶出去，我只覺得全身上下每一個細胞都癱了。

她說的沒錯，我要趕快回去，找回所有的塑膠子彈、道歉、交際，把今晚變回一貫圓滿、專業的活動。

可是我真的好累，感覺可以馬上睡著。我桌下的地毯看起來像是躺下來休息的好地方。

我才剛在椅子上躺好，電話就響起。好吧，就接這通電話好了。也許會有提振心情的好消息。

我拿起電話。「喂？」

「費莉絲緹嗎？我是巴納比。」

「哇，巴納比。」我坐直，心情為之一振。「感謝你的回電。你絕對不相信丹尼爾剛才做了什麼事。他說今晚要顧諾亞，結果卻臨時把諾亞丟給我，現在又說要修改協議書的內容！說不定又要上法庭解決！」

「費莉絲，冷靜，鎮定。」巴納比用他慢條斯理的曼徹斯特口音說。我常希望巴納比講話可以快一點，尤其他還是計時收費。「事情一定會解決的。不用擔心。」

「他真的很過份。」

「我知道。可是妳不要有壓力，不要去想就好了。」

他是在開玩笑嗎？

「我已經把事情經過寫好了，可以寄給你。」我把玩著掛在脖子上的記憶卡。「要現在寄嗎？」

「費莉絲，我說過，妳不用把每一件事都記下來。」

「可是我想記！他真的很過份。如果把這些事情都拿到法庭上講，讓法官知道他是個什麼樣的人——」

「法官知道他是個什麼樣的人。」

「可是——」

「費莉絲，妳這是在做離婚白日夢。」巴納比平靜地說。「妳還記得我是怎麼說離婚白日夢的嗎？」

一陣沉默。巴納比都知道我在想什麼，真討厭。我們大學就認識。雖然他給我的友情價還是非常貴，可是我從來沒考慮過去找別人。他問完之後像個學校老師一樣，等我回答。

「離婚白日夢永遠不會成真。」我看著自己的指甲咕噥。

「離婚白日夢永遠不會成真。」他再次強調。「法官永遠不會在法庭上大聲朗誦出記錄丹尼爾各種缺點的兩百頁文件，旁邊也不會有觀眾噓妳前夫。法官更永遠不會在總結時說：『葛來芙妮小姐，您真是個聖人，竟然能夠忍受這樣惡劣的卑鄙小人。我在此宣判滿足您所有的要求。』」

瓶。

我臉一紅。我的離婚白日夢差不多就是這樣。只是我的版本還多加了觀眾向丹尼爾丟水

「丹尼爾永遠不會承認錯誤。」巴納比無情地繼續說。「他永遠不會哭哭啼啼地站在法官面前說：『費莉絲，請妳原諒我。』報紙也永遠不會以『爛男人在法庭上承認自己很差勁』為標題報導妳離婚的故事。」

我忍不住半哼著笑說。「這我知道。」

「真的嗎，費莉絲？」巴納比似乎不太相信我。「妳真的知道嗎？還是妳仍然期待他有一天會突然清醒，發現自己做了很多壞事？妳要知道，他什麼都不會發現，也永遠不會承認自己很差勁。我可以花一千個小時在這個案子上，但這還是不會發生。」

「可是真的很不公平。」我好難過。「他很過份。」

「我知道，他是垃圾。不要繼續想他的事。把他當垃圾沖走，丟掉。」

「事情沒有那麼簡單。」我頓了一下才又低聲說。「他是我孩子的父親。」

「我知道。」巴納比的口氣變溫柔。「我沒有說事情很簡單。」

一陣沉默。我看著辦公室時鐘的廉價塑膠指針滴答轉，最後癱坐下來，頭靠在手肘上。

「天啊，離婚真麻煩。」

「是啊。」巴納比說。「人類最偉大的發明。」

「我好想……我也不知道。」我重重嘆口氣。「揮一揮魔杖，讓這段婚姻從來沒發生過，只要留下諾亞，其他的就當惡夢一場。」

「妳需要的是婚姻無效的判決。」巴納比愉快地說。

「婚姻無效？」我疑惑地看著電話。「有可能嗎？」

「當然可能。這表示你們的婚約無效，這段婚姻從來不曾存在過。很多客戶都會做這樣的要求。」

「我可以嗎？」

我被吸引住了。也許這件事有什麼更快速又便宜的方法可以解決，是我之前沒想過的。婚姻無效，聽起來就很吸引人。巴納比怎麼都沒提過？

「除非丹尼爾重婚。」巴納比說。「或強迫妳結婚，或你們沒有行過房，或結婚當時其中一人精神有問題。」

「我！」我馬上說。「我瘋了才會嫁給他。」

「每個人都這麼說。」他大笑。「可惜這沒有用。」

可惡。這一線希望逐漸消失，真可惜丹尼爾沒有重婚。如果可以冒出一個戴摩門教軟帽的原配說：「我先嫁給他了！」多好，我可以省很多麻煩。

「那只好繼續辦離婚了。」我最後說。「謝謝。我要掛了，免得我只是打個招呼就要付你三萬英鎊。」

「沒錯。」不管我說什麼，巴納比似乎從來不生氣。「不過，妳還是會去法國對吧？」

「對，明天出發。」

我和諾亞要去法國蔚藍海岸度假兩週。這是諾亞的復活節假期，我卻要參觀三間飯店、六間餐廳和一間主題樂園，每天晚上要用電腦寫稿到很晚，不過我不敢抱怨。

「我有跟一個老朋友納森．佛瑞斯特聯絡。上次不是有跟妳提過？他在昂蒂布市？你們可以見個面，喝杯酒。」

「好。」我心情好一點了。「聽起來不錯。」

「我再把細節寄給妳。他人不錯，撲克牌打很兇，不過不要因此對他有成見。」

住在南法愛打牌的男人，聽起來很有趣。

「好，謝謝。」

「不客氣，拜。」

我一掛上電話，鈴聲馬上又響起。巴納比一定是漏了什麼沒講。

「喂，巴納比？」

除了急促而沉重的呼吸聲外，一陣沉默。嗯。巴納比該不會在上他的祕書時不小心按到回撥鍵？其實我已經猜到是誰了。那個呼吸聲很熟悉。話筒另一端隱約傳來梅西．葛蕾《我會努力》的歌聲。這是洛蒂失戀後的招牌歌曲。

「喂？」我又問一次。「洛蒂？是妳嗎？」

呼吸聲變得更沉重，更刺耳。

「洛蒂？」

「費莉絲……」她放聲大哭。「我真的真的以為他準備求婚……」

「天啊，洛蒂。」我抱著電話，真希望電話是她。「親愛的──」

「我跟他在一起三年，我以為他愛我，想跟我生小孩……結果他不想！他不想！」她哭得好傷心，跟諾亞擦傷膝蓋時哭得一樣慘。「我現在該怎麼辦？我都三十三歲了……」她開始打嗝。

「三十三歲哪有什麼！」我連忙說。「根本沒什麼！妳這麼漂亮個性又好——」

「我還買了戒指給他。」

她還買了戒指？我呆望著電話。我有沒有聽錯？她買了戒指給他？

「什麼樣的戒指？」我忍不住要問。無法想像她拿出裝在盒子裡的閃亮藍寶石戒指送理查的模樣。

拜託，千萬不要跟我說，她已經把裝在盒子裡的閃亮藍寶石戒指送給理查了。

「嗯，就訂婚戒指啊！」她語帶防衛。「有男子氣慨的戒指。」

有男子氣慨的戒指？不可能。這種東西不存在。

「洛蒂，」我委婉地說，「妳確定理查是可以送訂婚戒指的那種人嗎？這是不是嚇跑他的原因？」

「這跟戒指沒有關係！」她又開始放聲大哭。「他根本還沒看到！早知道我就不要買了！我想說這樣才公平！我以為他也有買戒指要送我！嗚嗚嗚！」

「是！」我連忙說。「對不起！」

「沒關係。」她稍微冷靜一下。「對不起，我不是故意要崩潰……」

「別蠢了，不然要姐姐做什麼？」

聽到她心情這麼不好真令人難過。真的，非常慘。可是我也忍不住鬆了一口氣。卸下故作堅強的表面，不再拒絕面對現實，這是好事。這表示有進步。

「總之，我已經決定該怎麼做，心情好很多了。一切明朗。」她大聲擤鼻涕。「我覺得好像有了目標、有計畫、有目的。」

我耳朵一抽。糟糕！她有「目標」，這是失戀後的警訊之一；此外還有「計畫」、「改變方向」和「很棒的新朋友」。

「好。」我小心翼翼地說。「很好！嗯……是什麼樣的目標？」

我腦袋裡快速閃過各種可能。拜託，不要又去穿洞或發神經買什麼房地產。我已經說服她不要辭職太多次，這次應該不會又要辭職吧？

拜託，不要移民澳洲。

也不要「減個五公斤」。因為第一、她已經夠瘦了；第二、她上一次減肥時要我幫忙，規定我每半個小時打一次電話給她說：「妳這個肥婆，乖乖執行計畫。」然後我拒絕時她還抱怨。

「到底是什麼？」我追問，盡量不強迫她，擔心得全身緊縮。

「我要搭第一班飛機去舊金山，給理查一個驚喜，然後求婚！」

「什麼？」電話差點從我手中掉落。「不行！這樣不好！」

她打算怎麼辦？衝進他辦公室？在他家門口等？跪下來拿出所謂「有男子氣慨」的訂婚戒指？我不能讓這種事情發生，因為她會備受屈辱、深受打擊，最後還不是我要收拾善後！

「可是我愛他！」她聽起來好亢奮。「我好愛他！如果他不明白我們註定要在一起，我就有這個責任告訴他！由我來主動！我現在在維京航空的網站上。妳覺得我要訂豪華經濟艙嗎？妳能不能幫我拿到折扣？」

「不行！不可以訂機票去舊金山。」我用我最堅定、最有權威性的口氣說。「關上電腦，關掉網路。」

「可是——」

「洛蒂，妳要面對現實。」我口氣放溫柔。「妳給過理查機會。如果他想結婚，你們就會結婚。」

我知道這麼說聽起來很殘酷，可是這是事實。想結婚的男人會求婚，不用解讀什麼訊號，求婚本身就是訊號。

「可是他不知道他想結婚！」她熱切地說。「他只是需要被說服，如果我稍微推他一下……」

推一下？他需要的是有人用力戳他肋骨吧！

我突然想到洛蒂抓著理查的頭髮拖他去結婚的模樣，心裡一縮。我知道這個故事最後會有什麼樣的結局：答案是家庭律師巴納比．瑞斯的事務所，首次諮詢費五百英鎊。

「洛蒂，聽我說。」我口氣嚴厲。「專心聽。除非妳百分之兩百確定這段婚姻會幸福，否則不要結婚。不對，要百分之六百。」我愁眉苦臉地看著丹尼爾新提出的離婚要求。

「相信我，這不值得。我也有過這樣的經驗……是真的很糟糕。」

電話那端一陣沉默。我太了解洛蒂了。幾乎可以看到她在金門大橋上向理查求婚、心心相印的影像逐漸消失。

「至少先考慮看看。」我說。「別急著做決定，先等幾個禮拜再說。」我屏住呼吸，手指交叉求好運。

「好吧。」過了許久洛蒂才落寞地說。「我會再考慮看看。」

我驚訝地眨眨眼。我做到了！我真的做到了！這是我第一次在洛蒂做出「令人遺憾的選擇」之前擋住她，在傳染病開始蔓延前加以遏止。

也許她年紀大了變得比較理性。

「出來吃午飯。」為了讓她開心，我提議。「等我度假回來，我請妳吃飯。」

「好啊，不錯啊。」洛蒂小聲說。「姐，謝謝。」

「保重，再聊。」

她掛上電話，我不滿地嘆口氣，不過我也不知道自己在生誰的氣。理查？丹尼爾？葛文？甘特？世界上所有男人？不對，不包含所有男人。好吧，所有男人，但有少數幾個例外：巴納比、送牛奶的先生奈威爾、達賴喇嘛和我——

我突然瞥見電腦螢幕反射的影像，驚訝地靠近一看，發現有顆玩具槍子彈在我頭上。

很好。

03

洛蒂

我整晚沒睡。

很多人都會這樣講，意思是起個幾次床、泡杯熱茶、再回去睡覺。可是我真的整晚都沒睡，數著一個又一個小時過去。

凌晨一點，我決定證明費莉絲大錯特錯；凌晨一點半，我已經訂好去舊金山的機票；凌晨兩點，我寫了一份完美、熱情而充滿愛意的求婚講稿，引用莎士比亞、理查．科提斯[3]和接招合唱團的名句；凌晨三點，我已經拍好求婚影片（共拍了十一次）；凌晨四點，我看著自己拍的影片，意識到殘酷的真相——費莉絲說的沒錯，理查永遠不可能答應，他只會被嚇死，尤其是如果我真的把那段話講出來；凌晨五點，家裡的焦糖核桃冰淇淋都吃完了；凌晨六點，巧克力棉花糖冰淇淋也吃完了。我癱在塑膠椅上，感覺噁心想吐，心裡好後悔。

我心裡有一小部分仍在懷疑，丟下理查離開，是不是我這輩子犯過最大的錯誤？如果我忍住不說，不提結婚的事，繼續堅持下去，我們的戀情會有結果嗎？會嗎？

3. 英國愛情劇導演及編劇。

可是，其他部分的我比較理性。有人說女人憑直覺，男人靠邏輯。亂講。拜託，我大學時可是修過邏輯學，我知道怎麼推論，如果A＝B，B＝C，所以A＝C，有什麼比下列這個論點更簡潔有力？

假設一：理查沒有要向我求婚的意思。這點他表示得很清楚。

假設二：我想要結婚，想要承諾，也想生寶寶。

結論：所以我和理查註定無法在一起，我應該和別人交往。

其他結論：所以我跟他分手是正確的決定。

進一步結論：所以我要另外找對象，找個想和我共度下半生，不會一聽到結婚就瞪大眼睛露出茫然的表情，好像這是個很可怕的想法的人。找到一個明白如果兩個人在一起三年，表示他們想定下來、生小孩、養狗的人，還有……還有……一起裝飾耶誕樹……這有什麼不對嗎？為什麼完全不能提也不能討論？大家都說我們好適合，我們在一起很幸福，就連你媽都暗示要我們住附近。

好吧，這個論點其實不怎麼簡潔有力。

我喝了口咖啡，試圖安定自己的情緒。我要努力保持冷靜和邏輯思考，因為我整夜沒睡就搭七點零九分的火車來伯明罕，等一下還要在瀰漫著焗烤花椰菜味的大講堂裡，對一百名學生演講，舉辦徵才說明會。

我跟我同事史提夫在講堂後臺的小房間，他坐在那裡，握著他的咖啡，跟我一樣無精打采。史提夫經常和我一起去校園徵才，搭檔演出，他負責科學的部分，我負責一般內容。基本上他先說明我們的研發部門如何走在時代尖端，給學生好印象，再由我向學生保證公司會好好照顧他們，工作精彩刺激，不會讓他們覺得出賣自己。

「要不要吃餅乾？」史帝夫遞了塊巧克力餅乾給我。

「不用了，謝謝。」我抖了一下。我已經塞下夠多反式脂肪和食品添加劑了。

也許我該去什麼健身集中營。很多人都說慢跑改變他們的人生和人生觀。我應該去參加那種每天從早跑到晚，喝健康飲料，在山裡或沙漠裡的度假村，從事很困難有挑戰性的活動。或去參加鐵人賽。沒錯！

我伸手拿黑莓機，正準備上網查「健身集中營鐵人賽」時，學校的輔導人員出現在門口。我們沒來過這間學校，所以也沒見過這位黛博拉。老實說，她很怪。我從來沒見過這麼緊張不安的人。

「還好嗎？十分鐘後開始。簡單就好。」她緊張地點著頭說。「愈短愈簡單愈好。」

「我們很樂意在演講結束後跟學生聊。」我從帆布袋裡拿出一疊「在布雷製藥公司上班的理由」傳單。

「好。」她眼神閃爍地說。「好……還是一樣，簡單就好。」

我有點想發脾氣說，拜託，我們大老遠從倫敦跑來！很多學校的輔導人員聽到我們願意回答問題可是高興得很。

「老樣子？」我對史提夫說。「我開頭，換你，第一段影片，我講完再換你，第二段影片放完回答問題？」他點點頭。我把ＤＶＤ拿給黛博拉。「我會提示妳。到時妳看就知道。」

徵才ＤＶＤ是我們簡報最糟糕的一部份，風格很像一九八〇年代的音樂錄影帶——ＤＶＤ慘淡的燈光搭配難聽的電子音樂，裡面的人髮型都很奇怪，舉止僵硬，假裝在開會。可是這張ＤＶＤ當初花了一百英鎊買來，非用不可。黛博拉拿ＤＶＤ去播，我往後坐在椅子上，很想放輕鬆，但雙手卻絞在一起。我不知道自己有什麼問題。感覺好差。我的人生到底在幹嘛？我人生的方向在哪裡？我到底在做什麼？

對了，這跟理查無關，完全不相關。這是我的人生，我需要……我也不知道。或許是新的方向，新的能量。

旁邊椅子上擺了一本書，我拿起來看，書名是《反向原則：改變你的商業策略》，封面還印上「賣出一千萬本！」的字樣。

我突然好氣自己。為什麼不多看幾本商業書？難怪我的人生會出問題，就是因為我對職場生涯的投入不夠。我拿起來翻閱，用最快的速度吸收資訊。裡面有很多圖表，圖表上的箭頭先朝一個方向走，然後又朝反方向走。訊息很明顯：反向操作。這我兩秒就看出來了。果然是天生好手。

也許我應該把這些書看完，成為專家，也許我應該去申請哈佛商學院。我突然想像自己在圖書館裡苦讀，腦子裡塞滿各種商業原則的模樣。唸完書再回英國當上市百大企業經理人。人生充滿了理念與策略，充滿睿智、高階的想法。

我正準備上網搜尋「哈佛海外留學生」時，黛博拉就出現了。

「學生差不多到齊了。」她聽起來很慌。

「喔，好。」我把注意力拉回她身上。她到底是有什麼問題？也許她是新人，也許這是她辦的第一場校園徵才演講，所以她才這麼焦躁不安。

我補了點唇蜜，盡量不看自己通紅的雙眼。黛博拉走出雙扇門，站上講臺，一臉準備赴死的模樣。我聽到她微弱的聲音壓過眾人的喧嘩聲，沒多久傳來一輪掌聲。我用手肘推剛咬下一口可頌的史提夫。他每次都這樣。

「走吧！上場了！」

我站上小小的講臺，看著我們的觀眾，忍不住多看兩眼。

我替製藥公司徵才，已經習慣頂著一頭髒髮、鬍子沒刮、睡眼惺忪、步履蹣跚的學生。可是這群學生好光鮮亮麗。前面坐了一群完美的女學生：閃亮的長髮、修剪整齊的指甲和全套妝容；後面則有一群身材超健美的男生，T恤下的肌肉隆起。我驚訝得說不出話來。這裡都是些什麼樣的研究室？有附設跑步機嗎？

「他們都好好看！」我低聲對黛博拉稱讚。「外表一百分。」

「嗯……有建議他們要注重。」她臉一紅，匆忙離開。我瞄了下史提夫，他目瞪口呆地看著那些漂亮的女孩子，似乎不敢相信自己的好運。

「大家好！」我站到講臺上。「感謝大家今天來這裡，我是洛蒂．葛來芙妮，今天來這裡介紹布雷製藥。我想大家可能比較熟悉我們在藥局販售的全球品牌，例如止痛藥和暢銷產品嬰兒乳液。不過，在布雷製藥工作不只有這些──」

「工作內容很刺激。」史提夫幾乎是把我推開。「有很多挑戰，但也讓人很興奮。我們站在研究工作的最前端，希望帶領各位一同踏上這段刺激的旅程。」

我瞪著他。真是的！第一，這不是原本的腳本；第二，這個「性感」的假聲是從哪來的？第三，他開始捲袖子，彷彿他是什麼外型粗獷、製藥業界的印第安那瓊斯。其實他不應該這麼做，因為他手臂慘白而且青筋畢露。

「如果你希望展開冒險的人生……」他故意停下來，就差沒嚎叫。「這就是你的起點！」

他目光鎖定前排一個穿著白襯衫，領口開很低，露出古銅色乳溝的女生。一頭長長的金髮和大大的藍眼睛，正在把他講的每一個字都抄下來。

「史提夫，放DVD。」我愉快地說，趁他還沒開始對她流口水，趕快把他拖走。燈光變暗，我們身後的螢幕上出現第一段影片的畫面。

「這群學生看起來很聰明。」史提夫在我身旁坐下時悄聲說。「了不起。」

哪裡了不起？罩杯大小嗎？

「我們又還沒跟他們聊。」我指出。「你怎麼知道聰不聰明？」

「看眼神就知道了。」他輕描淡寫地說。「我在這一行這麼久，一看就知道有沒有潛力。例如前排那個金髮的女生看起來就很有潛力，非常有潛力。應該要跟她提獎學金的事，免得被其他製藥公司搶走。」

拜託，他下一步就會給她六位數的薪水。

「所有人都會拿到獎學金的申請資料。」我嚴厲地說。「你可以不要每句話都對著她的胸部說嗎？」

燈光亮起，史提夫大步走上講臺，繼續把袖子往上捲，一副準備砍柴獨力蓋小木屋的模樣。

「我想跟各位分享幾點我們公司的最新進展，以及在各位的協助之下，未來希望取得的成就。」他看著那名金髮女孩說，她則禮貌性地微笑回應。

螢幕上出現一個結構複雜的分子。

「大家對氟化氫應該都很熟……」他指著螢幕說。「不過在我繼續說下去之前，我想先了解各位主修的科目。」他環顧四周。「我想這裡應該會有幾位生化科系──」

「什麼科系不重要！」黛博拉趕在其他人回答之前打斷他的話。她從座位上跳起來，朝講臺走過來，嚇我一跳。「主修什麼科目不重要吧？」

她好緊張。到底怎麼了？

「只是做個參考。」史提夫解釋。「請生化科系的舉手──」

「你們不是什麼科系的學生都收嗎？」她打斷他的話。「你們的徵才廣告是這麼寫的，唸什麼科系應該無關吧？」

她看起來好慌。我就知道哪裡有問題。

「有沒有人主修生化？」史提夫困惑地望著沉默的演講廳。通常至少有一半是生化科系的學生。

黛博拉臉色很難看，過了一會兒才說：「方便私下說話嗎？」接著著急地把我們叫到一邊。「不好意思……」她的聲音在顫抖。「出了點差錯，我把信寄給另一群學生。」

原來如此。她沒把信發給生化科系的學生。真笨。可是她看起來好難過，我決定當個好人。

「我們公司很開明。」我安慰她。「不只招收生化科系的畢業生，也收物理系、生物系和商學院的學生……請問這些學生都主修些什麼科目？」

一陣沉默。黛博拉急切地咬著嘴唇。

「美容。」過了許久她才低聲說。「大部分都是正在受訓的化妝師，有些是舞者。」

化妝師和舞者？

我說不出話來。難怪身材那麼好，外型那麼亮麗。我看了史提夫一眼，他看起來好失望，我突然很想笑。

「真可惜。」我故作無辜地說。「史提夫認為這群學生很有潛力，想提供科學研究獎學金，是不是啊史提夫？」

他惡狠狠地瞪著我，然後又轉頭對黛博拉說，「到底在搞什麼？為什麼要我們對一群他媽的化妝師和舞者介紹製藥研究工作？」

「對不起。」黛博拉看起來好想哭。「等我發現信寄錯人時已經來不及。學校要求我鎖定大公司，你們公司這麼有名，我實在不想取消——」

「請問在座有誰想從事製藥研究嗎？」史提夫問全場觀眾。

沒有人舉手。我不知道該笑還是該哭。為了來這，我可是早上六點就起床了（其實是整夜沒睡）。

「那你們來幹嘛？」史提夫聽起來快爆炸了。

「我們要參加十場就業說明會才能拿到學分。」一名綁著馬尾的女孩子說。

「媽的。」史提夫拿起椅子上的夾克。「我沒時間做這種事。」看著他氣沖沖地離開，我也很想走。我這輩子還沒遇過像黛博拉這麼無能的人。

可是，另一方面，這裡還有一群學生在等著我。即使未來不從事製藥研究工作，還是需要求職。我都大老遠從倫敦來了，怎麼可以轉身就走。

「好。」我拿走黛博拉手上的遙控，關掉ＤＶＤ，站到舞臺中間。「重頭來。我不是美容師也不是舞者，不能給你們什麼工作上的建議。不過我的專長是人力招募，可以給一些一般的建議。有什麼問題想問嗎？」

一陣沉默，然後一名穿皮夾克的女生遲疑地舉起手。

「妳可以幫我看履歷有沒有什麼問題嗎？」

「當然，好主意。還有其他人也想要我看履歷的嗎？」

好多人舉手。我這輩子還沒見過這麼多隻精雕細琢的手。

「好，請排隊。我們來看履歷。」

兩個小時後，我看完大約三十名學生的履歷。（我只能說，如果是黛博拉指導他們寫履歷的話，她應該要被開除。）除了回答完退休金、報稅及創業相關問題；提供許多我覺得可能有幫助的建議外，同時也學到很多新的事情，例如：如何化出電影裡的受傷妝、那個現在在倫敦拍片的女演員看起來很親切，其實都欺壓化妝師、如何在半空中劈出一字馬（我不會）。

我現在讓他們自由發言，一名頭髮挑染成粉紅色，臉色蒼白的女生正在講指甲彩膜的成本、自己開一家美甲沙龍要賺錢有多困難。我邊聽邊設法提供建議，可是我的注意力一直轉向坐在第二排的一個女生。她眼眶泛紅，沒有說話，卻一直把玩著手機，擤鼻涕，拿衛生紙擦眼角。

他們在問問題時，有次我也差點需要用衛生紙。我在談休假和福利，苦悶的心情突然浮現。我一直在累積休假，整整積了三個星期的假，準備度蜜月用，還在度假勝地聖露西亞島上找到一個很棒的地方——

不行，洛蒂，不要想這件事，繼續，繼續。我眨眨眼，重新把注意力轉回頭髮挑染成粉紅色的女生身上。

「……妳覺得我應該專做眉毛嗎？」她一臉焦慮地問我。

糟糕，我剛才沒有專心聽，話題怎麼會轉到眉毛？我正準備請她重述重點給其他人聽（這是解決這種問題的好方法），第二排那個女生突然哭了出來，我沒辦法再假裝沒看到。

「嗨。」我輕聲說，一邊揮手吸引她的注意。「不好意思。妳還好嗎？」

「辛蒂剛失戀。」她朋友伸出手抱住她。「可以不要罵她嗎？」

「當然可以！」我說。「沒問題！」

「那她還可以拿到學分嗎？」另一名朋友焦急地問。「因為她已經有一門課沒拿到學分了。」

「都是他害的。」第一個開口的朋友生氣地說。同時大約十個女生點頭表示認同，低聲咒罵「沒錯就是他」、「王八蛋」和「他連煙燻妝都不會化」之類的。

「我們在一起兩年。」那個蒼白的女生又哭了一聲。「整整兩年，他有一半的作業都是我幫他做的，然後現在他說要專心事業，我還以為他想跟我在一起……」她整個崩潰大哭。我看著她，眼眶也跟著濕潤。我能體會她的痛苦。真的能體會。

「妳當然可以拿到學分。」我親切地說。「我還會特別給妳嘉獎，說妳心情沮喪還出席。」

「可以嗎？」辛蒂露出淚眼汪汪的微笑。「真的可以嗎？」

「可是妳要聽我說，好嗎？聽我說。」

我很想談些跟今天主題無關的話，談世間真理，不談退休金，不談報稅，只談愛情，或不談愛情，談我們兩個同樣陷入的困境。我知道我不該管這些事，可是這個女生應該要知道，她需要知道。我的心臟跳得好用力，覺得自己好高尚、好有啟發性，像英國知名女星海倫．米勒或美國總統夫人蜜雪兒．歐巴馬。

「我要跟妳說一件事。」我說。「女人對女人，專業人士對專業人士。」我眼神專注地看著她。「不要讓失戀毀了妳的人生。」我情緒激動，充滿自信，傳達我要傳達的訊息。「妳很堅強。」我伸出手指一一細數。「妳獨立、有自己的人生。妳根本不需要他，好嗎？」

我一直等，等她說出「好」為止。

「我們都失戀過。」我提高音量對全場觀眾說。「哭不能解決問題；吃巧克力或報仇也不能解決問題。妳需要繼續過妳的人生。你們知道我每次失戀過後都做什麼嗎？我把自己的人生導向新的方向，幫自己安排刺激的新計劃、改變造型、搬家；因為我主掌自己的人生。」我一手握拳敲另一隻手的掌心。「我的人生不是由某個連煙燻妝都不會化的男生來掌控。」

有幾個女生鼓掌，辛蒂的朋友歡呼以示支持。「我就是這麼說的！他是個垃圾！」

「不要再哭了！」我強調。「不要再拿出衛生紙，不要再檢查手機看他是不是有打來，不要狂塞巧克力，繼續過妳的人生，開拓新的視野。既然我辦得到，妳一定也可以。」

辛蒂張大嘴巴望著我，彷彿我能看穿她的心思。

「可是妳很堅強。」過了許久她才哽咽地說。「妳很棒。我跟妳不一樣，就算我到妳這個年紀也不會跟妳一樣。」

她一臉欽佩地看著我，我忍不住覺得很感動，不過也不用把我講得這麼老，好像恐龍，我也才三十三歲，不是一百歲。

「妳當然會。」我充滿信心地說。「妳知道嗎，我也曾經跟妳一樣怯懦，不知道自己的人生要做什麼，也不知道自己有什麼潛能，只是個到處閒晃，十八歲的小朋友。」我有種想發表我的萬用激勵演講的衝動。時間夠嗎？我看了一下錶。剛好夠講簡短的版本。「我很迷惘，跟你們現在的感覺一模一樣，後來我上大學前放自己一年假。」

這個故事我講過很多次了。從校園活動到增強團隊向心力的講座，或是為即將留職停薪去進修的教職員做行前準備，每次都會讓我很興奮，從來不覺得煩。

「我整個人生在那一年改變。」我說，「經過某個晚上，我整個人脫胎換骨。」我往前走了幾步，看著辛蒂。「妳知道我對人生的理論是什麼嗎？每個人都有幾個特別的時刻會引導妳人生的方向。我在那一年碰到我人生最重要的一刻。你們只是還沒遇到而已，日後一定會碰到。」

「發生什麼事？」她和其他人全部瞪大眼睛看著我，我還看到有人把ipod關掉。

「我住在伊克諾斯的青年旅舍。」我說。「希臘的一個小島，島上住了很多跟我一樣來過空檔年的學生。我整個夏天都住在島上，是個神奇的地方。」

我每次講這個故事就會想起同樣的事情。希臘燦爛的陽光每天早上在我眼皮上跳躍，喚醒我。海水灑在小麥色肌膚上的感覺。晾在木製百葉窗上的比基尼。破爛帆布鞋裡的沙子。在海灘上烤新鮮的沙丁魚。每天晚上聽音樂跳舞。

「總之，有天晚上失火了。」我強迫自己把思緒拉回來。「很可怕。青年旅舍裡住滿了人，簡直就像死亡陷阱，大家跑到樓上的陽臺，可是沒有人能下去，大家都在尖叫，沒有滅火器……」

每次想到那天晚上，腦海中都會浮現屋頂垮下來那一幕，彷彿聽見那隆隆巨響和尖叫聲，好像聞到當時的濃煙。

全場靜默聽我繼續說。

「我剛好在樹屋上，站在置高點。我看得到大家應該朝哪個方向——從陽臺側跳到旁邊的羊圈屋頂，只是沒有人發現這件事，大家都慌了。所以我開始主掌大局，指揮大家，大吼大叫，揮舞雙手，像個神經病般上下狂跳，最後終於有人看到我，全都聽我的指揮，依照我的指示跳下陽臺，一個個跳到羊圈屋頂上，大家都平安沒事。這是我這輩子第一次意識到我可以是個領導者，我可以做出改變。」全場靜默。

「我的天啊。」過了許久辛蒂終於呼氣。「有幾個人？」

「十個？」我聳肩。「十二個？」

「妳救了十二條人命？」她的口氣充滿敬畏。

「我不知道。」我故作輕鬆地說。「我相信最後都有人去救他們。重點是，我對自己有一點新的發現。」我十指緊握，放在胸口。「從那一刻開始，對於什麼我都有信心去追求。改變作風，改變所有的想法。坦白說，這一切全都從那一刻開始，那是決定性的一刻，塑造了現在的我。我相信，你們也都會遇到決定自我的一刻。」

我每次講這個故事都會回到那一刻，情緒也因此有點激動。當時的情況好可怕。有一點我從來不提：當時我有多害怕，有多恐慌，在風中尖叫，心情焦急，好希望他們聽到我的聲音，我知道一切都要靠我。我擤鼻涕，對著大家沉默的臉孔微笑。因為我而有不同。多年來我一直記著這句話。因為我而有不同。不管我做了什麼愚蠢白癡的事，因為我而有不同。

全場靜默，接著前排那名金髮女生站了起來。

「妳是我們聽過最棒的就業輔導員，大家說對不對？」我驚訝地看著她帶領全場鼓掌，還有幾個女生在歡呼。

「應該不是啦。」我連忙說。

「是，妳就是。」她堅持。「妳太棒了，我們可以好好謝謝妳嗎？」

「不客氣。」我客氣地微笑。「我很高興來這裡，祝各位求職順利——」

「我不是這個意思。」她朝講臺靠近，手上拿著一大捆刷子對我示意。「我叫喬，要不要幫妳做造型？」

「喔。」我遲疑地看了一下錶。「不用了，謝謝妳的好意——」

「希望妳不要誤會。」喬親切地說，「可是妳很需要。妳眼睛好腫。昨晚有睡飽嗎？」

「喔，」我馬上僵住。「有。我有睡飽，謝謝。睡很飽，非常飽。」

「好吧，那妳應該換眼霜，妳現在擦的這個顯然沒有效。」她靠過來看著我的臉。「妳鼻子也好紅。妳該不會……有哭過吧？」

「哭？」我盡量不讓自己聽起來像在反駁。「當然沒有！」喬請我坐上塑膠椅，輕拍我眼睛周圍的皮膚，深深吸氣，好像看到水泥抹得亂七八糟的建築工人。

「對不起，可是妳皮膚狀況好差。」她把幾個朋友叫過來，大家看到我的眼睛都露出驚愕的表情。

「哇，好慘。」

「妳眼睛好紅！」

「我也不知道為什麼。」我故作輕鬆地微笑。「完全不知道。」

「妳是不是過敏！」喬靈機一動。

「對。」我馬上抓住這個說法。「一定是過敏。」

「妳都用什麼化妝品？可以給我看嗎？」

我拿起皮包拉開拉鍊，可是卻卡住了。

「我幫妳。」我還來不及阻止，她已經拿起我的包包。可惡，我不想被人家看到我早上在書店買的特大號巧克力棒。我在等史提夫時忍不住啃掉大半。

「我自己來。」我把包包搶回來，可是她的手已經拉開拉鍊，整個用力一擠，那半條巧克力掉了出來，一小瓶幾乎喝光的白酒（只是一時脆弱）也跟著掉出來，還有一張被撕碎的照片（理查的，又是一時脆弱）。

「對不起！」喬驚恐地撿起碎片。「真的很抱歉！這是——」她仔細瞧了瞧。「這是照片嗎？

怎麼變這樣？」

「妳的巧克力。」另一名女孩把巧克力棒遞給我。

「這看起來像情人節卡片。」她朋友小心翼翼地撿起一張亮晶晶的卡片，上頭有點焦黑。「怎麼看起來像被——燒過？」

我把卡片放在咖啡杯裡，在咖啡店用火柴燒的，被店員阻止（極度脆弱的情況）。理查的眼睛從照片一角看著我。我心情突然一陣起伏，心裡很難過。我可以感覺到那幾個女生交換眼色，可是我說不出話來，找不到什麼能鼓勵人的方式解釋。喬回頭再次看著我佈滿血絲的雙眼，接著開始動作，把所有東西塞回我包包。

「總之，」她輕快地說，「最重要的是讓妳看起來美豔動人，給那傢伙好看。」她對我眨眨眼。「可能要一點時間，妳準備好了嗎？」

這就是答案。我不知道問題是什麼，但這就是答案。我閉上雙眼，坐在椅子上，讓我的新朋友喬和她的同學們拿著筆和刷子在我臉上化。先在我臉上噴粉底，幫我頭髮上捲子，接著討論要化什麼樣的眼妝，可是又一直改變主意。不過我整個人出神，幾乎沒在聽。我頭昏腦脹，已經不在乎回辦公室會不會遲到，一直打瞌睡然後又醒來，腦子裡都是夢境和各種色彩與想法構成的漩渦。

每一次想到理查，我都強迫自己把思緒拉走。重新出發，出發，出發，我會過得很好，我不會有事。我需要聽自己給自己的建議，找個新方向，找個新任務，找件事情讓我專心。

我可以重新裝潢家裡，或去學功夫，報名密集訓練課程，鍛鍊身體，把頭髮剪超短，練出像希拉蕊史旺那樣的二頭肌。

或去穿肚環。理查很討厭穿肚環，所以我更要穿。

或是去旅行。我怎麼沒有多去旅行？

我的思緒一直飄回伊克諾斯。那年夏天好棒，直到那場火災，警察來了，遊客全都解散，一片混亂。我那個時候好年輕，好瘦，穿著剪短的短褲和比基尼上衣，頂著編成珠串的髮絲。當然還有班，我第一個男朋友，第一段感情。深色的頭髮和湛藍的眼珠，笑起來有眼角紋，他身上混和著汗水、鹽巴和古龍水的味道。我們做愛做了多少次？至少一天三次。沒有做的時候也想著做愛的事。好瘋狂，好像嗑藥。他是我第一個極度渴望，渴望到……

等等，等一下。

班？

我張大眼睛，喬氣得大喊，「不要動！」

絕對不可能。

「對不起。」我眨眨眼，試圖保持冷靜。「那個……可以暫停一下嗎？我打個電話。」

我轉身翻出手機，按下速撥鍵打給凱拉，一邊告訴自己不要傻了，不可能是他，不會是他。

絕對不會是他。

「嗨，洛蒂。」傳來凱拉的聲音。「還好嗎？」

隔了這麼久，他為什麼打給我？拜託，都十五年了。我們在……在那之後就沒聯絡了。

「嗨，凱拉。我想問一下班的號碼。」我努力放輕鬆。「記得嗎？昨天我出去時打給我的那個人。」

我的手為什麼握得那麼緊？

「喔，好。等等……找到了。」她唸出一個手機號碼。「他是誰？」

「我……也不清楚。妳確定他沒有說他姓什麼？」

「沒有，只有說他是班。」

我掛上電話，看著手中的號碼。只有說他是班。班。

我堅決地告訴自己，一定是哪個沒禮貌的學生，或是哪個以為我們很熟，可以直呼名字的就業輔導員。也可能是我鄰居班．瓊斯，突然有什麼事需要打來公司找我。世界上有多少人的名字叫班？大概有五百萬個吧。沒錯。

只有說他是班。

問題是，為什麼我的呼吸變得有些急促，還突然坐直身子，想讓自己顯得更有魅力？除了我的前男友，誰會這樣稱呼自己？

我輸入電話號碼，緊閉雙眼等待。電話鈴聲響起，一聲又一聲。

「班尼迪克．派爾。」他停了一下。「喂？我是班尼迪克．派爾，您是哪位？」

我的胃糾結，我說不出話來。

是他。

04

洛蒂

第一件要說的事是我看起來好美。

第二件要說的事是我不會跟他上床。不，我不會。

雖然這件事我已經想了一整天，雖然每次想到以前我就開始興奮。想到他，想到以前的情景，想到我們當時的情景，感覺就有一點不真實，有點頭重腳輕。真不敢相信隔了這麼久，我又要見到他。班，是班。

聽到他的聲音就好像時光倒流，馬上把我拉回當年，我們常在傍晚面對面坐著，霸佔那張搖搖晃晃的小桌子，被橄欖樹圍繞，我的光腳丫放在他大腿上，手裡握著一罐冰雪碧。我都忘了我以前有多愛喝雪碧。

跟他說過話後，過去的回憶和影像不斷浮現，有些模糊，有些非常清晰。他的眼睛、他的氣味、他總是那麼認真，這一點我記得最清楚，他的認真。他讓我覺得我們好像在拍電影，我們是主角，除了此時此刻的他和我，其他都不重要。只有當下的感覺最重要。他給我的感覺——太陽和汗水、海水和沙子、肌膚之親。一切都好火熱，好鮮明，好……不可置信。

十五年後，這一切變得——好奇怪。我看手錶，心裡一陣期待。不要在商店門口逗留，該走了。

我們約在克勒肯維爾區一家新開的海鮮餐廳，評價不錯。班的公司在附近，不知道是做什麼的？我沒問，這點是我笨。後來講完電話回公司才趕快上網查。臉書上找不到他的資料，只有找到某家紙業公司的網站，董事名單上有他的名字。我有點意外。我們還在一起時他想當演員。大概後來沒有成功，或者他改變主意。當年我們很少討論工作或職業生涯這些事，只對做愛和如何改變這個世界有興趣。

我倒是記得常跟他在深夜裡討論他正在讀的德國戲劇家布萊希特，我正在讀的俄國小說家契訶夫的作品，以及全球暖化、慈善事業、政治和安樂死等議題。當時我們還沒上大學，現在回想，當年兩個人都好認真，畢竟才剛高中畢業。

我穿著新買的高跟鞋，步履有些蹣跚地朝餐廳的方向前進，頭髮在肩膀上擺盪，一邊欣賞完美無瑕的指甲。喬和她那些朋友一聽到我要和前男友約會後，馬上展開另一個層級的活動，幫我修指甲，染眉毛，甚至問我要不要做私處的蜜蠟除毛。

當然不需要。因為三天前我才去做美容，為我和理查求婚後火熱、愉悅的性愛做準備。可惜沒派上用場。好浪費錢。

我心中一痛，好丟臉，好痛苦，我應該把美容院的帳單寄給他的。應該寄去舊金山，附上一封信說，親愛的理查，當你收到這封信時——

不行。住手，洛蒂。不要想理查。不要寫信。重新出發，出發，出發。

我緊緊捏住手拿包，強迫自己振作。一切都是天註定、一切都有它的安排。一分鐘前我還在低潮，下一刻班就跟我聯絡。這是命運，這是緣分。

不過我還是沒有要跟他上床。

絕對沒有。

快走到餐廳門口時，我拿出小鏡子做最後一次檢查。我的天啊，我老是忘記自己看起來有多美。我的肌膚容光煥發。喬用腮紅和修容餅幫我化出美麗的顴骨。雙唇鮮豔誘人。簡單說就是很美。

這跟宿醉時穿著睡衣褲巧遇前男友的惡夢情境完全相反，這是美夢。我這輩子從來沒這麼美豔過，以後可能也不會再有機會，除非我請十個化妝師。就外表來說，這是我的巔峰了。

我帶著這點信心推開餐廳大門。一陣大蒜與海鮮的香氣迎面而來。餐廳裡有皮質包廂和碩大的水晶燈，喧擾的程度剛好，氣氛友善而有禮貌，不會太炫耀令人討厭。吧臺有名調酒師正在調酒。我突然很想來杯薄荷味的莫吉托。

我當下馬上決定我不要喝醉。不能跟他上床，不能喝醉。

領班朝我走過來。好。

「我跟……朋友有約。他有訂位。班尼迪克．派爾？」

「是。」領班帶著我穿過餐廳，經過十張桌子，每張桌子都坐著可能是他的男士，可是我都看不到臉。每一次我的胃都緊張地翻動。是他嗎？那個是他嗎？拜託千萬不要是那一個——天啊！我差點尖叫。他在那裡，正在起身。保持冷靜。微笑。感覺好、好、好不真實。

我打量著他，用最快速度收下每一個細節，好像在參加評估前男友的奧運競賽。襯衫的圖案有點奇怪，怎麼會這樣？他比我印象中高一點，瘦一點。臉絕對比以前瘦。深色捲髮也剪短了。看他現在這樣，絕對猜不到他以前留著一頭希臘神像般的長捲髮。以前戴耳環的耳洞還在。

「嗯……嗨。」我打招呼。

我對自己冷靜的口氣感到很滿意。尤其是好好打量他一番後，我心裡愈來愈興奮。你看看！他好帥！就跟以前一樣，可是更帥，更成熟，少了點青澀。

他靠過來親臉打招呼，成人式的雙頰吻。接著又退後一步看著我。

「洛蒂，妳看起來……好美。」

「你也不差。」

「妳一點都沒變！」

「你也是！」

我們倆驚喜地微笑互望，就像抽獎完以為自己抽中的是一盒不怎麼樣的巧克力，卻發現其實是一千英鎊的現金，不敢相信自己的好運。

畢竟，坦白說，男人二十幾歲時變化很大，會變成什麼樣都有可能：禿頭、有啤酒肚、變得彎腰駝背，也可能養成一些討人厭的壞習慣。

他現在也可能看著我，心想著：還好她沒有去豐唇整型／長白頭髮／胖二十公斤。

「請。」他迷人地指著我的椅子，我坐下。「這十五年過得怎麼樣？」

「很好，謝謝。」我大笑。「你呢？」

「沒得抱怨。」他看著我，眼裡帶著一貫淘氣的笑容。「好，敘舊敘夠了。妳要不要喝一杯？不要跟我說妳現在滴酒不沾。」

「開什麼玩笑。」我翻開調酒單，心裡一陣期盼。我可以預見今晚一定會很棒。「看他們有什麼酒。」

兩個小時後我全身發顫，心情振奮，像是處於巔峰狀態的運動員或終於皈依宗教的信徒。就是這種感覺，就是這樣沒錯，我和班好合。

好，所以我沒有堅持不喝酒，那個決定真是荒謬、短視又愚蠢。跟前男友吃飯本來就是緊張棘手的情況，可能變得很尷尬，但喝了幾杯調酒後，我覺得這是我這輩子最美妙的一夜。

最神奇的是我和班好有默契，好像過去十五年不曾發生，好像我們就直接重新開始，重回十八歲；年輕、天真、分享瘋狂的想法和無聊的笑話，想要探索世界上的一切。班馬上告訴我他上週看的一齣戲；我則提起在巴黎看的藝術展覽（但我沒有說是理查帶我去的）。之後就不斷地聊。有好多話要說、好多回憶。

我們沒有乏味地列出一長串什麼時候做了什麼事，也沒有列出做過的各項工作、交往過的對象等無聊訊息。難得一次不用聽「妳現在在做什麼？」或「妳家是新房子還是老屋改建？」或「妳有退休金嗎？」之類的問題。好輕鬆。

我知道他單身，他知道我單身。這是我們唯一需要的資訊。

他喝得比我多很多。他對我們在希臘那段時間的記憶也比我清楚很多，一直提到一些我早就忘記的往事。我忘了撲克牌錦標賽的事、忘了那艘沉沒的漁船、忘了我們跟兩名澳洲男孩打桌球那晚；但他一提醒我，這些回憶馬上又鮮活地浮現在我腦海中。

「蓋跟……」我皺起鼻子苦思。「蓋和……他叫什麼名字……喔對了，比爾！」

「比爾！」班笑著跟我擊掌。「對了！大比爾。」

我竟然這麼多年來都沒想過大比爾。他像隻熊，總是坐在陽臺一角喝啤酒曬太陽，身上穿了好多個洞，我從來沒看過那麼多洞，他都是拿針自己穿。他有個叫派琪的酷女友。他幫派琪穿肚臍環那次我們全在一旁觀賞歡呼。

「那裡的花枝。」我短暫閉上雙眼。「我這輩子沒吃過那麼好吃的花枝。」

「還有夕陽。」班跟著說。「妳記得那裡的夕陽嗎？」

「永遠記得。」

「還有亞瑟。」他微笑回憶。「好特別的人。」

亞瑟是青年旅舍的老闆。我們全都很崇拜他，對他的話深信不疑。他是我見過最平和的人，年約五十或五十幾。他什麼都做過；唸過哈佛、曾經創業、公司倒閉後航海環遊世界，最後落腳伊克諾斯，娶了當地的女子。他每天晚上都坐在橄欖樹叢裡哈大麻，告訴大家他和美國前總統比爾．柯林頓共進午餐、拒絕為柯林頓工作的經驗。他的探險經驗好豐富，他好睿智。記得有一晚我喝醉了倒在他肩膀上哭，他安撫我，說些了不起的話（我不記得他說了些什麼，只記得很了不起）。

「妳記得那些階梯嗎？」

「階梯！」我嘆氣。「我們是怎麼辦到的？」

青年旅舍蓋在懸崖上，上下往返海灘要走一百一十三個鑿在懸崖上的階梯。我們常一天上下好幾次，難怪我那個時候很瘦。

「記得莎拉嗎？她後來怎麼了？」

「哪個莎拉？她長什麼樣子？」

「很漂亮，身材很好，皮膚很滑嫩。」他似乎在回味往事。「她是亞瑟的女兒，妳怎麼會不記得？」

「喔。」我不是很想聽他描述其他女孩滑順的肌膚。「我不太確定。」

「可能她去旅行後妳才來。」他聳聳肩，繼續說。「妳還記得《德克與莎莉》的舊錄影帶嗎？我們到底看了多少遍？」

「《德克與莎莉》！」我驚呼。「我的天啊！」

「婚禮上的伴侶，辦案時的伴侶。」班模仿旁白感性的聲音說。

「一輩子的伴侶！」我跟著說，一邊行節目中的軍禮。

我和班把每一卷《德克與莎莉》的錄影帶都看過五千遍，因為這是青年旅舍唯一一套錄影帶，吃早餐時除了配希臘當地新聞，總要有其他東西可以看。這是一九七〇年代的偵探影集，有一對情侶在警察學校相遇，後來決定攜手對抗犯罪行為，結了婚卻不讓外界知道。除了一個連環殺人犯之外，沒有人知道他們的祕密。好天才。

我突然想起和班坐在餐廳老舊的沙發上，蹺著小麥色的雙腿，穿著夾腳涼鞋，吃烤吐司看電視的模樣。其他人都在陽臺上，只有我們兩個坐在那裡。

「我最喜歡莎莉被鄰居綁架那一集。」我說。

「不對，是德克弟弟來跟他們住，成為黑手黨的主廚那一集。然後德克一直問他在哪裡學做菜，結果那個水蜜桃奶油酥派裡還有毒品——」

「對！」

我們兩個都停下來，陷入回憶裡。

「我從沒遇到看過《德克與莎莉》的人。」班說。「有些連聽都沒聽過。」

「我也是。」我表示認同，但坦白說，他提起這件事之前，我幾乎忘了有這節目。

「那個岩洞。」他的思緒又開始躁動。

「那個岩洞，我的天啊。」我倆眼神交會，回憶席捲而來。青少年般火熱的渴望再度讓我幾乎無法動彈。我們的第一次就在那個祕密的岩洞，然後又一次。每天都去。岩洞位在海灣旁一小塊有遮蔽的沙灘上，要划小船才能過去，大家都懶得去。班划船載我，路上什麼都不說，偶爾意有所指地瞄我一眼。我則坐在小船上，雙腿掛在船側，呼吸急促地期盼著。

我看著坐在對面的他。看得出來，他正和我想著一樣的事。他的思緒也回到當年，表情跟我一樣陶醉。

「我得流感那次妳細心照顧我。」他緩緩地說。「我從來沒忘。」

流感？我不記得有照顧過他。不過我記憶力不是很好。如果他說我有，那應該就有。我不想打斷他或反駁他，以免破壞氣氛。於是我微微點頭。

「妳抱著我的頭，哼歌哄我睡覺。我雖然神智不清，但還聽得到妳的聲音，陪我度過夜晚。」他又喝了口酒。「洛蒂，妳是我的守護天使，也許我就是因為沒有妳，人生才會偏離正軌。」

他的守護天使。好浪漫。我很想知道他是怎麼個偏離正軌，可是這樣會破壞氣氛。管他的，每個人都會偏離然後再回歸正軌，中間做了什麼事並不重要。

接著他看著我的左手。「對了，怎麼沒人把妳搶走？」

「沒遇到對的人。」我輕鬆地說。

「像妳這樣美麗的女孩子？應該是應接不暇吧？」

「好吧，也許是。」我大笑。但這是我今晚第一次稍微卸下防備，然後突然間我忍不住想到我第一次見到理查的情形；那是在歌劇院。很奇怪，因為我平常不聽歌劇，他也是，我們只是陪朋友去。他穿著小禮服出席《托斯卡》慈善晚會，非常帥氣。我看到他挽著一名金髮女子，心裡很嫉妒。其實我根本不認識他，心裡卻想著，這女人運氣真好。他邊笑邊遞香檳給其他人，然後轉頭對我說，「妳好，我是理查。」我差點被他迷人的黑眼珠吸進去。

我就這樣墜入愛河，感覺好神奇。結果他和那名金髮女子並沒有關係，中場休息後就換到我隔壁的位置。我們交往一週年時還回去看歌劇，我一直以為我們這輩子都會這樣慶祝週年。

好可惜。好可惜不能在婚禮上講這個故事，讓每個人都感動……

「天啊。」班正在看我。「對不起。是不是我說了什麼？發生什麼事？」

「沒事！」我連忙微笑，眨眼不讓眼淚掉下來。「只是……很多事，人生。」

「就是這樣沒錯。」他用力地點著頭，彷彿我解決了什麼他正在煩惱的重要問題。

「洛蒂，妳是不是跟我一樣，覺得人生一團混亂？」

「對。」我大口灌酒。「對，我也有這種感覺，很強烈。」

「那時在希臘我十八歲，我以為我知道自己想做什麼。」他鬱鬱寡歡地說。「我很清楚。可是後來的人生卻不知怎麼變得……被腐蝕了，被破壞了，整個被困住，妳懂我的意思嗎？無處可逃，沒辦法說『媽的，等一下，讓我想清楚我要什麼。』」

「完全懂。」我認真地點著頭。

「希臘，妳，那是我人生的最高點。妳，整個過程。」他似乎沉浸在回憶裡。「只有我們兩個在一起，一切都是那麼簡單，沒有莫名其妙的東西。妳也是這樣嗎？那也是妳生命中最美好的時光嗎？」

我快速倒帶回想過去十五年。中間穿插了幾個高點，不過整體來說我必須同意，當年我們才十八歲，身材火辣，喝酒整晚也不會醉，人生有比這更美好的時刻嗎？

我緩緩點頭。「最美好的時光。」

「洛蒂，我們後來為什麼沒有繼續交往？為什麼沒有保持聯絡？」

「愛丁堡到巴斯。」我聳聳肩。「巴斯到愛丁堡，太遠了。」

「我知道。可是這個理由好爛。」他氣憤地說。「我們是笨蛋。」

我們還在島上就討論過遠距離這件事很多次。他要去唸愛丁堡大學，我要去巴斯。分手只是遲早的問題，夏天結束後就沒有必要繼續這段感情。

而且火災發生後一切都變得很怪，開始分崩離析。我們被分散到島上其他的青年旅舍。很多家長衝來接小孩，有的甚至帶著現金、補發的護照和換洗衣物，搭火災後的第一艘船抵達。我還記得派琪悶悶不樂地跟她外表光鮮亮麗的父母坐在小餐館的模樣。感覺很像派對結束了。

「我們不是有次約在倫敦見面？」我突然想到。「結果你臨時要跟家人去法國諾曼第？」

「對。」他急抽一口氣。「我應該放他們鴿子的，我應該去巴斯的。」他突然專注地看著我。「洛蒂，我從來沒見過像妳這樣的人，有時候我覺得自己好蠢，怎麼會放妳走？我是個白癡大笨蛋。」

我的胃用力翻轉，差點被酒噎到。心裡原本就暗自希望他說這些話，可是沒想到這麼快。他的藍眼珠期盼地看著我。

「我也是。」過了許久我才說，同時吃了一口我的比目魚。

「不要跟我說妳有過更美好的感情，因為我沒有。」他握拳敲著桌子說。「也許我們搞錯人生的優先順序了，也許我們應該說，去他媽的大學，我們要繼續交往。誰知道後來會發生什麼事？洛蒂，我們好合。妳有沒有想過，我們沒有在一起，白白蹉跎了十五年？」

他速度太快，讓我無法呼吸。我不知道該怎麼回應，只好多吃幾口比目魚。

「說不定我們現在都結婚生小孩了，或許我的人生就會有意義。」他幾乎是在自言自語，壓抑的情緒不斷湧出，我無法解讀。

「你想要小孩嗎？」我忍不住脫口而出。

我竟然在第一次約會就問對方要不要小孩，真是扣分，只是……這不算第一次約會，應該說是第一百萬次約會，而且是他先提的。總之，這不算約會，所以沒關係。

「我想要小孩。」他再次用專注的眼神看著我。「我已經準備好了；嬰兒車、去公園玩，全都要。」

「我也是。」我眼眶泛淚。「我也準備好了。」

天啊。理查又浮現在我的思緒裡。我不希望他進來，可是偏偏就出現了。我還記得以前我常幻想和理查一起蓋樹屋給我們的雙胞胎亞瑟和伊迪玩。我打開皮包拿面紙。我原本沒打算哭，也沒打算想到理查。

還好，班似乎沒有發現。他幫我倒酒，然後又幫自己倒。我才發現我們已經喝完一整瓶了，我有點意外。怎麼會這樣？

「妳記得那個約定嗎？」他的聲音嚇我一跳。

不可能。

腎上腺素灌滿我全身，我的肺被嚴重擠壓無法呼吸。我沒想到他會記得那個約定。我本來沒打算提，那只是個我們之間開玩笑時做的小承諾，很無聊，很荒謬。

「要執行嗎？」他坦白問我。我覺得他好像有點認真，好像很認真。糟糕，他不可能是認真的——

「有點遲了。」我喉嚨好緊。「當初是說如果三十歲還沒結婚，我都三十三了。」

「亡羊補牢不嫌遲。」我又一驚。他的腿在桌子底下觸碰到我的，正在踢我的鞋。「我家就在附近。」他低聲說，接著握住我的手。我肌膚微微地刺痛，像是肌肉的記憶，性愛的記憶。

我知道接下來會發生什麼事。

可是……可是……我希望發生這樣的事嗎？想清楚，洛蒂。

「兩位需要甜點嗎？」服務生的聲音喚醒恍神的我。我猛然抬頭，趁機抽出被班握住的手。

「呃……好，謝謝。」

我看著甜點單，臉頰發燙，思緒飛快運轉。我現在該怎麼辦？怎麼辦？怎麼辦？

有個小小的聲音告訴我要把持住，我現在處理的方式不對，我錯了，我有種重蹈覆轍的感覺。

我每一段感情的開始都是這樣：在餐桌上十指緊扣、心跳加速、美麗的內衣、該除毛的地方都除了，還有火辣而別出心裁的性愛（或很糟糕的性愛，像是有次跟某個醫生。真差勁。我還以為學醫的會比較清楚人體的運作方式，後來馬上甩了他。）

重點是：一開始從來不會有問題，問題都是後來才出現。

我突然有種以前從未有過的奇怪想法——我需要改變做法，破除原有的模式。可是我該怎麼做？要做什麼？

班再次握住我的手，親吻我手腕內側，我沒有理他，想釐清思緒。

「怎麼了？」他抬起頭，嘴唇還停在我肌膚上。「妳好僵硬。洛蒂，不要反抗。妳和我，這是天意。妳心裡也很明白。」

他眼裡又浮現我記憶中慵懶、性感，帶著醉態的模樣。我很心動，好想投降，享受香豔美好的一晚，讓自己開心一點，畢竟我值得。

可是，如果這不只是一夜情呢？我該怎麼辦？我該怎麼做？

我現在頭昏腦脹，一點幫助都沒有。

「班，你要明白一點。」我又把手抽走。「這跟我們十八歲的時候不一樣，好嗎？我不是只想做愛，也想要……要其他東西，譬如婚姻、承諾、一起規劃人生、生小孩，全都要。」

「我也是！」他不耐地說。「妳都沒有在聽嗎？註定是妳。」他專注地看著我。「洛蒂，我從來沒有停止愛過妳。」

天啊，他愛我。我又突然好想哭。我看著他，突然意識到我也從來沒有停止愛過他，或許只是我自己沒有發現，因為我對他的愛很低調、穩定，像是背景噪音，現在則像綻放的熱情般膨脹，恢復原狀。

「我也是。」我堅定地說，聲音微微顫抖。「我愛你愛了十五年。」

「十五年。」他緊握著我的手。「我們一定是瘋了才會分手。」

這太浪漫，我無力招架。在婚禮上講這種故事一定很讓人感動、讓人驚嘆。分開十五年然後又再度找到彼此。

「我們要彌補流失的時光。」他用力吻著我的手指。「親愛的洛蒂，我的愛。」他的話好像香膏，他的唇落在我肌膚上的感覺好美，讓人有點無力承受。那瞬間我閉上雙眼，但是不行，警鈴大作，我不能讓這一次和其他次一樣出錯。

「住手！」我把手抽開。「不要這樣！班，我知道後來會發生什麼事，我不想再經歷同樣的結局。」

「妳在說什麼？」他困惑地看著我。「我只是親妳的手指而已。」

他的聲音有些醉意。親妳的手「支」。不過我大概也差不多。

我等服務生拭去桌上的碎屑後才又開口，聲音低沉顫抖。

「我經歷過同樣的情景，我知道接下來會怎麼樣；你親我的手，我親你的手。我們做愛，很美好的經驗，然後又做更多次；再來墜入愛河、去鄉間度假、一起買沙發，或去IKEA挑書架，突然就過了兩年，該結婚了……可是不知道為什麼沒結；感情變淡、開始吵架，然後分手。好糟糕。」

想到悲慘的未來，我的喉嚨變得好緊。每次都發生這種事，想到就好難過。

班一臉茫然地聽著我的描述。

「好。」他小心翼翼地看著我，過了一會兒才說。「嗯……那如果我們的感情沒有變淡呢？」

「一定會！這是法則！每次都這樣！」我淚眼盈眶地看著他。「太多的感情都變淡了。每次都這樣。」

「就算沒有去IKEA買書架也會嗎？」

我知道他想開玩笑，可是我是認真的。我赫然發現自己已經談戀愛談了十五年；談戀愛顯然不是解決的辦法。談戀愛只有帶給我理查，問題就出在談戀愛。

「妳和那些對象感情變淡是有原因的。」他又說。「因為他們不適合妳。可是我適合！」

「誰說的？」

「因為……因為……天啊！要怎樣妳才相信我？」他不知所措地抓著頭髮。「好！妳贏。我們就照傳統的方式來。洛蒂，妳願意嫁給我嗎？」

「閉嘴。」我瞪他。「不用這樣開我玩笑。」

「我是認真的。妳願意嫁給我嗎？」

「很好笑。」我喝了一口酒。

「我是認真的。妳願意嫁給我嗎？」

「住手。」

「妳願意嫁給我嗎？」他提高音量，隔壁桌的人轉頭對我們微笑。

「噓！」我不滿地說。「不好笑。」

我驚訝地看著他起身，跪下，十指緊握。其他用餐的客人都轉頭看我們。

我的心怦怦跳。不可能。不可能。

「夏洛蒂．葛來芙妮。」他開口，身子微微搖晃。「我花了十五年追逐妳的身影，現在終於回到當年絕不該放手的妳身邊。沒有妳的人生是黑暗的，我想重見光明。我有這個榮幸請妳嫁給我嗎？拜託？」

我有種奇怪的感覺，感覺自己變成棉花團。他在求婚，他真的向我求婚，是真的！

「你喝醉了。」我閃避他的問題。

「沒有那麼醉。妳願意嫁給我嗎？」他又問了一次。

「可是我現在又不了解你！」我半笑著說。「我不知道你做什麼工作、不知道你住哪裡、也不知道你的人生目標——」

「我從事紙業，住在倫敦肖迪奇區，人生目標是和當年跟妳在一起時一樣快樂；每天早上起床跟妳熱烈做愛，生個眼睛和妳一樣美的小嬰兒。洛蒂，我知道已經過了很多年，可是我還是我，我沒變。」他眼角皺起的模樣和過去完全相同。「妳願意嫁給我嗎？」

我呼吸急促地看著他，腦袋裡鈴聲大作，不知道是幸福的鐘聲還是警報器的聲音。

我知道他可能對我還有興趣，但是這已經超乎我所有的想像。原來這些年來他一直愛著我！他想結婚！他想生小孩！我腦子裡有個聲音，我想可能是小提琴聲。或許就是他。或許就是他沒錯！理查不是，班才是！

我喝一口水，努力釐清紛亂的思緒。

理性一點，仔細想清楚。我們有沒有吵過架？沒有。跟他相處愉快嗎？很愉快。我對他有好感嗎？當然有。對這個老公候選人還有沒有什麼事是需要知道的？

「你的乳頭有穿環嗎？」我突然有種不祥的預感。我討厭穿環的乳頭。

「沒有。」他故意誇張地用力扯開襯衫，掉下好幾顆扣子。我忍不住呆望。胸口黝黑緊實，跟以前一樣可口。

「妳只要說我願意就好。」他帶著醉意張開雙臂。「洛蒂，妳只要說我願意就好。我們就是想太多，才會耗費大部分的人生把事情搞砸。這次就不要想太多，已經浪費夠多時間了。既然我們彼此相愛，那就跳下去吧[4]。」

他說的沒錯。我們確實彼此相愛；他想生眼睛和我一樣美的小嬰兒。從來沒有人對我說過

4. 原文為Let’s just jump，意為不顧一切地投入做一件事，這裡指的是結婚。

這麼浪漫的話，就連理查也沒有。

我腦袋昏亂，想保持理性卻無法思考。這是真的嗎？還是他只想說服我上床？這是我人生中最浪漫的一刻，還是我是白癡？

「我……應該可以。」過了許久我才說。

「應該可以？」

「等……等我一下。」

我抓著皮包奔向洗手間。我需要想清楚，盡量努力想清楚，畢竟現在我感覺天旋地轉，鏡中的自己看起來像是有三隻眼睛。

這應該可以。我相信應該可以。可是我該怎麼做？怎樣才不會落入過去每段沒有結果，最後皆以失敗告終的感情模式？

我梳著頭髮，回憶和幾個前男友的第一次約會、幾次戀情的開始。這些年來，我已經站在洗手間裡思考過太多次，邊補口紅邊想，這一個會不會是我的真命天子？每一次我都保持同樣的盼望，但每一次都一樣失敗。我到底是哪裡做錯？這次我的做法該有什麼改變？不能做哪些我常做的事？

我突然想到今天早上看到的那本書《反向原則》——改變方向，改變做法。聽起來不錯。可是要怎麼改變方向？昨天洗手間裡那個怪老太太的話在我腦海中迴盪。她是怎麼說的？男人就像叢林裡的野獸，狩獵完畢就把獵物吃了，吃完睡覺。也許她不是神經病，也許說的有道理。

我突然靈光一現，停止梳頭髮。我想出答案了，反向操作。沒錯，我，洛蒂．葛來芙妮要反向操作，我要採取以前對待每任男朋友相反的做法。

我盯著鏡中的自己，看起來有點狂野。不過這不令人意外。剛才是精神振奮，現在是滿心歡喜，就像剛發現改變遊戲規則的亞原子微粒的科學家。

我走回餐廳，大步朝我們的座位走過去，穿著高跟鞋讓我的步履有點不穩。

「不做愛。」我堅定地說。

「婚前沒有性行為。」我坐下。「不要就算了。」

「什麼？」班大吃一驚，我卻露出平靜的微笑。我真是聰明，如果他真的愛我就會等。這樣一來就沒有感情降溫的機會，絕對沒有。而且最棒的是我們的蜜月會非常火辣、合而為一、欣喜若狂。蜜月本來就應該這樣。

他的襯衫仍然敞開。我想像他裸體躺在高級飯店床上，被玫瑰花瓣圍繞的模樣。光是用想的我就渾身顫抖。

「這是開玩笑吧？」他整個臉垮下來。「為什麼？」

「因為我希望這次可以不一樣。我想要突破原本的模式。我愛你，你也愛我，對不對？我們想共度一生？」

「我愛妳十五年了。」他搖搖頭。「足足浪費了十五年，洛蒂——」

我聽得出來他又要帶著醉意發表高見了。

「好。」我打斷他的話。「我們可以等久一點再來享受新婚之夜，真正的新婚之夜。你想想看，到時我們兩個一定很想要，非常想要，絕對非常……想要。」我伸出光腳丫，在桌子下沿著他大腿內側緩緩往上移動。他表情呆滯。這招從來沒有失敗過。

兩個人都安靜了一會兒，可以說是換個方式溝通。

「其實……」過了許久他才啞著嗓子說。「可能會很好玩。」

「會非常好玩。」我若無其事地鬆開幾顆上衣釦子，往前靠，讓他清楚看見我集中托高的內衣，另一隻腳則伸到他胯下。他似乎說不出話來。「記得你生日那晚嗎？」我低著嗓音說。「在沙灘上那一次，我們可以重演那一幕。」

如果要重演那幕，我要戴護膝。那次後我膝上的傷過了一週才好。班閉上眼睛微微呻吟，彷彿看出我的心思。「妳這是在折磨我。」

「一定會很棒。」我突然回想起青少年時期的我們，裸身交纏躺在青年旅舍的床上，周遭僅有香氛蠟燭微弱的光線。

「妳知道妳有多美嗎？妳知道我有多想馬上爬到這張桌子下面嗎？」他抓住我的手，開始細咬我大拇指尖。但這次我沒有把手抽開，全身上下似乎都在感受他的唇齒落在我肌膚上的感覺。好想讓他的唇吻遍我全身。我記得這種感覺、記得他的感覺。怎麼可能忘記？

「新婚之夜是嗎？」過了許久他才說。我的腳趾還在動，有充分的「證據」顯示他很享受，顯然功能依然正常。

「新婚之夜。」我點頭。

「妳知道我會受不了的吧？」

「我也是，然後我會爆炸。」他把我的大拇指送進嘴裡。刺激感穿透我全身，我在內心驚呼。再不走，服務生也會趕我們去開房間。

等理查知道這件事——

不行！不要想。這件事跟理查沒有關係；這是命運、這是上蒼的安排。這是我和班感人、浪漫的愛情故事，理查只在過程中扮演一個小角色。我知道我喝醉了，我知道這一切都發生得太快。可是這感覺好對。如果我心底深處還有傷口，那這就是神奇的藥膏。我註定要和理查分手、註定要傷心。我承受痛苦的代價是得到結婚戒指和這輩子最火辣的性愛。

我覺得自己好像不是抽中一千英鎊的獎，而是一百萬英鎊的大獎！

班的眼神火熱，我的呼吸也愈來愈沉重。我不確定自己能不能忍住。

「什麼時候結婚？」我低聲說。

「很快。」他急切地說。「非常非常快。」

費莉絲

05

希望洛蒂沒事，真的。我離開兩週，都沒有她的消息，也沒有回我的簡訊；上一次講電話時她正準備飛去舊金山給理查一個驚喜。若以「令人遺憾的選擇」的標準來看，這個應該可以稱冠。還好被我擋下。

可是從那之後無消無息。我試過傳簡訊和語音留言，都沒有回應。我有聯絡上她的助理，她向我保證洛蒂每天都有去上班——所以我至少知道她還活得好好的。可是洛蒂很少這樣不聯絡，這讓我很擔心。我今晚要過去看她，確認她沒事。

我拿出手機再傳一次簡訊給她：嗨，還好嗎？然後把手機收好，看著在學校操場上聚集的家長、學生、保姆、小狗和騎滑板車的學步兒。今天是開學第一天，很多曬得黝黑的面孔和新鞋子、新髮型，這還只是媽媽而已。

「費莉絲！」我們一下車就有人跟我打招呼。安娜也是媽媽。她一手拿著保鮮盒，一手牽著很想溜走的拉布拉多犬。「最近好嗎？嗨，諾亞！我一直想找妳喝咖啡……」

「好啊。」我點頭。

安娜和我從第一次認識就說要去喝咖啡，差不多已經講兩年了吧？到現在都還沒成行，可是沒關係。不知道為什麼，這並不是重點。

「那個可惡的旅遊工具作業。」我們朝校門口走去時安娜說。「我早上五點起來做完。去他媽的旅遊！」她愉快地大笑。

「什麼旅遊作業？」

「就那個美勞作業啊。」她指著手上的保鮮盒說。「我做飛機，很偷懶。用錫箔紙包玩具，其實不算自己做，可是我跟查理說，『親愛的，霍金老師不會發現裡面是玩具。』」

「什麼旅遊作業？」我又問了一次。

「妳知道啊，就是做交通工具什麼的，要在禮堂展出……查理，快點！上課鈴聲已經響了！」

到底是什麼該死的旅遊作業？

我朝霍金老師走過去時，看到另一名媽媽珍・藍葛奇在老師面前拿出用木頭和紙做的遊艇模型，有三個煙囪和一整排精緻的船窗，上面還有黏土做的小人，躺在漆成藍色的游泳池旁做日光浴。我目瞪口呆地看著她。

「老師，真抱歉。」珍說。「油漆還沒完全乾。我們做得好開心，是不是啊？約書亞？」

「嗨，菲普司太太。」霍金老師親切地喊著。「暑假過得愉快嗎？」

菲普司太太。每次聽到就覺得不舒服。我在學校還沒有改回「葛來芙妮小姐」。老實說我也不知道該怎麼做才好。我不想影響諾亞的情緒，也不想因為拒絕和他同姓而把事情鬧大。我喜歡和諾亞同姓，這樣才像一家人。

早知道諾亞出生時就該替我們倆取個新的姓，預防離婚。

「媽咪，妳有帶熱氣球來嗎？」諾亞焦慮地看著我。「有沒有帶熱氣球來？」

我茫然地看著他，完全不知道他在說什麼。

「諾亞說他要做熱氣球，好棒的點子！」老師微笑地看著我們。她年約六十，總是穿著休閒褲，永遠都是那麼冷靜。每次跟她在一起，我都覺得自己很像聒噪的瘋子。看到我雙手空無一物，她問，「有帶來嗎？」

我像是身上有帶熱氣球的人嗎？

「沒帶在身上。」我聽見自己說。「沒有拿著。」

「啊。」她的笑容消失。「菲普司太太，如果可以今天早上拿來的話最好。我們準備在禮堂展出。」

「好！沒問題！」我露出充滿信心的笑容。「我只要——有件小事——我先跟諾亞商量一下。」我把他拉到旁邊，彎腰問他，「親愛的，什麼熱氣球？」

「旅遊作業的熱氣球。」諾亞一副理所當然。「今天要交。」

「好。」我很勉強地維持輕鬆愉快的語氣。「我不知道你有作業要交，你從來沒提過。」

「我忘了。」他點頭。「妳記得那個通知單嗎？」

「通知單在哪裡？」

「爹地放在水果籃裡？」

我的怒火驟然升起，我就知道。

「好。我明白了。」我氣得拳頭握緊。「可惡！爹地沒有跟我說有作業。」

「我們有討論要做什麼，爹地說，『做熱氣球怎麼樣？』」諾亞眼神發亮。「爹地說我們用紙把氣球包起來，下面做個籃子，裡面放人，還有繩子，然後再塗顏色。裡面可以放蝙蝠俠。」

他興奮地脹紅小臉。「他做了嗎？」他期盼地看著我。「有沒有在妳那？」

「我去……檢查一下。」我臉上笑容僵住。「你先去攀爬架上玩一下。」

我走到一邊速撥給丹尼爾。

「丹尼爾．菲——」

「是我。」我平靜地打斷他。「請問你是否正拿著紙做的熱氣球，籃子裡有蝙蝠俠，朝學校的方向直奔呢？」

一陣漫長的沉默。

「喔。」過了許久丹尼爾才說。「糟糕，抱歉。」

他聽起來一點也不關心。好想殺了他。

「不行！不可以說『糟糕，抱歉。』丹尼爾，你不能這樣！這樣對諾亞和我都不公平——」

「費莉絲，放輕鬆，只不過是個小作業。」

「這不是小作業！對諾亞來說這是件大事！這實在是——你實在是——」我呼吸急促，沒把話說完。他永遠也不懂，沒必要浪費力氣。我只能自立自強。「算了，隨便你。我會處理。」

我不等他回答就掛斷電話。心裡湧起一股決心，不能讓諾亞失望，一定要做出熱氣球給他，我做得到，一定可以。

我開車門，掀開公事包。有次去高級餐廳吃午餐，拿到一個紙做的小禮盒，這可以當籃子，球鞋鞋帶可以當繩子。我從公事包裡抽出紙筆。

「我要把熱氣球做完。」我愉快地說。「你幫我畫籃子裡的蝙蝠俠好嗎？」

諾亞靠在椅子上開始畫。我連忙抽出鞋帶。咖啡色的斑點花紋很適合當繩子。我的置物箱有膠帶。至於氣球本身……

媽的。可以用什麼當材料？我又不是會沒事拎著氣球到處跑的人——

我突然想到一個極其荒謬，說不出口的點子。我可以——

不行，不可以。不能這樣……

五分鐘後，我若無其事地拎著諾亞的作業朝老師走去。其他圍繞一旁的媽媽們都突然安靜下來，整個操場變得鴉雀無聲。

「這是蝙蝠俠。」諾亞得意地指著籃子說。「是我畫的。」

所有的小朋友都在看蝙蝠俠，所有的媽媽都在看熱氣球——我把杜蕾斯超薄型保險套吹大，膨脹後體積還不小，頂端突出的部分在風中擺盪。

我聽到安娜哼笑，可是等我迅速轉頭環顧四周時，只看到若無其事的面孔。

「天啊，諾亞。」霍金老師用微弱的聲音說。「好……大的氣球！」

「這太猥褻了。」珍氣憤地說，緊抱著她的遊艇模型，好像要保護自己。「妳別忘了，這裡是學校，這裡有小朋友。」

「對他們來說，這只是個氣球。」我反駁。「我先生忘了這件事。」我轉頭向老師道歉。「我沒有太多時間。」

「這個作品很好！」霍金老師打起精神說。「好有創意的用法……」

「如果破掉怎麼辦？」

「我還有備用的。」我得意地邊說邊拿出我的盒裝綜合保險套，像撲克牌一樣一字展開。

等我意識到不對時已經太遲。我脹紅著臉，偷偷調整手部位置，蓋住「螺紋特殊設計」，「感受更強烈」幾個字，還有「潤滑油」和「刺激」等字眼。我連忙用手遮住保險套包裝。

「菲普司太太，我想教室裡應該有氣球可以給諾亞用。「這些妳留著用來……」她遲疑，顯然正在考慮句子該怎麼結尾。

「好。」我連忙說。「好主意。我用來……對，嗯，不對。」我尖聲大笑。「可能根本不會用，當然……我是個有責任感……」

我沒把話說完。我竟然跟我兒子的老師分享保險套的使用細節，怎麼會這樣。

「總之！」我愉悅地做最後的掙扎。「我先把這些收好，之後再用來……做其他事情。」

我連忙把保險套塞回皮包，不小心掉出一個熱感顆粒螺紋裝，趕快撿起來，以免被這些七歲小朋友拿去。其他的媽媽都目瞪口呆地望著我，好像看到車禍。

「諾亞，再見，祝展覽順利。」我把熱氣球拿給諾亞，親他一下，接著轉身大步離開，呼吸沉重。等開車上路後才打電話給巴納比。

「巴納比。」我開口。「你絕對不相信丹尼爾做了什麼事！諾亞有暑假作業，丹尼爾卻完全沒有跟我說——」

「費莉絲。」巴納比耐著性子說。「冷靜一點。」

「我只好把保險套吹成氣球拿給諾亞的老師！當成熱氣球！」我聽到巴納比大笑。「這一點都不好笑！他是個垃圾！假裝關心，其實很自私，讓諾亞失望——」

「費莉絲。」巴納比的口氣突然變硬，打斷我的話。「不要再這樣了。」

「什麼怎樣？」我愣愣地看著擴音器。

「每天痛罵妳的另一半。身為老友，我要給妳一點忠告。如果妳再繼續這樣下去，大家都會被妳搞瘋，妳也會被自己搞瘋。人生總免不了會有這些事，好嗎？」

「可是——」

「有些事就是會發生。」他頓了一下。「但是妳三不五時就提這些事並沒有幫助。妳需要往前看，繼續過妳的人生，跟別人約會，但不要把前夫的內褲拿出來講。」

「你在說什麼？」我故意閃避。

「我說約會。」我隔著電話也能感受到巴納比的怒火。「是要妳去跟納森調情，不是打開電腦逐字逐句唸離婚協議書的內容給他聽！」

「我哪有逐字逐句唸給他聽！」我摸著記憶卡反駁。「我們只是在聊天，我剛好提到這件事，他好像有興趣——」

「他才沒有興趣！他只是客氣。聽說丹尼爾內褲這件事妳足足罵了五分鐘。」

「哪有那麼誇張。」我氣憤地駁斥。

不過我的臉已經脹紅，可能真的有五分鐘。當時我已經喝了好幾杯，而且丹尼爾的內褲真的有很多可以講，都不是好事。

「費莉絲，妳記得妳第一次來諮詢時怎麼說的嗎？」巴納比沒等我回答，繼續說。「妳說不管怎麼樣，妳都不要變得尖酸刻薄。」

聽到他說出那四個字，我倒抽一口氣。「我沒有！我只是……很生氣，很後悔。」我絞盡腦汁想出其他可以形容的情緒。「我很難過、很傷心、很冷靜。」

「納森是用『尖酸刻薄』形容妳。」

「我才沒有尖酸刻薄！」我幾乎是大吼。「如果我變成這樣，我自己應該會知道才對！」

電話另一頭只有沉默。我呼吸急促，握著方向盤的雙手冒汗。我正在回想跟納森那次約會，我以為自己是用諷刺、冷靜、幽默的方式談丹尼爾。納森沒有表達任何不愉快的隻字片語，原來大家都是這樣包容我嗎？

「好。」我說。「我現在知道了，謝謝你的提醒。」

「不客氣。」巴納比愉悅的聲音在車上迴盪。「我先聲明，我是妳的朋友，我愛妳，可是妳需要被提醒。我是愛之深責之切，下次再聊。」

他掛上電話，我打左轉燈，咬著下唇，鬱悶地望著前方。很好，非常好。

一進辦公室就看到信箱被塞滿，我卻坐在位置上茫然地望著電腦發呆。巴納比的話深深刺痛了我，我變成尖酸刻薄的老女人。我會變成穿著黑斗蓬的駝背老太太，滿臉怒容地看世界，在路上蹣跚前行、拿著枴杖打路人、拒絕對鄰居小朋友微笑，還把他們嚇得大哭。

最慘不過如此。

過了一會兒，我拿起電話打到洛蒂辦公室，也許可以互相打氣。是洛蒂的屬下多莉接的。

「嗨，多莉。」我說。「洛蒂在嗎？」

「她出去逛街。不知道什麼時候才會回來。」

逛街？我驚訝地眨眨眼，看著電話。我知道洛蒂有時候會對工作不滿，可是現在經濟大環境那麼差，跑出去逛街還公然告訴屬下，真是不智之舉。

「知道她大概什麼時候回來嗎？」

「不知道。她去買度蜜月要用的東西。」

我整個僵住。我有沒有聽錯？度蜜月？是那種……蜜月嗎？

「妳的意思是……」我忍住。「多莉，洛蒂要結婚了嗎？」

「妳不知道嗎？」

「我前陣子不在！這……實在……」我幾乎說不出話來。「我的天啊！請妳幫我轉告，說我有打去，還有恭喜她！」

我掛上電話，開心地環顧空蕩的辦公室。剛才憂鬱的心情消失了，我好想跳舞。洛蒂訂婚了！這表示世界上有些事情還是美好的。

可是這件事是怎麼發生的？

怎麼會怎麼會怎麼會怎麼會？

到底發生什麼事？她最後還是有去舊金山嗎？還是他飛回來？還是他們有通電話？到底為什麼？我傳簡訊給她。

妳訂婚了？？？？？？？？

原本以為她還是不會回，但沒多久她就回了。

對！！！正想跟妳說！

天啊！發生什麼事？？？

一切都發生地很快，到現在還不敢相信。他突然回到我生命裡，在餐廳裡突然求婚，我完全沒想到，動作非常快！！！！

我需要跟她講話，馬上撥她手機，通話中，可惡。先去泡杯咖啡再來。我帶著笑意走進大樓附設的連鎖咖啡店。我好開心，開心到想哭。可是旅訊國際雜誌社的編輯不可以在工作時哭，所以我決定抱抱自己就好。

理查很棒。我就希望洛蒂可以和這樣的人在一起。我聽起來很像慈母，因為我對洛蒂確實很有母愛，從小就這樣。爸媽離婚又愛喝酒，分別跟有錢的生意人和南非選美皇后搞外遇，放棄為人父母……簡單說就是常把我們丟著不管。洛蒂比我小五歲。每次有什麼狀況她都找我，不會找我媽，早在我媽過世之前就是這樣。

身為長姐／母親／伴娘候選人（？），我非常高興理查即將加入這個奇怪的小家庭。首先，他長得還不錯，又不會太帥。我覺得這點很重要。我希望妹妹找到一個她眼中的性感大帥哥，可是又不能太帥，以免我也想要他。譬如洛蒂如果帶強尼．戴普回家我該怎麼辦？

我偷偷在心中評估這個想法。對，我很可能會想把他搶走，應該很難維持姐妹情誼，大家各憑本事。

可是理查不是強尼．戴普。我不是說他不帥，只是不會太帥，不是男同志那種帥，像那個討厭的傑米[5]，老是斤斤計較卡路里，太注重外表。理查很有男子氣慨，我有時覺得他像年輕的皮爾斯．布洛斯南，有時像前英國首相高登．布朗（不過好像只有我覺得他像布朗。我有一次跟洛蒂講這件事，她聽了很不高興）。

我知道他工作表現不錯。（他和洛蒂剛交往時，我馬上向我金融業所有的朋友打聽他。）我也知道他個性比較急，有次向團隊發了很大的脾氣，後來還請大家吃飯道歉。不過，我也知道

5. 此指英國名廚傑米．奧利佛（Jamie Oliver），為英國國家廣播公司（BBC）節目《原味主廚》（The Naked Chef）主持人；因擅長使用有機食材，且幫助改變英國學校的飲食習慣而為人所知。

他脾氣很好。我第一次看到他時，他正在幫洛蒂搬沙發。洛蒂想把沙發換個位置放，在客廳裡走來走去說，「這裡好了……不要，這裡好了！啊，那裡怎麼樣？」他抬著厚重的沙發，耐心地等她考慮。我和他相視而笑，當時我就知道，這傢伙適合洛蒂。

我好高興，高興到想跳起來。自己經歷不愉快的離婚，總算有件好事發生。事情到底是怎麼發生的？他說了些什麼？我全都要知道。我走回位置，不耐地重撥她的電話，這次她終於接了。

「嗨，費莉絲嗎？」

「洛蒂！」我興奮地大喊。「恭喜！好棒的消息！我真不敢相信！」

「我知道！我知道！」她的心情聽起來比我預期得更好，可見理查一定擄獲了她的芳心。

「什麼時候的事？」我坐下來喝咖啡。

「兩週前，到現在還不敢相信！」

「快說細節！」

「嗯，他就突然跟我聯絡。」她開心地大笑。「我沒想過還會見到他，根本不敢相信，更沒想到會發生這種事！」

如果他是兩週前求婚的，那表示他最多離開一天就開口了，應該是剛飛到舊金山就馬上飛回來。幹得好，理查！

「他說了什麼？有下跪嗎？」

「有啊！他說他一直愛著我，想要跟我在一起，向我求婚大概十次，最後我才答應！」她洋溢著興奮之情。「妳相信嗎？」

我開心地嘆氣，又喝了口咖啡。好浪漫、好夢幻，不知道我可不可以不去英國航空的記者會，跟洛蒂吃午餐慶祝。

「嗯……然後呢？」我繼續追問。「妳有送他那只戒指嗎？」

「沒有。」洛蒂簡短地說。「當然沒有。」

還好。我一直不是很贊同這個做法。

「所以妳最後決定不給？」

「我根本沒想到這件事！」她聽起來很難過，嚇我一跳。「那本來是要送理查的。」

「這話是什麼意思？」我茫然地對著電話眨眼，聽不懂她的意思。

「那個戒指是我買給理查的。」她口氣好沮喪。「送給別人不是很奇怪嗎？」

我想回答，可是我的思緒卻像是掉進轉動機器裡的鉛筆，被卡住了。這個「別人」是誰？我正想開口問，然後又閉上嘴巴。我有沒有聽錯？這是一種比喻法嗎？

「嗯……」我小心翼翼地探詢，感覺像是在說外語。「妳買了戒指要送理查……可是最後沒有送他？」

我只是想搞清楚她的意思，沒想到她大發雷霆，好像一整天的心情都被我毀了。

「妳明明知道我沒有！拜託，妳就不能敏感一點嗎？」她的口氣變得很尖銳。

「我在想辦法重新開始！想辦法跟班展開全新的生活！妳就不能不要提理查嗎？」

班？

我整個糊塗，感覺好混亂。班是誰？他跟這件事有什麼關係？

「洛蒂，不要生氣，可是我真的不懂……」

「我剛有傳簡訊跟妳說了！妳看不懂字嗎？」

「妳說妳訂婚了？」我突然有種可怕的感覺，難道這全是一場誤會？「妳沒有訂婚嗎？」

「有！我訂婚了！跟班！」

「他媽的班是誰？」我大喊，自己都沒想到會這麼大聲。我同事愛麗絲好奇地探頭進來看，我帶著歉意微笑說，「沒事。」

電話那端一陣沉默。

「喔。」過了許久洛蒂才說。「抱歉，我剛回頭看我的簡訊，我以為我有跟妳說，我不是要嫁給理查，是要嫁給班。妳記得班嗎？」

「不，我不記得班！」我愈來愈疲憊了。

「喔對。你們沒見過。他是我上大學前那一年在希臘交的男朋友，他重新出現在我的生命中，我們要結婚了。」

我感覺天花板快垮了。她本來要嫁給理查，那很合理。可是現在卻跑去跟某個叫班的傢伙在一起？我不知道該怎麼說。

「可是……洛蒂……妳怎麼可以跟他結婚？」我突然想到一件事。「是為了居留權嗎？」

「不是！不是為了什麼居留權！」她聽起來很生氣。「是為了愛！」

「妳愛他愛到足以嫁給他？」我們怎麼會討論這種事。

「對。」

「請問他什麼時候重新出現在妳的生命中？」

「兩週前。」

「兩週前。」我平靜地重複，但其實我很想歇斯底里地大笑。「你們多久沒見了？」

「十五年。」她頗為不滿。「還有，不用妳問我就可以先告訴妳，對，我有想清楚了。」

「好！恭喜妳。我相信班真的很棒。」

「真的！妳一定會喜歡他。他長得帥又很有趣，我們好契合——」

「太好了！約吃個午飯怎麼樣？慢慢聊。」

我告訴自己，是我反應過度，必須調整順應新的情況。也許班這傢伙很適合洛蒂，一切都不會有問題。只要他們訂婚時間拉久一點，別急著——

「要不要約在賽佛里奇百貨公司？」洛蒂說。「我現在就在這挑度蜜月要穿的內衣。」

「我聽說了，你們打算什麼時候結婚？」

「明天。」她高興地說。「我們想盡快結婚。妳可以請假嗎？」

明天？

她瘋了。

「洛蒂，妳在那裡別動。」我幾乎說不出話來。「我去找妳。我們好好聊聊。」

早知道我就不該放鬆，也不該去度假。我早該知道洛蒂在沒有找到發洩傷痛的管道前不會停下來。果然被她找到了。結婚。

等我到賽佛里奇百貨公司時，心臟跳得很用力，腦子裡滿是問號。另一方面，洛蒂手上已經有一籃內衣褲——不對，不是普通的內衣褲，是性感內衣。她正在看一件透明馬甲內衣，我迅速朝她衝過去，差點撞倒整排法式甜美內衣櫃上的泰迪熊。一看到我，她舉起那件馬甲內衣問我的意見。

「妳覺得怎麼樣？」

我看著她籃子裡的東西，裡面有很多黑色透明蕾絲內衣，顯然她已經去另一家正在打折的性感內衣品牌逛過。那個是眼罩嗎？

「妳覺得怎麼樣？」她不耐地擺動手上的馬甲問我。「好貴。妳覺得我要去試穿嗎？」

我好想大喊，應該有另外一件更重要的事情需要討論吧？譬如，班是誰？妳為什麼要嫁給他？可是我了解洛蒂的個性，要小心謹慎慢慢來，跟她講道理。

「哇！」我用我最雀躍的口氣說。「妳要結婚了，嫁給我沒見過的人。」

「你們會在婚禮上見面。費莉絲，妳一定會很喜歡他。」她眼神發亮地把那件透明馬甲內衣丟進籃子裡，再加了一件薄薄的丁字褲。「一切都太完美了。我好開心。」

「對，真好！我也好開心！」我微微頓了一下才又說，「只不過——我只是剛好想到——妳真的有需要這麼快結婚嗎？不能先訂婚再等一下，好好規劃婚禮？」

「沒什麼好規劃的啊！一切都很簡單，去雀兒喜區的戶政事務所登記，找家好餐廳吃午餐，簡單又浪漫。我希望妳可以當伴娘。」她摟著我，接著又拿起一件馬甲內衣。

她怪怪的。我看看她，正在想有哪裡不一樣？她身上散發著分手後的狂熱，而且比平常更嚴重，眼神太亮，舉止太激動。班是毒品販子嗎？她是不是有吸什麼興奮劑？

「所以是他突然跟妳聯絡？」

「他跟我聯絡，我們一起吃飯，感覺就像我們從來沒有分開過，好契合。」她幸福地嘆著氣。「原來他一直愛著我，愛了十五年。十五年！我也一直愛著他。所以我們才想盡快結婚。費莉絲，我們已經浪費夠多時間了。」她的聲音戲劇化地悸動著，好像在演真實故事改編的電影。「要趕快繼續我們往後的人生。」

什麼？

這根本是胡說八道。洛蒂哪有一直愛著某個叫做班的傢伙十五年？如果她有，我怎麼會不知道。

「妳一直愛著他，愛了十五年？」我忍不住質疑。「真奇怪，妳從來沒提過這個人。完全沒有。」

「我的愛在內心深處。」她伸手撫胸。「在這裡。可能只是我沒有跟妳說，我不見得每件事都告訴妳。」她拿了個吊襪帶丟進籃子裡以示不滿。

「妳有他的照片嗎？」

「我身上沒有，不過他真的很帥。對了。我想要妳致詞。」她愉快地補上一句。「妳是伴娘，班的朋友羅肯是伴郎，婚禮只有我們四個人。」

我惱怒地看著她。我本來打算有技巧，慢慢、慢慢地引導，可是我做不到。這太瘋狂了。「洛蒂。」我伸手按住一包她正打算拿的絲襪。「住手，聽我說。我知道妳不想聽，可是妳非聽不可。」我等到她不情願地轉頭看我。「妳五分鐘前才跟理查分手，還準備要嫁給他，甚至買了訂婚戒指要送他，說妳愛他，現在卻急著跟一個妳幾乎不了解的傢伙結婚？這樣真的好嗎？」

「還好我跟理查分手了！非常好！」洛蒂突然像隻貓一樣豎起毛髮，生氣地說。「費莉絲，我想了很久，我發現理查一點都不適合我。一點都不適合！我需要浪漫的男人、有感情的男人、願意為我付出的男人。妳明白嗎？理查人很好，我以為我愛他。可是我現在終於意識到一點，那就是他有他的侷限性。」

她把「侷限性」這幾個字講得好像這是她想得出來最嚴重的侮辱。

「什麼叫做『侷限性』？」我忍不住想為理查辯護。

「他太狹隘了，沒有特色，從來不會做出什麼衝動的浪漫之舉，也不會隔了十五年才去找一個女孩，跟她說沒有她的人生是黑暗的，希望重新開啟那個開關。」她驕傲地抬高下巴，我心裡暗知不妙。那個班是這樣說的嗎？他要開啟那個開關？

我當然可以體會。我和丹尼爾分居後，也和前男友重燃過幾次舊情，但每次都判斷失誤，結果很糟糕。重要的是我並沒有嫁給他們。

「洛蒂，聽我說。」我換個方式。「我了解。我知道那是什麼感覺。妳很傷心，妳很困惑。有個前男友突然跑出來，妳一定會跟他上床，這是很自然的事，可是為什麼非得要結婚呢？」

「妳錯了。」她得意地反駁。「大錯特錯。費莉絲，我沒有跟他上床，也不打算跟他上床。

我要守貞，等到度蜜月再做。」

她要……

做什麼？

我完全沒有預料我會聽到這段話。我茫然地看著洛蒂，不知如何回答。我妹妹呢？那傢伙把她怎麼了？

「妳要守貞？」過了許久我才覆述她的話。「可是……為什麼要這樣？他是基督教基本教義派嗎？」我突然好擔心。「還是什麼教派？他有沒有承諾會給妳什麼啟示？」

千萬不要告訴我她又交出全部的財產。拜託。

「當然沒有！」

「那……為什麼？」

「這樣我們度蜜月時才會有最火辣的性愛啊！」她搶走我手上的絲襪。「既然知道我們很合，為什麼不等新婚之夜再做？這樣才會很特別，非常特別。」她突然一扭，彷彿快要受不了。「相信我，一定會很棒。天啊，費莉絲，他好帥，我們幾乎是黏在一起，好像又十八歲了。」

我看著她，忽然全都明白了。從她發亮的眼神到整籃的性感內衣。她現在慾火焚身。訂婚只是聲勢浩大的前戲。我怎麼沒有一開始就意識到這點？她被慾望吞噬，而且還不是普通的慾望，是青春期的渴望。她臉上的表情就跟在公車站親嘴的青少年一樣，彷彿這個世界不存在。那一瞬間我突然好羨慕。坦白說，我不介意被青少年般的渴望淹沒。可是，現在的我要保持理性，要扮演理性的聲音。

「洛蒂，聽我說。」我盡量慢慢說，清楚地說，試圖喚回出神的她。「妳只要去訂間飯店套房就好，不用結婚。」

「可是我想結婚！」她低聲哼著歌，又拿起一件性感睡衣丟進籃子裡。我壓抑尖叫的衝動。結婚很好，可是如果她可以除去這股慾望他媽的一下也好，或許她就會知道這樣越軌的行為會帶來多嚴重的代價：一堆內衣、婚姻、蜜月、離婚，就只為了一個晚上的性愛？這根本不需要花錢。

「我知道妳在想什麼。」她憤恨地抬起頭看我。「妳可以為我高興。」

「我很努力，真的。」我摸著頭。「可是這一點都不合理，妳的順序全都錯了。」

「是嗎？」她正對著我。「誰說的？這不是最傳統的方式嗎？」

「洛蒂，妳太荒謬了。」我開始有點生氣。「用這種方式進入婚姻好嗎？婚姻是很嚴肅、有法律效力的——」

「我知道！」她打斷我的話。「我希望可以成功，這樣才可能成功。費莉絲，我並不笨。」她雙手抱胸。「我有想過這件事。我的感情世界是場災難，總是依循同樣的模式，每個男人都一樣：性、愛情、沒有結婚，不斷地重複。這次我有機會用不同的方式！我要改變我的策略！愛情、婚姻，最後才是性！」

「可是這樣太瘋狂了！」我忍不住爆發。「這整件事都太瘋狂了妳不覺得嗎？」

「不，我不覺得！」她氣呼呼地反駁。「我覺得這是解決整個問題最好的答案。這是經過多次考驗的傳統！維多利亞女王跟亞伯特有婚前性行為嗎？他們的婚姻是不是很成功？她是不是非常愛他，後來還在海德公園幫他蓋了很大的紀念碑？就是這樣沒錯。羅密歐與茱莉葉有婚前性行為嗎？」

「可是——」

「伊麗莎白．班奈特和達西先生[6]有婚前性行為嗎？」她瞪著我，彷彿這證明了一切。

好吧。如果她都拿出達西先生支撐她的論點，我也只能放棄。

「好吧。」我說。「達西先生。妳贏了。」

我要先退一步，換個方式再來。

「對了，那個羅肯是誰？」我突然有個點子。「妳剛說班有個伴郎？」

班的好友對這場突如其來的婚禮想必跟我一樣，不會太熱衷。也許我們可以合作。

「不知道。」她含糊地揮手。「某個老朋友兼同事。」

「哪裡的同事？」

「公司好像叫什麼……德克里。」

「那班從事哪一行？」

「不知道。」她拿起一件背後綁帶的四角內褲。「某個行業。」

我忍住大叫的衝動。妳就要嫁給他了還不知道他做什麼工作？

我拿出黑莓機，輸入「班—羅肯—德克里」。

「班姓什麼？」

6. 出自十九世紀的英國小說家珍．奧斯汀的代表作《傲慢與偏見》。

「派爾。我以後就是洛蒂．派爾了，有沒有很棒？」

班．派爾。

我輸入黑莓機，看著螢幕假裝叫了一聲。「糟糕，我竟然忘了這件事。洛蒂，我可能沒時間吃午餐了，我得走了。妳慢慢逛。」我抱住她。「晚點再聊，還有……恭喜喔！」

我帶著燦爛的笑容沿路走出內衣區，還沒到電梯就上網搜尋「班．派爾」。我的準妹婿班．派爾到底是個什麼樣的人？

等我回到公司時，已經盡可能地用手機上網搜尋「班．派爾」這個人，可是卻沒有找到任何一家叫做德克里的公司，只有幾筆關於有個脫口秀演員班．派爾的搜尋結果，評價很糟。是他嗎？很好。不及格的脫口秀演員，我最喜歡這種妹婿了。

最後終於找到一則跟某家叫做杜普立三得斯的製紙公司有關的新聞，裡面提到有個班．派爾，頭銜聽起來很假，什麼策略總顧問。我輸入「班．派爾／杜普立三得斯」幾個關鍵字，跑出一百萬筆新的搜尋結果。可見這家杜普立三得斯很有名，顯然是大公司。公司網頁果然有他的照片和簡歷。我瞄了一下。年輕時曾與父親共事，二〇一一年再度加入杜普立三得斯擔任策略顧問……對這個產業充滿熱情……父親過世後，更積極於塑造公司的未來。

我往前靠，仔細檢視螢幕上的照片，想要了解這個急速朝我逼進，即將成為我姻親的男人。我承認，他長得還不錯，很男孩子氣、削瘦、親切，嘴巴看起來還好，感覺有點軟弱。

看了一陣子之後，我的視線開始模糊，我往後坐，改搜尋「羅肯／杜普立三得斯」。沒多久出現另一個網頁及一張長相很不一樣的照片：粗黑的頭髮、黑眉、眉頭緊皺、鼻樑挺直，有點鷹鉤。看起來很兇。照片底下寫著，羅肯．亞當森，分機三一〇。曾在倫敦擔任律師，二〇〇八年加入杜普立三得斯……負責許多計劃……開發精緻文具品牌與紙藝……與國家古蹟保護協會合作擴大遊客中心……投入維持永續、重視環保的產業開發……

他是律師。希望他是理性，而不是驕傲自大討厭的那種。我撥起他的電話，同時檢查我的電子郵件。

「羅肯．亞當森。」接電話的聲音低沉而沙啞。我嚇一大跳，滑鼠還掉下來。這不是真人的聲音吧？聽起來好像假的。

「喂？」他又說了一次。我忍住笑。這傢伙的聲音很像電影預告片的旁白，低沉轟隆隆，像重低音喇叭那種，就是你邊吃爆米花邊等電影開始放映前會聽到的聲音。

我們以為這個世界很安全。我們以為宇宙是我們的。直到他們出現……

「喂？」又是那個低沉的聲音。

為了爭取時間，有個女孩必須破解密碼——

「嗨，呃……嗨。」我努力整理自己的思緒。「請問您是羅肯．亞當森嗎？」

「我是。」

由奧斯卡最佳導演——

停！專心一點。

「是，對。」我連忙定下心來。「嗯，我有事要找你談一談。我是費莉絲緹．葛來芙妮。洛蒂是我妹妹。」

「啊。」他的聲音突然有了活力。「不好意思，我忍不住想罵人，他媽的到底發生什麼事？班剛才打給我，說他要和妳妹妹結婚？」

我馬上聽出兩件事：第一，他有一點蘇格蘭口音；第二，他對他們要結婚這件事也不怎麼認同。太好了，有另一股理性的聲音。

「沒錯！」我說。「你是伴郎對不對？我不知道這件事是怎麼回事，不過我在想也許我們可以見個面然後——」

「然後什麼？規劃各桌擺設嗎？」他直接打斷我的話。「我不知道妳妹妹是怎麼說服班接受這個荒謬的計劃，但是不管妳和妳妹妹喜不喜歡，我都會盡全力阻止這件事發生。」

我瞪著電話。他說什麼？

「我是班的同事。這段時間對他來說很關鍵。」他繼續說。「不可以就這樣一時衝動跑去什麼莫名其妙的蜜月。他有他的責任，他有他的承諾。我不知道妳妹妹打什麼算盤——」

「什麼？」我氣到不知道該說什麼。

「妳說什麼？」他似乎很困惑我竟敢打斷他。原來他是那種人。

「這位先生。」一說出「先生」兩個字我就覺得好蠢，來不及了，繼續講下去。「第一，我妹妹沒有說服任何人做任何事，是你朋友突然冒出來，迷住她，要她結婚的。第二，如果你認為我打給你是來討論婚禮『各桌擺設』，那你就錯了。不管有沒有你的協助，我都會阻止這段婚姻。」

「好。」他口氣充滿質疑。

「班有說是洛蒂說服他的嗎？」我質問。「如果有，那他就是在說謊。」

「他是沒有這麼說。」羅肯頓了一下才又說。「不過班比較……該怎麼說？很容易被影響。」

「容易被影響？」我非常生氣地反駁，「他才是影響別人的人好嗎？我妹妹現在正陷入低潮，非常脆弱，不需要這種趁虛而入的人。」我心裡一直覺得這個叫班的傢伙屬於什麼奇怪的宗教團體或是詐騙集團之類的。「他到底做什麼工作的？我對他一點都不了解。」

「妳不知道他的背景？」他的口氣又是充滿懷疑。這傢伙真的很會惹我生氣。

「我只知道他和我妹是上大學前那年認識的，當年打得火熱，現在他說他一直都愛著她，他們準備明天結婚，延續當年的熱情。還有他在杜普立三得斯工作。」

「杜普立三得斯是他的。」羅肯糾正我。

「什麼？」我愣住。

其實我連杜普立三得斯是什麼公司都不知道，根本沒去查。

「他父親一年前過世後，班就是杜普立三得斯的大股東。這家製紙公司市值高達三千萬英鎊。還有，順帶一提，他的人生出了點複雜的狀況，他現在頗脆弱。」

我聽著他的話，心裡開始湧現沸騰的怒火。

「所以你認為我妹妹是看上他的錢？」我爆發。「是這樣嗎？」

我這輩子從來沒有這樣被侮辱過。這個驕傲自大……自以為是……可惡。我的呼吸愈來愈急促，惡狠狠地瞪著螢幕上他的照片。

「我沒有這麼說。」他平靜地反駁。

「亞當森先生，你聽我說。」我用我最冰冷的口氣。「事情的真相是這樣，是你的寶貝好友說服我妹妹，是他急著結這場莫名其妙的婚禮，不是她說服他。你怎麼知道她身價沒有比他更高？你怎麼知道我們不是……美國富豪蓋提家族的親戚？」

「說的好。」他頓了一下才又說。「妳們是嗎？」

「當然不是。」我不耐煩。「重點是，你太快做出結論了。身為律師，這點真令人意外。」

又是一陣沉默。感覺得出來，我刺中他了。很好。

「對。」過了一會兒他說。「我道歉。我並沒有暗指妳妹妹什麼。也許她和班是天造地設的一對，但是這並不改變公司目前有重大變化的事實。班需要留在國內。如果他想度蜜月，那就要晚一點去。」

「或者永遠不去。」我補充。

羅肯似乎覺得很有趣。「看來妳不喜歡班？」

「我沒見過他。跟你聊很有幫助，我只需要這些訊息。交給我，我會處理。」

「我會處理。」他反駁。「我會跟班談。」

天啊，這傢伙真會惹毛我。誰說需要他負責？

「我會跟洛蒂談。」我用我最權威的口氣說。「我會解決。」

「沒有必要。」他直接打斷我。「我會跟班談，解決這整件事。」

「我會跟洛蒂談。」我又說了一次，不理他。「等我處理好會告訴你。」

一陣沉默。看得出來我們沒有人要讓步。

「好。」過了許久羅肯才又說。「好吧，再見。」

「再見。」

我掛上電話，拿起手機打給洛蒂。我不要再當善良的好姐姐了，我要馬上阻止這段婚姻！

06

費莉絲

可惡的傢伙，竟然敢足足二十四個小時都沒有理我。

時間是隔天下午，儀式預計在一個小時後開始，可是我還沒有機會跟洛蒂說到話。我打了大概有一百通電話她都沒接，卻有辦法同時在我手機上留一大堆語音留言：安排戶政事務所登記和餐廳的事，還有儀式前先在藍鳥酒吧喝一杯；快遞中午把紫色的伴娘禮服送到我辦公室，信箱也收到一首詩，要求我在儀式進行的過程中朗誦——「這讓我們的大喜之日更特別！」

她騙不了我。我知道她為什麼不接我電話，這是她的防禦機制。這表示只要我找出她的弱點好好利用，就有機會可以說服她放棄這一切鬧劇。

我到藍鳥酒吧時，她已經坐在吧臺，身穿米黃色的蕾絲小洋裝，頭髮上插著玫瑰花，腳上穿著好可愛的復古綁帶鞋，整個人容光煥發。我突然覺得自己好壞，竟然特地來破壞她的計劃。

不行，一定要有人保持理性。等她收到離婚律師的帳單時就不會這麼容光煥發了。

諾亞沒有跟我來，他去他朋友賽巴斯恩家過夜。我騙洛蒂說這次活動對他很重要，他「很遺憾無法出席婚禮」，但真正的原因是我根本不打算讓她舉行婚禮。

洛蒂看到我，揮手吸引我的注意。我揮揮手，露出若無其事的笑容朝她走去。我把將韁繩藏在身後，靜靜地朝圍欄走去，準備馴服新娘。

「妳好美！」我用力抱住洛蒂。「好興奮，我今天好開心！」

洛蒂觀察我的表情，沒有答話。這證明我的認知沒有錯，她現在防禦心很高。我保持微笑，假裝什麼都沒發現。

「我還以為妳並不支持。」她過了許久才說。

「什麼？」我假裝驚訝。「我當然支持！只是有點意外，不過我相信班一定很棒，妳會過得很幸福。」

我屏息以待。她明顯放輕鬆，卸下防衛。

「對。」她說。「對，我們會。坐下來喝點香檳！這是妳的捧花。」她拿一小束玫瑰花給我。

「哇！好漂亮。」

她倒杯香檳給我，我舉杯慶祝，瞄了一下手錶。只剩五十五分鐘，我要趕快展開我的破壞計劃。

「蜜月有什麼計劃嗎？」我輕鬆地問。「時間這麼緊急，可能很難訂到地方吧？真可惜。蜜月是一段很特別的時光，一定要很完美。如果妳可以等幾個星期，我可以幫妳安排個好地方。不然這樣好了？」我放下酒杯，彷彿突然想到什麼很棒的好點子。「洛蒂，我們把婚禮稍微延後一點點，好好幫妳規劃一場完美的蜜月之旅！」

「沒關係。」洛蒂開心地說。「我們已經安排好完美的蜜月了！先在薩沃伊飯店住一晚，明天出發！」

「真的嗎？」我準備好發動攻擊。「妳要去哪裡？」

「去希臘伊克諾斯，回到我們當初相識的地方。是不是很完美？」

「回那家青年旅舍？」我看著她。

「當然不是！去那家很棒的飯店！安巴飯店，有瀑布的那一家。你們雜誌不是報導過嗎？」

可惡！安巴飯店無懈可擊。這家飯店才開幕三年，我們已經報導過兩次，每一次都是五顆星。飯店座落在愛琴海南部的群島間，連續兩年獲選為最佳蜜月地點。

坦白說，後來變得有一點俗氣，到處都是名人影星，照片常出現在八卦雜誌上，我覺得他們有點太過強調「蜜月」市場。不過，這家仍是世界級的飯店，我要很努力才能說服她不要去。

「可是安巴有個小問題，房間位置很重要。」我沮喪地搖搖頭。「時間這麼趕，妳可能會被塞到側翼的房間，曬不到陽光，還有奇怪的味道，很不愉快。」我突然靈機一動。「對了！等幾個星期，我打個電話幫妳問問看，應該可以幫妳弄到珍珠貝套房。真的，光是那個床就值得等待。床超大，上面還有玻璃屋頂可以看星星。妳一定要住那間。」我拿出手機。「要不要打給班，說妳想暫緩一下，幾個星期就好——」

「可是我們有訂到珍珠貝套房！」洛蒂開心地打斷我的話。「都訂好了！量身訂做的蜜月行程，有專屬的私人管家，每天做療程，還有一天可以搭飯店的遊艇出海！」

「什麼？」我瞪著她看，握著電話的手無力下垂。「怎麼會？」

「剛好有人取消！」她開心地說。「班用什麼特殊的會員服務安排的。很棒對不對？」

「太棒了。」我頓了一下才說。「非常好。」

「伊克諾斯對我們有很特殊的意義。」她好興奮。「我相信現在一定都被破壞了。以前連機場都沒有，更別說什麼大飯店，只能搭船去。不過這還是很像回到從前。我等不及了。」

看來沒有必要繼續朝這個方向努力了。我邊喝著香檳邊想辦法。

「妳有安排勞斯萊斯古董禮車接送嗎？」我轉換策略。「妳不是一直很希望結婚時可以有古董禮車？」

「沒有。」她聳肩。「走路就好。」

「好可惜！」我做出惋惜的表情。「妳不是一直很想搭勞斯萊斯古董車嗎？如果稍微等一下就可以。」

「費莉絲。」洛蒂的笑容帶著微微責備的意味。「妳這樣會不會太膚淺？彼此相愛最重要。找到終生伴侶應該比什麼車子重要吧，不是嗎？」

「當然。」我的笑容很僵硬。好，不要提車子，再換個方式。禮服？不行，她身上禮服很美。禮物清單？不行，她物質慾沒有那麼重。

「對了……婚禮上會唱詩歌嗎？」我最後問。一陣沉默，很長的沉默。我看著洛蒂，突然燃起希望。她的表情變僵硬了。

「公證結婚不能唱詩歌。」過了許久她才低頭看著手上的酒說。「戶政事務所說不行。」

太好了！

「不能唱詩歌？」我故作驚恐地摀著嘴巴。「可是婚禮怎麼可以沒有詩歌？不唱《我宣誓向祖國效忠》這首古老的民謠？妳不是說妳結婚時一定要有這首？」

我們唸寄宿學校時，洛蒂是學校唱詩班成員，經常獨唱。她很愛音樂。早知道就先使出這招。

「沒關係。這不重要。」她微微一笑，可是她整個神情都變了。

「班怎麼說？」

「他沒有很愛詩歌。」她頓了一下才說。

他沒有很愛詩歌。

我好想大聲歡呼。太好了！這是她的弱點。現在她可是任我宰割。

「我宣誓向祖國效忠。」我開始小聲唱。「所有天上人間的事物。」

「不要唱了。」她有點不滿地說。

「對不起。」我舉手表示道歉。「我只是……在想，對我來說，婚禮的音樂很重要，一定要有美妙悅耳的音樂。」

才不是。我對音樂才沒什麼興趣。如果洛蒂反應快一點，馬上就會發現我在唬她。可是她若有所思地轉頭，眼神似乎有些呆滯。

「我以前都想像妳跪在鄉間小教堂的祭壇前，旁邊還有管風琴演奏。」我故意加油添醋。

「真有趣，沒想到妳會公證結婚。」

「對。」她頭也不回的說。

「滴滴滴噠噠噠……」我還在哼《我宣誓向祖國效忠》的曲調。我不記得全部的歌詞，不過哼曲調就夠了，她已經上鉤了。

她的眼神果然很空洞。好，來發出致命的一擊。

「總而言之！」我停止哼歌。「最重要的是，今天是妳的大喜之日，一定會很完美，又快又好，不用煩惱音樂或請唱詩班來表演或教堂尖塔敲鐘的問題……進去馬上出來，簽個名，講幾句話就好了。一輩子就這樣了結。」我說。

我覺得自己好殘忍，她的下唇正在微微地顫抖。

「妳還記得電影《真善美》結婚的那一幕嗎？」我故作輕鬆。「瑪麗亞在修女的歌聲中走進教堂，長長的婚紗四處飄逸……」

我提醒自己，不要太過份，說完就默默品嚐我的香檳，等她反應。看得出來洛蒂的眼神閃爍，正在思考。感覺得出來她內心正在浪漫與慾望間掙扎。我猜浪漫佔了上風。看得出來小提琴聲壓過叢林鼓聲，她似乎已經做好決定。*拜託做出正確的決定，拜託……*

「費莉絲……」她抬起頭。「費莉絲……」

我是馴服新娘的世界冠軍。

沒有爭吵，沒有衝突。洛蒂認為是她自己決定暫延。反而是我說，「妳確定嗎？妳確定要取消？真的嗎？」

她完全被我在鄉間舉行婚禮，請唱詩班和敲教堂鐘聲的主意說服，甚至跑去查以前學校牧師的名字，已經開始做全新的婚禮夢：有婚紗、花束，還要唱《我宣誓向祖國效忠》。

這些都很好。結婚很好、辦婚禮很好。也許班註定會成為洛蒂的終身伴侶，等她迎接第十個孫子時我會想，我當年到底有什麼問題？可是婚禮暫延，至少可以給她一點喘息的空間，至少讓她有時間看看班，想一想，嗯，真的可以跟你共度六十年嗎？

洛蒂去戶政事務所告訴班這件事。我的工作已經完成，只剩下一件任務，就是去幫她買新娘雜誌，明天約好喝咖啡聊婚紗，晚上再跟班見面。終於要見到班了。

我正在等著過國王大道，心裡讚嘆自己的聰明才智時，突然看到一張熟悉的面孔——鷹鉤鼻、被風吹亂的深色頭髮，西裝上別了一朵玫瑰。他看起來幾乎有十英呎高，沿著馬路另一邊大步前進，眉頭緊蹙，一副他有錢的好友被邪惡的拜金女搶走，他還非得當伴郎不可的表情。他走著走著，玫瑰花突然掉下來，他停下來撿花，臉色凝重，充滿肅殺之氣，我差點笑出來。

等他聽到我的好消息就知道。對了，他叫什麼名字？喔對，羅肯。

「嗨！」我用力揮手叫住他。「羅肯！停！」

他腳步好快，不這樣我根本追不上。他停下來，狐疑地轉身一看，我再次揮手吸引他的注意。

「我在這！是我啦！我有事情要跟你說！」我等他過馬路，揮著我手上的捧花朝他走過去。

「我是洛蒂的姐姐，費莉絲緹．葛來芙妮，我們昨天有講過電話？」

「喔。」他的表情稍微鬆懈，然後又恢復大喜之日應有的怒容。「妳正要過去對吧？」

我都忘了他的聲音有多像電影旁白，好好笑。但當面聽起來沒有電話上那麼好笑，反而跟他的臉很合，感覺是個很強烈很深沉的人。

「其實……」我忍不住有點自滿。「我沒有要去，因為取消了。」

他驚訝地看著我。「什麼意思？」

「暫時取消了。」我說。「洛蒂決定延後舉行婚禮。」

「為什麼？」他質問。疑心病真重。

「這樣她才能先確定班的財富有沒有很好挖。」我聳肩。「不然呢。」

羅肯臉上閃過一抹笑意。「好吧，我不對。到底怎麼了？她為什麼要延後？」

「我說服她的。」我驕傲地說。「我了解我妹妹，也懂得暗示的力量。我們小聊之後，她想要在鄉間小教堂舉辦浪漫的婚禮，所以她才要延後。我希望婚禮暫延的理由是，至少讓他們有機會觀察是否適合彼此。」

「感謝老天爺。」羅肯鬆一口氣，伸手撥頭髮。他終於卸下防備，眉頭也鬆開了。

「班現在根本不適合結婚。真是亂搞。」

「莫名其妙。」我同意。

「瘋了。」

「極其愚蠢。不對，我收回這句話。」我低頭看看自己。「叫我穿紫色的伴娘禮服才是極其愚蠢。」

「我覺得妳穿這樣很好看。」他臉上又閃過一抹微笑。他看看錶。「那我該怎麼辦？我跟班約在戶政事務所碰面。」

「我覺得我們最好不要出現。」

「同意。」

一陣沉默。盛裝打扮站在街角，卻沒有婚禮要參加的感覺好奇怪。我尷尬地把玩著手上的花束，不知道要不要丟進垃圾桶。好像不應該亂丟。

「想不想喝一杯？」羅肯突然說。「我想喝杯酒。」

「我想喝六杯酒。」我說。「說服別人不舉行婚禮好費力。」

「好，走吧。」

果決的男人，我喜歡。他帶著我彎入小巷，走進一家有條紋圖案的遮篷，桌椅也帶有法國風的酒吧。

「妳妹妹應該有取消吧？」他突然在門口停住。「我應該不會突然收到班的簡訊罵我，你跑去哪裡了？」

「洛蒂沒有新消息。」我檢查手機。「我確定她很堅決地說要取消。」

「班也沒有消息。」羅肯看著黑莓機。「應該沒事。」他帶我到角落的桌子，翻開酒單。「要喝杯紅白酒嗎？」

「我要一杯大杯的琴湯尼。」

「這是妳應得的。」他又露出一閃即逝的微笑。「我也來一杯。」

他點了酒，關上手機，放進口袋。把手機收起來的男人，我也欣賞這一點。

「所以班現在為什麼不適合結婚？」我問。「告訴我，班到底是個什麼樣的人？」

「班。」羅肯的臉有些扭曲，彷彿不知從何開始。「班，班，班。」他停了很久。難道他忘了他最要好的朋友是個什麼樣的人嗎？「他……很聰明、很有創意、他有很多優勢。」

他的口氣好僵硬，很沒有說服力。我看著他。「你的口氣聽起來好像『他是斧頭殺人魔』。」

「才沒有。」羅肯

「真的。我從來沒有看過有人在稱讚朋友時表情這麼難看。」我裝出在喪禮上致詞的語氣。「他很聰明、很有創意，趁別人睡覺時用很有創意的方式殺人。」

「天啊！妳老是這樣——」他話沒說完，嘆口氣。「好吧，我是很想保護他。他現在狀況不太好。父親剛過世，公司未來不明確，他必須決定未來的經營方向。他是天生的賭徒，可是缺乏判斷力，所以這對他來說很困難。我想他現在算是提早出現中年危機。」

提早出現中年危機？太好了，真適合洛蒂。

「所以不適合當老公？」我說。羅肯大笑。

「也許有一天，等他想清楚自己要做什麼。他上個月才在美國蒙大拿買了小木屋，然後又說要買船參加航海賽。在這之前，他曾經投資古董摩托車。下禮拜他又會迷上其他事情。我猜他這段婚姻不會維持超過五分鐘，妳妹妹恐怕會成為受害者。」

我心一沉，沉得很快。「還好取消了。」

「妳做得很好。」他點頭。「而且我們需要班，他不能又不告而別。」

我瞇起眼睛。「什麼叫做『又』不告而別？」

他嘆口氣。「他父親生病之後，他曾經沒有說一聲就不見人影，消失了十天，引起很多麻煩，我們還去報警什麼的。然後他又突然出現，沒有道歉，也沒有解釋，到現在我還是不知道他那次去了哪裡。」

酒送上來。他舉杯，「乾杯，慶祝婚禮取消。」

「慶祝婚禮取消。」我舉起酒杯，灌下一大口琴湯尼，接著又回到剛才的主題。

「所以他為什麼有中年危機？」

他遲疑，彷彿不太想洩漏好友的祕密。

「講啦。」我追問。「我們可是差點成為親戚。」

「也是。」他聳肩。「我十三歲就認識班，我們是同學，我爸媽外派到新加坡，我沒有其他家人，有幾次寒暑假都去住他家，跟他家人都很熟。我和他父親都很喜歡戶外健行。」他頓了一下。「班從來不跟我們一起去健行。他對健行沒興趣，對家族企業也沒興趣，覺得那是很大的壓力。大家都以為他一畢業就會跟他父親一起工作，可是他一點都不想。」

「那你怎麼會去他們公司？」

「我幾年前加入的。」他微微苦笑。「我當時……自己也有點狀況，想要離開倫敦，回斯坦福郡後在班的父親家住了一陣子，釐清思緒，後來開始涉入公司的經營，之後就沒有離開過。」

「斯坦福郡？」我驚訝地說。「你不是住在倫敦？」

「我們在倫敦也有辦公室。」他聳肩。「我兩邊跑，不過我比較喜歡那邊，景色很優美，紙廠就設在莊園裡，辦公室是他們家族的宅邸，被列為一級古蹟。妳有看過ＢＢＣ影集《海頓莊園》嗎？」他說。「就是在我們那裡拍的，拍了八週，我們也賺了不少錢。」

「《海頓莊園》？」我看著他。「哇！那地方好漂亮，而且好大！」

羅肯點點頭。「很多員工都住在莊園周邊的小屋裡。我們有很多種導覽行程，介紹大宅、工廠、林地，還有當地保育計劃……很特別的一個地方。」他眼神發亮。

「好。」我消化這些資訊。「所以你開始在這家公司工作，可是班都沒有興趣？」

「一直到他父親生病，他才必須面對接手經營的事。」羅肯說得很直接。「在這之前，他想盡辦法避免面對，跑去接受演員訓練，嘗試脫口秀表演——」

「果然是他！」我砰一聲放下酒杯。「我上網查過，結果只找到一些脫口秀表演的評論。評語很差。他有那麼糟糕嗎？」

羅肯攪拌他的酒杯，專心看著杯子裡的冰塊。

「你可以說沒關係。」我低聲說。「我不會告訴別人。他有那麼糟嗎？」

他沒有回答。當然不會，他不想批評好友，我可以接受。

「好吧。」我想了一下才又說。「你只要告訴我一件事，如果我們見了面，他會不會開始講笑話，我需要假裝很好笑？」

「如果他開始講牛仔褲的笑話。」他終於抬起頭，嘴角扭曲。「一定要笑。如果妳不笑他會很難過。」

「牛仔褲。」我提醒自己。「好，謝謝提醒。那這傢伙有什麼優點嗎？」

「喔。」羅肯似乎嚇一跳。「當然有！他好的時候，跟他在一起非常愉快，風趣幽默，我可以理解妳妹妹為什麼會喜歡他。等妳見到他時也會明白。」

我又喝了一口酒，開始緩緩放鬆。「好吧，也許他會變成我妹婿，不過至少不會是今天。任務完成。」

「我晚點跟班談談。」羅肯點頭。「確保他不會再亂搞。」

我馬上浮現一絲不滿。我不是才剛說「任務完成」嗎？

「你不用再跟班談了。」我客氣地說。「我已經把事情處理好了。洛蒂現在絕對不會急著結婚。最好就這樣算了。」

「我再去加強確認一次。」他不為所動。「不會有影響。」

「當然會！」我用力放下酒杯。「不要去加強確認什麼！我才花了半小時讓洛蒂以為取消婚禮是她的主意。我很小心委婉地處理，才沒有衝進去做什麼……確認。」

他的表情完全沒動。這傢伙顯然是個控制狂，但我也是，而且這是我妹妹。

「不要跟班談。」我命令他。「算了，這樣就好了。」

一陣沉默。他聳肩，喝光他的酒，沒有回答。我猜他知道我說的沒錯，只是不想承認。我喝完我的酒，等了一下，幾乎不敢呼吸。我發現自己在等他建議再來一杯。反正家裡沒人，我不用工作，也沒別的事情。坦白說，我喜歡坐在這裡，跟這個有點太認真、脾氣有點不太好的男人爭論。

「要不要再來一杯？」他抬頭看我，兩人四目交接，感覺氣氛有點改變。第一杯酒像是這整件事的結尾，事情解決了，禮貌性地喝一杯。

再喝就不只是禮貌了。

「好啊。」

「跟剛才一樣嗎？」

我點點頭，看著他叫服務生點酒的模樣。他的手很好看，下巴強而有力，態度從容不迫，比他網站上的照片有魅力。

「你放在網站上的照片好糟糕。」服務生離開時我脫口而出。「真的很難看。你知道嗎？」

「哇。」他挑眉，似乎很意外。「妳說話真直接，還好我不是個虛榮的人。」

「這跟虛榮沒有關係。」我搖頭。「也不是說你本人比照片好看，而是你的個性比較好。我現在看著你，看到一個願意為別人投入時間、把手機收起來的人。一個願意傾聽的人，就某方面來說很有魅力。」

「就某方面來說？」他不可置信地大笑。

「可是你的照片看不出來。」我不理他。「照片裡的你皺著眉頭，讓人看了覺得：媽的你是誰？看什麼看？我沒時間理你。」

「你光看一張網站上的照片就看得出這些？」

「我猜你只給攝影師五分鐘的時間，從頭到尾一直抱怨，每拍一張照片就看看黑莓機。這樣不好。」

他似乎說不出話來。我不知道是不是講太多了。

對，我當然講太多了。我根本不認識這傢伙，竟然就這樣批評他的照片。

「抱歉。」我收回。「我講話有時候……太直接。」

「真的。」
「你有話也可以直接說。」我看著他。「我不會生氣。」
「很公平。」他眼睛眨也不眨。「妳穿這件伴娘禮服真難看。」
我還是忍不住有一點受傷，我不覺得有那麼難看。
「你剛才不是說很好看？」我反駁。
「我說謊。妳看起來像水果軟糖。」
我活該。
「好吧，也許我看起來真的很像水果軟糖。」我忍不住要回敬一下。「可是至少我沒有把自己看起來像水果軟糖的照片放在個人簡介上。」
服務生端來兩杯琴湯尼。我拿起我的來喝。剛才這段交流讓我有點興奮，同時也在想話題怎麼會轉到這裡？也許該把話題轉回去。
「對了，你有聽說班和洛蒂的無性政策嗎？」我說。「真是可笑。」
「班有提。我還以為他在開玩笑。」
「不是開玩笑，他們真的要等到新婚之夜。」我搖頭。「我覺得不先上床就結婚很不負責任，這簡直是在找麻煩！」
「好有趣的想法。」他聳肩。「很傳統。」
我大口灌酒。我覺得有需要說出自己的想法，可是又不能跟諾亞說。
「我的理論是——」我傾身向前。「這會影響他們的判斷力，性變成這整件事的重點。洛蒂現在完全被慾望掩蓋。拖愈久，愈難理性思考。我知道，他很帥，她很想跟他一起翻來覆去。可是不一定要嫁給他吧？」

「荒唐。」他點頭。

「我就是這麼說！他們應該直接上床，在床上待一個星期，一個月也沒關係！好好享受，然後再決定是不是要跟對方結婚。」我又大口灌酒。「何必為了性而簽字放棄你的人生——」我突然想到一件事。「你結婚了嗎？」

「離婚。」

「我也是。離婚了。所以我們知道。」

「知道什麼？」

「性。」我一說出口就覺得怪怪的，馬上改口。「知道婚姻是怎麼一回事。」

他喝著酒，想了一下。「我愈回想過去幾年。」他緩緩說。「就覺得自己對婚姻的了解愈少，但是對性倒是挺有把握。」

剛才喝的琴酒直灌我腦門，在我腦子裡噴射，讓我藏不住話。

「我相信。」我脫口而出。

一陣沉默，空氣似乎凝結了。我赫然發現自己剛才跟陌生人說我相信他的床上功夫很不錯，有點太遲了。要收回剛才的話嗎？還是稍微解釋一下？

算了，繼續講。我四處張望看有沒有什麼話題可以緩和一下，但羅肯卻先開口。

「既然我們現在開誠布公——妳覺得離婚怎麼樣？像不像一場惡夢？」

我覺得離婚像不像一場惡夢？

我張開嘴巴，深呼吸一口氣，下意識地摸著掛在脖子上的記憶卡，停下來。

不行，我不能尖酸刻薄，絕對不能，一定要甜美。想像棉花糖、糖果、鮮花、毛絨絨的綿羊、茱莉．安德魯斯[7]……

「你也知道。」我露出甜美的微笑。「難免會發生這種事。」

「多久了？」

「還沒結束。」我笑得更燦爛。「應該快了。」

「可是妳還笑得出來？」他聽起來好意外。

「我傾向於保持平靜。」我點點頭。「向前看，往正面思考，不要停留在過去。」

「哇。」他瞪大眼睛。「了不起。我離婚四年了，還在痛。」

「真可惜。」我勉強說。「好可憐。」

我快受不了自己虛假的笑容了。好想問他為什麼還在痛？到底發生什麼事？要不要比較一下我們的前妻前夫誰比較爛？我好想一五一十全部說出來，一直講一直講，直到他說出我想聽的話，也就是我完全沒錯，錯的全是丹尼爾為止。

當然，這就是為什麼巴納比把我教訓了一頓。

每次都被他說中。討厭的傢伙。

「嗯。要不要我再點幾杯酒？」我伸手拿包包，匆忙拿出皮夾。

---

7. 電影《真善美》的女主角。

糟糕。慘了。

我拿出皮夾時不小心把夾在裡面的保險套全都散了出來。「螺紋裝」那一包剛好掉在桌上。「熱感顆粒裝」掉進他酒杯，濺起的酒噴到他臉上。「超薄裝」則掉在那盆花生上。

「啊！」我連忙一個個撿起來。「這是——是我兒子學校的美勞材料。」

「喔。」他點點頭，很有禮貌地撿起酒杯裡的保險套，遞給我。「妳兒子多大？」

「七歲。」

「七歲？」他一臉驚愕。

「這……事情有點複雜。」我苦著臉接下他遞給我濕漉漉的保險套。「抱歉，我再點杯飲料給你。」我連忙拿紙巾把保險套擦乾。

「除非真的有急用，不然那個最好丟了。」他說。

我馬上抬頭。他面無表情，可是他說話的口氣讓我很想笑。

「沒關係。」我說。「不要浪費。」我把它塞回包包。「要不要再來一杯琴湯尼？沒有用保險套點綴的？」

「我來。」他往後靠，椅子稍微轉向一側向服務生示意。我的視線移到他修長的身材上。不知道是因為喝了琴酒，還是因為剛才說他床上功夫不錯，還是因為這整個情況都很怪的關係，我突然開始想一件事，一點一滴地想像他在我身上的模樣。那雙手如果停留在我的肌膚上會是什麼樣的感覺？他的頭髮在我指間又是什麼感覺？他的下巴有點鬍渣。很好，我喜歡。我喜歡摩擦，喜歡火花。我覺得我們之間就是這種感覺，有好的火花。

我覺得他在床上是屬於動作緩慢但堅決的那一型，很專注，對於性就和解決好友愛情問題一樣的認真。

我剛說了「覺得」嗎？我到底在想像些什麼？

羅肯整個人往後躺在椅子上，看看我，眼皮顫動。他也在想同樣的事情。因為他的眼神一直掃過我的腿，我假裝漫不經心地挪動身子，讓我的裙襬往上掀。

我猜他會留齒痕。不知道為什麼，我就這麼覺得。

我不知道要說什麼，想不出什麼輕鬆的話題。我決定再喝兩杯琴湯尼。兩杯應該就夠了。之後再……

「好。」我打破沉默。

「好。」他點點頭。然後隨口補上一句。「妳要回家陪兒子嗎？」

「今天不用，他去朋友家過夜。」

「喔。」

他現在直接看著我，我的喉嚨突然好緊，心裡充滿了渴望。太久了，真的太久了。不過我當然不會告訴他這一點。如果他問，我會若無其事地說：喔，我最近剛結束一段沒有結果的短暫戀情。很簡單，很正常。而不是：我好孤單，壓力好大，好想好想要，不只是為了性，也為了那種肌膚相親的親密感；有人在我身邊，抱著我，即使只有一晚或半個晚上或幾個小時都好。

我絕對不會這麼說。

一名女服務生端著我們的飲料走過來，放下酒杯，看看我的捧花，又看看羅肯西裝上的玫瑰。「哇！兩位今天結婚嗎？」

我忍不住大笑。怎麼會出現這種問題？

「不，不是。不是我們。」

「絕對不是。」羅肯也說。

「我們的婚禮香檳酒有特別優惠。」她繼續說。「因為戶政事務所就在附近，所以很多人來這裡辦派對。新郎新娘會來找兩位嗎？」

「其實我們反婚姻。」我說。「我們的座右銘是：做愛就好，不要結婚。」

「敬一杯。」羅肯舉起酒杯，眼神帶著笑意。

女服務生看看羅肯又看看我，含糊一笑就離開了。我一口氣喝下半杯，頭有點昏，心裡再度湧現一股渴望。我想像他嘴唇壓在我的唇上，伸手脫下我的禮服……

天啊，我要振作。他很可能只是在思考該怎麼搭公車回家。

我再度轉頭攪拌我的酒杯，打發時間。我最討厭每次跟新的對象約會，卻不知道現在到底情況怎麼樣，好像搭乘雲霄飛車緩緩而上，只知道自己爬了多高，卻不知道對方在哪？有沒有跟妳一起上來？說不定他的心思正朝其他方向飛去。我已經走到性幻想第五十三號，可是他很可能已經準備有禮貌地告退回家。

「妳想不想換個地方？」羅肯突然說。我胃一揪，心裡充滿期待。換個地方。去哪？

「好啊。」我勉強自己用冷靜自制的口氣說。「去哪裡？」

他皺眉，拿著攪拌棒敲冰塊，彷彿不知該如何回答這個深刻又複雜的問題。

「可以去吃點東西。」他的口氣沒有什麼熱忱。「壽司或……」

「也可以不吃。」

他終於卸下防備，抬起頭。我渾身一顫。他跟我好像，眼神裡有種飢渴，迫切的飢渴，彷彿想把什麼吞下去，我很確定不是壽司。

「也可以。」他的眼神又飄到我腿上。顯然是個愛美腿的男人。

「對了……你住哪？」我隨口問，彷彿是個不相關的問題。

「不太遠。」

他專注地盯著我。我們已經一起到達頂峰。我可以看見之後的景象，忍不住有點興奮，應該會很美好。

07

費莉絲

我半醒著，在努力思考。天啊，頭好痛。

好多思緒，不知從何開始。記憶一片模糊，各種感覺盤據我腦海，瞬間一個個閃現——像擠檸檬般突然全數噴出，讓人大吃一驚。他，我，下面，上面……我發現自己在朗誦諾亞以前的繪本《相反詞真有趣！》；裡面，外面，這邊，那邊。

可是有趣的部分已經結束。從映照在我眼皮上的陽光來判斷，應該是早上了。我一條腿跨在棉被上躺著，不敢睜開眼睛；你，我，當時，現在，天啊，現在。

我微微睜開一隻眼睛，只看到米黃色的棉被。對了，我記得昨晚的米黃色棉被。他前妻顯然把純白家具公司[8]所有的高級埃及棉寢具都帶走，他只好去最近一間的離婚男士專用寢具店買了。我頭在抽痛，過了一會兒米黃色開始閃爍。我閉眼睛躺在床上。好久沒有一夜情了，好久好久。我都忘了接下來該怎麼辦，尷尬的親吻？交換電話號碼？喝咖啡？

咖啡。我需要咖啡。

8. 這裡指的是英國知名寢具公司 The White Company。

「早。」他低沉的嗓音終於把我喚回現實。他在這裡，就在房間裡。

「喔，嗯。」我用手肘撐起身子，爭取時間，揉揉眼睛去除睡意。「嗨。」

嗨，再見。

我拉著棉被坐起來，試圖微笑，可是臉好僵硬。羅肯已經穿上西裝打好領帶，手裡拿著馬克杯。我眨眨眼，想把今天的他跟昨晚的他連在一起。我在作夢嗎？

「喝杯熱茶？」他拿給我的杯子上有條紋，看起來像便宜貨。大概也是從離婚男士廚具店買的吧？我猜。

「喔。」我拉下臉。「不好意思。我不喝茶，水就好了。」

「咖啡呢？」

「咖啡好。可以沖個澡嗎？」

先換個衣服，然後再回家拿公司的文件，還有要送給愛麗絲的摩頓布朗沐浴禮品組……我的腦袋逐漸開始思考。這實在不是明智之舉，我要趕快回家，取消早上九點的電話訪談……我開始找手機，準備打電話到賽巴斯恩家跟諾亞說早安。

我的視線落在紫色的伴娘裝上。可惡可惡。

「浴室在那。」羅肯指著門外說。

「謝謝。」我拉著被單，想學電視劇裡的女演員，優雅地包住自己的身體。可是被單好重，好像套上北極熊的皮毛。我用力把被單拖離床上，才往前走一步就馬上絆倒，手肘撞到櫃子。

「喔！」

「需要浴衣嗎？」他拿給我一件高級的渦旋花紋浴衣，前妻大概不敢拿走。

我遲疑了一下。穿他的浴衣感覺有點裝可愛，有點像「讓我穿上你充滿男子氣概的襯衫，讓袖子垂落在指尖那樣惹人憐愛」。可是我別無選擇。

「謝謝。」

他像美容沙龍裡的按摩師禮貌地轉移視線，等我套上浴衣。但其實根本沒必要，因為他全都看過了。

「我猜妳是咖啡族。」他揚起眉毛。「我沒猜錯吧？」

我開口正準備說，*沒關係，都可以啦！*卻突然停下來：我是咖啡族沒錯。剛好有點宿醉。坦白說，我寧可不喝，也不要喝什麼難喝的洗碗水。

「我是。不過沒關係，我去沖個兩秒的澡就走——」

「我出去買。」

「不用啦！」

「只要兩秒。跟妳沖澡的時間一樣。」

他離開。我轉頭開始找我的皮包。裡面有梳子還有護手霜，可以拿來當面霜。我環顧四周，發現自己在想究竟喜不喜歡他？會不會再見到他？會不會產生……感情？

不過不是很認真的那種，畢竟我還在辦離婚，現在就展開新戀情實在太瘋狂。但話說回來，昨晚感覺很不錯，即使我只記得大概一半的情景，但已經足以讓我想再來一次。也許我們可以定期見面，像讀書俱樂部一樣，每個月見一次。

我的皮包呢？我到處找，發現有個西洋劍面罩掛在那裡，還有一把劍。我一向很喜歡看擊劍，忍不住小心翼翼地拿起面罩戴上。牆上有面鏡子。我揮舞著劍走過去照鏡子。

「森剛米爵士，來吧。」我對著鏡中的自己說。「嚇！」比出功夫的招式，渦旋花紋的浴衣拍打著我的腳踝。

我笑了出來，好想跟洛蒂分享這荒謬的一刻。我拿出手機按速撥鍵。

「嗨，費莉絲！」她馬上接起。「我正在上新娘網站，妳覺得要不要面紗？我覺得要。要不要裙襬？」

我眨眨眼看著電話，好想笑。她變成怪獸新娘了[9]。這很自然。洛蒂的優點是她不會記仇，遭逢挫敗時也不會自怨自艾，只會改變方向，朝著遠方繼續前進。

「面紗。」

「什麼？」

「要面紗。」我的聲音被面罩蓋住而模糊，我把面罩推到頭上。

「要面紗。所以妳成功取消婚禮了嗎？班不介意嗎？」

「我花了點功夫說服他，不過他最後答應了。他說只要是我想要的都好。」

「妳和他去薩沃伊飯店做了嗎？」

「沒有！」她似乎很驚訝。「我說了，我們要等結完婚！」

9. 原文為Bridezilla，是Bride（新娘）與Gozilla（哥吉拉）的複合字；意指新娘為了使婚禮完美而表現得異常積極焦躁。她們會將結婚當天預想成她們一生中最完美的一天，而置她們的家人、朋友，甚至丈夫的感受於不顧。

可惡。她還在執行那個瘋狂的計劃，我本來希望她的飢渴會暫時消退。

「班可以接受嗎？」我忍不住有些懷疑。

「班希望我快樂。」洛蒂又露出熟悉的甜蜜口吻。「費莉絲，妳知道嗎，我很高興我們有討論這件事。這樣婚禮一定可以辦得更好，而且妳跟班可以先見面！」

「天啊，妳要先把他介紹給妳的家人，然後再跟他步入禮堂共度一生？妳確定？」

她好像沒有聽出我諷刺的口氣。我覺得新嫁娘的喜悅會形成保護的大氣層，冷言冷語還沒進入她耳裡就先被燒掉。

「其實我昨晚有跟他朋友羅肯見面。」我說。「他有稍微跟我提一下。」

「真的嗎？」她聽起來很興奮，「妳見過羅肯了？哇！他怎麼說班？」

他怎麼說班？我想想看。班現在不適合結婚……他提前出現中年危機……妳妹妹會受傷……

「只說了些基本背景。」我含糊地帶過。「總之，我等不及要快點見到班，今晚如何？」

「好啊！一起來喝酒。費莉絲，妳一定會很喜歡他。他很幽默，以前還是喜劇演員！」

「喜劇演員！」我裝出驚喜的口氣。「哇！我等不及了。嗯……對了……妳猜我現在在哪裡？我在羅肯家。」

「什麼？」

「我們……做了一次，在戶政事務所巧遇，喝了幾杯酒，然後就順理成章。」

反正她最後總是會知道的，我寧可她從我這裡聽到。

「怎麼會！」洛蒂非常興奮地大喊。「哇，太好了！我們可以同時結婚！」

只有洛蒂會講這種話。

「真巧。」我說。「我剛也想到這件事，要不要一起騎兩匹一模一樣的小馬進禮堂？」

這次她有聽出我的諷刺。

「別這樣！」她斥責。「誰知道會怎麼發展？要保持開闊的心胸。我只是碰運氣跟班見個面，結果妳看！我們要結婚了。」

對，你們要結婚了！一個正處於感情空窗期的女人，跟一個發生中年危機的男人，沒有考慮清楚就跳入婚姻。一定有什麼迪士尼歌曲以這為主題，歌詞用「親吻」還有「激烈的法律糾紛」押韻。

「只是做愛。」我耐心地說。「就這麼一次。」

「也可能繼續發展。」洛蒂反駁。「他可能成為妳這輩子的最愛。結果怎麼樣？妳滿意嗎？妳喜歡他嗎？他帥不帥？」

「有，有，都有。」

「那就對了！不要排除這樣的可能性。對了，我正在看這個婚禮的網站，妳覺得泡芙蛋糕怎麼樣？還是杯子蛋糕疊成金字塔比較好？」我閉上眼睛，她真是來勢洶洶。

「戴安娜阿姨結婚時就是用那種蛋糕，記得嗎？」洛蒂說。「她的多大？」

「很小。」

「妳確定嗎？我記得很大。」

當時她才五歲，在她印象中當然很大。

「真的很小，整個晚上好難熬，我還得裝出開心的模樣，然後……」我裝出噁心的樣子。我還記得他們要我穿那件超緊的伴娘禮服，還要陪戴安娜阿姨喝了啤酒的成年朋友跳舞。

「真的嗎？」她疑惑地說。「可是婚禮儀式還不錯，對不對？」

「沒有，很慘，之後也沒有好多少。」

「哇！泡芙上可以用亮晶晶的糖霜點綴。」她根本沒在聽。「要不要寄連結給妳？」

「光用想的就覺得噁心。」我堅決地說。「我快吐了。如果我吐了，羅肯絕對不會愛上我，我們也絕對不會一起結婚，一起騎兩匹小馬進禮堂——」

有個聲音促使我轉身，我突然腦充血。可惡，可惡！

他回來了，就站在那裡，看起來大概有兩百公分高。他在那裡站多久了？聽到多少？

「洛蒂，我要掛了。」我馬上掛掉電話。「跟我妹講話。」我故作若無其事地說。「只是……在開玩笑。跟你一樣，開開玩笑。」

我突然想到我還戴著他的西洋劍面罩，胃馬上又尷尬地一抽。他眼裡看到的大概是這樣：我穿著他的睡袍站在他家，戴著他的面罩，跟妹妹討論一起辦婚禮。我連忙拔下面罩。

「這……很不錯。」我呆呆地說。

「我不知道妳喝不喝原味的。」感覺過了很久他才開口。

「啊，你是指咖啡。」

氣氛怪怪的。怎麼了？我突然想到剛才自己說過的話：我還得裝出開心的模樣……

他應該沒有聽到吧？他該不會以為我是在講——

真的很小，而且整個晚上都好累。

他該不會以為我是指——

我的胃瞬間下墜，伸手掩住嘴巴，蓋住驚訝的笑聲。不，不。

我是不是該說——是不是該道歉——

不要。

可是我是不是至少要解釋？

我小心地把目光轉向他。他面無表情，可能什麼都沒聽到，也可能有聽到。

不管怎麼說，結果都會很糟糕，兩個人都很想死。所以我應該要移動雙腳，馬上走。

「嗯……謝謝……嗯。」我把面罩掛回去。快步離開。

整個早上都陷在尷尬的情緒中，沒有恢復。

還好我從計程車上衝進家門口時沒有被鄰居看見。我扯下伴娘禮服，用最快速度沖澡，開手機擴音器打電話給諾亞的同時迅速化妝（我知道刷睫毛膏不能急，可是為什麼每次都還是犯同樣的錯誤，最後還得擦去臉頰上、額頭上和鏡子上結塊的睫毛膏？）諾亞在朋友家過夜的經驗顯然非常順利。如果我昨晚的經驗也可以這樣就好了。

我沒有回電給洛蒂的心情，也沒有時間，改傳簡訊給她約晚上七點喝一杯。

我正在辦公室速讀一篇介紹肯亞新推出的奢華獵遊別墅的介紹，這篇稿子剛交，超過字數上限兩千字。這位作者顯然把這當成文學大作《遠離非洲》在寫，沒有提到游泳池，也沒提到客房服務或美容沙龍，只有熱帶草原上迷霧般的光芒、清晨時斑馬喝水的尊貴模樣和微光閃爍的草原上古老的故事在馬賽族的鼓聲中奔揚。

我在旁邊空白處寫下「客房服務？？？」幾個字，提醒自己要寫信給他，然後又看手機。好奇怪，洛蒂到現在都還沒回覆。我以為她會迫不及待告訴我今天又看了幾本新娘雜誌。

我看了一下錶，有一點時間可以打電話表達關心。我往後靠在椅子上，速撥給她，同時透過隔間窗對愛麗絲比出「要不要喝杯咖啡？」的手勢。愛麗絲和我自有一套溝通的手勢。我會說「喝杯咖啡？」、「跟他們說我不在！」還有「很晚了快點回家！」之類的訊息。她會「喝杯咖啡？」、「我覺得這通電話可能很重要。」還有「我去吃個三明治。」

「費莉絲？」

「嗨，洛蒂。」我踢掉鞋子，喝一大口礦泉水。「晚點要不要喝一杯？我會見到班嗎？」

一陣沉默。怎麼了？洛蒂很少不講話。

「洛蒂，妳在嗎？」

「妳知道嗎？」她煞有其事慎重地說。「妳知道嗎？」

她聽起來似乎對自己非常滿意，聽得出來她做了什麼大事。

「妳要在學校教堂結婚，合唱團在一旁唱起古老民謠《我宣誓向祖國效忠》，同時教堂鐘聲響徹大地？」

「不是啦！」她大笑。
「妳找到同時用泡芙和杯子蛋糕組成，灑上亮晶晶糖霜的結婚蛋糕？」
「沒有啦，別鬧了！我們結婚了！」
「什麼？」我茫然地看著電話。
「對！我們結婚了！我和班結婚了！剛在雀兒喜戶政事務所登記了！」
我手中的礦泉水瓶因為握得太緊而噴出一串水柱，灑得我桌上都是。
「妳沒有要說『恭喜』嗎？」她有點不滿。
我沒辦法說「恭喜」，因為我什麼都說不出來，無法開口。我好熱，不對，我好冷，我好慌。怎麼會這樣？
「哇！」最後我終於勉強說出，努力保持冷靜。「這是……怎麼一回事？妳不是說要延後，我以為妳要延後，我們不是說好了妳要延後？」
妳應該要延後的。
愛麗絲端了杯咖啡進來，驚慌地看著我，比出「妳還好嗎？」的手勢。可是我不知道怎麼比「他媽的我妹毀了她自己的人生」，只好張嘴微笑拿咖啡。
「我們等不及了。」洛蒂快樂地說著。「班等不及了。」
「妳不是說服他了嗎？」我閉上眼睛捏著眉頭，釐清思緒。「不是說要參考《新娘雜誌》嗎？不是說要去鄉下的小教堂？」
原本的怪獸新娘呢？我好想低聲悲鳴。怪獸新娘快回來！

「班完全接受教堂婚禮那些。」洛蒂說，「他其實有很傳統的一面——」

「結果發生什麼事？」我忍住不耐。「他為什麼改變主意？」

「是羅肯。」

「什麼？」我瞪大眼睛。「什麼叫做是羅肯？」

「羅肯今天一早去找他，跟班說不能娶我，這一切都是個錯誤。班氣炸了！他氣沖沖地跑來我辦公室，說馬上就要跟我結婚，其他人都可以滾，包括羅肯在內。」洛蒂幸福地嘆口氣。「好浪漫。公司每個人都在看。然後他一把抱起我，把我扛出去，就跟電影《軍官與紳士》演的一樣，大家都在歡呼。好棒喔！」

我大口吸氣，努力控制自己的情緒。那個白癡，那個驕傲、愚蠢的……混蛋。我用純熟的手腕解決問題，都處理好了，結果那傢伙做了什麼好事？竟然搞出這種嚴重的錯誤，刺激班做出這麼荒謬、這麼誇張的舉止。難怪洛蒂會上當。

「今天戶政事務所剛好有人取消預約，我們順利排進去，之後再辦教堂婚禮就好。」她雀躍地說。「兩種我都要！」

我好想把咖啡砸過去，或倒在自己頭上。我的胃正在用力翻騰。我也有錯，如果我把羅肯說的話告訴她，或許可以阻止她。

他提早出現中年危機……妳妹妹會受傷……

「妳現在在哪？」

「打包！我們要去伊克諾斯了！我好興奮。」

「我想也是。」我語氣微弱地說。

我該怎麼辦？我不能怎麼辦。他們已經結婚了，事情已經發生了。

「說不定我們會生個蜜月寶寶。」她害羞地補上一句。「妳想當阿姨嗎？」

「什麼？」我馬上坐直。「洛蒂──」

「費莉絲，計程車來了，我該走了，愛妳……」

她掛上電話。我焦急地按下速撥鍵，卻直接進入語音信箱。

寶寶？生寶寶？

我好想哀嗚。她瘋了嗎？她知不知道多個寶寶會對他們的關係增添多少壓力？

我的愛情生活一團亂，我不希望洛蒂也跟我一樣，我希望她成功，希望她的夢想成真，從此過著快樂的生活，過著美滿的人生，享受永遠的幸福；而不是跟一個不可靠的傢伙生了蜜月寶寶，過了短暫的家庭生活後那傢伙就決定騎重型摩托車走了；也不會坐在巴納比．瑞斯的律師事務所，紅著雙眼，頂著幾天沒洗的頭髮，抱著一個正在啃巴納比的法律書的學步兒。

我一時心血來潮上網搜尋安巴飯店，網頁上馬上出現一系列引人遐想的圖片：藍天、夕陽、有名的藍洞岩壁游泳池和三十英尺的瀑布，俊男美女在海邊散步、寬闊的大床上灑著玫瑰花瓣。可以想見，新婚之夜還沒結束，蜜月寶寶就做好了。洛蒂的卵巢馬上開始發揮作用，讓她沿路吐回家。

如果他真的是個不可靠的傢伙……如果他真的讓她失望……我閉上眼睛雙手掩面。我沒辦法忍受這樣的情境，我需要跟洛蒂面對面好好談一談，請她專心聽我說，不是活在幻想王國裡。

我動也不動地坐著，思緒像卡在迷宮內的老鼠一樣往返蹦跳。我要想出解決的辦法，想出一條生路，卻一直走入死胡同……

我突然抬起頭，深呼吸。我決定了。這個決定很大，很極端，可是我別無選擇。我要去破壞她的蜜月！

我知道這樣很過份，也不在乎她可能永遠都不原諒我。但如果我不這麼做，我絕對不會原諒自己。結婚就算了，不能進行沒有保護措施的性行為。我要去阻止我妹妹。

我拿起電話撥給旅遊業務部。

「嗨。」我對負責代訂業務的克拉瑞莎說。「有點緊急狀況，我要搭第一班飛機去希臘的伊克諾斯島，住安巴飯店，他們認識我。」

「好。」我聽到她敲電腦的聲音。「妳知道每天只有一班飛機直飛伊克諾斯吧？不然就要在雅典轉機，要等很久。」

「我知道，幫我找下一班直飛的飛機，謝謝。」

「妳不是才剛寫過安巴飯店？」她驚訝地說。「幾個月前而已？」

「我要做追蹤報導。」我隨口說。「臨時決定的，突然想出的點子。」為了加強謊言可信度我又說，「當作抽查。」

這就是當編輯的好處，沒有人會質疑我，而且這個點子其實不錯。我打開黑莓機輸入：抽查？？

「好！我再通知妳，希望可以把妳送上明天的班機。」

「謝謝。」

我掛上電話，敲著手指，心情依然緊張。最快也要二十四個小時才會到那裡，可是洛蒂已經在往機場的路上。她搭今天下午的班機，晚上到飯店，珍珠貝套房的超大雙人床、嵌入式按摩浴缸和香檳已經準備好迎接他們。

有多少人在新婚之夜受孕？網路上找得到答案嗎？我輸入「蜜月之夜受孕」幾個關鍵字然後又焦躁地刪除。上網搜尋不是重點，洛蒂才是。如果我可以阻止他們，如果我可以在他們……之前到達。那個字是什麼？對，圓房。

圓房。這個字喚起模糊的記憶。是什麼事？我眨眨眼努力回想。喔對，巴納比提到如何證明婚姻無效。我記得他說：這表示合約無效，婚姻無效。

婚姻無效！

對，這就是我要的答案！無效！英文裡最美妙的字眼。一切問題的解答。不需要法律上的糾葛，只要眨眨眼，事情就結束了。他們的婚姻無效，可以回歸原本的生活。

為了洛蒂，我必須這麼做，我必須幫她想出路，可是我該怎麼做？

我該怎麼——如何——怎樣才能——

有個念頭突然閃過我腦中。

我屏息一想。我怎麼會有這種念頭？這比衝去破壞她的蜜月還更過份、更極端。可是，這也會解決所有的問題。

不行，我不能這麼做，不可以這麼做，不管從哪個角度看都不行，絕對不行！這樣不對。

只有最殘忍的人才會對自己的妹妹做這種事。

好吧，我很殘忍。

我用顫抖的手指拿起電話。不知道我的手是因為害怕還是決心才發抖。

「安巴飯店貴賓服務您好。」

「嗨。」我的聲音有點不安。「你好，我要找尼可．狄米楚？我是《旅訊》雜誌的費莉絲緹．葛來芙妮。請告訴他……我有重要的事情找他。」

我在等候的同時，想像身高不及一六〇的尼可穿著西裝挺著肚子的模樣。尼可還在雅典的東方美麗殿飯店時我就認識他，之前他在巴貝多的桑達斯飯店工作。他一輩子都在飯店業，從行李員一路做到安巴飯店的貴賓服務門房。我可以想像他穿著黑色漆皮鞋快步穿過飯店大廳大理石地板的模樣，眼神永遠銳利。

「旅客體驗」是他的專長，不管是個人化特製雞尾酒、安排搭乘直昇機、與海豚共游或請肚皮舞團到客房表演，他都有辦法辦到。如果我做壞事要找搭檔，一定找尼可。

「費莉絲！」電話大聲地傳出他爽朗的聲音。「我剛才才知道妳計劃來拜訪我們？」

「對，希望可以明天晚上到。」

「很榮幸這麼快又見到妳！有什麼需要特別協助的嗎？或者這是私人行程？」

我聽得出他語氣中的疑問，有點狐疑我為什麼要再去？發生什麼事？

「有點私人。」我頓了一下，想一下要怎麼說。「尼可，有件事需要你幫忙。我妹妹今天會到安巴飯店，她剛結婚，要去度蜜月。」

「太好了！」他的嗓門差點把我轟飛。「令妹將享有這輩子最美好的度假，我將指派我最信任的管家服務及迎接，送上香檳，提供客製化的體驗，要不要升等或安排特別的晚餐——」

「不用，尼可，你不明白，這些聽起來都很棒，可是我要你幫的忙不是這種。」我扭著手指說。「我的要求……不太尋常。」

「我在這行很久了。」尼可親切地說。「沒有什麼對我來說是不尋常的。妳想要給她一個驚喜？要我在她房間擺禮物？還是要安排在海灘獨立小屋做雙人按摩？」

「也不是。」

天啊，這該怎麼說？

費莉絲，加油，說就對了。

「我想要你阻止他們上床。」我一口氣說出。

話筒另一端完全寂靜，連尼可都被我搞糊塗了。

「費莉絲，請再重複妳的要求。」過了許久他才說。「我好像沒有聽懂。」

他應該有。

「我想要你阻止他們發生性行為。」我一字一句，咬字特別清晰。「盡你所能，不讓他們上床，不只是新婚之夜，在我抵達前都不行。把他們安置在不同的房間，分散他們的注意力，綁架其中一人，用一切手段。」

「可是他們在度蜜月。」他完全糊塗了。

「我知道，這就是原因。」

「妳要破壞親妹妹的新婚之夜？」他驚訝地提高音量。「妳要介入男人與新婚妻子之間？破壞他們在神面前立下的婚姻誓約？」

我應該要解釋清楚。

「尼可，她結得太匆忙，而且這也不是在神面前立下的婚姻誓約！這只是一個愚蠢、嚴重的錯誤。我需要找她談，我會盡快趕過去，可是如果在這之前我們可以不讓他們結合……」

「她不喜歡對方嗎？」

「她非常喜歡他。」我苦著臉說。「迫不及待要跟他做愛。所以要阻止他們會有點困難。」

又一陣沉默，可以想像尼可困惑的表情。

「費莉絲，我恐怕無法答應這種奇怪的要求。」他最後說。「但是，我可以請令妹在本飯店的五星級海鮮餐廳免費享用一頓晚餐——」

「尼可，拜託，拜託你聽我說。」我焦急地打斷他的話。「這是我小妹，好嗎？她被深愛的男人拋棄，匆忙跳進這段婚姻，把這當成某種報仇。她根本不了解對方，現在卻說要懷孕。我沒有見過他，可是我知道他很不可靠。假如你女兒的人生即將被錯誤的對象毀了，你也會盡全力阻止他們，對吧？」

我看過尼可的女兒，很可愛，才十歲，頭髮上綁著緞帶。這總該可以打動他吧？

「只要他們不發生性行為，就可以宣告婚姻無效。」我解釋。「因為沒有法律上圓房的動作。可是如果他們做了——」

「如果他們做了，那是他們的事！」尼可似乎不知道該怎麼辦。「費莉絲，這裡是飯店，不是監獄！我不可能持續追蹤房客！也不能監視他們……做了沒。」

「你的意思是你辦不到？」我對他下挑戰。「你沒辦法阻止他們不在二十四小時內發生性行為？」

尼可向來以自己能夠解決各種問題而自豪，不管什麼問題都一樣。我猜他已經在想該怎麼辦。

「如果你可以幫我這個忙，我會感激你一輩子。」我壓低音量。「再次幫你們飯店寫評論表達我的感激，保證五顆星。」

「貴雜誌已經給過我們五顆星的評比了。」他反駁。

「那六顆星。」我馬上說。「為你設計新的類別，『世界級的超新奢華』，封面就是你們飯店，你知道這價值多少錢嗎？你知道貴飯店的總經理會有多高興嗎？」

「費莉絲，我了解妳的困境。」他回我，「可是妳也要明白，我不可能干涉房客的私人生活，尤其是來度蜜月的新婚夫妻！」

他聽起來很堅決，我得拿出更有力的武器。

「好！」我把音量壓得更低。「聽我說，如果你幫我這個忙，我就在雜誌上發表專文介紹你，尼可．狄米楚本人，說你是……安巴飯店成功的祕訣，貴飯店最珍貴的資產，萬能的貴賓服務經理，業界每個人都會看到。每個人。」

其他的就不用多說了。我們雜誌在全球六十五個國家發行，每家飯店的執行長至少都會翻閱。這樣一篇專文將是他前往這世界上任何他想要的工作的門票。

我心跳得有點快。我從來沒有濫用過職權，感覺好刺激，但好壞參半。人都是這樣開始墮落的，我想。下一步就是換成裝滿現金的行李箱和潛水艇導彈了。

就這麼一次，我堅決地告訴自己。這次情有可原。

尼可沒說話。我可以感覺到他的良知正與雄心壯志奮戰。我覺得很不好意思，讓他置身這樣的處境。可是這整件事又不是我開始的，對不對？

「尼可，你是專家。」我奉承地說。「你是完成任務的天才。這世界上除了你沒有人辦得到。」

他有被說服嗎？我是不是瘋了？他該不會正在寫信給我主管葛文吧？

我正準備放棄時，突然聽到他低聲說，「費莉絲，我不保證成功。」

我湧起一股希望。

「我完全了解。」我用同樣的口氣說。「可是……你會試試看？」

「我試試看，只有二十四小時。令妹大名是？」

太好了！

「夏洛蒂・葛來芙妮。」我心情一放鬆就開始語無倫次。「不過我猜她會用夫姓，派爾太太。她先生是班・派爾。他們訂了珍珠貝套房。不管他們做些什麼，只要他們不做愛就好，就是跟彼此發生性行為。」我補上最後一句。

尼可沉默許久才又簡短地說，「好奇怪的蜜月。」

08

洛蒂

我結婚了！我的臉上一直掛著興高采烈的笑容，心情愉快極了，感覺快要飛起來。今天是我這輩子最美好、最神奇、最特別的一天。我結婚了！我結婚了！！！

我不斷地在腦海中重演那一刻：我從座位上抬起頭，看到班捧著一束玫瑰花，大步走進我辦公室。他板著臉，眼神銳利，看得出來他有很重要的事。就連我老闆馬丁都走出辦公室看。全公司都安靜下來，看著班站在我辦公室門口大喊，「洛蒂．葛來芙妮，我要娶妳，我今天就要娶妳！」

然後他把我抱起來——真的抱起來！大家都在歡呼！凱拉拿著我皮包和手機追過來，班把玫瑰花遞給我，我就這樣成了新嫁娘。

我一直處於驚訝的狀態，對儀式過程幾乎沒有印象。只記得班迅速回答每一個問題，絲毫沒有停頓，他說「我願意」的口氣幾乎可以用兇狠來形容。他還自己帶一些環保的五彩紙屑灑在我們身上，開了瓶香檳，然後就打包準備去機場。我連衣服都沒換，還穿著上班的衣服。我穿著上班的衣服結婚，可是我不在乎！

看到飲料吧臺上鏡中的自己，我好想笑。我的表情好激動好興奮，跟我的心情一樣。我們正在希斯羅機場的商務艙旅客休息室，等著搭上前往希臘伊克諾斯的飛機。我早餐之後就沒吃過東西，但是我太興奮了，根本不餓，手不停地顫抖。

我夾了幾片水果和一片艾曼塔起士，反正都來了，突然間有隻手摸上我大腿。

「肚子餓了？」班在我耳邊說，我興奮地抖了一下，轉頭看他，他用鼻子摩擦著我脖子，雙手偷偷地摸進我裙子。好舒服，嗯，好舒服。

「我等不及了。」他在我耳邊低語。

「我也是。」我回他。

「妳好辣。」他溫熱的氣息貼在我脖子上。「比以前更辣。」

我又算了一次要等多久：到伊克諾斯要飛三個半小時，通關到旅館不超過兩個小時，等行李上樓十分鐘……飯店人員介紹環境房間開關五分鐘……掛上「請勿打擾」的告示三十秒……

將近六個小時。我不確定我能不能等六個小時。班似乎也有同樣的感覺。他正在喘氣，兩隻手在我大腿間遊走。我幾乎無法專心拿無花果醬。

「不好意思。」有位老先生穿過我們中間，夾了幾片艾曼塔起士放上他的盤子，一臉不悅地看著我和班。「這裡是公共場合。」他語氣沉重地說，「去開個房間。」

我臉一紅。哪有那麼明顯。

「我們在度蜜月。」我馬上說。

「恭喜。」老先生不為所動。「希望妳老公拿東西吃之前會洗手。」

掃興的傢伙。

我看了班一眼，兩人同時離開轉向柔軟的座椅。我全身悸動，好想他的手回到剛才的位置，做剛才正在做的事。

「嗯，要不要吃起士？」我把盤子遞給班。

「不用了，謝謝。」他生氣地皺著眉。

真是酷刑。我看手錶，才過了兩分鐘，得想辦法殺時間。聊天，我們需要聊天。

「我好喜歡吃艾曼塔起士。」我說。「你呢？」

「我不喜歡。」

「真的？」我記下這一點。「哇！我不知道你不喜歡吃這種起士。」

「我在布拉格住了一年後就完全不吃艾曼塔。」

「你在布拉格住過？」我好奇地問。

好有趣。我從來不知道班住過國外，也不知道他不喜歡艾曼塔起士。這就是沒有先跟對方同居幾年才結婚的好處，有很多待開發的事情，一起探索，用一輩子的時間熟悉彼此，解開祕密，永遠不會成為太了解對方、該說過的話全都說了、坐在餐廳裡卻無話可聊，默默等帳單來的夫妻。

「嗯……布拉格！怎麼會去？」

「我不記得了。」他聳肩。「是我學雜耍那一年。」

雜耍？我沒料到這一點。正準備問他還做過什麼事時，他手機嗶一聲，傳來簡訊，他從口袋掏出來看，氣得眉頭緊皺。我關心地看著他。

「沒事吧？」

「是羅肯，去他的。」

又是羅肯。我好想見這位羅肯。其實我好感謝他，如果不是他對班說了那些話，班也不會衝到我公司，我也不會有這輩子最浪漫的體驗。

我同情地摸摸他的手臂。「他不是你的老朋友嗎？要不要跟他和好？」

「以前是，現在不是。」班皺眉生氣地說。

我看著他手機螢幕，瞄到部分文字：

班，你不能逃避這些決定，你知道大家都有多努力，就這樣不告而別太——

他把手機拿開，我不好意思問能不能讓我看完簡訊。

「什麼樣的決定？」我試探性地問。

「一些無聊的垃圾。」他瞪著手機。「我也不是在逃避。媽的，羅肯的問題就是要我全聽他的。他已經習慣跟我爸一起掌權。哼，現在情況不一樣了。」

他輸入幾個簡短的字，手指惡狠狠地按著。回應馬上傳來。他看了又低聲咒罵。

「優先順序，他要我看清楚優先順序。我在過我的人生，我在做我十五年前就該做的事。我早該娶妳回家生十個小孩。」

我湧起一股對他的愛意。他想要大家庭！我們沒討論過這件事，可是我真的很希望他也很想要很多小孩，四個或六個！

「現在還來得及。」我靠過去用鼻子輕觸他頸部。過了幾秒，他握著手機的手垂落到椅子上。

「妳知道嗎？」他說。「除了我們，其他都不重要。」

「沒錯。」我低聲說。

「我還記得我愛上妳的那一刻。那天妳在沙灘上側手空翻。妳本來在海中那塊岩石上做日光浴，後來跳進水裡，游回沙灘上，妳沒有用走的回來，反而沿路側手翻。大概以為沒有人在看。」我記得這件事，也記得平坦的沙子在我掌下，頭髮擺盪的感覺。當時的我好輕盈，好有活力，小腹像洗衣板一樣平坦。

還有，我知道他在看。

「洛蒂，妳讓我瘋狂。」他的手又往我裙子內側摸上來。「從以前就這樣。」

「班，不行啦。」我瞄了那個老先生一眼。他正在看報紙，剛好跟我四目交接。

「不能在這裡。」

「我等不及了。」

「我也是。」我又開始全身顫動。「可是我們非忍不可。」我又看了一次錶。才過了十分鐘。這要怎麼撐過去？

「對了。」班壓低音量對我說，「妳有沒有去過這邊的洗手間？很大間。」他頓了一下。「男女共用。」

我忍住笑。「你該不會——」

「有何不可？」他眼神閃閃發光。「要不要？」

「現在？」

「有何不可？離登機還有二十分鐘。」

「我……我不知道。」我有點猶豫。在希斯羅機場的洗手間快速做一次，跟我原本對新婚之夜的想像不一樣。但是，我也沒想到自己會這麼飢渴。「那新婚之夜呢？」我還是想堅持原本的計劃。「不是說要很特別很浪漫嗎？」

「還是會。」他的手輕輕地撥弄我的耳垂，我脖子不斷傳出一陣陣快感。「這不是主要活動，只是暖身而已。」他的手指已經到我內衣肩帶。「老實說，如果不快來，我要爆炸了。」

「我也是。」我忍住不敢喘息。「好，你先去找地方。」

「再傳簡訊給妳。」

他起身，迅速走向洗手間。我往後靠在椅子上，忍住笑意。這裡好安靜好沉悶，不知道要怎麼做才不會被發現。我拿出手機等他的簡訊，心血來潮找出費莉絲的電話。我們常開玩笑要在飛機上做，忍不住想跟她說。我傳了個簡訊：

妳有沒有想過在機場貴賓室的洗手間做是什麼感覺？

再跟妳說。

只是無聊的玩笑訊息，沒想到她會回覆。一秒後我手機嗶一聲出現回覆時我嚇一跳：

停！住手！！！！！！不要！這個主意不好。等到飯店再來！！！！

我困惑地看著手機。她怎麼了？我馬上回傳：

不用擔心，我們結婚了！

我喝口水，馬上又聽到嗶一聲。這次是班傳來的。

左邊第三間，敲兩下。

我興奮地一顫。馬上回傳：

來了。

我拿皮包起身時，看到費莉絲又傳來訊息：

我真的真的覺得妳應該等到飯店再做！！！！！

我開始覺得有點煩。我傳簡訊給她只是為了好玩，不是莫名其妙被訓一頓。她是擔心我們如果被抓到然後扯到她身上，她寶貝的雜誌名聲會被破壞嗎？我氣沖沖地回覆：

不關妳的事。

我穿過貴賓室朝洗手間的方向走去，全身因期待而顫抖。我在第三間門口敲了兩下，班馬上拉我進去，他已經半身赤裸。

「天啊，天啊……」

他的唇馬上黏上我的，兩人髮絲交纏，他解開我的內衣，我扭著身子脫下內褲。我的動作從來沒有這麼快過，也從來沒有這麼想要過。這輩子從來沒有這麼想要過。

「噓！」在撞擊洗手間牆壁的過程中不斷提醒彼此要小聲。還好這牆壁很堅固。用最快速度調整好姿勢，班靠著牆壁撐著，兩個人像蒸汽火車一樣大口喘氣，看得出來這只需要大概十秒……

「有保險套嗎？」我低聲說。

「沒有。」他看著我。「可以嗎？」

「可以。」我更興奮了，說不定會懷孕！

「對了。」他突然停下來。「我們上一次做過之後，妳有沒有什麼喜歡的癖好？或是有什麼我需要知道的？」

「有一些。」我氣喘吁吁地說，一邊把裙子拉高。「待會再告訴你，快點來。」

「好！給我一點——」

叩叩叩！

敲門聲差點害我心臟病發，膝蓋撞上馬桶貯水箱。到底是怎樣？

「抱歉。」門外傳來一個女聲。「我是貴賓室經理，請問裡面有人嗎？」

該死。

我沒辦法回答，也沒辦法動。我和班焦急地互望。

「麻煩妳開門好嗎？」

我一隻腿掛在班身上，另一隻站在馬桶上，內褲不知道跑去哪？最慘的是，我全身顫抖，慾望還沒有得到滿足。

能不能不理她繼續來？不然他們能怎麼辦？

「繼續？」我用口形向班示意。「小聲一點。」我用手勢說明，馬桶蓋卻發出聲音。可惡。

「如果妳不出來，我就要拿萬用鑰匙開門了。」對方說。

他們有洗手間的萬用鑰匙？這是法西斯國家嗎？

我呼吸還是很急促，只是現在是不知所措的那種。我辦不到，我沒辦法在貴賓室經理拿著萬用鑰匙隔著廁所門聽的同時做愛。

對方繼續敲門，敲擊力道更重了。

「妳聽得到嗎？」那個女聲說。「請問裡面聽得到嗎？」

我懊悔地看著班。我們非回答不可，不然等一下她帶著霹靂小組衝進來。

「嗨！」我回應，一邊匆忙扣起內衣。「抱歉！我正在……弄……我的頭。」

弄我的頭？我怎麼會講出這種話。

「我先生正在幫我。」我補充，一邊找我的內褲。班也在穿褲子。事情就這樣結束。可惡，我找不到內褲，只能算了。我趕快梳理頭髮，看了班一眼，拿起我的皮包，開門對著門外的灰髮女士微笑。她旁邊還帶了一名年輕褐髮的助理。

「真抱歉。」我圓滑說。「我身體有點不舒服，我先生來幫我打血清，我們不想在大庭廣眾下施打。」

她狐疑地打量著我。「需要請醫生嗎？」

「不用了，謝謝妳，我沒事了。親愛的，謝謝。」我刻意對班說。

她的目光望向地板。「這是妳的嗎？」我順著她的目光看過去，在心裡咒罵。那是我的內褲，原來在那裡！

「當然不是。」我義正嚴詞地說。

「好。」她轉頭對助理說。「萊斯莉，麻煩妳通知清潔員來打掃這間廁所。」

天啊，那件內褲是法國品牌Aubade的，一件要四十英鎊，跟我身上的內衣配成一套，我不想它被丟進垃圾桶。

「其實……」我假裝看著內褲，彷彿突然發現什麼。「仔細想想……好像是我的。」我若無其事地撿起來，假裝欣賞內褲邊的玫瑰花苞。「對，沒錯。」把內褲塞進口袋，同時避開貴賓室經理嚴峻的目光。「非常感謝妳的協助，請繼續努力。很棒的貴賓室。」

「自助餐臺也值得嘉許。」班補上一句，伸出手讓我挽著他，在我忍不住之前離開。我不知道該大笑還是大哭。怎麼會這樣？怎麼會被他們發現？

「我們很安靜。」我邊走邊低聲對班說。「非常安靜。」

「我猜是那個老先生。」他低聲回應。「他猜到我們要做什麼，跑去通風報信。」

「王八蛋。」

我癱在柔軟的椅子上，悶悶不樂地環顧四周。這裡怎麼沒有提供做愛用的設施呢？為什麼只能上網跟吃葡萄？

「喝點香檳吧。」班摟著我的肩膀說。「沒關係，晚上再來。」

「晚上再來。」我熱切地點頭。

我又看了一次錶。還有五個小時三十分鐘才能掛上「請勿打擾」的牌子。我要數著每一毫秒。班去吧臺點酒，我拿出手機傳簡訊給費莉絲。

我們被抓包了。有人去通風報信。王八蛋！

過了很久她才回覆。

好可憐！一路順風。

費莉絲

09

教育性。對，這是一趟教育性的行程。

我沒有事先申請核准，也沒有先告知或去校長辦公室聽訓。因為我覺得有必要出奇不意。

「菲普司太太？」霍金老師從教室裡探頭出來。「您有事要找我？」

「是，妳好。」我露出我最有自信的微笑。「有件小事。我要幫諾亞請幾天假去希臘小島。行程很有教育性。」

「喔。」她皺眉的樣子讓人看了不是很愉快。「妳可能要問校長——」

「我知道。」我點頭。「可是據我了解，校長今天剛好不在，我沒有時間問她。」

「真的嗎？妳預計什麼時候出發？」

「明天。」

「明天？」老師一臉驚訝。「可是兩天前才開學！」

「對喔。」我也裝出一臉驚訝的模樣，彷彿沒想到這件事。「嗯，這件事有點緊急。」

「哪一方面？」

度蜜月、性行為相關的緊急情況，妳應該知道是哪一種。

「……家務事。」我靈機一動。「不過，就像我說的，這趟行程很有教育性，非常有教育性。」我張開雙臂表示這趟行程和教育多麼相關。「非常，非常有教育性。」

「嗯。」老師顯然不願意放行。「這是諾亞今年第四次請假了嗎？」

「是嗎？」我故意一臉茫然。「我不確定。」

「我知道妳最近的情況——」她咳了幾下清喉嚨。「——比較困難，要工作又要處理……很多事。」

「是。」

兩人看著天花板，彷彿這樣就能抹去上次因為丹尼爾換了一群大律師幫他打離婚官司，我來接諾亞時趴在她肩膀上放聲大哭的記憶。

「好吧。」她嘆氣。「我再轉告校長。」

「謝謝。」我謙卑地說。

「諾亞正在上課後輔導，妳可以先進來拿他的書包。」

我跟著她走進空蕩蕩的教室。裡面有木頭、油漆和黏土的味道。正在清塑膠櫃子的助理老師艾倫抬頭對我微笑。艾倫老師的先生在銀行業工作，薪水很高，她很喜歡住五星級飯店，每個月都會看我們雜誌，每次都問我有哪些新的美容沙龍療程和杜拜到底退流行了沒這種問題。

「菲普司太太要帶諾亞去希臘小島進行富有教育性的行程。」霍金老師冷冷地說，一副「這個不負責任的家長要去希臘喝酒吸毒度小假，打算拖著她可憐的兒子去找樂子可是我能怎麼辦」的口氣。

「好棒喔！」艾倫老師說。「可是你們新養的小狗怎麼辦？」

「我們什麼？」我茫然地看著她。

「諾亞說你們新養了一隻可卡犬？」

「可卡犬？」我大笑。「我不知道他怎麼會這麼說。我們沒有養狗，也不打算養狗——」我停住，看到霍金老師和艾倫老師交換眼色。「怎麼了？」

一陣沉默。霍金老師嘆口氣。「我們是有些懷疑。請問，諾亞的爺爺是不是最近過世？」

「沒有啊。」我看著她說。

「他放假的時候，手有沒有在奧蒙街醫院動手術？」艾倫老師說。

「沒有！」我看著她們倆。「他是這麼說的嗎？」

「請不要擔心。」霍金老師連忙說。「我們上學期就注意到，諾亞……想像力很豐富，他說了很多事，有些顯然不是真的。」

我驚慌地看著她。「他還說了些什麼？」

「這個年紀的孩子活在幻想世界裡很正常。」她沒有正面回答我的問題。「當然，最近家裡情況也比較混亂。相信他過陣子就好了。」

「他還說了些什麼？」我追問。

「嗯。」霍金老師再次跟艾倫老師交換眼色。「他說他接受心臟移植。我們當然知道不可能。他還提到代理孕母生了個妹妹，我們也猜大概不是真的……」

心臟移植？代理孕母生妹妹？諾亞怎麼會說出這樣的話？

「好。」我最後說。「我會再跟他談談。」

「不要太責怪他。」霍金老師微笑。「就像我說的，這個年紀很正常。他可能只是想吸引別人的注意，或者根本沒有發現自己有這樣的行為。不管怎麼說，我相信他很快就不會再這樣了。」

「他還說妳有一次把妳先生的衣服丟到馬路上，請鄰居去挑選！」艾倫老師笑著說。「他的想像力真的很豐富！」

我脹紅了臉。可惡，我以為諾亞睡著了才丟的。

「真的！」我盡量保持自然。「誰會做這種事啊？」

我走到特殊教育教室時臉還很燙。諾亞的字跡太醜，所以每週三都要上課後輔導班（正確說法是他有「空間協調」方面的問題，一個小時的輔導費要六十英鎊）。

我坐在門外等候區的小沙發上等他下課。對面有個櫃子裝滿特殊握把的鉛筆和造型奇特的剪刀和沙包。架上有一排《我今天有什麼感覺？》之類的書。牆上有臺電視低聲播放特殊教育兒童的節目。

我覺得公司如果有個這樣的區塊也不錯。我不介意離開工作半小時玩沙包、看識字卡，讀《我今天很沮喪因為我老闆是混帳》之類的書。

「……我在奧蒙街醫院開刀。」電視上有個聲音吸引我的注意。「後來我的手變得很瘦，沒辦法再寫字。」我抬頭一看，有個看起來像是亞裔的小女孩對著鏡頭說。「可是瑪莉幫我重新學寫字。」接著開始播放音樂，場景轉為小女孩努力學拿鉛筆，有位女士從旁協助。最後一幕是小女孩驕傲地舉起她畫的圖。影像消失後，我疑惑地對著電視眨眨眼。奧蒙街醫院，這是巧合嗎？

「我媽媽請代理孕母生寶寶。」音樂轉換，一名滿臉雀斑的小男孩出現在螢幕上。「一開始我覺得被冷落，可是我現在很興奮。」

什麼？

我拿起遙控器調高音量，聽查理介紹代理孕母生的妹妹。最後一幕是所有人一起坐在花園裡。接下來是植入電子耳的羅米，然後是莎拉，她媽媽整型之後外貌變了（但我覺得無所謂），還有接受心臟移植手術的大衛。

我很快明白這片ＤＶＤ沒有什麼重點，只是免費宣傳其他ＤＶＤ的廣告片，反覆播放一個又一個讓人揪心的啟發性故事。我看著每個孩子訴說自己動人的故事，眼睛一直眨，都快哭出來了。但同時我也很生氣。怎麼都沒有人看這片ＤＶＤ？都沒有人發現諾亞的故事跟ＤＶＤ的內容有關？

「我現在可以跑，可以玩。」大衛開心地對著鏡頭說。「我可以跟我新養的小狗露西一起玩。」

果然，露西是隻可卡犬。

門突然打開。特殊教育課程的葛瑞格老師陪諾亞走出來。

「菲普司太太，諾亞有進步。」她每星期看到我都這麼說。

「很好。」我愉快地微笑回應。「諾亞，親愛的，去穿外套。」他一走去拿外套，我馬上轉頭對葛瑞格老師低聲說，「老師，我剛在看這部影片。諾亞的想像力很豐富，我覺得他很可能有點太認同影片中的小朋友。能不能麻煩妳，他坐在這邊等的時候把電視關掉？」

「太認同？」她一臉困惑。「怎麼說？」

「他跟霍金老師說他接受心臟移植。」我直接說。「手在奧蒙街醫院開刀。全來自這部影片的內容。」我指著電視說。

「啊。」她垮著臉。「糟糕。」

「沒有什麼大礙，只是可不可以請妳換部影片？或把電視關掉？」我露出親切地微笑。「謝謝妳了。」

有些小孩會以為自己是哈利波特，我的小孩以為自己是特教影片的主角。我牽著諾亞的手走出學校。

「親愛的，我剛在看你們老師放的影片。看故事很有趣，對不對？尤其是其他人的故事？」我故意加上最後一句加強效果。

諾亞想了很久。

「如果媽媽去整型。」過了許久他才說。「就算她看起來不一樣也沒關係，因為她現在可能比較快樂。」

我的笑容僵住。千萬不要告訴我，他跟老師說我去整型之後比較快樂。

「沒錯。」我努力用輕鬆的口氣說。「嗯，諾亞，你知道媽媽沒有去整型，對不對？」

諾亞避開我的眼神。天啊，他說了什麼？

我正想重申我從來沒有整過型（只打過一次肉毒桿菌不算）時，手機突然發出嗶嗶聲。洛蒂傳簡訊給我。天啊，千萬不要說他們還是排除萬難做了！

登機中。妳覺得在飛機上做愛怎麼樣？寶寶名字可以有「航」或「飛」。愛妳

我馬上回覆：

好噁心！一帆風順。愛妳

我按下傳送之後又盯著手機幾秒。他們應該不會在飛機上做吧？絕對不會。機場貴賓室員工應該會事先提醒機組人員，說飛機上有一對蠢蠢欲動的情侶了，空姐會隨時留意。我可以放輕鬆。

可是我心臟依然怦怦跳。我看了一下時間，再次覺得班機選擇怎麼會這麼少？一天才一班直飛伊克諾斯的飛機？太誇張了！我現在就想去。

既然不行，那就先來做點功課。

果然如我預期，全堆在她床底下的箱子裡。洛蒂從十五歲開始寫日記。她很重視這件事，以前常唸一些給我聽，說以後有一天要出版。她常裝腔作勢地說，「如同我昨天在日記裡寫的……」好像這樣顯得她的意見比我的重要（可惜沒有錄音，消失在時間的迷霧裡，這是歷史的損失）。

我從來沒讀過洛蒂的日記。我是個有良知的人，而且我也不想看。但是，我必須對這個叫班的傢伙有多一點了解，這是我唯一能想到的管道，絕對不會有人發現。

諾亞在廚房看《終極英雄》卡通。我坐在洛蒂床上。棉被散發出洛蒂的味道：乾淨甜美的花香。洛蒂從十八歲開始擦 Calvin Klein 的「永恆」。我翻開她的日記時也隱約聞到香水味。好，趕快開始看。好緊張，心裡很內疚。雖然洛蒂把鑰匙交給我，我有權來她家，而且她人遠在千里外的飛機上，如果真的有人進來，我可以迅速把日記塞到枕頭下說，我來這是基於安全考量。

我隨便翻開一頁。

費莉絲真討厭。

什麼？

「去妳的。」我馬上說。

好，沒必要這麼說，而且這樣很幼稚，不應該隨便做結論，這一定有原因。我仔細看內容，看來是因為我不肯把牛仔外套借她穿出門。

就因為我不肯把自己付錢買的外套借給她就說我很討厭？我好生氣，真想馬上打給她把事情講清楚。還有，她怎麼沒有寫我借她的六雙夾腳拖都沒還我，還有她一直拜託我借她的香奈兒墨鏡也沒還我。

我瞪著日記生悶氣，又強迫自己繼續往下翻。我不能讓自己陷入十五歲時的爭吵，要趕快往前跳，找到有班的地方。我跳過內文迅速翻閱，感覺好像跟著她去旅行，先到巴黎，接著去南法、義大利，全都是一小段一小段的文字。這會上癮。

……等我年紀大一點想搬來巴黎住……吃了太多可頌，噁，天啊！我好胖，好醜……有個叫泰德的傢伙，已經上大學，他好酷……他對存在主義好熟……我也應該了解一下，他說我有天份……

好美的夕陽……喝了太多萊姆酒加可樂……真的真的被曬傷了……跟一個叫彼得的傢伙上床，後悔了……計劃等我們三十歲時搬到南法……

……如果我的義大利文流利一點就好了，我想在這裡住一輩子，好神奇的地方……吃了太多冰淇淋，噁，我腿好醜……明天去希臘……

……這地方太不可思議了……好棒的派對氣氛，好像大家都好了解彼此……我光吃費塔起士就夠了……在海底岩洞裡潛水……有個叫做班的傢伙……跟幾個男生和班去野餐……跟班上床……好讚……

「洛蒂？」有個男人的聲音打斷我的注意力，我嚇到手一拋，日記飛到半空中。我馬上伸手去抓，然後又意識到這會暴露犯行，又立即把手抽回。我把掉到地上的日記踢到一旁，最後才抬起頭看。

「理查？」

他穿著雨衣站在門口，頭髮凌亂，手上拎著行李箱，表情焦慮，看起來像年輕版的布朗首相，不像皮爾斯．布洛斯南。

「洛蒂呢？」他直接問。

「我來這是基於安全考量。」我急忙低聲說，滿臉羞愧，目光望向洛蒂的日記，「安全考量。」

理查看著我，彷彿不知道我在說什麼。坦白說，我的話是不怎麼合理。

「洛蒂呢？」他又問一次，這次更有魄力。「到底怎麼了？我去她公司，沒有人願意告訴我她人在哪裡？我來她家，妳卻坐在她床上。」他放下行李箱。「告訴我。她生病了嗎？」

「生病？」我好想歇斯底里地大笑。「沒有，她沒有生病。你來做什麼？」

他的行李箱上還貼著航空公司的標籤。他一定是直接從機場過來。好衝動、好浪漫，好可惜洛蒂不在這裡，沒有看到。

「我錯了，大錯特錯。」他大步走向窗戶往外望，然後又看了我一眼。「我不知道妳知道多少。」

「不少。」我委婉地說。

我想他應該不想知道她什麼都跟我說，包括他喜歡矇住眼睛的性癖好和她喜歡使用情趣玩具，又擔心被來家裡打掃的清潔婦發現。

「我們幾個星期前分手了。」他語氣沉重。

我知道。

「我聽說了。」我點點頭。「她很難過。」

「我也是！」他迅速轉身，急促地喘著氣。「我以為我們相處愉快，我以為她很幸福，我不知道為什麼會突然這樣！」

「她是很幸福！可是她看不到未來。」

「妳的意思是……」他遲疑了好一會兒。「結婚。」

我有點不滿。我不是婚姻的超級信徒，但他也不用看起來這麼不熱衷吧？

「這不是什麼奇怪的念頭。」我說。「彼此相愛的人都會這麼做。」

「我知道，只是……」他拉長臉，好像我們在討論什麼變態實境節目上的一些奇怪嗜好。我開始不高興，如果他一開始就拿出男子氣概向洛蒂求婚，這一切都不會發生。

「你要幹嘛？」我突然問。

「我想要洛蒂，想要跟她談。我想恢復原本的一切。她不回我電話也不回我信。我跟新老闆說我要回英國。」他口氣中有一絲得意，顯然認為自己做了非常了不起的舉動。

「那你打算怎麼跟她說？」

「說我們屬於彼此。」他堅定地說。「說我愛她，說我們可以想出解決的辦法，不排除日後結婚的可能性。」

不排除日後結婚的可能性。哇！他真懂女人心。

「恐怕太遲了。」說出這句話讓我有種快感。「她已經結婚了。」

「什麼？」他皺眉，表情茫然，顯然聽不懂我的意思。

「她已經結婚了。」

「什麼叫做她已經結婚了？」他還是一臉困惑。

拜託，不然他以為我是什麼意思？

「她已經結婚了！嫁人了！她剛出發去伊克諾斯度蜜月。」我看了一下手錶。「正在飛機上。」

「什麼？」他滿臉怒容，真的很像前首相布朗。等一下他就會用筆電丟我。「她怎麼可能結婚？妳這話是什麼意思？」

「她跟你分手之後差點精神崩潰，遇到舊情人，對方當場求婚，她也馬上答應，一方面她還是很難過，情緒還沒平復，而且她很喜歡對方。這就是我的意思。」我瞪著他。「明白了嗎？」

「可是……他是誰？」

「她上大學前去旅行時認識的男友，十五年沒見了，初戀。」

他狐疑地看著我。我看得出來他腦子的齒輪在運轉，最後終於意識到我不是在騙他，我說的是真的，她真的結婚了。

「媽的……媽的！」他雙手握拳敲著自己的額頭。

「對，我也有同樣的感覺。」

一陣沮喪的沉默。雨滴輕巧地打在窗戶上，我雙手抱胸。懲罰理查的快感消退後，只剩下痛心難過的感覺，好亂。

「好吧。」他呼出一口氣。「那就這樣吧。」

「我想也是。」我聳肩。我不打算告訴他我的計劃，才不要他插手或提供愚蠢的建議。我現在的首要任務是拆散他們，這是為了洛蒂好。如果事後理查要重新熱烈追求，那是他的事。

「那……妳對這傢伙了解多少？」原本恍神的理查突然醒過來。「他叫什麼名字？」

「班。」

「班。」他狐疑地重複這個字。「我從來沒聽過她提過這個人。」

「嗯。」我還是聳肩。

「我的意思是，她交往過的其他男友我都有聽過，傑米、席莫斯還有那個會計師，他叫什麼名字？」

「朱利安。」我忍不住補上。

「對，可是她從來沒提過這個班。」理查的眼神四處掃射，彷彿想要尋找線索，看到她敞開的日記本躺在地板上，抬頭用質疑的眼神看著我。

「妳剛才是不是在看她的日記？」

可惡，我就知道會被他發現。他的觀察力總是比你想像的更敏銳。洛蒂常說他很像樹下假寐的獅子，可是我覺得他更像公牛：前一分鐘還安靜地吃著草，下一分鐘全力衝刺前進。

「我沒有在看。」我努力保持鎮定。「我只是在研究這個班。」

他馬上警覺、專注地看著我。「妳找到什麼？」

「不多。我才剛翻到他們在伊克諾斯怎麼認識的——」他突然伸手去拿，我也用最快的速度伸手，抓住一小角，兩個人同時拉扯，想要讓對方鬆手。他力氣比我大太多，可是我才不會讓他拿走，有些事情還是有限度的。

「妳竟然看妳妹妹的日記。」理查邊說邊努力地想把日記從我手中搶走。

「你竟然看你前女友的日記。」我氣喘吁吁地反駁。「放手。」

最後我終於搶回來，抱在胸前保護著。

「我有權利知道。」理查惡狠狠地瞪著我。「如果洛蒂寧可要這傢伙不要我，我有權利知道他是誰。」

「好。」我生氣地說。「我唸一點給你聽，有耐心一點。」

我再次翻閱，快轉經過法國、義大利，直接跳到伊克諾斯島，找到了。每一頁都寫滿了「班」。班這樣，班那樣。班、班、班、班。

「他們在青年旅舍相遇，大家都住在那裡。」

「伊克諾斯的青年旅舍？」理查臉一抽，似乎有聽過。「這地方她提過很多次，有很多階梯對不對？有一場大火，她救了大家？那個地方改變了她的人生，她總說那裡塑造了現在的她，她還有照片……」他環顧四周，伸出手指。「在那裡。」

我們倆看著相框裡的照片，洛蒂穿著一件白色滾邊迷你裙和比基尼上衣，耳後別著花，坐在鞦韆上，看起來好瘦、好年輕，容光煥發。

「她從來沒提過有個叫班的傢伙。」理查緩緩地說。「一次也沒有。」

「啊。」我咬著嘴唇。「也許她故意省略。」

「我明白了。」他癱坐在洛蒂的椅子上，一臉頹喪。「繼續。」

我看著洛蒂的字跡。「他們在沙灘上打量對方……然後在派對上認識——」

「全唸出來。」他打斷我。「不要簡述。」

「你確定？」我對他挑眉。「你確定你想聽？」

「唸出來。」

「好，來囉。」我吸氣，隨便挑一段唸。

早上看班滑水。天啊，他好酷！他還會吹口琴，肌膚曬得好黑。我們在船上做愛做了一個下午，哈哈，都沒有曬到太陽。等等買更多芳香蠟燭和按摩油準備晚上用。我只想跟班在一起，永遠跟班做愛。我永遠不會再這樣愛上別人，永遠不會。

我陷入沉默，心裡有點不安。「如果她知道我把這段唸給你聽，一定會殺了我。」

理查似乎很受打擊，沒有回答。

「這是十五年前的事。」我尷尬地說。「她才十八歲。十八歲的日記大概都寫這些。」

「妳覺得……」他頓了一下。「妳覺得她也會用這樣的文字形容我嗎？」

我腦中開始警鈴大作。糟糕！不行！絕對不可以。

「我不知道！」我迅速闔上日記本。「那不一樣。長大之後就不一樣了。性變得不一樣，愛情也不一樣，就連橘皮組織也變得很不一樣。」我想把氣氛變輕鬆，但理查似乎沒有聽見我說的話，一直看著洛蒂的照片，眉頭緊蹙到快凹陷成洞。門鈴聲突然響起，把我們倆都嚇了一大跳，目光交會的同時，看得出我們都有同樣瘋狂的念頭：洛蒂？

他大步走向狹窄的走廊，我跟在後面，心臟怦怦跳。他用力打開大門，我失望地看著門口削瘦的老先生。

「啊，芬奇先生。」老先生的口氣充滿抱怨。「請問夏洛蒂在家嗎？她答應我要整理屋頂花園，可是她什麼都沒弄，現在還是一團亂。」

屋頂花園。連我都知道這件事；洛蒂打給我說她要投入園藝，訂了很多可愛的園藝用品，要把屋頂設計成都市菜園。

「我是個通情達理的人。」老先生說。「可是她答應了卻沒做到，那個種植基金我們全都有捐錢，這實在是——」

「她會完成好嗎？」理查往前大聲說，聲音大到連燈泡都在抖。「她很有創意，她規劃得很棒，這些都需要時間。不要再來吵了！」

老先生嚇得往後退。我對理查挑眉。哇！如果偶爾有人這樣為我出聲多好。

還有，我的判斷沒錯。他絕對是公牛，不是獅子。如果他是獅子，現在就會躲在草原裡，耐心地等待班出現。可是理查是個直截了當的人，只會氣沖沖地衝向最近的目標，即使因此踩破一千個茶杯也再所不惜。

大門關上，我們兩個無言地互望，彷彿這段插曲改變了整個氣氛。

「我該走了。」理查突然說，扣上雨衣釦子。

「你要回舊金山？」我失望地說。「就這樣？」

「當然。」

「那洛蒂呢？」

「洛蒂怎樣？她結婚了，我祝她幸福。」

「理查……」我皺著臉，不知道該說什麼。

「他們曾經是羅密歐與茱莉葉，現在再次相會，很合理，祝他們好運。」

我知道他很難過，非常難過。他繃著下巴，眼神茫然。天啊！我覺得好難過，不應該把她的日記唸出來。本來只是想刺激他，不要一副自以為了不起的樣子。

「他們不是羅密歐與茱莉葉。」我堅定地說。「如果你真的想知道，其實他們倆都快崩潰了。洛蒂和你分手之後思緒就一直沒有條理，而這個班顯然也有中年危機的問題……拜託你聽我說。」我按著他的手臂，直到他注意我為止。「我相信這段婚姻不會長久。」

「妳怎麼能這麼確定？」他兇狠地瞪著我，彷彿恨我給了他希望。

「感覺。」我神祕地說。「姐妹間的直覺。」

「隨便。」他聳肩。「那是之後的事了。」他走回臥室，拿起行李箱。

「不會！」我連忙跟上，抓住他的肩膀讓他停下來。「可能……會比你預期得快，很快。重點是，如果我是你，我不會就這樣放棄，我會留下來觀望。」

他沉默了一會，顯然在掙扎。「他們什麼時候結婚的？」

「今天早上。」理查回來的時機真是不湊巧，我心裡抽了一下，如果早一天到就好了……

「所以今晚是——」他似乎沒辦法把話說完。

「新婚之夜。對，就是。」我頓了一下，看著我的指甲，臉上不敢流露出任何表情，一臉無辜。「嗯，誰知道會發生什麼事？」

10

洛蒂

我受不了了，我快受不了了！我將是第一個因為性飢渴而亡的人。

我記得小時候常等到受不了，譬如等發零用錢、等過生日、過聖誕節。可是從來沒有像這次這麼難耐，簡直是酷刑。還剩五個小時、四個小時、三個小時……我從起飛到下機往飯店的路上一直默唸著，快了……快了……快了……唯有這樣才能保持理智。班一直在愛撫我的大腿，眼神直視前方，呼吸平順，但我知道他跟我一樣飢渴難耐。

只剩幾分鐘了，旅館就在半公里外。司機已經駛離主要幹道。距離愈近，我反而愈難忍受。最後這幾刻簡直快把我逼瘋。我只想要班！

我環顧四周，想對周遭環境表示一點興趣，卻只看到馬路、光禿禿的丘陵和庸俗的廣告看板，都是不熟悉的希臘飲料。多年前住的那家青年旅舍在小島的另一邊，跟機場反方向，我從來沒來過這一帶，對這裡沒什麼印象或回憶，只有迫不及待的感覺。

快了……快了……快了……我們就快躺上蜜月套房的大床、衣服丟在地上、兩個人肌膚相親，面對面，沒有什麼可以阻止我們，終於，終於可以……

「安巴飯店到了。」司機驕傲地宣佈，跳下車幫我們開門。

一下車，我的肩膀就被希臘溫暖的空氣洗滌。我環顧四周，看著碩大的白色柱子構成的入口，有四隻大理石獅子和裝飾著一排噴泉的大水池；左右兩側的陽臺上種滿色彩鮮豔的粉色九重葛，像瀑布一樣直洩而下；大型玻璃燈罩裡燭光搖曳。遠處傳來弦樂四重奏的樂聲配著傍晚蟋蟀的蟲鳴聲，這地方真棒！

沿著淺淺的大理石階梯而上，我心裡突然好興奮；一切都會很完美，完美的蜜月。我抱住班。

「是不是很棒？」

「棒透了。」他攬著我的腰，把手伸進我上衣，拉住我內衣釦環。

「不要這樣！這是高級飯店！」雖然全身上下都希望他繼續，但我還是扭開身子。「等一下。」

「我等不及了。」他眼神灰闇地看著我。

「我也是。」我吞了吞口水。「快死了。」

「我才快死了。」他的手指沿著我裙子腰帶往下移。「妳裡面沒穿對不對？」

「什麼都沒有。」我低聲說。

「天啊。」他低吼一聲。「好，等一下拿了房間鑰匙，把門鎖上，然後——」

「派爾先生和派爾太太嗎？」有個聲音打斷我們。我抬頭一看，一名穿著西裝、身材短小的黑髮男子快步走下樓梯，朝我們過來。他的鞋子擦得很亮。他靠近我們時，我看到他名牌上寫著「尼可・狄米楚，貴賓服務經理」，手上捧著一大把鮮花獻給我。「夫人，歡迎來到安巴飯店，很高興歡迎您。據我所知，您是來度蜜月的吧！」

他帶著我們穿過大型玻璃門，走進偌大的穹頂大廳。地上鋪著大理石，嵌入式水池裡飄著小蠟燭，樂聲流轉，空氣中有股迷人的麝香。

「恭喜兩位，請坐。」他指著旁邊的亞麻布長沙發說。「請兩位喝杯香檳！」

一名服務生用銀製托盤端著兩杯香檳不知從何出現。我稍微遲疑，瞄了班一眼才拿起酒。

「謝謝你。」班沒有坐到沙發上。「可是我們想盡快進房間。」

「當然、當然。」尼可露出會意的微笑。「您的行李會直接送進房間，請兩位先填寫一些資料……」他拿出一本皮革裝訂本和一枝筆給班。「請坐，這樣比較舒服。」

班不情願地在沙發上坐下，用最快的速度填寫。尼可則遞給我一張紙，上頭寫著：歡迎派爾先生和派爾太太，底下是一份活動與設施清單。我快速看了一下，好多精彩的活動：浮潛導覽、香檳野餐、搭飯店六十英呎長的遊艇一日遊、在房間陽臺上享用由私人主廚料理的晚餐、星光芳療情侶按摩……

「我們很榮幸地推出超級蜜月體驗活動。」尼可對我微笑。「有二十四小時的專屬私人管家為您服務，在套房內的美容沙龍區享受免費療程，由我個人隨時為您提供服務。歡迎提出任何要求，不管大小都可以。」

「謝謝。」我忍不住微笑回應，他好親切。

「您的蜜月是非常特別的時光。我，尼可，將會讓兩位有個一輩子難忘的蜜月旅行。」他雙手緊握。「絕對難以忘懷。」

「好！寫好了。」班畫下最後一個句點，把表格交還給他。「我們可以進房間了嗎？在哪？」

「我親自帶兩位過去！」尼可說。「請這邊走，這是通往套房的專用電梯。」

我們有專用的電梯？我迅速瞄了班一眼，看得出來他只想著一件事，我也是。

走進電梯，我勉強保持鎮定，可是班一直在看我的裙子。他一定不會浪費時間，頂多花三十秒就能就緒；之後再做一次，也許吃個晚餐，然後再慢慢地重新來一次……

「到了！」電梯門打開，尼可親切地帶著我們走進樓層大廳；大理石地板、深色木頭嵌板的牆壁。「珍珠貝套房。最近才被《旅遊者》雜誌票選為最佳蜜月套房。兩位請進。」

「哇！」他一開大門我就驚呼。費莉絲說的沒錯，這裡真的很讚！整間房間的設計很像岩洞：希臘式柱子、低矮的躺椅，還有柱腳上的希臘神明雕像。唯一的缺點是電視竟然在播《天線寶寶》？自從陪諾亞連看二十集的《天線寶寶》後，我就很討厭這節目。到底是誰放的？

「可以把電視關掉嗎？」我說。

「當然可以，夫人。請讓我先介紹各項設施。除了電梯入口外，這邊還有專屬的大門。」尼可快步穿過鋪著大理石地板的房間。「浴室在這邊，有淋浴間。這間是你們專用的美容療程室、廚房和員工出入口、小型圖書館、客廳和大螢幕……」

我勉強表現出很有興趣的樣子，看著他示範怎麼用ＤＶＤ播放器，可是我腦子已經被慾望沖昏。我們到了，真的到了，到我們的蜜月套房，在我們的新婚之夜。只要等這傢伙講完離開……只要再過幾秒……班就會扯下我的裙子，我扯開他的襯衫……天啊，我沒辦法再等了……

「小冰箱在這個櫃子裡，可以用電動感應器——」

「嗯，好。」我禮貌性地勉強點點頭，可是全身已經因高漲的性慾而顫抖。我不在乎小冰箱怎麼用，拜託你不要再講了！趕快走讓我們做。

「臥室在這邊。」尼可推開門。我充滿期盼地往前踏一步，卻傻眼地停下。

「什麼？」站在我旁邊的班大喊。

臥室很大很豪華，玻璃圓頂天花板底下卻是——兩張單人床。

「我……什——」我說不出話來。「床。」我轉頭看班，指著床說。「床。」

「對，夫人，這是床。」尼可自豪地微笑，指著單人床說。「這是臥室。」

「我知道這是床！」我喘不過氣。「為什麼是單人床？」

「網站上是超大雙人床。」班接口說。「我看過照片。我們的超大雙人床呢？」

尼可一臉困惑。「套房有很多種組合選項，可能是之前的房客要求兩張床。兩位可以看到，這兩張床非常好。」他拍著床說。「最頂級的。您不滿意嗎？」

「不，當然不滿意！」班生氣地說。「我們要雙人床，是一張床，超大雙人床，最好的床！」

「啊。」尼可一臉遺憾。「我真的很抱歉，非常難過，沒有事先要求的話——」

「我們不需要事先要求！我們在度蜜月！這是蜜月套房！」班呼吸急促。「什麼樣的蜜月套房會擺兩張單人床？」

「請不要激動。」尼可安慰他。「我了解，我馬上請他們送雙人床過來。」他拿出手機講了一串希臘語，掛上電話後又微笑說，「事情已經處理好了。真的很抱歉。我先請兩位下樓在酒吧喝杯雞尾酒，等我們處理這件事，好嗎？」

我忍住回嘴的衝動。我不想去酒吧喝雞尾酒。我想過我的新婚之夜，現在就要過！

「還要多久？」班一臉不悅。「這太誇張了。」

「我們會盡快完成更換，工人馬上就到——啊！」門口傳來敲門聲。尼可面露喜色。「來了！」

六名穿著白色工作服的工人走進來，尼可對他們說希臘語。一名工人抬起床的一端，狐疑地看了看，對另一名工人說希臘語，第二名工人聳聳肩，搖搖頭。

「怎麼了？」班看著兩名工人，口氣很焦慮。「有什麼問題？」

「沒有問題。」尼可安撫他。「我可以請兩位去客廳稍坐一下，等我們處理這件小事嗎？」

他送我們出去客廳。電視依然以最高音量播放《天線寶寶》。我按了幾下遙控器卻關不掉，調整音量也沒有反應。遙控器是沒電了嗎？

「拜託。」我不滿地說，「我受不了了。麻煩你關掉好嗎？」

「而且這裡好冷。」班說。「空調要怎麼調整？」

這裡真的很冷，我早就發現了。

「我去叫您的私人管家。」尼可微笑說。「請他來服務兩位。」

他消失在門外，我疑惑地看著班。我們早該開始做了！早該享受人生最火辣的時光，而不是在酷寒的房間裡，坐在沙發上聽《天線寶寶》的音樂大聲播放，還有六名工人在隔壁臥室。

「來。」班突然說。「書房一定有沙發。」

他催我進書房，把門關上。裡頭有成排看起來很假的書和一張書桌，桌上擺著飯店的紙張，書房裡有張深咖啡色的麻布躺椅。他關上門面對我。

「我的天啊。」他不可置信地呼出一口氣。

「我的天啊。」我也說。「真誇張。」我們倆同時吸一口氣。如何在一分鐘內找到性感帶的比賽彷彿已經鳴槍開始。他愛撫我全身，我也愛撫他全身。他的手上下游走，解開我內衣，扯下我上衣。我也解開他的襯衫釦子……他的肌膚好溫暖，好香，我好想慢慢享受他，可是他已經在觀察四周。

「沙發嗎？」他喘著氣說。「還是桌子。」

「都可以。」我勉強擠出這幾個字。

「我沒辦法再等了。」

「如果他們聽到怎麼辦？」

「不會聽到。」他解開我的裙子，我快爆了。終於，終於，終於……太好了……太好了……

「先生？夫人？」有人在敲門。「先生？夫人？派爾先生？」

搞什麼？

「不要。」我低聲嗚咽。「不……」

「到底在搞什——」班面帶怒色。「是？」他大聲說。「我們在忙，十分鐘後再來。」

「這是飯店經理的贈禮。」門口傳來聲音。「剛出爐的餅乾。請問我擺在哪裡好呢？」

「隨便，都可以。」班不耐煩地回答。

「麻煩您簽收。」

我覺得班快氣炸了。我們倆一時無法說出話。

「先生？」敲門聲又來了。「您聽得到嗎？我這裡有飯店經理送的，剛出爐的餅乾。」

「快點簽名，簽完就好。」我低聲說。「然後再回來這裡。」

「真的是——」

「我知道。」

我們稍微整理了一下儀容。班把襯衫扣好，做了幾次深呼吸。

「把這想成報稅，報完就好了。」我建議。「好吧，來領餅乾吧。」

班打開書房門，有個老先生穿著鑲著穗帶的筆挺灰色制服，端著蓋著圓頂蓋的銀質托盤站在門外。

「派爾先生、派爾太太，歡迎來到安巴飯店。」他一臉嚴肅。「我是兩位的私人管家喬治歐司，為您提供全天候的服務。這是飯店經理一點心意，為您送上剛出爐的餅乾。」

「謝謝。」班簡短地說。「隨便放。」他在老先生手裡拿的本子上潦草簽完名。

「謝謝您。」喬治歐司把銀托盤放在茶几上。「稍待一會兒我同事會送果汁來。」

「果汁？」班瞪著他。「什麼果汁？」

「現打的果汁，飯店經理的一點心意。」喬治歐司表示。「可以配餅乾。我的助理管家荷姆斯會馬上送來。如果需要加冰塊請跟我說。」他遞了張卡片給班。「這是我的號碼，隨時聽候您的差遣。」

班呼吸急促地說，「我跟你說，我們不需要果汁，取消果汁！我們只想要獨處，可以嗎？」

「我了解。」喬治歐司馬上表示。「當然。」他嚴肅地點點頭。「這是兩位的蜜月，您希望獨處。這是男人和女人的特別時光。」

「沒錯——」

一陣巨響打斷班的話。

「搞什麼……」我們衝進客廳。一名穿著白色工作服的男子站在臥室門口，正在跟房間裡其他工人吵架。尼可焦慮地絞著手，匆匆趕過來。

「派爾先生、派爾太太，很抱歉噪音打擾到您。」

「發生什麼事？」班瞪大雙眼，眼神瘋狂。「那個敲打的聲音是在做什麼？」

「搬床時出了點小問題。」尼可安撫他。「非常非常小的問題。」

另一名工人出現在門口，手上拿著一把大槌子，對著尼可猛搖頭。

「這是什麼意思？」班質問。「他為什麼搖頭？床換好了嗎？」

「還有，拜託你處理一下電視好嗎？」我皺著臉插話。「快受不了了。」每一次敲打聲暫停就會聽到《天線寶寶》大聲播放。不知道是不是我的錯覺，怎麼好像愈來愈大聲？

「先生、夫人，我非常抱歉。我們正在盡全力處理床的問題。至於電視……」他拿起遙控器對著牆壁按，音量馬上提高一倍。

「不對！」我伸手摀住耳朵。「太大聲了！按錯邊了！」

「抱歉！」尼可大喊蓋住噪音。「我再試試看！」

他又按了幾下，可是都沒有反應。他拿遙控器敲敲他的頭然後再搖一搖。「卡住了！」他驚訝地說。「我請工程師來。」

「不好意思，」另一名穿著穗帶制服的侍者突然出現。「門開著。這是飯店經理送的新鮮果汁。夫人，請問您希望果汁放哪？」

「我……我……」我幾乎語無倫次。好想尖叫！好想爆發！這原本應該是我們的新婚之夜，我們的新婚之夜！可是我們卻站在飯店套房裡，被敲打的工人和端著銀盤的管家環繞，被天線寶寶的魔音穿耳！

「夫人。」尼可輕聲說。「造成您的不便，我感到非常地抱歉，請容我再次請兩位去酒吧喝杯雞尾酒？」

11

費莉絲

我幾乎不敢看簡訊。這好像在偷窺，好像別人出車禍，我跑去看熱鬧。雖然簡訊的內容讓我很想摀住眼睛，可是我非看不可。

洛蒂和班正在經歷人類史上最悲慘的新婚之夜。除了慘這個字沒有其他方式可以形容。真的很糟糕，而且這全都是我的錯。我的胃因內疚而糾結成一團發酸。每一則簡訊都讓我更難過。可是，我堅決地告訴自己，這全都是為他們好，然後又繼續點開新的簡訊。

又一輪瑪格麗特，這傢伙真能喝。　　尼可

尼可整晚都在隨時通報最新發展。剛發的四通簡訊都在報告洛蒂和班喝的免費雞尾酒，真的很多。他們在當地時間晚上不到十點開始喝，現在已經半夜，洛蒂應該早就醉了。

可是班呢？我頓了一下，若有所思地敲著手機。我想到羅肯這麼說過班：他是天生的賭徒，可是缺乏判斷力。

天生的賭徒。嗯，我馬上回覆尼可：

他喜歡賭博……

我只有說這麼多，尼可收到訊息就會知道該怎麼辦。

我按下「傳送」後關上我的行李箱，試圖穩定自己不安的心情，可是各種相互衝突的思緒卻像飛箭一樣來回穿梭，每枝箭落地後就一陣刺痛。

我破壞我妹妹的蜜月旅行，我是個壞人！

可是那是因為我關心她的幸福。

沒錯！

就是這樣！

如果我決定不插手，結果她懷孕、他們分手、她後悔了呢？到時候怎麼辦？我會不會後悔我什麼都沒做？那不就像納粹入侵時低頭假裝沒看到的人？當然，據我所知，班並不是納粹。

放《天線寶寶》也讓我覺得很愧疚。我知道這樣很殘忍，因為洛蒂怕死那節目。

我把行李箱推到走廊上，放在諾亞的行李箱旁邊。他已經抱著猴子玩偶在他房間安靜地睡著了，我進去看了他一下。他聽到我們要出遠門後的反應很平靜，直接去打包，還問需要帶幾條褲子。這個諾亞，有一天世界將歸他管。

我走進浴室洗澡，拿起一罐沐浴香精。浴室裡堆滿免稅店買的沐浴香精。我發現我幾乎都是在機場買東西；登機前試穿、回程時提貨，或是在飛機上買克蘭詩保養組。我的燻西班牙香腸和帕馬森起士夠我吃一年，瑞士三角巧克力也是。

我遲疑了一下。我想吃三角巧克力，而且在浴缸裡喝杯酒……

我只掙扎了一毫秒就往廚房的點心櫃走去。櫃子裡有六大條瑞士三角巧克力和一大盒免稅店買的金莎巧克力，諾亞每個星期六可以吃三顆。他以為金莎巧克力一包就是三顆，從來沒想過有比三顆更大的包裝。

正當我剝下一大塊巧克力時，手機響起，我在想是不是尼可，卻看到「洛蒂」兩個字。洛蒂？我嚇一大跳，巧克力掉到地上。我看著手機，心臟開始用力怦怦跳，手指遲疑，不知道該不該按下「接聽」。我不想接，反正也太遲了，已經進入語音信箱。我鬆了一口氣，把手機放在櫃子上，結果又馬上響起，還是洛蒂打來的。

我用力吞了吞口水。這通電話非接不可，不然還是得打回去，到時情況可能會更糟糕。我閉上眼睛深呼吸，按下「接聽」。

「洛蒂！妳不是在度蜜月嗎？」我裝出若無其事的愉快口氣說。「怎麼會打給我？」

「費莉絲絲絲絲？」

我馬上從她的聲音進行分析，很明顯地她喝醉了，不過我也知道她快哭出來了。更重要的是，她不知道這件事跟我有關，不然我的名字後面就不會出現問號。

「怎麼了？」我輕鬆地說。

「費莉絲，我不知道該怎麼辦？」她哀嚎。「班喝醉了，喝得爛醉，我要怎麼把他弄醒？妳是不是有什麼祕訣？」

我確實有一套經過多次驗證的公式：用黑咖啡、冰塊和對著鼻孔噴體香劑，不過我現在不能告訴她。

「糟糕。」我表示同情。「好可憐……我也不知道。喝點咖啡？」

「他根本沒辦法坐直！他把雞尾酒都喝光了，我只好扶他回房間，然後他就倒在床上。這本來是我們的新婚之夜！」

「哇！」我裝出驚訝地口氣。「所以你們還沒——」

「沒有！還沒！」

我忍不住鬆一口氣。本來很擔心他們在沒有人注意的時候來了一次。

「我們什麼都還沒做。」洛蒂沮喪地說。「費莉絲，我知道這間飯店是妳推薦的，可是真的很爛！我要去客訴！我們的蜜月都被毀了；房間是單人床，還說不能搬！我現在就坐在單人床上！」她的聲音愈來愈尖銳。「蜜月套房怎麼會用單人床！」

「天啊，怎麼會這樣！」我的聲音愈來愈假，還好洛蒂正在生氣，沒有發現。

「然後飯店就請我們免費喝酒以示歉意，有個門房又跟班打賭說他一定不敢喝某種特製的希臘調酒，結果班就一口氣喝完，酒吧裡的客人都大聲歡呼，然後他就昏過去了！裡面到底調了什麼？苦艾酒嗎？[10]」

10. 一種酒精濃度很高的烈酒。

我不敢猜。

「我們搭電梯沿路親回房間。」洛蒂激動地繼續說。「我還想說終於可以來了，結果我肩膀上突然有個重物，他睡著了！竟然親到一半睡著！我只好把他扛回房間，重得要命，結果他現在在打呼！」她好像快哭出來了。

「洛蒂。」我抓抓頭髮，努力思考要怎麼處理這個情況。「這還好啦，小事，先好好睡個覺再……呃……享受飯店的設施。」

「我要告這家飯店。」她根本沒在聽我說。「我不知道他們怎麼得到最佳蜜月套房獎的。爛透了！」

「妳吃東西了嗎？要不要請客房服務送點食物去？他們的壽司很好吃，不然還有一家義大利披薩……」

「好，我叫點吃的好了。」她的怒火似乎消退，嘆了口氣。「費莉絲，對不起，把氣出在妳身上，這又不是妳的錯。」

我說不出話。

我是為她好，我用力提醒自己，一個晚上不愉快的回憶跟結婚、懷孕、一輩子後悔，哪一個比較好？

「費莉絲？妳還在嗎？」

「喔，在。」我說。「聽著，先去睡一覺，明天就沒事了。」

「晚安，費莉絲。」

「晚安，洛蒂。」

我掛上電話，茫然地看著前方，壓抑住自己的愧疚。

明天就沒事了。

我說謊。我已經跟尼可商量好了，明天不會比較好。

12

洛蒂

我不想說負面的話，可是如果要我描述夢想中的新婚之夜隔天早上，絕對不會是這樣，絕對不會！

在我的想像中，我和新婚丈夫躺在偌大的白色棉質床上，就跟肥皂粉的廣告一樣；外頭傳來鳥鳴聲，陽光輕柔地灑在我們臉上，兩人轉身面對彼此親吻，回想昨晚的旖旎時光，低聲訴說甜言蜜語，接著投入精彩萬分的晨間性愛。

而不是在單人床上醒來、脖子痠痛、沒刷牙、房間充滿昨晚客房服務送來的披薩味，還聽到班在隔壁床上呻吟抱怨。

「你還好嗎？」我很想表示同情，但我更想踹他。

「應該吧。」他似乎耗費許多力氣才勉強抬起頭，氣色很差，身上還穿著昨晚的西裝。「後來怎麼了？」

「你打賭贏了。」我簡短地說。「幹得好。」

他眼睛不停地轉動，眼神迷茫，顯然還在回想昨晚的片段。

「我搞砸了，對不對？」過了許久他才說。
「有一點。」
「對不起。」
「隨便。」
「不是，真的對不起。」
「收到。」
「不是，我是真的、真的很抱歉！」他晃著雙腿，站了起來，戲劇性地搖晃了一下。「派爾太太，請接受我最深刻、最卑微的道歉。我該怎麼補償妳？」他腰彎得好低，都快跌倒了。我忍住笑，沒辦法繼續生氣。班就是這麼可愛。
「我想不出來。」我嘟著嘴。
「妳床上還有位置嗎？」
「可能有……」
我挪動身子，掀開豪華的鵝絨棉被讓他鑽進來。飯店提供二十多種不同的枕頭可以選。我昨晚邊吃披薩邊研究。可是現在我不在乎這是絲緞枕、低過敏原枕還是蕎麥枕，只要我老公跟我一起躺在床上，兩個人都醒著，這才是最重要的事。
「嗯。」他把臉埋在我脖子裡。「妳好舒服，好香。」
「你好宿醉。」我皺起鼻子。「西裝脫掉。」
「樂意之至。」他一口氣脫下西裝外套和襯衫，接著裸露上半身跨坐在我身上，低頭微笑看著我。「嗨，老婆。」
「嗨，笨蛋。」
「我說了，我會補償妳。」他的手指沿著我臉頰滑落，到我脖子，到棉被下，落在我非常昂貴的細肩帶睡衣上。「整個早上都是我們的。」
「一整天都是。」我伸手把他拉下來親吻。
「為這一刻等好久了。」他低聲說。「天啊，天啊。」他的手扯開我的細肩帶睡衣。「洛蒂，我記得妳。」
「我也記得你。」我的聲音充滿飢渴。他的衣服全脫了，就跟記憶中一樣誘人、一樣硬挺、一樣美好，一定會很棒……
「夫人？」耳邊突然傳來管家喬治歐司嚴肅的聲音。有一瞬間我還以為是班故意模仿別人，然後這才發現不是班，真的是管家，也就是說——
我馬上起身坐直，用棉被裹住身體，心跳得飛快。
他人在我們房間裡？
「早安！」我的聲音很僵硬。
「夫人準備好用早餐了嗎？」
他媽的搞什麼？我苦著臉看著班，他則一副想揍人的表情。
「妳不是有掛出『請勿打擾』的牌子？」他低聲說。
「有啊！」

「那怎麼——」

「我不知道！」

「早安。」喬治歐司出現在臥室門口。「先生、夫人，請容我為兩位點了非常特別的餐點，所有蜜月套房的貴賓都一致推薦的『音樂香檳早餐』。」

我瞪著他，說不出話來。他說「音樂」是什麼意思？該不會是——不可能。我看到一名女子出現在門口，嚇得差點抽搐。她身穿白色希臘式長袍，一頭長金髮，推著一把豎琴進我們房間。

我和班交換驚慌的眼色。該怎麼阻止他們？我們該怎麼辦？

「派爾先生、派爾太太，恭喜兩位新婚愉快！今天要為兩位表演一系列愛情樂曲，陪伴兩位享用早餐。」那名女子說，接著打開摺疊椅坐下，開始輕快地彈起豎琴，喬治歐司和他的助理則端著托盤到床上，倒香檳酒，削水果皮，拿小碗來讓我們洗手。

我一個字都說不出來，這太超現實了！我正準備享受這輩子最火熱的性愛，正準備圓房，結果卻變成由穿著穗帶制服的六十歲老先生削奇異果給我吃，旁邊還有豎琴演奏流行樂曲《愛改變一切》。

我向來不愛聽豎琴的樂聲，這次更想拿一籃小可頌砸過去。

「請兩位乾杯，慶祝兩位的新婚。」喬治歐司指著我們的香檳杯說。我們乖乖地交叉手臂啜飲香檳。突然間，喬治歐司毫無預警地灑了一把粉紅色的碎紙屑。我嚇得語無倫次。什麼時候跑出這招？沒多久又一陣閃光燈對著我，我才發現喬治歐司拍了照。

「拍照留念。」他一臉嚴肅。「我們會把這做成皮質相簿，飯店經理的一點心意。」

什麼？我驚恐地看著他；我衣冠不整、一臉宿醉、嘴唇上還黏著彩色紙屑，才不要拍照留什麼念！

「吃吧。」班在我耳邊說。「快點吃完他們就會走。」

說得好。我正準備拿茶壺，喬治歐司馬上不滿地跳起來。

「夫人，請容我為您服務。」他幫我倒了杯茶。我喝了幾口，吞下幾塊奇異果，接著抱著肚子說。

「嗯，真好吃！可是我好飽。」

「我也是。」班點頭。「很棒的早餐，不過可以請你端走了嗎？」

喬治歐司遲疑，似乎不太願意。

「先生，夫人，我為兩位準備了特製的蛋餐點，都是最棒的雙黃蛋，加入蕃紅花——」

「不用了，謝謝。不要蛋了，什麼都不要。」班瞪著喬治歐司說。「不要蛋，謝謝。」

「是。」喬治歐司最後終於說。他對彈豎琴的女子點點頭，她連忙彈完最後一個音符，起身鞠躬致意，把豎琴推出去。兩名管家整理托盤，放到外頭的推車上。接著喬治歐司又回到臥室。

「派爾先生、派爾太太，希望兩位對音樂香檳早餐都滿意。現在我聽候兩位差遣，兩位有什麼要求都請盡量提出。」他一臉期盼地等著。

「很好。」班不高興地說。「有事會叫你。」

「靜待兩位吩咐。」喬治歐司說完後就離開，關上臥室的門。

班和我對望，我有點歇斯底里。

「我的天啊！」

「真是見鬼了。」班翻白眼。「第一次碰到這種情形。」

「你不想吃蛋嗎？」我逗他。「有加蕃紅花喔。」

「我知道我想吃什麼。」他拉下我睡衣肩帶。光是他的手在我的肌膚上的觸感就讓我發出陣陣強烈的慾望。

「我也是。」我伸手拉著他，他抖了一下。

「剛才到哪裡了？」他的手緩緩地、目的性地游走到棉被底下。他的愛撫讓我好敏感，忍不住發出呻吟聲。

他眼睛睜大、眼神急切、呼吸急躁。我把他拉到我身上，他的唇四處移動，我腦袋放空，任由身體自主行動。好，要來了、要來了！我在呻吟，他也是。就快來了，真的要發生了……我要爆炸了，快點，快點……

接著我全身僵住，因為我聽到一個聲音，一個悉悉嗦嗦的聲音，就在房門外。

我反射性地推開班，起身坐直，高度警覺。

「停！停，你聽。」我幾乎無法好好說話。「他還在這裡。」

「什麼？」班的臉因為飢渴而扭曲，我不太確定他有沒有聽懂我說什麼。

「他還在這裡！」我把班放在我胸部上的手撥開，焦急地指著門說，「那個管家！他沒有走！」

「什麼？」班兇狠地皺眉，雙腿一跨，光溜溜地走下床。

「你不能這樣出去！」我尖聲說。「披個袍子。」

他的表情更兇狠了。他套上毛巾浴袍，大力打開臥室的門。果然，喬治歐司正在細心排列吧臺的玻璃杯。

「喬治歐司。」班說。「我想你誤會了。謝謝你，暫時不需要你的服務。謝謝。」

「我明白了。」喬治歐司微微鞠躬。「靜待您的吩咐。」

「好。」我可以感覺到班的脾氣快要爆發了。「我的吩咐就是請你離開，離開房間。走，離開。」他揮手趕人。「不要來煩我們。」

「啊。」喬治歐司終於露出會意的表情。「我明白了。是，如果有任何需要請叫我。」他再次鞠躬，往廚房的方向走去。班遲疑了一下，然後跟著走去，確定他確實離開。

「沒錯。」我聽到他口氣堅定地說。「請你去休息，不用擔心我們。不用，我們會自己倒水，謝謝你，再見。拜拜……」

過沒多久，他出現在臥室門口，擺出勝利的手勢。「他終於走了！」

「幹得好！」

「固執的王八蛋。」

「我覺得他很負責。」我聳肩。「顯然有很強烈的責任感。」

「他根本就不想走。」班不可置信地說。「我以為他有機會休息應該會很高興，可是他一直說要幫我們倒礦泉水，我一直跟他說不用，我們又不是懶豬。奇怪，到底這裡都住些什麼樣的客人——」他話說到一半，下巴就掉下來。我跟著轉頭的同時，下巴也跟著掉了下來。

不。

不可能……

我們倆看著助理管家荷姆斯大步走進客廳。

「派爾先生、派爾太太，早安。」他愉快地說。他走到吧臺，開始整理喬治歐司十分鐘前才在排的玻璃杯。「要不要喝杯什麼？需要小點心嗎？還是需要我幫您安排今天的娛樂活動？」

「什……什麼……」班似乎已經說不出話來。「你到底在這裡幹什麼？」

荷姆斯抬起頭，顯然不知道怎麼回答這個問題。

「我是您的助理管家。」他說。「喬治歐司休息時就換我值班，供您差遣。」

我覺得我快瘋了。

我們陷入管家地獄！

有錢人都是過這種生活嗎？難怪那些名人看起來都很不快樂。因為他們心裡都在想，如果管家可以他媽的讓我們做愛多好！

「拜託你。」班似乎快瘋了。「拜託你離開，現在就走！」他把荷姆斯往門口的方向帶去。

「先生。」荷姆斯驚慌地說。「我不能使用貴賓的入口進出，只能從廚房——」

「我不管你用他媽的哪一個進出口！」班大吼。「走就對了！出去！快走！滾！」他把荷姆斯當成蟲一樣趕到門口。荷姆斯一臉驚慌地往後退。我裹著棉被從房門口看。門鈴響起，把我們三個都嚇一大跳。班臉色一沉，環顧四周，似乎在懷疑又耍什麼把戲。

「先生。」荷姆斯鼓起勇氣。「先生，請問我可以開門嗎？」

班沒有回答。他呼吸沉重，鼻孔噴氣，看了我一眼，我不安地聳聳肩。門鈴又響起。

「先生，請問。」荷姆斯又問了一次。「您允許我開門嗎？」

「好吧。」班生氣地瞪著他說。「開門，但是不需要打掃房間、不需要掀床服務、不用整理床鋪、不要香檳、不要水果，也不要他媽的豎琴。」

「是。」荷姆斯不安地看著他。「您允許我開門。」

荷姆斯經過班身邊走去開門。尼可快步走進房裡，後面跟著昨晚的六名工人。

「派爾先生、派爾太太，早安！」他愉快地說。「昨晚睡得好嗎？我為昨晚的事深感抱歉。不過，我有好消息！我來幫你們換床了。」

13

洛蒂

怎麼會這樣？我們竟然被踢出自己的蜜月套房！

他們到底有什麼問題？我從來沒看過這麼差勁的一群人；工人拆掉床腳，把床轉過來，抬起來，然後說太大。尼可叫他們把床腳鎖回去，重頭再來一遍……班氣得快爆炸。

最後他開始大吼，一群工人圍住尼可保護他。還好班即使拿出吹風機揮舞，尼可也沒有動怒，請我們暫時離開房間讓工人忙，去陽臺上享用免費的早餐，菜單隨便我們點。

這是兩個小時前的事。早餐再怎麼能吃也就那麼多。我們回房間拿去沙灘要用的東西時，房裡還是一堆工人，全看著床抓頭不知該怎麼辦。床腳和床頭板擺滿地，超大雙人床的床墊靠牆壁立著。聽說是「床的種類不對」。這又是什麼意思？

「換個床有多難？他們是白癡嗎？」我們前去沙灘時，班皺著眉生氣地說。

「我也這麼覺得。」

「真是莫名其妙。」

「太荒謬了！」

我們站在沙灘的入口。藍藍的海、金色的沙灘，一排又一排我見過最舒適的躺椅；白色的大陽傘在微風中翻騰，服務生端著托盤到處送飲料。真的很棒，如果是其他日子，看到這樣的景色我一定垂涎三尺。

可是我現在只想要一個東西，那個東西絕不是日光浴。

「應該換個房間給我們。」班說了第一百次。「我要告他們。」

我們被要求離開房間時，班馬上要求換房間。有那麼一瞬間，我還以為問題解決了，可以進房間享受美好的早晨再出來吃午餐……結果沒有，尼可絞著手說他非常難過非常愧疚，因為飯店客滿，可以改成免費請我們搭乘熱氣球嗎？

免費搭他媽的熱氣球。我好擔心班會掐住尼可脖子。

我們站在毛巾區旁，突然覺得有人偷偷摸摸跟在我後面，原來是喬治歐司。他從哪出現的？從剛才就一直跟在我們後面嗎？難道這全是服務的一部份？我用手肘頂了班一下，他挑挑眉。

「夫人。」喬治歐司嚴肅地說。「需要我幫您拿毛巾嗎？」

「喔，好啊，謝謝。」我不自然地說。其實我不需要幫忙，可是叫他走又很沒禮貌。

他拿了兩條毛巾。沙灘服務人員帶著我們到兩張面海的躺椅。很多房客都已經安頓好，空氣中飄來防曬乳的味道。海浪輕輕地拍打著沙灘。我不得不承認，這裡感覺很舒服。

沙灘服務人員和喬治歐司正以軍隊般精確的動作幫我們鋪毛巾。

「瓶裝水。」喬治歐司指著桌上的冰桶說。「需要為夫人打開瓶蓋嗎？」

「不用了，我晚點再喝。非常謝謝你，暫時先這樣，謝謝。」我在一張椅子上躺了下來，班躺另一張。我踢掉夾腳拖，脫下泳衣罩衫，閉上眼睛往後躺，希望喬治歐司看懂我的暗示。沒多久我閉起的眼皮閃過一抹陰影。我睜開眼睛，喬治歐司竟然在排我的夾腳拖、摺我的罩衫。

難道他準備在我們旁邊待他媽的一整天嗎？我瞄了班一眼，他顯然也有同樣的疑問。

一看到我坐直，喬治歐司馬上有動作。

「夫人想游泳嗎？夫人要走過熱沙子嗎？」他拿起我的夾腳拖問我。

什麼？

這實在太蠢了。這些五星級飯店實在是太太太誇張！對，我是在度假；對，有專人服務是很不錯。可是這不代表我突然就不會自己鋪毛巾或轉開水瓶或穿夾腳拖。

「不用，謝謝。我比較想要……」我努力想個很花時間的工作。「我想要一杯現搾的柳橙汁加蜂蜜，還有M&M巧克力，可是只要咖啡色的巧克力豆。謝謝你，喬治歐司。」

「是，夫人。」他鞠躬後離開，我鬆一口氣。

「咖啡色的M&M？」班質疑地說。「妳這個公主。」

「我在想辦法支開他！」我低聲反駁。「不然讓他整天跟著我們嗎？私人管家都這樣嗎？」

「誰知道。」他漫不經心地說，一直看著我的比基尼上衣，或說我比基尼上衣的內容物。

「我幫妳抹防曬乳。」他說。「這工作可不能交給管家。」

「好，謝謝。」我把罐子拿給他，他在手心擠出一大坨，開始在我身上塗抹。我聽到他大口吸氣。

「如果太用力或不夠用力再跟我說。」他低聲說。

「呃……」我悄聲說。「我是說我的背，乳溝我自己會擦，不用幫忙。」

我覺得班好像沒聽見，因為他並沒有停止。旁邊有名婦人眼神怪異地看著我們。他又擠出一坨，把手伸進我比基尼上衣，兩隻手都伸進去，呼吸變得很沉重。有好幾個人都在看。

「班！」

「要擦仔細一點。」他含糊不清地說。

「班！住手！」我扭開身子。「幫我抹背。」

「好。」他眨眨眼，眼神迷茫。

「我自己擦好了。」我把罐子拿過來，開始在腿上塗抹。「你要嗎？」我揮手吸引他的注意，可是他整個人出神，然後又突然清醒。

「我有個點子。」

「什麼樣的點子？」我小心地問。

「很棒的點子。」

他站起來，朝附近躺椅上的一對夫妻走去。我吃早餐時就有注意到他們。兩人都是紅頭髮白皮膚，我很擔心他們會曬傷。

「嗨，你好。」班對著那個太太露出迷人的微笑。「度假愉快嗎？我是班，我們剛來。」

「嗨，你好。」對方的口氣有點遲疑。

「好漂亮的帽子。」他指著她頭上說。

好漂亮的帽子？這是我看過最普通的草帽。他在打什麼主意？

「我剛在想，」班繼續說。「我有件小事想請求幫忙。我需要打一通很重要的電話，可是我們房間目前不能使用，你們房間可以借我用一下嗎？一下就好，我馬上出來。」然後又漫不經心地補上一句。「我太太也會去，一下就好。」

那女人看起來有點困惑。

「打電話？」她說。

「很重要的公事。」班說。「我們會很快，進去就出來。」

他瞄了我一眼，微微使了個眼色。如果我不是這麼飢渴，應該會微笑。房間，天啊，我們好需要房間……

「親愛的？」那女人靠過去用手肘輕推她先生。「這兩個人說要借用我們房間。」她老公坐起來，伸手遮擋陽光，瞪著班。他年紀比他太太大，正在玩《泰唔士報》的填字遊戲。

「你們要幹嘛？」

「打個電話。」班說。「很快打一通商務電話。」

「怎麼不去商務中心打？」

「不夠隱密。」班馬上回答。「這通電話很機密，要很小心，我需要很隱密的地方。」

「可是——」

「不然這樣好了……」班遲疑了一下。「我準備個小禮物感謝兩位幫忙如何？五十英鎊怎麼樣？」

「什麼？」那先生大吃一驚。「你要給我們五十英鎊，只為了借用我們房間？你在開玩笑嗎？」

「我相信飯店可以免費提供房間。」那太太跟著說。

「他們不肯好嗎？」班的口氣有點不耐。「我們問過了，所以我才會問妳。」

「五十英鎊。」那先生放下填字遊戲，所有所思地皺眉，彷彿這是什麼新的線索。「現金嗎？」

「現金，支票，都可以，掛在你房間帳上，隨便你。」

「等等。」那先生伸手指著班，彷彿他突然想通了。「這是詐騙對不對？你用我房間打幾百英鎊的電話，可是只給我五十英鎊耍我。」

「不是！我只是要借用你的房間！」

「可是有那麼多地方。」那太太一臉困惑。「為什麼要用我們房間呢？為什麼不去大廳角落？或是——」

「因為我們想在裡面做愛，好嗎？」班爆發。陽傘下很多人都探出頭來。「我想做愛。」他平靜地重複。「跟我太太做，我們在度蜜月，這樣的要求很過份嗎？」

「你們要在我們床上做？」那太太馬上離開班旁邊，好像擔心被傳染什麼疾病。

「那又不是妳的床！」班不耐煩地說。「那是飯店的床。我們可以請人換床單或在地板上做。」他轉頭看我，彷彿要我批准。「地板也可以吧，對不對？」

我整個臉都在刺痛。他竟然把我拖下水，竟然跟整個沙灘上的人說我們要在地板上做愛。

「安得魯！」那太太轉頭對她先生說。「你說話啊！」

他先是皺眉，沒有回答，然後才抬起頭。
「五百英鎊，一毛都不能少。」
「什麼？」現在換他太太爆炸了。「你在開玩笑嗎？安得魯！這是我們的房間、我們的蜜月，怎麼可以讓一對陌生人去我們房間裡做……做愛。」她抓起放在她老公躺椅上的房卡，塞進泳衣裡。「變態！」她惡狠狠地瞪著班。「你跟你老婆都有病。」
很好，沙灘上的人全都轉頭在看我們。
「算了。」過了許久班才說。「感謝。」
班朝我走回來時，一名穿著緊身泳褲，身材高大、渾身毛髮的男子從鄰近的躺椅上跳起來，拍拍班的肩膀。我從這就能聞到他身上的古龍水味。
「嘿。」他帶著濃厚的俄羅斯口音說。「我有房間。」
「真的嗎？」班充滿興趣地回頭。
「你，我，你太太，我的新妻子娜塔雅，一起玩？」
班先頓了一下，接著轉頭對我挑眉。我有點震驚地回望。他真的是在問我？我猛搖頭，用口形示意，不要，不要，不要。
「這次不行。」班聽起來好像真的很遺憾。「下次吧。」
「沒關係。」俄羅斯先生拍拍他的肩膀。班走回他的躺椅，躺下來，不滿地瞪著大海。
「可惜了我的好點子，討厭的冷感老太婆。」
我靠過去，用力戳他胸口。「剛才是怎樣？你真的打算答應那個俄羅斯人嗎？」

「至少有個地方去。」

有個地方去？我不可置信地瞪著他，直到他抬頭。

「怎樣？」他反駁。「至少有個地方去啊。」

「很抱歉，我可不想跟一隻大猩猩和橡膠隆乳女人共度新婚之夜。」我諷刺地說。「很抱歉，壞了你的興致。」

「你看過對吧？」

「不是橡膠。」班說。

「是矽膠。」

我忍不住笑出來。班正靈巧地在我們的陽傘上披毛巾。他在幹嘛？

「多一點隱私。」他眨眼，接著擠上我的躺椅，像八爪章魚一樣對我上下其手。「天啊，妳好辣。妳比基尼的胯下有沒有開口？」

他在開玩笑嗎？

說真的，胯下有開口的比基尼好像會很方便。

「有這種東西嗎——」我突然發現有兩個小孩子好奇地看著我們。「住手！」我噓他，把他的手從比基尼內褲裡抓出來。「我不要在躺椅上做！這樣會被逮捕！」

「夫人，來杯刨冰嗎？檸檬口味的好不好？」我們倆同時嚇一大跳。荷姆斯探頭鑽進毛巾簾裡，托盤上擺著兩個司康餅，我想我可能還沒離開這家飯店就會心臟病發。

我們倆默默地坐在那裡吃刨冰，聽著周遭低聲談天和海浪拍打著沙灘的聲音。

「聽我說。」過了許久我開口。「現在情況是很糟糕，可是我們也不能怎麼辦。如果不想氣沖沖地坐在這裡吵架就去找事情做，等房間弄好。」

「譬如什麼？」

「有趣的度假活動啊！」我努力裝出樂觀的口氣。「打網球、航海、划獨木舟、打桌球，看他們有什麼活動都可以。」

「聽起來真吸引人。」班悶悶不樂地說。

「先去走一走好了，看有什麼活動。」

我只想離開這個沙灘，因為大家都一直轉頭看我們，躲在書報雜誌後面交頭接耳。那個俄羅斯來的傢伙一直對我使眼色。

班把刨冰吃完，靠過來親我，冰涼的雙唇帶著可口的鹹檸檬味，撬開我的雙唇。

「不行啦！」我說。他的手直接落在我的比基尼內衣上。「住手。」我用力拉開他的手。「這樣太難了，在我們房間準備好前都不可以碰我。」

「不可以碰妳？」他不可置信地說。

「不可以碰我。」我堅決地點點頭，推他的肩膀。「走吧，我們去飯店走一走，看有什麼活動，好嗎？」

我等班站起來，穿上夾腳拖。喬治歐司走出飯店，正朝我們走過來，手上端著的銀托盤裡，真的有一杯柳橙汁和一盤咖啡色的M&M巧克力豆。

「夫人。」

「哇！」我一口氣把柳橙汁喝光，拿幾顆巧克力豆起來啃。「真好。」
「我們房間好了嗎？」班急忙問。「應該好了吧？」
「據我所知還沒有。」喬治歐司嚴肅地表情更加沉重了。「火災警報器有點問題。」
「火災警報器？」班狐疑地重複他的話。「什麼叫做火災警報器有點問題？」
「搬動床鋪的過程中撞到警報器。很遺憾，我們必須先修理好，才能讓兩位回房間。這是為了您的安全著想。先生，我深感抱歉。」
班雙手抱頭，他看起來好氣，我有點害怕。
「那還要多久？」
喬治歐司攤開雙手。「先生，我也很想——」
「你不知道！」班焦躁地打斷他的話。「你當然不知道！你怎麼會知道呢？」
我很擔心他會突然爆發，動手打喬治歐司。
「總之，」我連忙插嘴說，「沒關係，我們自己去找事情做。」
「夫人。」喬治歐司點點頭。「我可以如何協助您？」
班怒瞪他。「你可以——」
「再幫我倒杯果汁，麻煩你！」我尖聲說，以免班說出什麼不好聽的話。「還有一些……一些……」我遲疑。什麼果汁最花時間？「甜菜汁。」
喬治歐司平靜的臉上抖了一下，我猜他可能看穿了我的詭計。
「是的，夫人。」

「很好！待會見。」我們沿著一條小路前進，白色的牆壁上開滿九重葛，陽光灑在我們身上，周遭十分安靜。我知道喬治歐司跟在我們後面走著，不過我不要跟他講話，不然他永遠也不走。

「沙灘酒吧往這邊。」我們經過路標時，班說，「可以去看看。」

「沙灘酒吧？」我冷冷看他一眼。「經過昨天晚上的事還要去嗎？」

「喝杯醒酒的飲料或沒有酒精的血腥瑪莉，隨便。」

「好。」我聳肩。「很快喝一杯也好。」

沙灘酒吧很大，圓形的空間很陰涼，低聲播放曼陀林琴的演奏。班迅速坐上酒吧的高腳椅。

「歡迎！」酒保滿臉笑容地迎接我們。「恭喜兩位新婚愉快。」他把經過護貝的酒單遞給我們就走了。

「他怎麼知道我們剛結婚？」班狐疑地瞇起眼睛瞪著他。

「大概是看到我們亮晶晶的結婚戒指吧？要喝什麼？」我開始看酒單，但班卻若有所思。

「那個討厭的女人。」他咕噥著。「現在都上他們的床了。」

「警報器應該很快就修好了。」我隨口說。

「我們在度他媽的蜜月。」

「我知道。」我安撫他。「來啦，喝杯飲料，好好喝一杯。」坦白說，我很想喝。

「你說你們在度蜜月？」吧臺對面一名金髮女子對我們說。

她穿著橘色的泡泡袖罩衫和珠寶綴飾的高跟涼鞋。「當然了！這裡每個人都是來度蜜月的。你們什麼時候結的婚？」

「昨天，昨晚剛到。」

「我們是上週六！在曼徹斯特的聖三一大教堂舉行。我的禮服是Phillipa Lepley設計的婚紗，宴請一百二十名賓客，吃自助餐，晚上辦舞會，還有樂團伴奏，另外有五十名賓客加入。」她用期盼的眼神看著我們。

「我們的……規模比較小。」我頓了一下才說。「小非常多，但很美。」

比妳的好，我心裡想。我轉頭看班尋求支援，可是他已經轉身去跟酒保講話。

這是我第一次發現班和理查有共同的特質——對陌生人非常不友善而且有偏見。有好多次我跟很有趣、很好玩的人聊起來，理查卻完全不肯加入。像那次我們在格林威治遇到一名好有趣的婦人，他卻直接拒絕讓我介紹他們認識。好吧，沒錯，後來我發現她怪怪的，要我投資一萬英鎊買船屋，可是他事前又不知道，對不對？

「借我看妳的戒指？」那女孩把手伸出來。我發現她的指甲油和衣服一樣都是橘色。這表示她所有的罩衫都是橘色的，還是她每天晚上換指甲油顏色？「對了，我是梅莉莎。」

「好美！」我也跟著伸出左手。白金指環在陽光下閃耀，上面鑲嵌著鑽石，真的很漂亮。

「好漂亮！」梅莉莎挑起眉毛，讚嘆地說。「戴上結婚戒指的感覺很棒對不對？」她靠過來低聲對我說，「有時我看到鏡中自己手上的戒指還會想，天啊！我結婚了！」

「我也是！」我突然發現自己好懷念這種女生之間的對話。這就是急著結婚，沒有家人或伴娘在身邊的缺點。「而且被稱為『太太』的感覺好奇怪！」我說。「派爾太太。」

「我是福肯納太太。」她開心地說。「我好喜歡福肯納這個名字。」

「我也喜歡派爾。」我微笑。

「妳知道這個地方被稱為蜜月度假勝地嗎？有很多名人來什麼的。我們的套房好讚！然後我們明天晚上要在島上再許一次結婚誓言，那個島就叫愛情島。」

她指著海邊遠處的木頭長堤，末端有個擴建的平臺，已經架起白色薄紗帳篷。

「之後有雞尾酒派對。」她又說。「一起來啊！你們也可以再結一次婚！」

「這麼快？」

我不是故意沒禮貌，可是我從來沒聽過這麼奇怪的事。我昨天才結婚，幹嘛要再結一次？

「我們決定每年都要再結一次婚。」梅莉莎沾沾自喜地說。「明年要去模里西斯。我已經看好我要穿哪一件禮服了！上個月《新娘》雜誌的第五十四頁Vera Wang那件，妳有看到嗎？」我還來不及回答，她的手機就響了。「不好意思等我一下……喂，馬特？你在幹嘛？我在酒吧！我們不是說好了嗎？酒吧……不對，不是spa，是酒吧！」

她不耐地呼氣，把手機收好，然後又對我微笑。「那你們兩個下午一定要來參加夫妻默契大考驗。」

「什麼夫妻默契大考驗？」我茫然地說。

「就跟那個電視節目一樣，回答跟你另一半有關的問題，最了解彼此的夫妻就贏了。」她指著旁邊的海報，上面寫著：

今天下午四點：夫妻默契大考驗。地點：沙灘。大獎等你來拿！免費報名！！

「大家都報名了。」她說，一邊用吸管喝飲料。「這邊有好多為新婚夫妻辦的活動，全都是一些行銷手法。」她故作輕鬆地把頭髮往後撥。「說真的，結婚又不是在比賽。」

我差點笑出來。說的真好聽，她明明就很想贏，全寫在她臉上了。

「要來參加嗎？」她從Gucci墨鏡上方看著我說。「來嘛！一定很好玩！」

她說得沒錯。坦白說，不然我們還能做什麼？

「好啊，我們報名。」

「葉尼！」梅莉莎對酒保大喊。「我又幫你找到一對夫妻參加默契大考驗了。」

「什麼事？」班皺眉轉頭問我。

「我們要去參加比賽。」我告訴他。「不是說好報名第一個看到的活動嗎？這個就是。」

葉尼拿兩張傳單給我和班，還有一瓶酒和兩只玻璃杯，應該是班點的。原本坐在吧臺椅上的梅莉莎站了起來，又在講電話，這次聽起來比之前更生氣。

「沙灘上的酒吧，不是大廳的酒吧。沙灘上！……好，你留在原地，我去找你……待會見。」最後一句是對我們說的。她說完就像一陣橘色旋風，踉蹌地離開了。

她走之後，我和班都默默地研究情人問答的傳單：展現你們的愛！證明你們確實是情人！

我的好勝心湧起。倒不是我需要證明什麼，因為我知道這個度假村裡沒有人比我和班更有默契、更了解彼此。光是看看他們，再看看我們就知道。

「我們輸定了。」班笑著說。

輸？

「我們才不會輸！」我驚訝地看著他。「為什麼這麼說？」

「因為這需要知道對方很多事。」班說，好像這已經很明顯。「可是我們並沒有。」

「我們知道對方很多事！」我反駁。「我們十八歲就認識了！告訴你，我們贏定了。」

班挑眉。「好吧。他們都問些什麼問題？」

「我不知道，從來沒看過那節目。」我突然想到。「費莉絲有那種桌上遊戲，我打給她。」

14

費莉絲

我們正在希斯羅機場等著登機時，手機響起。我還來不及伸手，諾亞已經從我皮包側袋裡拿出手機看螢幕。

「是洛蒂阿姨！」他一臉興奮地說。「我可以說我們要給她一個驚喜，跟她一起度假嗎？」

「不行！」我把手機搶過來。「坐下，看你的貼紙簿，貼恐龍那頁。」我按下接聽，刻意離開諾亞幾步，努力保持平靜。「嗨，洛蒂！」

「終於找到妳了！我一直在找妳！妳去哪了？」

「嗯……沒有去哪啊。」我強迫自己先停頓，才又輕描淡寫地加上一句，「房間好了嗎？床好了沒？一切還順利嗎？」

據尼可說她現在還是沒房間，不過我也知道班在海灘上出錢跟其他房客借房間。這個奸詐的傢伙。

「喔，房間喔。」洛蒂聽起來好鬱悶。「鬧劇一場，我們已經放棄了，決定好好享受今天。」

「很好，明智的規劃。」我微微鬆一口氣。「那邊還好嗎？太陽大不大？」

「熱死了。」洛蒂似乎別有心事。「對了，費莉絲，妳記得夫妻默契大考驗那個遊戲嗎？」

我皺眉。「妳是說那個電視節目嗎？」

「對，妳不是有那種桌遊？裡面都問些什麼問題？」

「幹嘛？」我疑惑地問。

「我們要去參加夫妻默契大考驗。問題會不會很難？」

「很難？不會啦！只是好玩而已，都很無聊，就是一些夫妻都會知道的基本資料。」

「問我幾個。」洛蒂聽起來有點不安。「我練習一下。」

「喔，好吧。」我想了一下。「班都用什麼牙膏？」

「不知道。」她想了一下才說。

「他媽媽叫什麼名字？」

「不知道。」

「他最喜歡吃妳做的哪一道菜？」

這次停更久。「不知道。」過了許久她才說。「我從來沒做菜給他吃過。」

「如果要去劇院，他會選莎士比亞戲劇、現代戲劇還是音樂劇？」

「我不知道！」洛蒂哀嚎。「我從來沒跟他去過劇院。班說的沒錯！我們輸定了！」

她瘋了嗎？他們一定輸的。

「妳覺得班知道這些關於妳的事情嗎？」我淡淡地說。

「當然不知道！我們什麼都不知道！」

「對。那……」

「我不想輸。」她惡狠狠地低聲說。「這裡有個怪獸新娘，她一直在炫耀她的婚禮。如果我不了解我老公，他也不了解我……」

那或許你們根本就不該結婚！我好想大喊。

「也許你們可以……談一談？」我最後建議。

「對！對，就是這樣。」洛蒂說，好像我破解了什麼高深的密碼。「全背起來！一串我需要知道的事情。」她聽起來好堅決。「牙膏、媽媽的名字、最愛吃的菜……妳可以把問題傳給我嗎？」

「不行。」我堅決地拒絕。「洛蒂，我很忙。妳參加這幹嘛？為什麼不是好好躺在沙灘上？」

「我被說服報名參加，但可不能現在退出，不然看起來會像不幸福的夫妻。費莉絲，這地方好誇張，簡直就是蜜月中心。」

我聳肩。「妳去之前不就知道了？」

「我知道……」她遲疑。「可是我沒想到會這麼嚴重，到處都是沉醉愛河的情侶，沒走兩步就有人說『恭喜』或往妳身上丟彩紙屑。那個怪獸新娘還要再結一次婚，妳相信嗎？還打算說服我跟她一起。」

有一瞬間我忘了自己在哪裡、處於什麼情況，只顧著和洛蒂聊天。

「聽起來好像噱頭。」

「有一點。」

「那就不要去參加。」

「我要去。」她聽起來好堅決。「我才不要現在退出！所以我要知道班唸哪一所高中之類的事情嗎？嗜好呢？」

我的不滿在那瞬間再度浮現。真荒謬，這就像為了騙移民官而死記硬背的一些資訊，我很想把這些話說出來。

可是，更深層的直覺同時告訴我，千萬不要在電話講，因為最後我們只會大吵一架，她掛上電話，然後叫班馬上讓她懷孕；說不定就在沙灘上、在所有人面前，只為了向我證明。

不行。我要直接去那裡，假裝給她一個驚喜；實則評估情勢、卸下她的心防，然後再把她拖到旁邊談談，開誠佈公地談、持續不斷地長談，在她真正看清楚整個情況之前都不讓她離開。

這個夫妻默契大考驗正中我下懷，她將在眾目睽睽之下落敗，到時時機成熟，正好讓她聽見理性的聲音。

機場正在廣播登機。洛蒂馬上質問，「那是什麼？妳在哪裡？」

「火車站。」我隨便說。「該走了。加油！」

我關上手機，轉頭找諾亞。他原本坐在兩尺外的塑膠椅，現在卻跑去櫃臺跟地勤小姐聊天，她蹲下來認真地聽他說話。

「諾亞！」我大喊，兩人轉頭。地勤舉手示意，起身把諾亞帶回來找我。她身材豐滿，小麥色的肌膚，大大的藍眼睛，頭髮盤在腦後。她朝我走過來時，我聞到一絲香水味。

「抱歉。」我微笑。「諾亞，好好待著，不要亂跑。」

地勤專注地看著我。我伸手遮住嘴巴，正在想我是不是嘴唇上有餅乾屑？

「我只想說，」她匆匆說，「聽到妳兒子受到的折磨，我覺得你們好勇敢。」

我一下子不知道怎麼回答。諾亞到底說了什麼？

「然後我覺得應該頒獎表揚那位救護員。」她聲音顫抖地說。

我怒瞪諾亞，他卻平靜地看著我。我該怎麼辦？如果我說我兒子有愛幻想的毛病，大家都會顯得很蠢，也許假裝沒事比較簡單，反正馬上就登機了，不會再遇到她。

「沒什麼啦。」我最後說。「非常感謝妳——」

「沒什麼？」她不可置信地重複我的話。「太驚心動魄了！」

「呃……對。」我勉強說。「諾亞，我們去買水。」

我連忙把他帶到附近的飲料販賣機，不想再繼續這樣的對話。一到地勤聽不到的地方我就說，「諾亞，你到底跟那位小姐說了些什麼？」

「我說等我長大想參加奧運。」他馬上回答。「參加跳遠比賽，就像這樣。」他放開我的手，在機場地毯上跳躍。「我可以參加奧運嗎？」

我放棄。下次有機會再好好談，現在不行。

「當然可以。」我撥弄他的頭髮。「可是不可以再跟陌生人聊天了，你明明知道不行。」

「她不是陌生人。」他的說法很合理。「她有名牌，我知道她的名字，叫雪若。」

七歲小孩的邏輯有時很難打敗。我們回到座位，要他乖乖坐在我旁邊。

「看你的貼紙簿，不准動。」我拿出黑莓機，迅速回完幾封信，同意做北極圈度假增刊後，停下來，皺著眉。有個東西引起我的注意：前面報紙上露出一撮黑髮，瘦長的手指正在翻頁。

不可能。

我一直盯著他看，直到他又翻頁，我終於瞄到他的顴骨為止。是他沒錯，拎著小旅行包，坐在五尺外。他天殺的在這裡幹嘛？

不要告訴我，他也有同樣的打算。

看到他一副沉著冷靜的模樣翻著報紙，我開始怒火中燒。這全都是他的錯！我的生活被打亂、我兒子開學就請假、我煩惱了一整個晚上，全都是因為他沒辦法閉上他的大嘴巴！這一切都是因為他的莽撞造成的，結果他現在竟然悠閒自在地坐在這裡，好像要去度假。

他手機響起，放下報紙接電話。

「好。」我聽到他說。「我會，我們會討論這些問題。對，我知道時間緊迫。」他臉上浮現焦躁的神色。「對，我知道這不是最理想的狀態。情況很棘手，但我會盡力，好嗎？」他停下來聽對方說。「不，我覺得不用，需要知道的人知道就好，以免謠言亂傳……好，好。等我到了再跟你說。」

他把手機收好，繼續看報紙。我看著他，心裡愈來愈不平。很好，放輕鬆，開開玩笑，好好享受，有何不可？

我很用力瞪著他，感覺他的報紙都快燒出洞了。一名坐在他旁邊的老太太注意到我兇狠的目光，不安地看著我。我趕快對她微笑表示我不是在對她生氣，不過看到我微笑她似乎更緊張。

「不好意思。」她說。「有……有什麼問題嗎？」

「問題？」羅肯轉頭，誤以為是對他說。「沒有，沒什麼問題——」

他看到我，嚇了一跳。「喔，嗨。」

我等著他來向我虛情假意、卑躬屈膝地道歉，可是他似乎覺得這樣打招呼就夠了？他深色的眼眸望著我，我突然閃過那天晚上唇與肌膚交纏的模糊影像，他呼出的熱氣噴在我脖子上，我的手抓著他的頭髮。我臉頰飛紅，更加憤恨地瞪著他。

「嗨？」我說。「你就只說得出『嗨』嗎？」

「我猜我們要去同一個地方？」他放下報紙，身子前傾，表情變得非常認真。

「妳有跟他們聯絡嗎？我有急事要找班，有份文件需要他簽名，他要在飯店等我。可是他不接我電話，他在躲我，躲避一切。」

我看著他，不敢相信他只關心什麼商業交易。他最要好的朋友一時衝動做了蠢事，娶了我妹妹，這一切全是他造成的，可是他竟然不關心？

「我只有跟洛蒂聯絡，沒有跟班。」

「喔。」他皺眉，繼續看他的報紙。他怎麼看得下去？我非常非常生氣，這一切混亂都是他造成的，他竟然還可以專心看運動版。

「妳還好嗎？」他看看我。「妳好像……一直在看什麼。」

我怒火中燒，頭皮發麻，雙拳緊握。「真有趣，不，我一點都不好。」我勉強說。

「喔。」他又繼續看報紙，我理智瞬間斷線。

「不要看了！」我跳起來，還沒有完全意識到自己的行為時，已經把報紙從他手上搶走，「不要再看了！」我氣憤地把報紙揉成一團丟到地上，大口喘著氣，雙頰滾燙。

羅肯看著地上的報紙，顯然很困惑。

「媽咪！」諾亞驚呼。「妳亂丟垃圾！」

其他乘客全都轉頭看我。很好，現在羅肯也跟著抬頭看我，濃眉緊皺，彷彿我是什麼難解的謎題。

「怎麼了？」過了許久他說。「妳在生氣嗎？」

他是在開玩笑嗎？

「對！」我爆發。「我是有一點生氣，我把班和我妹妹的問題都處理好之後，你卻闖進來破壞！」

從他表情看得出他慢慢明白了。「所以妳是在怪我？」

「當然怪你！如果你沒亂講話，他們也不會結婚！」

「不是這樣。」他固執地搖搖頭。「錯了！班已經下定決心。」

「洛蒂說是因為你。」

「洛蒂搞錯了。」

他就是不肯退讓是嗎？混帳。

「我只知道，我把問題處理好了。」我冷冷地說。「都解決了，然後卻變成這樣。」

「妳以為妳處理好了。」他糾正我。「妳以為妳解決了。如果妳跟我一樣了解班，妳就會知道他沒有定性。原本說好的事情可以不算數，例如說好要簽緊急、重要的文件卻沒簽。」他突然惱怒地說。「就算緊盯著他也沒用，他還是會溜走。」

「所以你才會在這裡？」我看著他的公事包。「為了這些文件？」

「如果穆罕默德不肯去就山[11]，山只好取消所有的事情搭飛機去找他。」他手機傳出簡訊的嗶聲。他看了看，開始回覆。「如果可以跟班談談就好了。」他邊輸入邊說。「妳知道他們在做什麼嗎？」

「夫妻默契大考驗。」我回答。

他一臉困惑，又打了幾個字。我緩緩坐下。諾亞已經坐在地上把羅肯的報紙做成帽子。

「諾亞，不要這樣。」我無力地說。「我兒子。」我對羅肯說。

「嗨。」羅肯對諾亞說。「帽子很好看。對了，妳來這裡做什麼？加入恩愛夫妻檔？他們知道嗎？」

我措手不及，不知道怎麼回答，只好喝口水，趁機努力思考。

「洛蒂找我去的。」我騙他。「可是我不確定班知不知道，所以不要說你有看到我，好嗎？」

「好。」他聳肩。「度蜜月找姐姐一起去有點奇怪。她不是玩得很開心嗎？」

「對，他們正打算再舉行一次婚禮。」我靈機一動。「洛蒂要我當見證人。」

「拜託。」羅肯皺眉。「什麼爛主意？」

他的口氣好輕蔑，我被激怒了。

11. 出自回教先知穆罕默德的名言：「山不過來，我們就過去吧！」

「我覺得這個主意很棒。」我反駁。「洛蒂一直想在海邊舉行婚禮，她很浪漫。」

「我相信。」羅肯點點頭，彷彿在想什麼，接著又抬起頭，面無表情地說。「那小馬呢？她有要騎小馬嗎？」

小馬？我茫然的看著他，怎麼會提到——

兩匹一模一樣的小馬。很好，所以他昨天早上確實聽到我講那句話。我脹紅著臉，瞬間失去理智。

不過我很快決定，處理這種事最好的方式就是直接講開。我們都是大人了，可以直接面對解決尷尬的情況，沒錯。

「嗯，」我清喉嚨。「關於昨天早上。」

「是？」他假裝好奇地往前傾。就是不要讓我好過，是嗎？

「我不知道你到底……」重講一次。「你進來時，我正在跟我妹妹講電話。你只聽到一部份，可能會斷章取義。你可能已經忘記我說了什麼。假如你沒有忘記，我不希望你有……任何的誤會。」

他沒有理我，拿出筆記本寫字，真沒禮貌。不過，至少這表示我解脫了。我把水拿給諾亞。他正專心做他的報紙帽，漫不經心地喝了幾口。羅肯拍拍我的肩膀，我抬起頭。他的筆記本上寫了幾行字。

「我的記憶力算不錯。」他客氣地說。「不過如果有寫錯，歡迎指正。」

我看著他寫的東西，驚訝到下巴快掉下來。

很小。真的很小，整個晚上都好難熬，我還得裝出開心的模樣，然後……沒有，很慘，之後也沒有好多少。光用想的就覺得噁心。我快吐了，如果我吐了，羅肯絕對不會愛上我，我們也絕對不會一起結婚，一起騎兩匹小馬進禮堂。

「聽著，」我滿臉通紅，勉強說。「我不是……那個意思。」

「哪一部份？」他挑眉。

混蛋。他覺得這很好笑嗎？

「你明明就知道。」我冷冷地說。「這些話被斷章取義，我沒有那個意思……」我話沒說完，注意力被一旁的吵鬧聲吸引。聲音來自櫃臺，兩名空姐正在勸一名穿著休閒衣褲的男子。男子正在努力地把行李箱塞進手提行李的檢查裝置，同時憤怒地高聲回應，聽起來是熟悉的聲音。

他轉頭，我小聲驚呼。沒錯，是理查！

「先生，這個箱子明顯太大了，不能上機。」一名航空公司地勤正在努力解釋。「現在托運也來不及了。還是您搭下一班好了？」

「下一班？」理查爆怒的口吻像是備受折磨十分痛苦的動物。「這個他媽的鬼地方沒有下一班了！一天只有一班飛機！這是什麼爛服務？」

「先生——」

「我一定要搭這班飛機。」

「可是——」

我驚訝地看著理查拱起身子，雙手撐在櫃臺上，雙眼直視航空公司地勤。

「我愛的女人嫁給別的男人。」他激動地說。「而我晚了一步，這點我永遠無法原諒自己！可是至少要告訴她我真正的感受，但我從來沒有，沒有好好地跟她表達過，因為連我自己都不知道我有這種感覺。」

我目瞪口呆地看著他。這是理查嗎？他怎麼會在大庭廣眾之下說愛的宣言？如果洛蒂看到就好了！她一定會很感動。但是，航空公司的女地勤不為所動；染黑的頭髮束成古板的髮髻，臉色蒼白，有一雙冷酷的小眼睛。

「話雖如此，」她說，「您的行李箱還是太大，麻煩您退一步離開櫃臺好嗎？」

討厭的女人！我看過很多人的手提行李更大。我知道我應該出面跟理查說我也在這，可是心裡深處很想看看接下來他會怎麼做？

「好，那我不要行李箱了！」理查瞪著她，退回地面，用力打開行李箱，拿出幾件T恤、盥洗包、一雙襪子、幾件內褲，把箱子踢到一邊。

「好了，這是我的手提行李。」他對女地勤揮舞手上的東西。「滿意了嗎？」

女地勤平和地看著他。「先生，您不能把行李箱留在這裡。」

「好。」他用力關上箱子，丟進垃圾桶。「好了。」

「先生，您也不能把行李箱留在那裡，這是安全問題，我們不知道裡面有什麼東西。」

「妳知道。」

「不，我們不知道。」

「妳剛看著我拿東西出來。」

「話雖如此……」

全場都在看他們的對話。理查呼吸急促，肩膀拱起，我又想到準備攻擊的公牛。

「理查叔叔！」諾亞突然注意到他。「你要跟我們一起去度假嗎？」

理查嚇一大跳。他先看到諾亞，然後又看到我。

「費莉絲？」一件內褲掉到地上，他彎腰撿起，看起來沒那麼像公牛了。「你們怎麼會在這裡？」

「嗨！」我假裝若無其事。「我們要去找洛蒂。你怎麼——呃——」我張開雙手表示疑惑。「到底——」

我當然知道他要做什麼，現場每個人都知道。可是我更想知道細節，他有什麼計劃？

「我不能就這樣坐視不管。」他氣沖沖地說。「我不能就這樣失去她，就這樣離開，不告訴她我真正——」他話沒說完，表情好激動。「我當時應該求婚的。」他突然說。「我應該珍惜我擁有的東西！我應該求婚的！」

他的大聲悲鳴響徹寂靜的空氣，大家都看呆了。坦白說，我也是。我從來沒看過理查這麼激動。洛蒂有看過嗎？

真可惜沒用黑莓機把這段錄起來。

「先生，麻煩您把行李箱從垃圾桶移走。」女地勤對理查說。「這會引發安全警報。」

「那已經不是我的了。」他反駁，一邊揮著手中的內褲。「我的手提行李在這。」女地勤臉色一沉。「你要我呼叫警衛，破壞你的行李箱，然後造成班機延誤六小時嗎？」

我不是唯一驚呼的人。原本細碎的抗議聲浪逐漸擴大為尖銳的指控。我猜理查現在可能很不受歡迎，其他乘客可能很快就會開始噓他。

「理查叔叔，你要跟我們一起去度假嗎？」諾亞興高采烈地說。「我們可以玩摔角嗎？上飛機我可不可以跟你坐一起？」他抱住理查的大腿。

「小朋友，可能沒辦法了。」理查苦笑。「除非你能說服這位小姐。」

「這是你叔叔？」諾亞的地勤朋友雪若突然說。她原本站在隔壁櫃臺，眼神空洞地看著情勢發展。「就是你說的那個叔叔嗎？」

「這位就是理查叔叔。」諾亞開心地說。

早知道就不要讓他養成稱呼理查「叔叔」的習慣，我心想。有年耶誕節他開始這麼叫，一開始我們只覺得很可愛，但沒料到他們會分手，一直以為理查會成為我們家的一份子，誰知道——

我突然發現雪若似乎激動地喘不過氣。

「瑪歌！」最後她終於擠出一句。「妳一定要讓這位先生搭飛機！他好厲害！救了他外甥一命！」

「什麼？」瑪歌沉著臉。

「啊？」理查張大嘴巴看著雪若。

「不用這麼客氣！你外甥都告訴我了！」雪若顫抖地說。「瑪歌，妳不知道，他們一家人經歷了好多事。」她從櫃臺後面走出來。「先生，請把您的登機證給我。」

我看得出來理查腦袋充滿質疑。他狐疑地看看諾亞又看看我。我一臉焦慮，想傳達「照著做就對了」的訊息。

「妳也是。」雪若轉頭激動地對我說。「這位小朋友經歷的種種折磨對你們一定造成很大的衝擊。」

「我們盡量把握每一天。」我含糊地低聲說。

她聽了似乎很滿意，轉身離開。理查手上還抓著內褲，一臉驚愕。我不打算解釋了。

「嗯，你要坐下嗎？」我說。「我去買杯咖啡什麼的？」

「妳為什麼要去找洛蒂？」他沒有移動。「有什麼問題嗎？」

我有點猶豫該怎麼回答。一方面不想給他錯誤的期待，另一方面，我或許可以暗示愛情天堂裡並不是一切都很完美？

「他們不是要再舉行一次婚禮嗎？」羅肯邊看報紙邊說。

「他是誰？」理查立刻起疑心。「你是誰？」

「喔。」我尷尬地說。「嗯，理查，這位是羅肯，班的伴郎，或好友，隨便。他也要去那裡。」

理查馬上全身僵硬，又擺出公牛般的姿態。

「原來如此。」他點點頭。「我明白了。」

我不認為他有明白，可是他好緊繃，我不敢插嘴。他雙拳緊握，擺好架式對著羅肯。

「您是？」羅肯禮貌的地問。

「我是那個放她走的白癡！」理查突然很激動。「我看不見她為我們勾勒的願景，以為她只是愛幻想，可是我現在也看得見她的夢想、她的願景，那些我都想要。」

附近所有的女性都在全神貫注地聽他說。他從哪學會講這些話的？洛蒂一定會很愛夢想那一段。我笨拙地按著黑莓機，想偷偷把他的話錄下來，可惜動作太慢。

「妳在做什麼？」

「沒什麼？」我迅速放下手機。

「天啊，這也許是個爛主意。」理查似乎突然清醒，看到自己手上拿著內褲站在登機大廳，旁邊還有一群乘客當觀眾。「算了，我退出。」

「不行！」我連忙說。「不要退出！」

如果洛蒂剛才看到理查的所作所為，如果她知道他真正的感覺，她一定會清醒，我知道她一定會。

「我這是在騙誰？」他沮喪地說。「太遲了，他們已經結婚了。」

「還沒！」我脫口而出。

「什麼？」理查和羅肯都瞪著我，很多好奇的面孔也跟著靠過來聽。

「我的意思是他們還沒……還沒圓房。」我壓低音量。「理論上這表示依然可以宣告婚姻無效，這段婚姻從來不曾存在過。」

「真的嗎？」理查臉上浮現一絲希望。

「為什麼他們還沒圓房？」羅肯質疑。「還有，妳怎麼知道？」

「她是我妹妹，她什麼都告訴我。至於為什麼……」我清喉嚨，含糊地說。「他們運氣不好，飯店把床弄壞了、班喝得爛醉之類的事情。」

「我不想聽。」羅肯開始把文件收進公事包。

理查沒說話。他眉頭緊蹙，似乎在消化這些資訊，最後洩氣地在我旁邊的椅子上坐下，粗暴把他的內褲揉成一團。我看著他，還是不太相信他竟然會在這裡。

「理查。」過了許久我才說。「你知道什麼叫『大勢已去』嗎？你比較像是『大勢現在才來』。飛越半個地球、衝到機場、在眾目睽睽下做浪漫的宣言。這些事你為什麼之前不做呢？」

理查沒有回答問題，只是鬱悶地看著我。「妳覺得我太遲了嗎？」

這個問題我不想回答。

「我只是做個比喻，沒有那個意思。」我頓了一下才說。「走吧。」我拍拍他的肩膀表示安慰。「該登機了。」

飛機起飛半小時後，理查到前面來找我。我和諾亞坐商務艙，位置是靠窗三個一排。我把諾亞抱到腿上，理查在我旁邊坐下。

「妳覺得那個班有多高？」他開門見山直接問。

「不知道，沒見過他。」

「可是妳有看過照片，妳覺得有……一七三嗎？一七五？」

「我不知道。」

「我猜一七五，絕對比我矮。」理查得意地說。

「那又不難。」我指出。理查至少有一八八。

「從來沒想過洛蒂會喜歡矮子。」

我無法回應，只好翻白眼，繼續看航空公司的雜誌。

「我有去查。」理查大力捏著嘔吐袋說。「他是億萬富翁，紙業公司老闆。」

「嗯，我知道。」

「我還有查他有沒有私人飛機，查不到。我猜有。」

「理查，不要再折磨你自己了。」我最後轉頭對他說。「這跟私人飛機無關，跟身高也沒有關係，沒有必要拿自己跟他做比較。」

理查默默地看了我幾秒，然後又接著說，「妳有看過他家的房子嗎？電視影集《海頓莊園》就是在那裡拍的。他是擁有鄉間大宅的億萬富翁。」好像根本沒聽到我剛才說的話，他皺著眉說，「王八蛋。」

「理查——」

「妳不覺得他很瘦小嗎？」他把嘔吐袋撕成條狀。「從來沒想過洛蒂會喜歡這麼瘦小的男人。」

「理查，停！」我不滿地大喊。如果他整趟航程都一直這樣唸，我會瘋掉。

「這位是我們的特別貴賓嗎？」有個甜美的聲音打斷我們，抬頭一看，有個綁辮子的空姐對我們露出燦爛的微笑，手上抱著一隻泰迪熊、航空公司的小錢包、幾支棒棒糖和一大盒金莎巧克力。「雪若跟我們講你的故事了。」她親切地對諾亞說。「我準備了一些特別的小禮物給你。」

「哇！謝謝！」我還來不及阻止他，諾亞就搶先收下禮物，驚呼，「媽咪，妳看！原來可以買到一大盒的金莎巧克力！」

「謝謝。」我尷尬地說。「真的很不好意思。」

「一點小意思！」空姐說。「這位就是那個知名的叔叔嗎？」她對理查眨眨眼，他卻茫然地皺眉看著她。

「我叔叔會講三種語言。」諾亞驕傲地說。「理查叔叔，講日文！」

「外科醫師兼語言學家？」空姐睜大眼睛。我趁理查還來不及反駁，先用手指用力戳他的手，我可不希望諾亞在眾目睽睽之下丟臉。

「沒錯！」我連忙說。「他多才多藝。真的很感謝妳。」我微笑看著空姐，直到她離開為止。她走之前還拍拍諾亞的頭。

「費莉絲，到底發生什麼事？」空姐一走理查馬上低聲抗議。

「可以給我一張信用卡放錢包嗎？」諾亞看著他的新錢包說。「可以給我美國運通卡嗎？裡面有紅利點數？」

天啊，他才七歲就知道有美國運通卡和紅利點數？真是太讓我尷尬了。這幾乎跟有次我們住進羅馬一家飯店，我才剛翻出零錢給小費時，諾亞已經要求換房間一樣。

我拿出 iPod 給諾亞，他高興地歡呼，戴上耳機。然後我才靠過去低聲對理查解釋。

「諾亞編故事告訴地勤人員。」我咬著嘴唇，有人分享的感覺好輕鬆。「他太會幻想了，在學校也是這樣。他跟一個老師說他接受心臟移植，又跟另一個老師說他有個代理孕母生的妹妹。」

「什麼？」理查驚訝地說。

「我知道。」

「這些點子到底都是哪來的？代理孕母生的妹妹，天啊。」

「特殊教育教室外面播放的光碟。」我苦著臉說。

「原來。」他想了想。「那他跟這群人講了些什麼？」他指著空姐說。

「不知道。只知道主角是你，你是外科醫師。」我看看他，兩人突然笑了出來。

「不好笑。」理查咬著嘴唇搖搖頭。「很糟糕。」

「可憐的小孩。」理查撥弄諾亞的頭髮。在聽 iPod 的諾亞短暫抬頭，臉上掛著快樂的笑容。

「老師認為是離婚的關係嗎？」

我嘴角的笑意消失。「很有可能，」我淡淡說。「也許是萬惡的上班族媽媽造成的。」

理查縮了一下。「對不起。」然後又說，「對了，手續還順利嗎？協議書簽了嗎？」

我正準備開口老實回答——又停了下來。我已經有太多次跟理查吃飯的時候提起丹尼爾的事情，看得出來他已經準備好聽我嚴詞譴責前夫。為什麼我以前沒發現其他人都是這樣，都等著聽我罵呢？

「還好。」我露出嶄新的甜美微笑。「沒事！不要談這件事。」

「好。」理查似乎有點驚訝。「好！那……有新的對象嗎？」他的音量似乎突然提高一倍，我嚇一跳。不自主地瞄了坐在另一邊窗戶的羅肯一眼。他正專心地看著筆記型電腦，似乎沒有聽見。

「沒有。」我說。「沒有人。」

我努力告訴自己不要看羅肯，連想都不要想，可是我眼神又不由自主地往他那邊飄去。理查順著我的目光看過去。

「什麼？」他驚訝地看看我。「他？」

「噓！」

「他？」

「不是！……對。」我好慌。「就那麼一次。」

「他？」理查聽起來好生氣。「可是他是敵對陣營的人！」

「哪有什麼陣營。」

理查瞇起眼，狐疑地看著羅肯。沒多久羅肯抬起頭，看到我們倆都在注視著他，似乎有點驚訝。我全身發燙，猛然把頭別開。

「不要看了！」我低聲說。「不要看他！」

「妳剛也在看。」理查說。

「還不是因為你在看！」

「費莉絲，妳好像很困擾。」

「才沒有。」我堅定地說。「我只是想成熟地處理成人之間的事——你又在看他了！」我猛戳他的手臂。「不要看了！」

「他到底是誰？」

「班的老友、律師，在他公司上班。」我聳肩。

「所以……你們之間有好感？」

「沒有，沒有好感，只是上床然後……」

「就下床了。」

「沒錯。」

「他看起來很風趣，」理查繼續嚴格地檢視羅肯。「這是反諷。」他頓了一下才又說。

「是。」我點頭。「聽得出來。」

羅肯再度抬頭，挑挑眉，接著解開安全帶，朝我們位置走過來。

「太好了。」我低聲說。「理查，感謝你。」

「嗨。」我甜甜地微笑抬頭看羅肯。「旅途愉快嗎？」

「我有重要的事情要跟妳說。」他深色的眼眸和我四目交接，我的心惶恐地跳著。

「好，可是這裡可能不太適合——」

「你們兩個都聽著。」他打斷我的話，同時也看著理查說，「我飛去伊克諾斯是有原因的，我有重要的業務要跟班討論，我需要他集中注意力。所以，如果你們打算對他大吼大叫、揍他一頓，或把他太太搶走，不管你們要幹嘛，我只有一個請求，請在我跟他開完會之後進行。到時你們要對他怎麼樣都可以。」

我的怒火馬上上來。

「你就是來說這些？」我抬高下巴。

「對。」

「你只關心你們公司，不在乎這段婚姻是你促成的？」

「我沒有促成這段婚姻。」他反擊。「公司的事情當然優先。」

「當然？」我挖苦地說。「公司比婚姻重要？這觀點真有趣。」

「現在是這樣沒錯，班也應該要這樣想。」

「不用擔心。」我翻白眼。「我們不打算揍他一頓。」

「我可能會。」理查握拳用力擊著掌心。「我可能會這麼做。」

坐在我隔壁的老太太一臉驚懼。「不好意思。」她急忙問羅肯，「你要不要跟我換位置，跟你朋友聊天？」

「不用了，謝謝。」我才開口，羅肯已經回答，「非常感謝。」

很好。一分鐘後，羅肯已經在我旁邊的位置坐下繫安全帶，我則專注地直視前方。光是感覺到他在我旁邊，我就起雞皮疙瘩。他鬍後水的味道讓我腦子裡一直閃過那晚的情景，這樣只是把情況變得更糟糕。

「好。」我簡短地說。只有一個字，可是我想應該成功地傳達了這個訊息：你全都錯了，從這段婚姻是誰造成的到我那天早上那段話的意思到你人生的優先順序。

「好。」他點頭回應，我猜他也有類似的意思。

「好。」我翻開報紙。從現在開始我都不要理他。

問題是，我三不五時就會忍不住瞄一下他的筆電，看到讓我好奇的句子。理查和諾亞正在一起聽iPod，諾亞一邊吃他的棒棒糖。除了這個自以為是又傲慢的敵對陣營的人之外，沒有其他人可以聊天。

「好吧，到底發生什麼事？」最後我終於忍不住，邊聳肩表示我並不是很有興趣。

「我們正在進行企業最佳化。」羅肯頓了一下才說。「擴展一部分業務、一部份進行再融資、把另一部份分割出去。這些都是必要手段。現在的製紙業——」

「一場惡夢。」我忍不住說。「紙價也影響我們。」

「對，你們雜誌也會受影響。」他點點頭。「那妳就知道了。」

我們又開始有連結了，不知道這是好事還是壞事，可是我就是忍不住。難得有個不是我主管、我員工、我小孩、我前夫也不是我發神經的妹妹的人可以說話。差別就在他不需要我付出什麼。他就心平氣和地坐在那裡，一副不關他事的模樣。

「我在網路上看到這個卡片系列是你開發的。」我說。「是嗎？」

「是我的點子。」他聳肩。「其他比我有才華的人做出設計。」
「我喜歡那個系列。」我坦承。「卡片很漂亮，但很貴。」
「可是妳還是買了。」他對我微微一笑。
「暫時。」我反擊。「等我找到其他更好的品牌為止。」
「說得好。」他苦著臉。我斜眼看他，這樣講是有點殘忍。
「你們公司經營真的有困難嗎？」我一開口就知道這個問題很蠢，現在每家公司經營都很困難。「真的有問題？」
「現在正處於一個關卡。」他呼氣。「情況很棘手。班的父親無預警過世之後，我們就一直停滯不前，現在必須做幾個大膽的決定。」他遲疑。「正確而大膽的決定。」
「嗯。」我想了一下。「你的意思是班要做出正確而大膽的決定。」
「妳反應很快。」
「他會嗎？你可以告訴我，我不會說出去。」我頓了一下，不知道要不要委婉。「你們快破產了嗎？」
「沒有！」看到他激烈的反應，我知道我戳到痛處了。「我們沒有快破產，公司有賺錢，可以賺更多錢。我們有品牌、有資源、有忠誠的員工……」他聽起來好像想說服一群不存在的觀眾。「可是很難，去年有人出價要買下我們公司。」
「這不是一種解決辦法嗎？」
「班的父親在九泉之下會不得安寧。」羅肯說。「因為對方是尤瑞・次那科夫。」

我挑眉。「哇！」尤瑞・次那科夫的名字大概每隔一兩天就會出現在報紙上，名字旁邊連著「億萬富翁」和「富商」之類的頭銜。

「他在電視上看到那座鄉間大宅，他太太很喜歡。」羅肯冷冷地說。「想要每年在那住幾個星期。」

「那不是很好嗎？」我說。「趁機變現，換點現金？」

一陣沉默。他望著筆電的螢幕保護程式，圖案剛好是那張我買過的卡片系列。

「班可能會賣掉。」過了許久他才說。「但是絕對別賣給次那科夫！」

「賣給他有什麼不好？」我笑著問他。「你是勢利鬼嗎？」

「我才不是！」羅肯大力反駁。「可是我很在乎這家公司。尤瑞・次那科夫那種人才不會對我們這種破壞他新宅景觀的小紙業公司有興趣。他到時會把公司關掉一半，把另一半遷到其他地方，然後毀了整個社區。如果班在那座大宅稍微住過一陣子就會明白——」他停下來，呼口氣。「還有，賣的價格也不好。」

「班有什麼想法？」

「班……」羅肯喝了一口礦泉水。「很可惜，班的想法很幼稚。他沒有他父親的商業頭腦，可是他覺得自己有，這很危險。」

我看了看他的公事包。「所以你想去那裡，在班改變心意之前，說服他同意所有的企業結構重整文件。」

羅肯沒有說話，輕輕地敲著手指。

「我希望他開始為自己繼承的事業負責。」過了許久他才說。「他不知道自己有多幸運。」

我喝了幾口香檳。有些部分聽起來很合理，有些不太合理。

「為什麼這對你這麼重要？」我問。「又不是你的公司。」

他眨眨眼。我猜我又戳到痛處了，只是他很小心地隱藏。

「班的父親是個很了不起的傢伙。」他最後說。「我希望達成他想看到的結果，其實可以。」他突然又很有活力。「班有創意又聰明，他可以是傑出的領導者，可是他不能再這樣瞎混，到處得罪人。」

我很想問班怎麼到處得罪人，但是我實在不好意思問這麼多。

「你以前不是在倫敦當律師嗎？」我的思緒轉向。

「我前東家富而德[12]到現在還很好奇我在哪上班。」他一臉笑意。「我辭職之後因為有合約條款限制，暫時不能去別家事務所，所以先去班的父親那裡待一陣子，那是四年前的事。現在還是有獵人頭公司打給我，不過我很滿意現在的工作。」

「你知道怎麼宣告婚姻無效嗎？」我忍不住脫口而出。

「婚姻無效？」他的眉毛挑得非常高。「我懂了。」他看著我，臉上揶揄的表情讓我差點笑出來。「葛來芙妮小姐，妳有個狡猾的腦袋。」

「我有個務實的腦袋。」我糾正他。

「所以他們還沒——」羅肯話沒說完。「發生什麼事？」

12. 英國前幾大的國際律師事務所。

我順著他的目光看過去。原本坐在我旁邊的老太太正緊抓著胸口，喘不過氣。一名青少年無助地四處張望，大喊：「有沒有醫生？這裡有沒有人是醫生？」

「我是家庭醫師。」一名身穿麻質夾克的銀髮男子匆匆忙忙趕過來。「這是你奶奶嗎？」

「不是！我不認識她！」那名青少年驚慌地撇清。我不怪他，老太太的情況看起來不太妙。我們全看著醫生低聲對老太太說話，找她的脈搏。突然間那名綁麻花辮的空姐出現了。

「先生。」她急切地對我們說。「可以請求您的協助嗎？」

協助？這是怎麼一回——

我和理查同時意會過來。她以為他是醫生，糟糕。理查慌亂地看著我，我一臉苦惱地回應。

「這裡有位專家！」空姐對著身穿麻質夾克的男子說，眼神充滿了興奮。「大家不用擔心！這裡有位奧蒙街醫院的資深外科醫師！他會處理！」

理查驚慌地瞪大眼睛。「不行！」他勉強說。「真的，我……我不是……」

「理查叔叔，加油！」諾亞開心地說，「救救這位老太太！」剛才那位家庭醫師則一臉不高興。

「這很明顯是心絞痛。」他生氣地站了起來。「如果需要我協助，我的醫療器材包就在飛機上。如果你有不同的看法——」

「沒有。」理查不知所措地說。「我沒有！」

「我讓她服用硝酸甘油舌下片，你認為呢？」

天啊，情況很糟。理查完全不知道該怎麼應對。

「我……我……」他勉強說。「我──」

「他從來不在飛機上看病！」我出手解救他。「他有恐懼症！」

「對！」理查大口吸氣，同時用感激的眼神看我一眼。「沒錯！我有恐懼症！」

「自從有次飛行出了嚴重的狀況。」我戲劇性地抖著，彷彿在回憶痛苦的往事。

「飛往孟加拉的四〇六號班機。」

「請不要問我這件事。」理查也跟著我演。

「他還在接受心理治療。」我嚴肅地點點頭。

家庭醫師看著我們，好像我們倆是瘋子。

「還好我在。」他不耐地說，轉頭去看老太太。理查和我鬆一口氣，我覺得好沒力。空姐失望地搖搖頭，走向飛機另一端。

「費莉絲，妳要解決諾亞這個問題。」理查低聲急切地說。「他不能這樣到處編故事，造成別人的麻煩。」

「我知道。」我苦著臉說。「很抱歉。」

老太太被移到更遠處。那個家庭醫師正在和機組員討論，情況好像很緊張。他們全躲到簾子後面，好一陣子都沒有動靜。理查默默地望著前方，他的額頭緊皺著。我心想，他一定很擔心那位老太太，心地真好。

「我問妳，」過了許久他才又轉頭問我，眉頭仍然緊蹙。「他們真的還沒做？」

真是的，我是白癡。他是男人，腦子裡自然只有想一件事。

「據我所知還沒。」我聳聳肩。

「說不定這個班起不來。」理查的臉突然亮起來，有了生氣。

「應該不是。」我搖搖頭。

「為什麼？他起不來！這是唯一的解釋！」

「什麼起不來？」諾亞好奇地問。

很好。我瞪了理查一眼，可是他好得意，得意到沒發現我在瞪他。我相信一定有個特別長的德文字意思是「對手的無能是我的快樂」，理查現在就是這種感覺。

「可憐的傢伙。」他終於注意到我不以為然的神情，於是又補上一句。「我很同情他，得這種病好可憐。」

「你沒有證據。」我指出。

「他在度蜜月。」理查反駁。「除了起不來的人，誰度蜜月的時候不會做？」

「什麼起不來？」這次諾亞問得更大聲。

「沒什麼，親愛的。」我連忙說。「大人的事，很無聊。」

「是個會起來的大人的東西嗎？」諾亞非常好奇地問。「那會下去嗎？」

「他起不來！」理查得意地說。「這就可以理解了，可憐的洛蒂。」

「誰起不來？」羅肯轉頭問我們。

「班。」理查說。

「真的嗎？」羅肯似乎很驚訝。「可惡。」他若有所思地皺眉。「這說明了很多事。」天啊，謠言都是這樣開始的，誤會都是這樣來的；皇儲斐迪南大公因此被暗殺，一次世界大戰開打！

「你們兩個都給我聽著！」我兇狠地說。「洛蒂完全沒有跟我提什麼起……不起來的事。」

「我的起來了。」諾亞平靜地插嘴，我倒抽一口氣。

好，保持冷靜，不要反應過度，要當個開明的父母。

「真的嗎，親愛的？哇，好。」我雙頰飛紅。那兩個男人都一副等著看好戲的表情。「親愛的，這個……很有趣，也許我們之後再小小聊一聊。我們的身體會做一些很神奇、很奇妙的事，可是不一定要在公開場合講出來。」我意有所指地瞪了理查一眼。

諾亞似乎很困惑。「可是那個小姐有講，她要我把它豎起來。」

「什麼？」我也困惑地看著他。

「她說起飛的時候要把『桌子豎起來』。」

「喔，」我吞了吞口水。「我明白了，你是說桌子。」我開始忍不住想笑。

「可憐的班叔叔，他的桌子起不來。」理查說，臉上沒有任何表情。

「不要說了！」我想罵他卻忍不住想笑。「他一定可以——」廣播傳來空姐的聲音，打斷我的話。

「各位旅客請注意，有重要的事情要宣佈。」

糟糕，希望那位老太太沒事。我突然覺得很羞愧。發生這種事，我們竟然還在笑。

「很遺憾，由於機上發生緊急醫療狀況，班機無法如原訂計劃在伊克諾斯降落，將就近在有完整醫療設施的機場降落，目前最近的機場是保加利亞首都蘇菲亞。」

我呆坐在位置上，笑鬧的心情消失。飛機要轉向？

「很抱歉造成各位旅客的不便，如果有任何進一步的資訊我們將儘速告知各位。」

周遭爆發一陣騷動，大家都在抗議，可是我聽不進去。怎麼會發生這種事？羅肯不可置信地轉頭看我。

「保加利亞蘇菲亞？這樣會晚幾個小時？」

「我不知道。」

「怎麼了？」諾亞看看我又看看羅肯。「媽咪，發生什麼事？誰是蘇菲亞？」

「那是一個地方。」我勉強說。「我們要先去那裡，是不是很有趣？」我又看了理查一眼。他已經失去先前的活力，洩氣地坐著，眉頭緊皺瞪著前面椅背。

「很好，等我們真正抵達就太遲了。我還以為我們有機會在他們……之前到達。」他攤著手說。「現在不可能了。」

「還是有可能！」我反駁，一方面也是在說服我自己。「理查，聽我說，事實上洛蒂所謂的婚姻已經開始瓦解了。」

我本來不打算說這麼多，可是我覺得他需要一點信心鼓勵。

「妳怎麼會知道？」他咆哮。

「我當然知道！你不懂，洛蒂每次都這樣，她每次失戀就會做這種事。」

「每次都結婚？」理查一臉驚愕。

「不是啦！」看到他的表情我好想大笑。「我是說，她會有一些白癡的衝動行為，過一陣子才會清醒。說不定我一下飛機就會收到簡訊說，費莉絲，我犯了大錯！幫幫我！」

看得出來理查正在思考這個說法。「妳真的這麼認為？」

「相信我，我經歷過很多次，我都說這是她『令人遺憾的選擇』；有時候她會加入宗教團體、有時候去刺青……你就把這場婚姻想像成她在身體上穿環吧！而且他們正在參加夫妻默契大考驗比賽。」為了鼓勵他，我又繼續說。「真的很好笑！他們一點也不了解對方。到時洛蒂就會開始看清楚，想明白。」

「夫妻默契大考驗？」理查頓了一下才又說。「妳是說那個電視節目嗎？」

「對，例如『你太太最喜歡你做的哪一道菜？』之類的。」

「培根奶油義大利麵。」理查毫不猶豫地說。

「那就對了。」我握住他的手。「如果是你們去參加一定會贏，班和洛蒂一定會輸，到時她就會清醒，你看著好了！」

15

洛蒂

這是遊戲，只是遊戲，沒有任何意義。

即使如此，我還是愈來愈不滿。為什麼我都記不住？更重要的是，為什麼班也記不住？難道他對我的生活細節一點興趣也沒有？

我們坐在飯店花園裡，距離測驗開始時間只剩十分鐘，我這輩子從來沒有這樣毫無準備就去考試。班躺在吊床上喝啤酒，聽他iPad上新的嘻哈歌，我看了更生氣。

「再來一次。」我說。「這次請你專心。我都用什麼洗髮精？」

「巴黎萊雅。」

「不是！」

「海倫仙度絲，強力去除超大頭皮屑。」他得意地笑著。

「才不是！」我踢他一腳。「我跟你講過了，是卡詩，而你用保羅米切爾。」

「我有嗎？」他疑惑地說。

我心中的怒火瞬間爆發。「什麼叫做『我有嗎？』是你跟我說你用保羅米切爾的！班，我們要口徑一致，如果你說過你用保羅米切爾，就要一直說是保羅米切爾！」

「我的媽啊！」班喝了一口啤酒。「放輕鬆。」他調高iPad的音量。我皺了一下，他怎麼會喜歡聽那種音樂？

「再做一題。」我壓抑著不耐。「我最喜歡喝什麼酒？」

「氣泡酒[13]。」他微笑。

「很好笑。」我冷冷地說。

難怪他當不了喜劇演員。這個惡毒的念頭不知怎麼就冒了出來。糟糕！我咬著嘴唇，希望沒有寫在臉上。我不是故意的，當然不是……

如果是理查就會很認真。這個念頭就像飛行中的猛禽一樣突然閃過我腦海，讓我無法呼吸。我眨眨眼，看著手中的紙，臉頰發燙。我不能想理查，絕對不行！

理查也會覺得默契大考驗很無聊，可是差別是他會很認真，因為只要是我在乎的事情他都覺得很重要——

停下來！

像那次我公司辦活動，他參加比手劃腳比賽，大家都好喜歡他——

笨腦袋，聽好了；理查已經離開我的人生。他現在很可能正在世界的另一頭，躺在舊金山的高級公寓裡熟睡，完全忘了我。而我跟我老公在一起，我再說一次，我老公——

「《珍貴的路程》？妳是在開玩笑嗎？」

13. 原文為Babycham，是一款專門給女士喝的香檳酒。

我正在跟思緒奮戰，沒發現班正疑惑地看著我之前準備給他的小抄。

「怎麼了？」

「《珍貴的路程》怎麼會是妳最喜歡的一本書？」他抬起頭。「拜託告訴我，妳是在開玩笑。」

「我沒有在開玩笑。」我惱怒地說。「你看過了嗎？寫得很棒。」

「我花了人生寶貴的三十秒下載，快速看完第一章。」他皺著臉說。「還我那三十秒。」

「你顯然沒抓到書中重點。」我不滿地說。「仔細讀就會發現見解很精闢。」

「一堆新時代的廢話。」

「八千萬名讀者不這麼認為。」我怒瞪著他。

「八千萬個笨蛋。」

「那你最喜歡的一本書又是什麼？」我把小抄搶過來看，目光卻停留在某處。我驚訝地搗著嘴巴，看著他說。「你怎麼會把選票投給他們？」

「妳不是嗎？」

「不是！」

我們倆互望，好像發現對方是外星人。我吞了幾次口水，再看看小抄。

「好！」我忍住不流露出內心的不安。「好……那……顯然有需要複習幾點基本資訊；政黨偏好已經提過……最喜歡吃的義大利麵？」

「要看是哪種醬。」他馬上接。「好蠢的問題。」

「我喜歡寬麵條，你也說寬麵條好了。最喜歡的電視節目？」

「《德克與莎莉》，絕對是。」他微笑，氣氛稍微緩和。

「最喜歡哪一集？」我忍不住要問。

「我想想看。」他的神情放鬆。「有龍蝦那一集，很經典。」

「不對，應該是婚禮那一集。」我抗議。「絕對是婚禮那一集；『以此史密斯威森五九式手槍，娶妳為妻』。」

那集我大概看了九十五遍，主要是德克與莎莉第二次結婚（他們離婚後退出警界，到第四季又被招回去），也是電視史上最棒的婚禮！

「不對，是連演兩集的綁架案。」班從吊床上坐起，抱著膝蓋說。「那集才是經典。對了！」他面露喜色。「我們來扮成德克與莎莉。」

「什麼？」我困惑地看著他。「扮成什麼？」

「默契大考驗啊！這些東西我哪記得？」他拿小抄對我揮舞。「可是我知道莎莉喜歡什麼，妳也知道德克喜歡什麼。我們不要做自己，扮成他們好了。」

他不是認真的吧？他是認真的？我忍不住笑了出來。

「總不可能比現在更糟吧？」他又說。「我對莎莉瞭若指掌，不然妳考我。」

「好，她用什麼洗髮精？」我問他。

他皺起臉思考。「我知道……是威娜！第一集有演。德克最喜歡喝什麼酒？」

「波本酒不加冰。」我完全不用考慮。「好簡單。莎莉的生日什麼時候？」

「六月十二日，德克每次都送她白玫瑰。妳的生日呢？」他一臉驚慌。「應該不是最近吧？」

他說的沒錯。我們對影集裡的警探夫妻比對彼此還了解。這真的很荒謬，荒謬到我忍不住對他笑。

「好吧，德克，就這麼說定了。」我抬起頭看到尼可朝我們走過來，喬治歐司和荷姆斯跟在他左右兩側，班說他們是三個臭皮匠。我們在花園裡最隱密的角落，可是他們還是有辦法找到人。整個下午都一直在我們身邊環繞；送飲料、點心，還有印「伊克諾斯」幾個大字，很難看的遮陽帽，就怕我們太熱。

「派爾先生、太太，兩位有報名參加夫妻默契大考驗是嗎？再過幾分鐘就要在沙灘上開始了。」尼可親切地對我們說。他換了一件夾克，上頭有亮晶晶的穗帶，我猜他擔任主持人。

「我們要去了。」

「太好了！喬治歐司會協助兩位。」

我很想說我們不需要什麼協助，卻只是咬著嘴唇勉強微笑。

「請帶路。」

「來吧，莎莉。」班在我耳邊低聲說。我忍住笑，說不定會很好玩。

他們真的很捨得花錢。沙灘上架起木板平臺，周邊綴有紅色長條錫箔彩帶，兩側綁著大把的愛心氣球。有個大大的看板寫著「夫妻默契大考驗」，還有三人樂隊演奏情歌經典《愛無所不在》。梅莉莎穿著橘色罩衫連身裙在沙灘上踱步，身後跟著一名淺色金髮，穿著海灘褲和淺綠色短袖休閒衫的男子。我猜是她先生，因為他們倆都配戴著「一號夫妻」的斗大名牌，上面還寫著兩人的姓名。

「是史黛拉・麥卡尼。你明明就知道！」她氣急敗壞地說。「喔！嗨！你們來了！」

「準備好上戰場了嗎？」班故意說。

「好玩嘛！」梅莉莎有點兇狠地說。「是不是啊，馬特？」

我赫然發現馬特手上正拿著一本《夫妻默契大考驗官方題庫》。他們特地帶來的嗎？

「喔，我們剛好有那本。」看到被我發現，梅莉莎臉一紅。「馬特，收起來，反正現在也來不及了。」她沒好氣地低聲對他說。「你真的要認真一點……嗨！兩位是來參加比賽的吧！反正好玩嘛！」她歡迎另一對較為年長的夫妻。兩個人看到這一切有點不知所措。他們都是一頭泛灰的頭髮、身穿米色休閒褲和短袖夏威夷棉T，先生穿襪子配涼鞋。

「派爾先生、太太，兩位的名牌。」尼可走過來把「三號夫妻」的牌子遞給我們。「肯尼沃斯先生、太太，兩位的名牌。」

「你們來度蜜月嗎？」我忍不住問那位太太，她叫卡蘿。

「不是啦！」她一邊別名牌一邊說。「我們在橋牌社的抽獎活動上抽到這趟旅行，這其實不太像我們會喜歡的東西，不過總是要表現得心甘情願一點，測驗應該也很好玩……」

尼可請我們六個人上臺。觀眾不多也不少，都穿著沙龍和T恤，手裡端著雞尾酒。

「各位先生女士！」尼可打開麥克風，聲音傳遍整個沙灘。「歡迎來到本飯店舉辦的『夫妻默契大考驗』！」

這其實很好玩，就跟電視上一樣，所有的女士都被帶到旁邊的露臺，戴上耳機聽音樂，男士留在臺上寫問卷，之後再交換，換女士上臺。我在寫答案時突然很緊張，班有沒有按照原訂計劃？有沒有真的把自己當成德克回答問題？如果他退縮怎麼辦？

來不及了。我把最後一題寫完，交出去。

「好！」尼可在樂隊鼓聲中宣佈，「請三對夫妻同時上臺！不可以交換答案喔！」觀眾鼓掌迎接男士們回到臺上，站在尼可那一側，女士們站在另一側。梅莉莎努力吸引馬特的注意，他卻假裝沒看到。

「第一個問題！你太太時出門一定會帶什麼？各位先生，請對著麥克風清楚作答。一號夫妻？」

「手提包。」馬特馬上對著麥克風說。

「你太太回答……手提包。」尼可看著手上的紙說。「得十分！二號夫妻，同一個問題。」

「口氣清新劑。」提姆想了一會兒才說。

「你太太說……薄荷糖。很接近。」尼可點點頭。「得十分！三號夫妻？」

「簡單。」班簡短地說。「她出門一定會帶她的史密斯威森五九式。」

「那是槍嗎？」梅莉莎一副驚訝地模樣。「帶槍？」

「而你太太說……」尼可看我的答案。「我的史密斯威森五九式。恭喜兩位，得十分！」他轉頭對我挑眉說。「妳現在應該沒有帶吧？」

「從不離身。」我微笑回答。

「帶槍？」梅莉莎又說。「妳是認真的嗎？馬特，你有沒有聽到？」
「下一個問題！」尼可宣佈。「家裡沒有存糧時第一個會去哪裡用餐？請各位先生回答。一號夫妻請作答。」
「呃……炸魚薯條？」馬特猶豫地說。
「炸魚薯條？」梅莉莎瞪著他。「炸魚薯條？」
「嗯，又快又方便……」看到她的表情，馬特退縮。「不然妳寫什麼？」
「我寫法國小館！」她氣憤地說。「你明明知道我們每次想吃東西時都會去那裡！」
「我有時候會吃炸魚薯條。」馬特低聲抗議，不過除了我好像沒有人聽見。
「零分！」尼可同情地說。「二號夫妻。」
「英式酒吧。」提姆想了大概半小時才回答。「我們每次都去英式酒吧。」
「你太太回答……」尼可瞇起眼睛看著答案紙。「夫人，很抱歉，我看不懂妳寫什麼？」
「我不知道要寫什麼。」卡蘿不安地說。「我們從來不會沒有存糧，冷凍庫一定有湯，是不是啊，親愛的？」
「那倒是。」提姆點點頭。「我們每次都煮一大堆。每個星期天邊看《駭人命案事件簿》邊煮火腿豆子湯。」
「或辣香腸鷹嘴豆湯。」卡蘿提醒他。
「或傳統的蕃茄湯。」
「麵包也順便解凍。」提姆解釋。「只要放進微波爐解凍幾分鐘就好了。」

「全麥麵包和白麵包都有。」卡蘿跟著說，「通常我們都一半一半……」她話只說到一半沒說完。

聽到這段日常家務描述大家好像都有點呆掉，尼可也是，過一陣子才恢復活力。

「感謝兩位這麼詳盡的說明！」他對卡蘿和提姆微笑。「可是，零分！三號夫妻？」

「我們都去迪爾小館。」我說。「他的答案也是這樣嗎？」

「抱歉。」尼可說，「可是答案不是這個——」

「等等！」我打斷他的話。梅莉莎臉上露出輕鬆的笑容。「我還沒說完。我們現在都去迪爾小館，不過以前是傑瑞與吉姆牛排屋，只是這家後來被幫派炸掉。」我看了班一眼，他微微點頭。

「喔。」尼可看著答案紙。「對。妳先生的回答是，我們以前都去傑瑞與吉姆牛排屋，可是後來被卡洛．德拉盧奇炸掉，現在改去迪爾小館。」

「這在哪？」梅莉莎問。「你們住在哪？」

「西八十街，四十三號公寓D座。」我們異口同聲說，影集一開頭就有。

「喔，紐約喔。」她的口氣好像那裡是垃圾堆。

「炸掉是說爆炸嗎？」馬特跟著說，一副讚嘆的表情。「有人死掉嗎？」

「警察局長。」我點頭。「還有他剛才相認的十歲女兒，死在他懷裡。」

這是第一季結尾，絕佳的電視情節，好想推薦給在場的觀眾，只是這樣就失去比賽的意義了。

「第三題！」尼可大喊。「愈來愈精彩了！」

到了第八題，我們已經把第一季、第二季和耶誕節特別節目都講完了。梅莉莎和馬特輸我們十分，而且她愈來愈暴躁。

「這怎麼可能！」梅莉莎聽到班描述我們「共度印象最深刻的一天」之後說。那天我們被圍攻、被警察追逐穿過紐約中央公園的動物園、最後在監獄裡吹熄他生日蛋糕上的蠟燭（一言難盡）。「我認為這些答案有爭議。」她把麥克風當成木槌敲，好像她是法官。「哪有人過這種生活！」

「德克和莎莉就是！」我說。看到班的眼神我努力忍住笑意。

「誰是德克和莎莉？」她馬上質疑，看看我又看看他，好像我們用什麼新的方式耍她。

「我們倆給對方取的小名。」班平淡地說。「請問妳這話是什麼意思？說我們特別為這場比賽捏造一組答案嗎？我們有這麼無聊嗎？」

「拜託！」她眼冒火光，忿忿不平地說。「難道你們第一次約會真的是在太平間？」

「難道你們第一次約會真的是在長春藤法式餐廳嗎？」他馬上回擊。「哪有人第一次約會就去長春藤？除非他們早就知道約會很無聊，至少可以去那裡看人。」然後又客氣地對馬特說。「對不起，我相信你那次的經驗很愉快。」

我無法止住笑。梅莉莎愈來愈氣，但我不怪她。下面觀眾愈來愈多，大家都看得很高興。

「第九題！」尼可試圖控制情勢。「你們曾經在哪個最特別的地方發生過……親密關係？二號夫妻，你們要先作答嗎？」

「嗯。」卡蘿的臉愈來愈紅。「這個問題我不是很有把握。這太私密了。」

「的確。」尼可表示同情。

「我想應該是……」她頓了一下，尷尬地扭著身子。

「嘴巴。」

觀眾席爆出一陣笑聲，我緊咬著嘴唇不敢笑出。卡蘿幫提姆口交？不可能。我怎樣都無法想像。

「妳先生寫的是『安格爾西島的小茅屋』。」尼可笑得很燦爛。「親愛的女士，我恐怕只能給零分，不過精神可嘉。」

卡蘿臉紅到快燒起來了。

「你說『地方』[14]……」她慾言又止。「我以為你是指……我以為……」

「是的。」他同情地點點頭。「一號夫妻？」

「海德公園。」梅莉莎像教室裡的小朋友一樣馬上回答。

「答對了！得十分！三號夫妻。」

我要想一下。有好幾個選項，希望班記得是哪一集。

「紐約康尼島的木棧道。」一看到班的表情我就知道我講錯了。

「唉呀！妳先生寫的是『檢察官的辦公桌上』。」

「檢察官的辦公桌？」梅莉莎看起來氣壞了。「這是在開玩笑嗎？」

14. 原文為place，除了有地方的意思外，也有部位之意。

「零分！」尼可連忙說。「接下來是測驗的最高潮、最關鍵、也是最私密的問題。」他刻意暫停加強效果。「你什麼時候發現愛上太太的？」

全場觀眾屏息以待，樂隊打鼓加強氣氛。

「三號夫妻？」尼可說。

「我們被綁在鐵軌上，有臺火車疾駛而來。」班回憶。「她靠過來吻我，說『如果一切就這麼結束，我也會很幸福。』然後用她的指甲銼刀把繩索割斷。」

「正確！」

「鐵軌？」梅莉莎看看我又看看班。「我可以申訴嗎？」

我微笑看著班，舉手握拳以示勝利。可是他沒有回應，雙眼迷濛，彷彿還在回憶。

「二號夫妻？」

「等等！」班突然說。「我還沒講完。在鐵軌上那次我發現我已經愛上我太太，可是我真正發現早就愛上她的那一刻……」他看了我一眼，表情我無法解讀。「那又是另一次。」

「有什麼差別？」梅莉莎不滿地說。「還是你又要唬我們？」

「愛情來來去去。」班說。「可是當你真正愛上一個人……那是一輩子。」

那是影集的臺詞嗎？我沒印象。我有點困惑，他在說什麼？

「我發現我早已愛上我太太的那天就在此地，十五年前的伊克諾斯。」他往前靠近麥克風，音量提高，聲音洪亮。「我得了流感，她徹夜照顧我，她是我的守護天使。我還記得她用甜美的聲音告訴我，我不會有事。我現在才明白，我從那一天開始就愛上她了，只是我不知道而已。」

他說完全場沉默，大家似乎都驚住了。接著有個女孩大聲歡呼表示讚賞，打破沉默，掌聲響起，而且愈來愈大聲。

我全神貫注看著他，幾乎聽不見其他人的回答。他說的不是德克與莎莉，是我們，班與洛蒂。我全身發熱，無法停止微笑。他站起來在大庭廣眾之下說他愛我愛了十五年！我從來沒經歷過這麼浪漫的事，從來沒有。

唯一一個小小的問題是……

只是個非常小的問題，那就是我還是不記得有這件事。我的腦袋一片空白，不記得班得流感，也不記得我照顧過他。不過我也安慰自己，當年有很多事情我都不記得。譬如我就忘了大比爾、也忘了撲克牌比賽，可能全都埋進我的記憶深處。

「……你明明知道是那次野餐！你每次都這麼說的！」

我突然發現梅莉莎和馬特還在為他的回答爭吵。

「不是那次野餐。」馬特堅持。「是在科茲窩[15]。可是看妳現在這個樣子，早知道我們就不要在一起！」

梅莉莎倒抽一口氣，我幾乎可以看到她耳朵噴煙。

「我知道我們什麼時候墜入愛河的！絕對不是在他媽的科茲窩！」

「比賽就此結束！」尼可技巧性地插話。「我很榮幸地宣佈三號夫妻獲勝！班和洛蒂・派爾！獎品是露天雙人按摩，飯店將在明晚舉辦的頒獎典禮上頒發本週最幸福夫妻的獎項。恭喜

15. 英國南部鄉間。

兩位！」他帶著大家大聲鼓掌歡呼，班對我眨眨眼。我們下臺一鞠躬時，他緊緊握住我的手。

「我喜歡雙人按摩。」他在我耳邊說。「我之前有看到，說是在沙灘上的亭子裡做精油按摩，旁邊有簾子遮著，一邊喝著香檳，按摩完之後還會留給情侶一點『獨處的時間』。」

獨處的時間？我看著他。終於！我們終於可以在沙灘上的私人空間裡獨處，任海浪拍打著沙灘，配著香檳，身上塗滿精油……

「快點來。」我的聲音充滿渴望。

「今晚。」他的手輕輕劃過我的胸部，我充滿期盼地顫抖。我們已經放棄不可以觸摸彼此的規定。我們再次向觀眾鞠躬、下臺。「走吧，去喝一杯。」班說，「我想把妳灌醉。」

有私人管家果然有好處。一說想喝一杯慶祝，喬治歐司馬上開始動作；先幫我們在貴氣的海邊餐廳安排角落的位置，加上冰過的香檳和從主餐廳送來的特製龍蝦小點。我難得一次不介意被管家圍繞伺候和打擾，感覺好好。我們贏了！是應該被這樣伺候。

「好！」我們終於可以獨處時，班說，「結果今天還不錯。」

「很不錯。」我微笑。

「離按摩還有兩個小時。」他看著我，嘴角上揚。

即將享受兩個小時美妙的沙灘性愛馬拉松，這我可以接受。我喝口香檳，往後躺在椅子上，感受臉上的陽光。人生現在好完美，只是我的思緒裡有那麼一點點雜音，我很想忽略，我可以忽略，當然可以——

不行，我沒辦法。

我邊喝香檳邊啃杏仁果，心情還是有一絲不快。就像個我想略過的缺點，可是我沒辦法欺騙自己。拖愈久只會愈煩惱。

我不了解他，不夠了解。他是我老公，我卻不了解他。

他的政治傾向和我不一樣沒關係，重點是我之前並不知道。我以為這幾天我們已經聊了很多，現在才發現還有很多大洞。之後還會有哪些讓我驚訝的事情？

招募員工時都會問一些基本的問題，以迅速了解求職者；譬如，你希望一年、五年和十年後的自己是什麼樣？我卻不知道班的答案是什麼，這樣好像不太對？

「妳在想什麼？」班摸摸我的鼻子。「呼叫洛蒂。」

「你希望五年後的自己是什麼樣？」

「好問題。」他馬上說。「妳呢？」

「不要轉移對象。」我微笑。「我想知道班．派爾正式的人生規劃。」

「我本來有人生規劃。」他眼神溫柔地看著我。「可是我的規劃因為有妳而改變。」

他的表情讓我卸下防備，質疑消失。他用迷人的笑容望著我，眼神迷茫，彷彿在想像我們共度的未來。

「我也有同樣的感覺。」我忍不住。「好像未來都不一樣了。」

「只要是跟妳在一起，去哪都好。」他攤開雙手。「洛蒂，妳有什麼夢想？說服我。」

「法國？」我試探性地說。「法國農舍？」我一直很想搬去法國。「多爾多涅省或普羅旺斯？找間房子自己整修……」

「我好喜歡這個主意！」班眼神閃亮。「找個破舊的房子，改建得很漂亮，請朋友來住，享受慵懶的用餐時光——」

「沒錯！」他話還沒說完我就接著說。「有張超大的桌子和新鮮的食物，小朋友幫忙準備沙拉……」

「小朋友也要學法文——」

「你想要幾個小孩？」

我的問題讓對話暫停，我發現自己屏住呼吸等他回答。

「愈多愈好。」班輕鬆地說。「如果長得都跟妳一樣，我願意生十個！」

「不要十個啦！」我鬆一口氣，大笑。我們好有默契！我白擔心了！在人生選擇這方面幾乎是同一陣線。好想拿出手機開始找令人垂涎的法國老房子。「你真的想搬去法國嗎？」

「我想在未來兩年內安定下來。」他嚴肅地說。「找到適合我的生活方式，我很喜歡法國。」

「你會講法文嗎？」

他把甜點菜單拿過來，拿起鉛筆在紙上畫了幾行，寫好拿給我看。

L'amour, c'est toi（愛是妳）

La beaute, c'est toi（美是妳）

L'honneur, c'est toi（榮譽是妳）

Lottie, c'est toi（洛蒂是妳）

我好感動！從來沒有人寫詩給我，更不用說法文的詩。

「謝謝你！我好喜歡！」我把紙拿到面前又讀了一次，彷彿要把那些字句吸進去，最後才放下。

「那你的工作怎麼辦？」我好希望這個計劃能夠實踐，忍不住給他一點壓力。

「總不能丟下。」

「三不五時看看。」

其實我也不太清楚班的工作內容是什麼？我只知道是製紙業，可是他到底都在做什麼？他也沒有很正式地解釋過，現在問好像又太遲。

「有人可以管理公司嗎？羅肯呢？」我記得他是班的好友。「他不是跟你共事嗎？可以交給他管嗎？」

「我相信他很樂意。」班的聲音突然變得很尖銳，我縮了一下。

糟糕！我顯然踩到他的痛處。雖然我不知道細節，不過班的態度馬上讓我想到氣氛緊張的董事會會議，有人甩門離開，發出隔天就後悔的信件。

「他是你的伴郎，」我小心地說。「你們不是好朋友嗎？」

班若有所思，沉默了好一會。

「我不知道羅肯為什麼會出現在我的生命裡。」過了許久他才說。「真的。我一轉頭，他就在那。就這樣。」

「什麼意思？」

「四年前他婚姻破裂，跑來斯坦福郡找我爸。這很合理，我們是同學，以前他和我爸就處得很好。可是後來羅肯開始提供我爸一些意見，接著在我們公司工作，最後變成一切都歸他管。妳沒看到他和我爸一起到處巡視規劃的樣子，完全把我排除在外。」

「真糟糕。」我同情地說。

「兩年前情況變得更糟。」他大口喝著香檳。「我不告而別，突然離開，想釐清自己的思緒。他們嚇壞了，跑去報警。」他攤開雙手。「我從來沒跟他們說我到底去了哪裡。後來他們就把我當成需要細心呵護的神經病。我爸和羅肯比以前更加形影不離，然後我爸突然過世……」

他冷淡的口氣讓我起雞皮疙瘩。

「羅肯還繼續待著？」我試探性地問。

「他要去哪？這是肥缺，薪水高、公司配有獨棟小木屋，什麼都有。」

「他有小孩嗎？」

「沒有。」班聳肩。「我猜他們一直沒生，或不想生。」

「那你為什麼不默默攆他走？」我正準備推薦一家我知道擅長請員工離職的律師事務所，不過班似乎沒有在聽。

「羅肯認為只有他最清楚該怎麼做！」他如連珠砲般憤恨地說。「告訴我我的人生該怎麼過、我的公司該怎麼經營、我應該跟哪一家廣告公司合作、我應該付給清潔人員多少錢，哪一種等級的紙最適合做……行事曆？」他吐氣。「我的確不知道，他贏了。」

「這不是輸贏的問題。」我說，但看得出來他沒有在聽。

「他有次在大庭廣眾下沒收我的手機，認為我的舉止『不適當』。」班忿忿不平地說。

「這聽起來算騷擾了！」我驚呼。「你們沒有人事主管嗎？」

「有。」班悶悶不樂。「可是她要離開了。而且，他們都很喜歡羅肯，才不會說什麼。」

我從專業的角度聽得目瞪口呆，感覺起來好嚴重，好想拿出紙筆規劃五點行動計劃，幫他好好管教羅肯，但這可不是火熱的蜜月情話。

「告訴我。」我用溫柔的口氣誘導。「你不告而別的時候去了哪裡？」

「妳真的想知道嗎？」他露出挖苦的微笑。「不是值得炫耀的事。」

「告訴我。」

「我去拜馬爾康．羅賓森為師，學喜劇表演。」

「馬爾康．羅賓森？」我瞪著他。「真的嗎？」

我好愛馬爾康．羅賓森！他好好笑。他以前有個喜劇電視節目，我還曾經在愛丁堡看過他現場表演。

「我在慈善義賣活動上匿名買課程券，本來只上一個週末，後來我說服他延長變成一週，花了很多錢。最後直接問他我有沒有天份。」

一陣沉默。看到的他的表情，我心裡已經開始糾結。

「他——」我過一會兒才輕咳幾聲。「他怎麼——」

「他說沒有。」他淡淡地打斷我。「他很直接，叫我放棄。其實是在幫我，從那之後我就沒有再說過笑話。」

我皺起臉。「一定是很大的打擊。」

「對，自尊很受傷。」

「你做多久……」我不知道該怎麼說，尷尬地沒把話說完。還好班知道我的意思。

「七年。」

「就這樣放棄？」

「對。」

「然後你都沒有告訴過別人？譬如你爸或羅肯？」

「我以為他們可能會發現我沒有繼續演出，然後問我原因。結果並沒有。」他聽起來很受傷。「我沒有其他人可以……可以講這些事。」

我馬上緊緊握住他的手。「你現在有我了。」我輕聲說。「你可以跟我說這些事。」

他也回握，兩人四目交接。在那瞬間感覺我們心靈完全相通。接著兩名服務生前來收開胃菜的盤子，我們鬆開手，魔法解除。

「好怪的蜜月。」我自嘲。

「不知道，我現在開始覺得還不錯。」

「我也是。」我忍不住大笑。「甚至有點高興這麼奇怪，絕對不會忘記。」

我是認真的。如果房間沒有出那麼多問題，我們可能就不會在這裡喝酒，我也不會知道班的這些事。事情會變成這樣真有趣！我和班的腿在桌子底下交纏，我的腳趾沿著他大腿逐步往上移，展開我的招牌動作，他卻用力搖頭。

「不行。」他說。「不要，會受不了，太興奮了。」

「那你等下做雙人按摩怎麼辦？」我逗他。

「叫他們十分鐘以內做完，讓我們獨處。」他認真地說。「我準備給很多小費。」

「還有一個小時。」我看手錶。「不知道他們用什麼精油按摩？」

「不要再講精油，換個話題。」他不自然地說。「饒了我吧！」

我大笑。「好吧，換個新話題。什麼時候回去看青年旅舍？明天呢？」

一想到將回去那間青年旅舍，心情有點興奮又有點恐懼。當年我們在那裡相遇，而那場火災也在那裡發生，此後我的人生完全改變。所有的事情都在十五年前那間小小的青年旅舍展開。

「明天。」他點頭。「妳一定要在沙灘上側翻給我看。」

「好。」我微笑。「然後你要從那塊大石頭上跳水。」

「然後我們再去找以前那個岩洞……」

兩個人眼神迷濛地微笑著，陷入回憶。

「妳以前都穿花短褲。」班說。「看得我好瘋狂。」

「我有帶來。」我承認。

「真的！」他眼神發亮。

「一直都沒有丟。」

「妳真棒！」

我頑皮地對他笑，慾望直線上升。天啊！還有一個小時要怎麼忍？怎麼殺時間？

「我跟費莉絲說一下情況。」我拿出手機傳簡訊：

妳知道嗎？我們贏了！一切都很順！我和班是本週最佳默契夫妻！好開心☺

我忍不住邊微笑邊傳。她絕對不會相信！希望這個消息可以讓她開心一點。之前和她通電話時聽起來好忙亂，不知道發生什麼事？我想一想又加上一句：

希望妳今天一切順利！還好嗎？　洛蒂（親）

16

費莉絲

保加利亞首都蘇菲亞是個很棒的城市，沒什麼不好。我來過很多次。這裡有優美的教堂、引人入勝的博物館和戶外書攤。可是，我並不想在晚上六點站在這裡，又熱又疲憊、滿身大汗地在機場行李旋轉盤旁等待。這個時間我應該已經到希臘的伊克諾斯了。

這次狀況唯一的不同是我不能怪丹尼爾。不行，這完全是命運或上帝的旨意。（神啊真是感謝祢！這是要懲罰我十一歲時在宗教研究課上講的話嗎？我只是開個玩笑。）雖然我其實很想怪丹尼爾，更明確地說是想踢他；但既然踢不到，踢我的行李推車也可以。

行李旋轉盤旁排了五排滿滿的人潮，有好幾個班機的旅客都在等行李，大家脾氣都不太好，尤其是跟我一樣搭乘飛往伊克諾斯的六三七號班機的旅客，幾乎沒有什麼笑容，也沒有什麼開心的談笑聲。

保加利亞他媽的蘇菲亞！

多年來的出差生涯讓我很能平靜地接受航空公司和班機延遲的混亂局面，可是我不得不說，這次真的很誇張。班機就不能降落，把可憐的老太太送去醫院後，再繼續原本的行程嗎？

不行，一定要先找出她的行李。後來沒有時間可以安插讓班機起飛，然後又發現引擎有問題，只好臨時在蘇菲亞過夜，我們被排到市峰飯店。（還不賴，四顆星，印象中屋頂酒吧很棒。）

「我們的行李來了！」諾亞喊了第五十一次。每次行李旋轉盤上出現黑色的行李箱他就會說那是我們的。可是我們的行李箱有綁紅色的帶子，也許已經被送到塞爾維亞首都貝爾格萊德了。

「諾亞，那個不是。」我很有耐心地說。「繼續看。」

一名婦女重重踩了我一腳，我正在想保加利亞語罵人的話要怎麼說時，手機嗶了一聲，有簡訊進來。我從口袋拿出來看。

妳知道嗎？我們贏了！一切都很順！我和班是本週最佳默契夫妻！好開心☺
希望妳今天一切順利！還好嗎？ 洛蒂（親）

我驚訝到無法動彈。他們贏了？怎麼可能？

「誰傳的？」理查發現我在看手機。「是洛蒂嗎？」

「呃，對。」來不及說謊了。

「她怎麼說？發現自己錯了嗎？」他期盼的表情讓我心裡一揪。「默契大考驗表現很差是嗎？」

「其實……」我遲疑。該怎麼告訴他才好？「其實他們贏了。」

他臉垮下來，驚愕地看著我。「贏了？」

「顯然是。」

「可是我以為他們對彼此一點都不了解。」

「是啊！」

「妳說他們輸定了。」理查口氣帶著指責。

「我知道！」我也慌了。「一定有什麼原因可以解釋，一定是我哪裡搞錯了。我打給她。」我轉頭速撥給洛蒂。

「費莉絲？」光是這幾個字就聽得出來她有多興奮。

「恭喜！」我勉強用同樣欣喜的口氣說。「你們……你們贏了？」

「很棒吧？」她雀躍地說。「費莉絲，好可惜妳不在這裡。我們假扮成電視節目的人物！德克與莎莉，就是那個我們以前常看的影集？」

「對。」我困惑地說。「哇。」

「獎品是在沙灘上做雙人按摩，是不是很棒？我們正在慶祝，剛吃了好好吃的龍蝦開胃菜和香檳，明天要回青年旅舍，班還用法文寫情詩給我。」她滿足地嘆氣。「好完美的蜜月。」

我瞪著電話，愈來愈驚恐。香檳？法文情詩？完美的蜜月？

「好。」我努力保持冷靜。「真是……意外。」

尼可到底在幹嘛？他睡著了嗎？

「對啊，本來很糟糕！」洛蒂開心地笑著說。「妳絕對不相信。我們甚至還沒……還沒做，可是沒關係。」她語氣變得很溫柔，充滿愛意。「這一切的不幸反而讓我和班更親密。」

不幸反而讓他們更親密？我造成他們更親密？

「太好了！」我聲音好尖銳。「真是太棒了！所以妳嫁給班是正確的決定？」

「絕對是。」洛蒂欣喜若狂。

「太好了！太棒了！」我皺著臉，思考如何繼續。「只是……我剛想到理查，不知道他現在怎麼樣？妳有跟他聯絡嗎？」

「理查？」她刻薄的口氣差點把我耳朵割掉。「我幹嘛跟理查聯絡？他已經不在我生命中了，真希望從來沒認識過他！」

「喔。」我摸摸鼻子，不敢看理查。希望他沒聽到。

「妳相信我竟然曾經願意飛越大西洋去找他嗎？他就不會這樣為我付出，絕對不會！」她的憤恨嚇得我一縮。「他全身上下沒有一點浪漫因子！」

「應該有！」我脫口而出。

「才沒有。」她堅決地說。「妳知道我怎麼想的嗎？我覺得他從來就沒有愛過我，可能早就已經忘記我。」

我看著理查滿身大汗的果決模樣，好想尖叫。如果她知道就好了。

「總之，費莉絲，我覺得妳現在提理查很沒品。」她氣憤地說。

「對不起。」我連忙道歉。「只是剛好想到。我很高興妳玩得很愉快。」

「非常愉快。」她強調。「我們一直在聊，增進感情、規劃未來。對了，那個跟妳上床的傢伙，羅肯。」

「對，怎麼樣？」

「他聽起來好爛，最好不要跟他接觸。妳沒有再跟他約吧？」

我馬上瞄了羅肯一眼。他站在行李旋轉盤附近，正把諾亞舉起放到他肩上。

「呃……不常見面。」我支支吾吾。「怎麼了？」

「他這個人很惡劣又自以為是。妳知道他在班的公司工作嗎？聽說他直接要班的爸爸雇用他，現在佔了這個肥缺又想掌控一切、掌控班。」

「喔。」我困惑地說。「我不知道，還以為他們是好朋友。」

「我原本也這麼以為，可是班真的很討厭他。聽說他還曾經在大庭廣眾之下沒收班的手機！」她生氣地提高音量。「就像個學校老師。這不是很過份嗎？我跟班說可以告他騷擾！還有其他很多事情。答應我，妳不會愛上他什麼的。」

我忍住發出嘲諷、空洞笑聲的衝動。怎麼可能！「我盡量。」我說。「妳也要答應我……呃……好好玩。」我說得好勉強。「接下來要做什麼？」

「在沙灘上做雙人按摩。」她開心地說。

我驚慌失措全身僵硬。

「好。」我勉強說。「幾點開始？」

我已經準備好痛罵尼可一頓。怎麼會這樣？他怎麼可以這麼怠忽職守？為什麼他們在喝香檳吃龍蝦？為什麼他會讓班有機會寫法文情詩？他應該跳過去把鉛筆搶走的！

「還有半個小時。」洛蒂說。「全身抹油然後讓我們獨處。費莉絲，說真的，」她壓低音量。「我和班都快受不了了。」

我急得跳腳，這不是我原本的規劃。我卡在他媽的蘇菲亞，她和班即將在沙灘上受孕，到時小孩一定會取名叫「沙灘」，等婚姻破裂後又要打官司搶小孩。我跟她說再見後馬上撥給尼可。

「怎樣？」理查馬上質問我。「現在情況如何？」

「現在情況是：一切都在我的掌握之中。」我簡短地說。手機直接進語音信箱。

「喂？尼可，我是費莉絲。有急事找你，請盡快回我電話！拜拜。」

「洛蒂怎麼說？」我一掛上電話理查就問我。「他們贏了嗎？」

「顯然是。」

「王八蛋！」他的呼吸好急促。「王八蛋。有什麼事是他知道我不知道的？他有什麼我沒有？除了那個宏偉的大宅——」

「理查，停！」我惱怒地打斷他。「這不是比賽！」

理查瞪著我，彷彿我是有史以來最大的白癡。「這當然是比賽！」

「才不是！」

「費莉絲，男人生命中所有的一切都是比賽！」他突然失去理智。「妳不知道嗎？從三歲跟朋友一起對牆壁尿尿開始，我們只在乎：我有沒有比他壯？比他高？有沒有比他成功？我老婆有沒有比他老婆漂亮？所以如果現在有個有私人飛機的狡猾王八蛋帶著你心愛的女人跑了？

對！這就是一場比賽。」

「你又不知道他有私人飛機。」我頓了一下才說。

「我猜的。」

一陣沉默。我不禁在心中比較理查和班：我還是覺得理查分數比較高，不過話說回來，我又沒見過班。

「好吧，假設你說的沒錯。」我終於說。「那怎樣才算贏？終點在哪裡？她已經嫁給別人。這不就表示你輸了？」

我不是故意要這麼殘酷，可是事實就是如此。

「等我告訴洛蒂我真正的感覺……如果她還是拒絕。」理查堅決地說。「這樣才算輸。」

我胃一揪，很同情他。他真的把自己逼到沒有退路。沒有人可以說他選輕鬆的路走。

「好。」我點頭。「反正你知道我站在誰那邊。」我拍拍他的肩膀。

「他們現在在幹嘛？」他看著我的手機。「告訴我，她一定有跟妳說。」

「在喝香檳吃龍蝦。」我不情願地說。「班還寫了首法文情詩給她。」

「用法文？」理查一副被人家用膝蓋攻擊肚子的表情。「虛情假意的王八蛋。」

「他們明天計劃回那間青年旅舍。」我說，羅肯加入我們。他和諾亞合推三個行李箱。「你們兩個好棒！行李都來了。」

「擊掌。」諾亞嚴肅地對羅肯說，用力拍擊他伸出的手。

「就是他們相遇的那間青年旅舍嗎？」聽到這則消息理查似乎大受打擊。

「沒錯。」

他眉頭皺得更深。「她老是提那個地方，說世界上的花枝沒有比那裡的更好吃，也沒有海灘比那裡僻靜的海灘更棒。我帶她去過希臘的科斯島，她還是說比不上那裡。」

「又是那間青年旅舍。」羅肯點頭附和。「好討厭那個地方。我已經聽到膩了，班老是說那裡的夕陽可以扭轉人的心情……」

「洛蒂也常提夕陽。」理查點頭。

「還有他們以前都一大早起來做他媽的瑜珈——」

「還有那裡的人——」

「還有那裡的氣氛——」

「還有那片海有多清澈、多藍、多完美。」我翻白眼跟著說。「拜託。」

「他媽的爛地方。」羅肯說。

「如果那地方燒掉就好了。」理查說。

我們三人彼此互望，心情好很多。有共同的敵人真好。

「那就走吧！」羅肯說。他把我的行李箱拉桿交給我，我正準備拉著走時，手機響起，一看來電顯示是尼可，終於！

「尼可！你去哪了！」

「費莉絲！我知道妳想說什麼，我真的很抱歉——」尼可正準備叨絮道歉，我打斷他。

「我們沒有那麼多時間了，他們等下就會在沙灘上做！動作快！聽我說。」

17

洛蒂

簡直是新婚之夜的完美場景！我們竟然有專屬的海灘？太讚了吧！

這裡是個隱密的小海灣，需要踩著墊腳石從主海灘過來，有塊岩石上豎起一個「請勿打擾」的牌子。兩位按摩師帶著我們，喬治歐司和荷姆斯端著插在冰桶裡的香檳和生蠔跟在後面。我們躺上偌大的雙人按摩床，安潔莉娜和卡瑞莎兩位按摩師在我們全身上下抹油，四周白色的遮簾在風中飛揚，享受完全隱密的私人空間。天空呈現只有在傍晚某個時間點才會有的湛藍，沙灘上的香氛蠟燭散發出甜蜜的香氣，鳥兒飛翔呼喚，海浪輕輕地拍打在沙灘上，空氣裡帶有些微的鹹味。景色是那麼地美，感覺好像在拍唯美的ＭＶ。

班握住我的手，我也緊緊回握。卡瑞莎剛好按到我脖子上某個特別僵硬的點，我痛得皺起臉。真好！我們躺在沙灘上有頂篷的大床，按摩完可以享受兩個小時的獨處時光。這一點按摩師已經強調過好幾遍。「兩個小時。」安潔莉娜一直說。「時間很充足，兩位可以好好休息……所有的感官都得到刺激，沒有人會打擾你們，這一點我們可以保證……」

她沒有眨眼使眼色，不過也差不多了。這顯然是露天做愛服務，只是飯店不好意思直接寫在宣傳手冊上。

卡瑞莎按完我的脖子，和安潔莉娜一起走到床頭，同步開始做頭部按摩。我愈來愈放鬆了。如果不是因為性慾高漲，我可能早就睡著。光是班塗滿油的裸體躺在我身邊就足以挑起我的慾望，我發誓要好好善用那兩個小時的時間。我們等夠久了！他只要一摸我，我就會爆炸——

叮！

我從幻想中驚醒。安潔莉娜和卡瑞莎不知從哪拿出兩個一模一樣的小鈴鐺，在我們頭上噹噹作響，彷彿是什麼儀式。

「好了。」卡瑞莎悄聲說，幫我把被單蓋好。「放輕鬆，好好休息。」

太好了！結束了！性感的獨處時光我們來了。我半瞇著眼看安潔莉娜和卡瑞莎離開遮簾圍起的小空間，除了棉質的簾子在風中輕輕拍打的聲音，周遭一片寂靜。我抬頭看著藍天，全身無力卻又性慾高漲，說不出話來。我從來沒有像現在這麼幸福過：按摩後，做愛前。

「好。」班又握緊我的手。「終於。」

「終於。」我正準備靠過去親他，可是他動作比我快，我還來不及反應，他已經跨坐在我身上，手裡拿著一小瓶油，可能是剛才偷偷帶進來的。他怎麼什麼小細節都會想到！

「除了我，我不喜歡讓別人幫妳按摩。」他把油倒到我肩膀上，麝香味聞起來好性感好華麗。我愉快地吸進按摩油的味道，任他塗滿我全身，厚實的力道讓我顫抖。

「派爾先生，您真是多才多藝。」我的聲音因強烈的渴求而不穩。「可以開美容沙龍了。」

「我只想要一名客戶。」他開始把油塗在我乳頭上、小腹上、一路往下……慾望讓我低聲呻吟，好想，好想要他……

「喜歡嗎？」他眼神很專注。

「我全身上下都刺痛，快受不了了。」

「我也是。」他靠過來吻我，雙手往下伸進我大腿中間……

「天啊！」我無法呼吸。「我是真的刺痛！」

「我也是。」

「喔！」我忍不住苦著臉。

「我知道妳喜歡粗暴一點。」他笑說，可是我痛到笑不出來，哪裡怪怪的。

「可以暫停嗎？」我把他推開。感覺像是有小蟲爬在我皮膚上。「有點痛。」

「痛？」他眼神晶亮帶著笑意。「寶貝，我們還沒開始呢。」

「不好笑！真的很痛！」我焦急地看著我變紅的手臂。怎麼會變紅？班又靠到我身上，他的唇逐漸往下移到我脖子，我很努力發出滿意的呻吟聲，但坦白說其實是痛苦的呻吟聲。

「停！」最後我絕望地說。「停！我快燒起來了！」

「我也是。」班喘息。

「我是說真的！我不行了！你看我！」

最後班終於退後看著我，眼神因渴望而迷茫。「妳看起來好美。」他說。「美極了。」

「才沒有！我全都紅了！」我愈來愈驚恐地看著自己的手臂。「而且我腫起來了！你看！」

「這裡也腫起來了對不對？」班捧著我一側的胸部讚嘆。他有沒有在聽啊？

「噢！」我用力拉開他的手。「這真的很嚴重，我覺得這是過敏反應。那瓶油的成分有什麼？沒有花生吧？你明知道我對花生過敏。」

「只是一般的油。」他沒有正面回答。「我不知道裡面有什麼。」

「怎麼可能不知道！你買的時候一定有看標示。」一陣沉默。他沉著臉，似乎被我說中了。

「不是我買的。」過了許久他才說。「尼可給我的，說是飯店的小禮物，他們的招牌複方精油什麼的。」

「喔。」我忍不住有點失望。「你明明知道我過敏卻沒有檢查？」

「我忘了好嗎？」班似乎不知道該怎麼辦。「我沒辦法記得每一件小事。」

「你太太對什麼過敏應該不是『小事』吧！」我憤怒地說，突然很想揍他。原本一切都是那麼地順利，他為什麼要在我身上抹可惡的花生油？

「如果換個姿勢會不會比較不痛？」班焦急地四處張望，把簾子拉開。「站在石頭上看看。」

「好。」我跟他一樣想解決問題。如果可以減少實際接觸的面積……我爬上大石頭，卻因為疼痛而一直縮起身子。「噢——」

「不是這樣——」

「噢！停！」

「換個方向……」

「你可以稍微轉一下……噢！」

「那是妳的鼻孔嗎？」

「這樣不行。」我第三次滑下大石頭後說。「如果有東西可以墊，我可以趴在石頭上……」

「或床角……」

「我去上面……不行！噢！對不起。」我苦著臉。「可是真的很痛。」

「妳可以把腿伸到頭後面嗎？」

「不行，我不會。」我不滿地說。「你會嗎？」

我們換過一個又一個特技動作，氣氛已經完全消失。我一直在喘氣，但不是愉快的那種。我的皮膚現在整個紅腫，需要立即擦含水的乳液，可是我也需要性愛。我好沮喪，好想哭，快受不了了。

「拜託！」我生氣地對自己說。「都做過根管治療了，我一定辦得到。」

「根管治療？」班似乎覺得備受侮辱。「跟我做愛像根管治療？」

「我不是這個意思！」

「妳這次度假從頭到尾都一直逃避跟我做。」他突然生氣地怒吼。「這是什麼他媽的爛蜜月？」

這個指控太不公平，我驚愕地往後縮。

「我沒有逃避跟你做！」我大喊。「我跟你一樣想要，可是我……這真的很痛……」我絕望地想著辦法。「要不要試密宗性愛[16]？」

16. 原文為tantric sex，也譯為譚崔性愛，意指透過身體接觸來進入超意識的性愛境界。

「密宗性愛？」班不屑地說。

「歌手史汀不都這樣。」我失望到快哭出來了。

「妳嘴巴會痛嗎？」他的口氣帶有一絲希望。

「會，嘴唇有沾到，真的很痛。」我聽得出他的意思。「抱歉。」

他鬆開原本交纏的腿，拱著肩膀，失望地躺在床上。儘管如此，我還是忍不住鬆一口氣，他終於沒有再摩擦我的肌膚了。這簡直是折磨。

我們倆心情低落地坐了好一陣子。我的皮膚還是很紅腫，我看起來一定像顆超大的糖漬櫻桃。一滴眼淚從我臉頰上滑落，接著又一滴。

他甚至沒有問我的過敏反應會不會有危險？是不會危險，可是他連問都沒問，顯然不是很關心。理查第一次看到我對花生產生過敏反應時差點送我去急診室，而且他每次都很仔細地檢查菜單和冷凍食品的標示，真的很體貼——

「洛蒂。」班的聲音把我嚇一大跳，我好愧疚。我怎麼可以在度蜜月時想前男友？

「嗯？」我迅速轉頭以免被他猜到我在想什麼。「我……沒在想什麼……」

「對不起。」班攤開雙手表示歉意。「我不是故意的，可是我真的很想要妳。」

「我也是。」

「運氣很不好。」

「我們運氣好像真的很不好。」我沮喪地說。「怎麼會遇到這麼多倒楣的事？」

「不像度蜜月，更像度小月。」聽到他的冷笑話我微笑，稍微安慰一點，至少他有在努力。

「也許是天註定。」我隨口說，但班馬上意會。「妳說的沒錯。洛蒂，你想想看，明天要回青年旅舍，回到我們第一次在一起的地方，或許老天爺的意思就是要我們在那圓房。」
「好浪漫。」我愈想愈覺得不錯。「可以去同一個岩洞裡。」
「妳還記得嗎？」
「我永遠記得那晚。」我由衷地說。「那是我這輩子最棒的回憶之一。」
「也許可以製造更美好的回憶。」班的心情又好了。「妳要多久才會好？」
「不知道？」我低頭看我龍蝦般的肌膚。「這次反應很強烈，可能要等到明天。」
「好，那就按暫停鍵，好嗎？」
「同意。」我感激地說。「就此按下暫停鍵。」
「明天再按播放。」
「然後再倒轉再播放。」我邪惡地對他笑。「然後重播再重播。」
兩個人心情都好多了。我們坐在那裡遙望著海，海浪重複拍打的聲音逐漸安撫了我的心情，配上鳥叫聲和遠方沙灘上震動的樂聲。晚上有樂團在沙灘上表演，等一下我們可能會晃過去，喝杯調酒、聽聽音樂。
感覺我們又言歸於好。班小心翼翼地把手伸到我身後，彷彿抱住我的肩，卻沒有真的碰觸到我，感覺很像被鬼魂擁抱。我的皮膚有點微微地刺痛，但我並不介意。剛才的不滿已經消失，我甚至不知道為什麼會有那種情緒。
「明天。」他說。「沒有花生油、沒有私人管家、沒有豎琴，只有我們。」

「只有我們。」我點頭。也許班說的沒錯，也許我們就是註定要在青年旅舍做。

「我愛你。」我衝動地說。「這件事讓我更愛你。」

他露出招牌的撇嘴一笑，我的心又滿起，突然覺得好幸福。儘管肌膚刺痛、性慾得不到滿足、腳踝因為攀爬岩石而抽筋，還是覺得很幸福，因為經過這麼多年，我們又回到伊克諾斯。明天更要回到當初開始的地方，回到我們人生中最重要的地方：那間青年旅舍。當年在那裡發現愛情、經歷重大事件，從此改變我們的命運。

班伸出手，彷彿要牽起我的手，我把手伸到他手中，手指縮起（我的手也腫起來了），沒有碰觸到他。我不需要告訴他重返舊地對我而言有多重要，他一定明白。沒有人比他更清楚，這就是為什麼我們註定要在一起。

18

費莉絲

不，不——！這是什麼胡言亂語？

班對我其實有深刻的了解，他認為這是命運的安排，我也是。我們對未來做了好多規劃。我想做的事情他都想做！我們很可能會搬去法國住鄉間別墅……

我迅速瀏覽接下來的三則簡訊，愈看愈灰心。

……氣氛好棒！白色的簾子，座落在海邊私人空間，雖然最後結果不太好，不過這不重要……

……沒有肌膚上的接觸，可是我卻能感受到他，好像心靈上的連結，妳知道我的意思……

……從來沒有這麼幸福過……

他們還沒做愛，可是她從來沒有這麼幸福過？如果我的目的是要拆散他們，那我完全失敗了，反而拉近他們的距離。真是太好了，太棒了。

「還好嗎？」羅肯看到我的表情後說。

「非常好。」我幾乎是吼回去，大力翻閱皮革裝訂的調酒單。

自從飛機在蘇菲亞降落後，我的心情就沒有好過，現在更是跌到谷底。計劃沒有成功，適得其反！我累到骨子裡，房間的迷你酒吧沒有氣泡水，這裡又被一堆保加利亞應召女郎圍繞。好，也許她們不全是應召女郎。我再度掃視飯店的屋頂酒吧，有些可能是保加利亞名模或商務人士。這裡的燈光幽暗，但眾人的鑽石、金牙和ＬＶ皮帶釦都很閃亮，顯然不是最低調的地方。不過，飯店倒是知道我是誰，不用我開口就自動幫我升級。我已經有一段時間沒住過這麼奢華的套房：有兩間超大臥室、客廳有電影院級的大螢幕和整面的鏡子、空間超大的裝飾藝術風格浴室。很想帶羅肯參觀。

心裡有種期待揪著。不太確定羅肯和我現在到底是什麼關係？也許喝幾杯酒就會知道了。吧臺也很奢華，有落地玻璃窗，還有由黑色磁磚砌成的細長型游泳池。那些美女型男／名模／商務人士都一臉不屑地看著泳池，不像諾亞興奮地蹦蹦跳跳，要求下水。

「你的泳褲在行李箱。」我說第五次了。

「穿內褲去游就好了。」羅肯說。「有何不可？」

「太好了！」諾亞大喊，覺得這個主意很棒。「內褲！內褲！」他上下蹦跳，搭飛機讓他亢奮，到現在都還沒平靜。也許去游泳也不錯。

「好吧。」我退讓。「你可以穿內褲去游。可是要小力，不可以潑水濺到別人。」

諾亞開始興奮地脫衣服，脫下的衣服全亂丟。

「麻煩妳幫我顧錢包。」他學大人的口氣說，把空姐送他的錢包交給我。「我想在裡面放幾張信用卡。」他說。

「你還不到可以用信用卡的年紀。」我說，一邊把他的褲子摺好，整齊地放在絨布長椅上。

「這張給你。」羅肯拿了張星巴克卡給他。「過期了。」他悄聲對我說。

「酷！」諾亞興奮地說，小心翼翼地塞進錢包。「我想跟爹地一樣裝滿滿的。」

我正準備對他爸膨脹的錢包發表諷刺的評語時，卻立即控制住自己：這樣會顯得很尖酸刻薄，我不要這樣，我要輕鬆甜美。

「諾亞，爹地賺錢很辛苦。」我甜甜地說。「我們應該以他為榮。」

「一、二、三、跳！」諾亞跑向泳池，噗通一聲像炸彈一樣濺起大量水花，灑在一名穿著超短洋裝的金髮女郎身上，嚇得她往後退，擦去腿上的水珠。

「抱歉！」我高興地對她喊。「這就是在泳池邊喝酒的職業風險！」

諾亞游的自由式噴濺出不少水花，那些容貌俊美的客人和服務生紛紛驚愕地瞪著他。

「妳敢不敢賭諾亞是第一個在這裡游泳的人？」羅肯微笑說。

此時理查剛好跟一群同班機的乘客一起走進酒吧。他看起來比之前更疲憊，令人同情。

「嗨。」他打完招呼，癱坐在長椅上。「有洛蒂的消息嗎？」
「有，好消息是他們還沒做。」我說，希望他聽了心情好一點。
「還沒？」羅肯用力放下酒杯，狐疑地說。「他們是有什麼問題？」
「過敏。」我漠然地聳聳肩。「在洛蒂身上抹花生油什麼的，她皮膚腫起來。」
「花生油？」理查突然很關切。「她還好嗎？有沒有去看醫生？」
「應該還好。」
「過敏反應很危險。拜託，怎麼會用花生油？她沒有提醒他們嗎？」
「我……我不知道。」我沒有正面回答。「那是什麼？」我朝著理查手上的紙點頭，轉移話題。
「沒什麼。」理查防衛地說。諾亞剛好包著時尚的黑色毛巾走出泳池。「沒什麼。」
「一定有。」
「嗯……好吧。」理查兇狠地看看我又看看羅肯，彷彿看我們誰敢笑。「我寫了一首法文詩給洛蒂。」
「好啊！」我鼓勵地說。「可以借我看嗎？」
「還沒寫好。」他不情願地把紙交給我，我清喉嚨，把紙攤開。
「Je t'aime, Lottie, Plus qu'un zloty.」我遲疑，不知道該說什麼。「嗯，總是個好的開始……」
「洛蒂我愛妳，勝過茲拉第？」[17]羅肯不可置信地翻譯。「這是開玩笑嗎？」

17. 茲拉第為波蘭幣的單位。

「『洛蒂』很難押韻。」理查反駁。「不然你試試看！」

「你可以用『屁』。」諾亞建議。「洛蒂我愛妳，勝過千個屁。」

「謝謝。」理查不高興地說。「感謝幫忙。」

「寫得很好。」我連忙說。「重要的是有這樣的心。」

理查把紙搶回去，伸手拿菜單。封面寫著「保加利亞特色美食」，裡頭有點心和輕食。

「吃點東西也好。」我安撫他。「心情會好一點。」

理查瞄了一眼，招手請一名面帶微笑的女服務生過來。

「有什麼需要嗎？」

「我想針對『保加利亞特色美食』提出幾個問題。」他盯著女服務生說。「三色沙拉是保加利亞的特色美食嗎？」

「先生，」女服務生笑得更燦爛了。「我去問一下。」

「理查。」我踢他。「住手。」

「總匯三明治。」他繼續問。「這也是保加利亞的特色美食嗎？」

「先生——」

「捲捲薯條。這來自保加利亞的哪一區？」

女服務生放下筆，困惑地看著他。

「住手！」我低聲噓理查，抬頭微笑對女服務生說，「謝謝妳，再給我們幾分鐘的時間。」

「我只是想問問看。」理查說。「釐清事實。我總可以釐清事實吧？」

「你不會寫法文情詩也沒必要把氣出在無辜的服務生身上。」我嚴厲地說。「你看，有開胃菜拼盤，這算保加利亞的特色美食。」

「那是希臘菜。」

「保加利亞也有。」

「妳怎麼知道。」他悶悶不樂地看著菜單，然後又闔上。「算了，我回房間好了。」

「你不吃東西嗎？」

「我叫客房服務，明天早上見。」

「好好休息！」我大喊，他卻只是消沉地回首，對我點點頭。

「可憐的傢伙。」理查離開後，羅肯說。「他真的很愛她。」

「我想也是。」

「只有深深墜入愛河以致於頭腦暫時無法思考的人才寫得出那種詩。」

「勝過茲拉第。」我突然好想笑。「怎麼會用波蘭幣？」

「『勝過千個屁』還比較好。」羅肯挑眉。「諾亞，你有機會成為桂冠詩人。」

諾亞跳回泳池，我們倆看著他到處噴灑水花。

「他很棒。」羅肯說。「聰明，個性穩定。」

「謝謝。」聽到稱讚我忍不住微笑。諾亞是很聰明，但我不太確定他個性有沒有穩定。個性穩定的小孩會說到處說自己做了心臟移植手術嗎？

「他似乎很快樂。」羅肯抓起一把花生。「監護權談得還順利嗎？」

一聽到「監護權」三個字，我的內部雷達馬上啟動，心臟開始怦怦跳，準備戰鬥，全身上下注滿腎上腺素。我不安地把玩脖子上的記憶卡，腦子裡準備好長篇大論，內容豐富、言詞尖銳，而且很想揍人。

「我有些朋友爭監護權爭得很辛苦。」羅肯說。

「我想也是。」我努力保持平靜。

辛苦？我好想大喊，你想知道什麼叫辛苦嗎？

可是同時巴納比的聲音像警鐘一樣在我耳邊響起：妳說過不管怎麼樣，妳都不會變得尖酸刻薄。

「妳沒有吃到苦頭？」羅肯問。

「一點都沒有。」不知打哪來的力量，讓我露出最輕鬆、最平靜的笑容。「一切都非常順利，很快。」我特別強調。「非常快。」

「妳運氣很好。」

「非常好。」我點頭。「非常、非常好！」

「妳真是了不起。」羅肯用讚嘆的口氣說。「妳確定妳想跟他離婚？」

「我很高興他在別的女人身上找到幸福。」我的笑容更甜美了。這種說謊的功力連我自己都很怕。這跟事實完全相反，幾乎像是在玩遊戲。

「妳跟他的新伴侶處得好嗎？」

「我很喜歡她！」

「諾亞也是？」

「就像個幸福的大家庭！」

「要不要再喝一杯？」

「不要！」我突然想到羅肯不知道我在玩這個遊戲，連忙改口。「好啊。」

在羅肯呼喚服務生的同時，我吃了幾顆花生，努力想出更多離婚相關的謊言——我們都一起打桌球！他們剛出生的寶寶要取跟我一樣的名字！可是我愈想頭愈昏，把玩記憶卡的手指也愈來愈激動。我不想玩這個遊戲了！心裡善良天使的力量消退，壞天使闖進來想發言。

「妳前夫一定很棒。」羅肯點完酒之後說。「你們倆才能處得這麼好。」

「他真的很棒！」我咬著牙點頭。

「應該是。」

「很貼心又善良！」我垂在兩側的雙手緊緊握拳。「他很有魅力、迷人、慷慨又體貼——」我說到一半停下來，急速喘氣、眼冒金星。稱讚丹尼爾讓我很不舒服，我沒辦法繼續。「他是個……是個……是個……」就像打噴嚏一樣，非出來不可。「混蛋王八蛋！」

接著是一陣短暫的沉默。隔壁桌有幾名男子好奇地看過來。

「是逗趣可愛的那種嗎？」羅肯試探性地問。「還是……就是如此。」他看到我的表情之後說。

「我騙你的！丹尼爾是所有前妻的惡夢。我是很尖酸刻薄沒錯，我很尖酸刻薄！」光是說出來就輕鬆多了。「我的骨頭很尖酸，我的心很刻薄，我的血液也是如此……」我突然想到。「等等，我們上過床，你早知道我很尖酸刻薄。」

我們一夜情那次我很緊繃，好像罵了很多髒話，他不可能沒發現。

「有猜到一點。」他頭傾向一邊表示肯定。

「是不是因為我高潮時喊了一句『去你媽的丹尼爾？』」我忍不住開玩笑，然後又舉手。「對不起，不好笑。」

「不用道歉。」他不為所動。「唯有說不好笑的笑話才能讓人撐過離婚的過程。想念[18]前妻怎麼辦？下次瞄準一點。」

「為什麼離婚要花那麼多錢？」我馬上接口說。「因為很值得。」

「為什麼離過婚的人再婚？因為記憶力不好。」

他等我笑，我卻陷入沉思。腎上腺素消退，留下熟悉的破碎思緒。

「重點是……」我用力揉揉鼻子。「重點是，我並沒有撐過來。因為『撐過來』的意思代表我還是原來的那個我？」

「那妳現在變了嗎？」羅肯說。

「我不知道。」我想了很久才說。「我覺得心裡被灼傷，三級燙傷，可是沒有人看得到。」

他皺著臉，沒有答腔。他是少數那種可以傾聽，等人家說完的人。

「我開始覺得自己是不是快瘋了。」我望著玻璃杯說。「丹尼爾真的這樣看待這個世界嗎？他真的說得出那些難聽的話，大家真的都相信他嗎？最慘的是，沒有人跟妳並肩作戰。離婚就

18. 原文為miss，有「想念」也有「未擊中目標」之意。

像精密控制的爆炸案，只有裡面的人受傷，外面的人都沒事。」

「外面的人都沒事。」他用力點頭。「妳會不會很討厭那些叫妳不要想太多的人？」

「沒錯！」我點頭表示認同。「還有說『樂觀一點！至少妳不是因為什麼工廠事故被毀容。』」

羅肯大笑。「看來我們認識的人都一樣。」

「我好希望他可以離開我的生命。」我雙手撐著額頭，嘆口氣。「如果可以做個移除前夫的微創手術多好。」羅肯微微一笑表示讚賞，我大口喝酒。「你呢？」

「不怎麼愉快。」他點頭。「錢那方面有點爭執，不過我們沒有小孩，所以比較簡單。」

「還好你們沒有小孩！」

「不見得。」他的語氣很平淡。

「沒有，真的。」我堅持。「爭取監護權又是另一場——」

「沒有，真的不見得。」他的口氣有些尖銳，我沒聽過他用這種口氣說話，同時也突然想到我對他私生活的了解並不多。「我們沒辦法生育。」他簡短地說。「是我的問題。我們的婚姻之所以破裂，這佔了百分之八十的因素，應該說百分之百。」他灌下一大口威士忌。

我驚訝到說不出話來。他用簡短幾個字表達如此悲傷的故事，我覺得很內疚，我竟然在抱怨自己的處境，因為至少我還有諾亞。

「我很抱歉。」過了許久我才說。

「我也是。」他親切的笑容有點苦澀。我知道，他看得出來我的愧疚。「不過，就像妳說的，有小孩情況會更複雜。」

「我不是那個意思。」我開口。「我沒想到——」

「沒關係。」他舉起手。「沒關係。」

我知道這種口氣，我自己也會用這種口氣；並不是真的沒關係，只是事情就是這樣了。

「我真的很抱歉。」我微弱地又說一次。

「我知道。」他點頭。「謝謝。」

兩人安靜了好一陣子。我腦袋裡有好多思緒繞轉，卻不敢跟他分享。我跟他不夠熟，可能會不小心傷到他。

最後我還是回到洛蒂和班這個安全的話題。

「重點是……」我嘆口氣。「我只是想保護我妹妹不受你我都經歷過的傷痛，就這樣而已，這是我來這裡的原因。」

「我可以提出一件事嗎？」羅肯說。他嘴角上揚帶著笑意，看得出來他想讓氣氛輕鬆一點。「妳又沒見過班。」

「我不需要。」我反駁。「你不知道，這種行為有跡可尋，洛蒂每次失戀都會做出一些愚蠢、瘋狂、魯莽的行為，事後又要解決。我稱之為『令人遺憾的選擇』。」

「『令人遺憾的選擇』，我喜歡。」他挑眉。「所以妳覺得班是她『令人遺憾的選擇』？」

「不是嗎？拜託，才五分鐘就決定結婚，還計劃搬去法國鄉間別墅——」

「鄉間別墅？」羅肯一臉驚訝。「是誰說的？」

「洛蒂！她都規劃好了，還要養羊養雞，還要我們去找他們吃法國麵包。」

「這聽起來一點都不像班。」羅肯說。「養雞？妳確定？」

「就是啊！聽起來像荒謬的白日夢，等夢破碎後，她就會離婚，跟我一樣變尖酸——」糟糕，太遲了，我說得太大聲，幾乎是用喊的，隔壁桌的男士又在看我。「跟我一樣。」我降低音量重複說。「那就糟了。」

「妳對自己太苛了。」羅肯說。我覺得他是在安慰我，可是我現在沒有接受安慰的心情。

「你知道我的意思。」我往前靠。「你希望自己關心的人經歷離婚的痛苦嗎？還是希望盡量避免發生同樣的事情？」

「所以妳打算不請自來，要她訴請婚姻無效，嫁給理查？妳覺得她會聽妳的話嗎？」

我搖搖頭。「不是這樣。我覺得理查很棒，很適合洛蒂，可是我不會打著『理查陣線』的名義出現。他要替自己爭取。我只是不希望她毀了自己的人生。」

「妳運氣很好，他們的蜜月變成一場惡夢。」羅肯挑眉。

我短暫想了一下要不要坦白我的祕密計劃，然後又決定不說。

「對。」我勉強用冷淡的口氣說。「運氣很好。」

諾亞爬出泳池，在深灰色的地毯上留下濕漉漉的腳印，爬到我身上。我心情馬上變輕鬆。諾亞渾身上下散發著希望的氣息，只要摸摸他就會被感染。

「我們在這裡！」他突然揮手說。「這桌！」

「來了！」一名女服務生端著銀質托盤走過來，托盤上有一盆冰淇淋聖代。「給我們勇敢的小英雄，妳一定非常以他為榮。」她對我說。

天啊，又來了！我報以微笑，臉上不帶任何表情，勉強掩飾我的尷尬，因為我不知道這次又是什麼情況；可能是心臟移植，可能是骨髓移植，也可能是養了新的小狗。

「一天做三個小時的訓練！」她抱著諾亞的肩膀，「你的專注力讓人好佩服！妳兒子剛才告訴我他在接受體操訓練。」她對我說。「打算進軍二〇二四奧運是嗎？」

我的微笑瞬間凍結。體操訓練？好，不能再拖了，這件事一定要馬上跟他談。

「謝謝。」我勉強說。「非常感謝妳。」女服務生一離開，我馬上轉頭看諾亞。

「親愛的，聽我說，這件事很重要。你知道什麼是實話和謊話吧？」

「知道。」諾亞自信地點頭。

「也知道絕對不可以說謊。」

「除了表示禮貌的時候。」諾亞跟著說。「例如『這件洋裝好好看！』」這是我們大約兩個月前另一次深談的結果，當時諾亞對他乾媽的廚藝做了過於誠實的陳述。

「對，不過——」

「還有『這個蘋果派真好吃！』」諾亞繼續說。「還有『我很想再吃可是我吃不下了！』」

「對！好。重點是，大部分的時候都要說實話，不可以說自己動心臟移植手術，因為你沒有。」我仔細觀察諾亞的反應，可是他似乎不為所動。「親愛的，你沒有動心臟移植手術吧？」我輕聲說。

「沒有。」他同意。

「那你為什麼跟空姐說你有？」

諾亞想了一下。「因為聽起來很有趣。」

「好，我們可以在有趣的同時也說實話，好嗎？從現在開始，我希望你都說實話。」

「好。」諾亞聳肩，似乎絲毫不在乎。「我可以吃聖代了嗎？」他拿起湯匙開始吃，巧克力碎片噴得到處都是。

「說得好。」羅肯靜靜地說。

「我不知道。」我嘆氣。「我真的不懂，他為什麼要講這些？」

「想像力太豐富。」羅肯聳肩。「不用擔心，妳是好媽媽。」他的口氣好理所當然，我還以為我聽錯。

「喔。」我不太確定該如何反應。「謝謝。」

「我猜妳對洛蒂來說也很像媽媽？」這個羅肯觀察力真敏銳。

我點頭。「我們的母親並不是很盡責，我一直都要照顧她。」

「可以理解。」

「真的嗎？」我抬起頭，突然很想知道他真實的意見。「你真的可以理解我為什麼這麼做嗎？」

「哪一部份？」

「全部。」我張開雙手。「想避免我妹妹鑄下她人生最嚴重的錯誤。我這樣做對嗎？還是我瘋了？」

他沉默了一會兒。「我覺得妳很保護妳妹妹，對她很忠誠，這一點我很欽佩。不過，對，妳瘋了。」

「閉嘴。」我推推他。

「是妳自己要問的。」他推回來。我感覺到一絲微微的電流，腦海裡閃過我們在一起的那晚，浮現的影像讓我倒抽一口氣。看到羅肯嘴角緊繃的模樣，我猜他也想到同樣的畫面。

回憶和期待讓我開始起雞皮疙瘩，我們倆同時在飯店裡，這根本不用考慮；性愛是上帝的禮讚，應該要盡量享受。這是我的理論。

「妳的套房大不大？」羅肯彷彿看穿我的心思。

「兩間臥室。」我漫不經心地說。「我一間，諾亞一間。」

「喔。」

「空間很大。」

「喔。」他和我四目相交，眼神流露出更多訊息，我忍不住顫抖。當然我們不能直接衝上樓脫光衣服，因為我七歲的兒子就坐在旁邊。

「要不要……吃點東西？」我提議。

「好！」諾亞剛好吃完冰淇淋，恰好切入我們的對話。「我想吃漢堡和薯條！」

一個小時後，我們三個人吃完一份總匯三明治、一個漢堡、一份薯條、一份地瓜薯條、一盤炸蝦、三個巧克力布朗尼和一籃麵包。坐在長椅上的諾亞已經快睡著。他剛忙著在酒吧裡到處跑，跟每個保加利亞應召女郎交朋友，領到不少可樂和洋芋片，還有一些保加利亞錢。不過我都要他把錢還給對方，讓他很失望。

現在有六人樂團在演奏，大家都在聽，燈光更暗了，我心情很好。三杯葡萄酒下肚後，心情好很多。羅肯的手不時擦過我的。我們有一整個美好的夜晚可以期待。我伸手拿起盤子上最後一根地瓜薯條，瞄一眼諾亞放在旁邊的航空公司錢包，裡面似乎塞滿了信用卡。他怎麼會有這麼多卡？

「諾亞？」我推推他，把他叫醒。「親愛的，你的錢包裡裝了什麼？」

「我撿到的信用卡。」他睡眼惺忪地說。

「你撿到信用卡？」我的血液馬上凝結。天啊！他是不是偷了別人的信用卡？我氣沖沖地把錢包拿起來，把卡片都抽出來。結果不是信用卡，是——

「房卡！」羅肯說。他看著我一口氣抽出七張卡。整個皮夾都塞滿了電子房卡，大概有二十張。

「諾亞！」我又把他搖醒。「親愛的，這些都是哪裡來的？」

「我跟妳說了，撿來的。」他不滿地說。「別人到處亂擺在桌子上，我想要幾張信用卡放在我錢包……」他再度閉上眼睛。

我抬頭看羅肯，手上一整疊的房卡攤開，好像在玩撲克牌。

「怎麼辦？要不要還給人家？」

「看起來都一樣。」羅肯大笑。「祝妳好運。」

「不要笑！不好笑！等大家都發現被鎖在房外就慘了……」我看看那疊房卡，自己也忍不住笑了出來。

「放回去就好。」羅肯果斷地說。

「放哪？」我看著一桌桌打扮入時、正在欣賞樂團演奏的賓客。他們顯然感受不到我的焦慮。「我不知道哪一張是誰的，要去櫃臺問才知道。」

「這樣好了。」羅肯說。「把房卡像復活節彩蛋一樣到處放。大家都在欣賞樂團表演，不會有人發現。」

「可是每張卡片都一樣！我怎麼知道哪張房卡是誰的？」

「用猜的，發揮我們的特異功能。一半給我。」他說，一邊拿出錢包裡一半的房卡。

我們小心翼翼、緩緩地起身。燈光昏暗，樂團正在演奏酷玩樂團的歌，大家都專心聽著。羅肯自信地走向吧臺，微微往左傾，在吧臺桌上放下一張房卡。

「不好意思。」我聽到他迷人地說。「沒站穩。」

我仿照他的方式，朝另外一群人走過去，假裝在看燈，同時在鏡面桌上丟下三張卡。卡片掉落的聲音被音樂聲掩蓋，沒有人發現。

羅肯正在吧臺主桌上放卡片。他迅速移動，巧妙地在眾人背後與吧臺椅之間行進。

「不好意思，好像是妳掉的？」有個女孩子疑惑地轉身看他。

「喔，謝謝！」她收下卡片，我心裡凝結。這感覺像是開一個很大的玩笑，心情又驚又喜；那絕對不是她的房卡。等一下有一些房客會很生氣……

接著羅肯靠近舞臺，站在一名金髮女子身後，直接把房卡彈到她桌上，回頭發現我在看他，對我眨眨眼。我好想笑，用最快速度處理完剩餘的卡片，衝回已經完全睡著的諾亞身邊，請服務生過來，迅速簽帳，接著把諾亞抱起來，等羅肯來找我們。

「如果被抓到我會名譽掃地。」我低聲說。

「保加利亞有七百五十萬人口。」羅肯指出。「這跟在波哥大[19]名譽掃地一樣。」

「我也不希望在波哥大名譽掃地。」

「為什麼？說不定已經是了。妳有去過波哥大嗎？」

「剛好有。」我告訴他。「我可以告訴你，我在波哥大還沒有名譽掃地。」

「說不定他們只是客氣。」

這段對話荒謬到我忍不住微笑。

「走吧，趁生氣的房客攻擊我們之前，趕快離開這裡。」

我們走出酒吧時，羅肯伸出雙手。

「我可以幫妳抱諾亞，他看起來不輕。」

「沒關係。」我馬上微笑。「習慣了。」

「不代表他很輕。」

「那……好吧。」

把諾亞交給羅肯的感覺很奇怪，可是坦白說，我肩膀不太好，這樣反而鬆了一口氣。我們走回套房，羅肯直接把諾亞抱上床。他睡得很熟，動也不動。我只有幫他把鞋子脫掉，明天晚

19. 哥倫比亞首都。

上再刷牙換睡衣也沒關係。

我關上諾亞房間的燈，走到門口，和羅肯一起站著，感覺很像一對父母。

「好吧。」羅肯說。我心裡再度湧現一股美好的期待，彷彿在熱身，身上的肌肉迫切期待被運用。我腦海中突然閃過一個念頭：我做愛的運氣比洛蒂好。心裡浮現一絲愧疚，但只有一絲。這是為她好，她以後還有機會度蜜月。

「喝什麼？」我說。我不想喝，只是想拉長此刻。房間有很多性感的鏡子和柔軟的地氈，壁爐裡點著（假）火，很適合做愛。此外還有幾個擺放位置適中的家具，我都已經看好了。

我倒了杯威士忌給羅肯，自己端著葡萄酒杯坐在一張極為出色的椅子上。椅面是深紫色絨布，寬闊的扶手、深軟的椅墊，椅背呈現美麗的弧度。我刻意擺出撩人的姿勢，靠坐在一邊扶手上，讓裙襬往上捲。內心有種急切而美好的悸動，不過我不要急，先聊天（或飢渴地望著對方也不錯）。

「不知道班和洛蒂在做什麼？」羅肯打破沉默。「可能還沒……」他故意聳肩。

「應該沒有。」

「好可憐，他們運氣真的很不好。」

「也是。」我小口喝著我的酒，沒有表態。

「度蜜月竟然沒做愛。」

「好慘。」我點點頭。「很可憐。」

「而且他們還刻意等到結婚不是嗎？」他皺起臉回想。「我還以為他們會在洗手間做做就算了。」

「他們試過，結果被逮到。」

「真的？」他驚訝地看著我。「妳是說真的？」

「在希斯羅機場的商務艙休息室。」

羅肯仰頭大笑。「我一定要拿這來取笑班。所以妳妹妹什麼都跟妳說是嗎？性生活也不例外？」

「我們很親。」

「好可憐，連在希斯羅機場廁所都不行，運氣真差。」

我沒有馬上答腔。手上這杯紅酒比剛才在酒吧喝得更烈，我開始有點暈，有點醉，頭開始在轉。羅肯一直說「運氣不好」，可是他錯了，這跟運氣完全沒有關係，班和洛蒂沒有圓房都是因為我，因為我的主導。突然間，我有股衝動想告訴他。

「這跟運氣無關……」我沒把話說完，羅肯果然馬上聽出我的意思。

「這話是什麼意思？」

「班和洛蒂還沒做跟運氣無關，是我的規劃，是我在主導。」我驕傲地往後靠，覺得自己很像女王，坐在寶座上發揮力量，遙控他們的蜜月。

「什麼？」看到他驚訝的模樣，我又是一陣得意。

「我在當地有代理人幫忙。」我解釋。「我發指令，由他執行。」

「妳在說什麼？什麼代理人？」

「是飯店的員工，由他確保班和洛蒂在我抵達前都沒辦法圓房。我們協力合作，成效很好！他們到現在都還沒做。」

「可是妳怎麼——要怎麼——」他困惑地抓頭。「我的意思是妳怎麼阻止夫妻不做愛？」

天啊，他反應真慢。

「很簡單。破壞他們的床、在飲料裡下藥、到處跟著他們……用花生油按摩——」

「那是妳？」他一臉驚愕。

「全都是我！全都是我主導的！」我拿出手機對他揮舞。「全都在這裡，所有的簡訊、所有的指示，全都是我主導的。」

一陣漫長的沉默。我等他表示對我的佩服，可是他似乎呆住了。

「妳破壞妳妹妹的蜜月？」他的表情讓我有點不安。另外，「破壞」這個字也讓我不太舒服。

「這是唯一的方式！不然我還能怎麼辦？」這段對話的走向不太對勁。我不喜歡他的表情，也不喜歡我自己的表情。我知道我看起來很像在反駁，這並不好看。「你應該能理解，我非阻止這件事不可？一旦他們圓房就無法訴請婚姻無效，所以我一定要採取行動，這是唯一的方式——」

「妳是神經病嗎？妳瘋了嗎？」羅肯的語氣好強烈，嚇得我往後縮。「這當然不是唯一的方式！」

「這是最好的方式。」我抬高下巴驕傲地說。

「這也不是最好的方式。不管怎麼看，都不是最好的方式。如果她發現怎麼辦？」

「她不會發現。」
「她有可能發現。」
「嗯……」我勉強說。「那又怎樣？我是為她好——」
「讓她接受花生油按摩？如果她產生極端的過敏反應死掉呢？」
「閉嘴！」我不安地說。「她沒事。」
「可是妳樂於見到她痛一整晚。」
「她沒有痛！」
「妳怎麼知道？天啊。」他雙手抱頭暫歇，然後又抬起頭。「還有，如果她發現怎麼辦？妳有永遠失去她的準備嗎？這一定會發生。」
套房內一陣沉默，但剛才尖銳指控的字眼似乎仍在霧面鏡子上彈跳。性慾高漲的氣氛消失。我找不出反駁羅肯的字句。我知道這些話在我腦子裡，可是我現在反應有點慢，頭有點暈，想不出來。我以為他會對我很佩服，我以為他能體會，我以為——
「妳提過『令人遺憾的選擇』？」他突然說。「那這又算什麼？」
「這話是什麼意思？」我生氣地瞪著他。「令人遺憾的選擇」是我專用的詞，他不能用。
「妳自己經歷痛苦的離婚過程，所以就決定衝去破壞妳妹妹的蜜月，避免她陷入同樣的命運。我覺得聽起來這比較像是他媽的『令人遺憾的選擇』。」
我驚訝到幾乎無法呼吸。什麼？他說什麼？
「閉嘴！」我暴怒。「你什麼都不知道！早知道就不告訴你！」

「這是她的人生。」他不為所動地看著我。「她的！妳的介入是大錯特錯，妳可能會因此後悔一輩子。」

「阿門。」我挖苦地說。「說教說完了嗎？」

他只是搖搖頭，分兩口把威士忌喝光。我知道事情到此結束，他要走了。他走到門邊又停下來，背影看起來很緊繃，我想他感覺跟我一樣不自在。

不安的思緒刺著我，胃部底端被痛苦地拉扯著，很像是愧疚感。只是我絕對不會向他承認。可是，有件事我非說不可，一定要說清楚。

「我只是要跟你說清楚。」我等到他轉頭才又開口。「我很關心洛蒂，非常關心。」我的聲音突然有些顫抖。「她不只是我妹妹，也是我朋友，我做的這一切都是為她好。」

羅肯看著我好一陣子，表情無法解讀，最後才終於說。「我知道妳認為自己有正當的理由，我知道妳經歷過許多痛苦，希望保護洛蒂不受同樣的傷害。但這是非常嚴重的錯誤。妳自己知道，其實妳知道。」

他眼神變得和緩。我突然意識到，他是在同情我。竟然是在同情我？我沒辦法忍受這種事。

「晚安。」我冷淡地說。

「晚安。」他用同樣冷淡的口氣，不發一語離去。

19

洛蒂

一切都是天註定！這是我明星級、黃金級、夢想中的情境；我和班再度乘船踏過愛琴海的浪頭，朝幸福的方向前進！

還好我們離開安巴飯店了。我知道飯店很豪華有五星級，可是這不是真正的伊克諾斯，也不是我們。一抵達忙碌的小港灣，埋藏在我內心深處的某些東西再度浮現。這才是我記憶中的伊克諾斯：白色老舊的房屋、木質百葉窗、陰涼的街道、坐在街角的黑衣老太太和渡輪碼頭。港灣停滿漁船與水上計程車，濃烈的魚腥味讓我暈眩；我記得這個味道，這些我全都記得。

早晨的天空好藍，陽光跟以前一樣耀眼。我搭乘水上計程車，往後靠在座位上，就跟我十八歲時一樣，雙腳放在班的大腿上，他漫不經心地玩我的腳趾頭，兩個人只想著一件事。

原本過敏的肌膚已經復原，今天早上班本來很想迅速地做一次，可是被我說服不要。如果有機會在我們發生第一次的岩洞裡做，怎麼可以在無聊的飯店大床上圓房呢？一想到就覺得好浪漫。事隔這麼多年我們竟然又回來了！結了婚，回到那間青年旅舍！不知道亞瑟還在不在？

不知道他還認不認得我們？我應該沒有變很多吧？而且我還穿著十八歲那年的花色短褲……希望褲子不會裂開。

船身在浪上起伏，海水飛濺到我臉上，我舔去嘴唇上的鹹味，看著沿途經過的海岸，回想當年探索過的小村落裡，鋪著鵝卵石的窄巷和意外發現的寶物，有次在個荒涼的廣場中間發現一尊半毀的大理石馬雕。我抬頭想跟班分享，他卻專心聽著iPad上的饒舌音樂。我有點不滿，一定要在這種時候聽這個嗎？

「亞瑟不知道還在不在？」我嘗試吸引他的注意。「還有以前那個廚子。」

「應該不在。」他短暫抬頭。「不知道莎拉後來去哪？」

又是莎拉，我根本不認識這個女孩子。

音樂聲愈來愈大，班開始跟著饒舌，他真的不會唱。我是他的愛妻，可是平心靜氣地說，他唱起來真的很難聽。

「這裡好美、好平靜。」我意有所指地說，但他沒聽出我的暗示。「可以暫時關掉音樂嗎？」

「這可是ＤＪ阿塞，寶貝。」班說，一邊調高音量，朝美麗的海洋高聲播放「你他媽的麻吉」，我皺起臉。

自私的討厭鬼。

這個念頭就這樣突然出現在我腦海中，讓我有點慌。不對，我不是那個意思。沒事，一切都很好，很幸福。

反正我也不討厭饒舌音樂，可以邊聽邊聊。

「真不敢相信我竟然回到當初改變一切的地方。」我轉換話題。「那場火災可說是我人生的轉捩點。」

「拜託妳可以不要再提那場火災了嗎？」班煩躁地說，我驚訝地看著他，心裡很受傷。

他會有這樣的反應，我不應該意外才對，他向來對那場火災沒什麼興趣。當時他剛好去小島另一邊潛水採海綿，所以他不在場。對於這一點，他一直很不高興。不過也不用這麼氣吧，他明知道這件事對我很重要。

「是誰？」

「嘿！」他突然看著 iPad 驚呼，我看到他剛收到一則簡訊。船已經快到岸，大概有訊號了。

班看起來好得意好興奮。他贏了什麼獎嗎？「妳有沒有聽過尤瑞・次那科夫這個人？他想私下見我。」

「尤瑞・次那科夫？」我張大嘴巴。「他怎麼會找你？」

「他想買我們公司。」

「哇！那你想賣嗎？」

「有何不可？」

我的腦袋已經飛快運轉。這很棒！然後班就有一堆現金，我們就可以去法國買舊農舍……

「他想找我。」班似乎非常得意。「只要找我。約在他的超級遊艇上見面。」

「好棒！」我握住他的手臂。

「我知道，真的很棒。羅肯可以——」他沒把話說完。「隨便他。」他鬱悶地說。

感覺有點怪，我不太了解，也不是很在乎。我們要搬去法國！而且終於可以做愛了！我忘記剛才的不愉快，回到超級幸福的心情。我正開心地喝著可樂，突然想起前幾天就要跟班提的事。

「對了，我去年在諾丁罕遇到一群科學家，正在研究用更環保的新方法製造紙張，好像是什麼特殊的過濾程序？你有聽過嗎？」

「沒有。」他聳肩。「不過羅肯可能有。」

「總之你可以跟他們聯絡，提供資金什麼的。不過如果你打算把公司賣掉……」我也跟著聳肩。

「沒關係，這個建議很棒。」班推推我。「妳平常都有這麼多好主意嗎？」

「太多了。」我微笑。

「我要馬上跟羅肯說。」他開始在iPad上打字。「他每次都在講研發，以為我沒有興趣，亂講。」

「告訴他次那科夫找你的事。」我提議。「也許他會有什麼好的建議。」班的手馬上停住，表情冷淡。

「不可能。」他最後說，同時瞪著我，警告我。「這件事絕對不能告訴別人。」

20

費莉絲

宿醉的早晨總是最慘。

在保加利亞首都蘇菲亞喝了太多紅酒、大吵一架、性慾沒有得到滿足，種種因素造成這次宿醉的慘度再創新高。

從羅肯的表情看來，他也有同樣的感覺。我們一進餐廳，諾亞就開心地奔向他，所以我沒有選擇，不得不跟他一起坐。他在烤吐司上用力地塗奶油，我則把可頌捏成碎片。從斷斷續續的對話中可判斷兩個人都睡得很差、咖啡很難喝、一英鎊可以換二點四保加利亞列弗，還有根據航空公司網站的資訊，今天飛往伊克諾斯的航班沒有延誤。

至於班、洛蒂、他們的婚姻和性行為、保加利亞政治、全球經濟現況、我企圖破壞我妹妹的蜜月且因此永遠失去她的可能性這幾件事則不提。

餐廳就在昨晚的酒吧旁邊，一名泳池清潔員拿著濾網正在純淨的水裡撈雜質。不知道為什麼他們要這麼做。我猜一年來只有諾亞在那個泳池裡游過。不過，老實說他很可能有在裡面尿尿。

「我可以去游泳嗎？」諾亞問，彷彿看穿我的心思。

「不行。」我馬上回。「等一下就要搭飛機了。」

羅肯又在看黑莓機。他一邊吃早餐一邊撥電話，可是一直都沒有接通。我猜得出來他打給誰。果然，他最後說，「班，終於找到你了。」然後推開椅子起身離開。我有點不滿地目送他到泳池旁，坐在蒸汽室門口前講電話。這樣我怎麼偷聽？

我切蘋果給諾亞吃，希望藉此忽略自己緊張的心情。羅肯回座後，我勉強自己不抓住他的襯衫領子叫他報告結果，改用稍微急切的口氣問：「怎麼樣？他們做了嗎？」

羅肯不可置信地看我一眼。「妳就只關心這件事嗎？」

「對。」我挑釁他說。

「還沒，剛到青年旅舍。我猜他們打算在那裡辦事。」

在青年旅舍？我驚慌地看著他。那裡我管不到，沒有尼可，我鞭長莫及。可惡，可惡！來不及了——

「妳妹妹很了不起。」羅肯口氣很激動。「她給我們公司一個非常棒的建議。我們在研發這方面太弱，這一點我一直都知道，可是她知道諾丁罕有個研究計劃，建議我們可以合作。那個團隊很小，所以我沒聽過，不過聽起來跟我們的事業很有關係，可以一起籌措資金，太棒了！」

「喔對啊。」我隨口說，還在想別的事。「這像是她會知道的事；她在一家製藥公司工作，常會認識科學家。」

「她確切的工作內容是什麼？」

「人才招募。」

「人才招募？」我抬起頭，發現他眼神發亮。「我們正需要新的人力資源主管！太好了！」

「什麼？」

「她可以擔任人力資源主管，持續提出好的建議，參與莊園的管理……」看得出來他很認真在思考。「班正好需要一個可以跟他合作經營企業的太太！一個好幫手，一個在他身邊——」

「停！」我把手擺在桌上。「你不可以把我妹妹偷去斯坦福郡演快樂家庭。」

「為什麼不行？」羅肯質疑。「妳對這有什麼不滿？」

「因為這太荒謬！太可笑了！」

他默默地看著我，專注的目光讓我微微顫抖。

「妳真的很過份。」過了許久他才說。「妳怎麼知道自己沒有破壞妹妹的真愛？妳怎麼知道這不是她享受幸福人生的機會？」

「拜託。」我不耐煩地搔頭。這個問題太愚蠢，我不想回答。

「我覺得班和洛蒂很有機會從此過著幸福快樂的生活。」他堅定地說。「我支持他們。」

「你不能換邊站！」我惡狠狠地瞪著他，非常生氣。

「我從來不曾站在妳那邊。」他反駁。「妳那邊都是神經病。」

「神經病。」諾亞聽到這句覺得很好笑。「都是神經病！」他大笑。「媽媽那邊都是神經病！」

我生氣地瞪著羅肯，用力攪拌我的咖啡。叛徒。

「大家早。」

我抬頭看到理查朝我們走過來，心情看起來和我們一樣好，也就是非常慘。

「早。」我說。「睡得好嗎？」

「非常差。」他皺眉，倒了杯咖啡，然後又瞄了我手機一眼。「他們做了嗎？」

「拜託！」我把一部份的氣出在他身上。「你也太執著了吧！」

「妳還不是一樣。」羅肯咕噥。

「為什麼一直問他們做了沒？」諾亞突然插話。

「妳還不是一樣執著？」理查反駁。

「我才沒有，還有，他們還沒做。」我決定讓他安心。

「做什麼？」諾亞問。

「把熱狗放進杯子蛋糕裡。」羅肯把咖啡喝完。

「羅肯！」我怒氣沖沖地說。「不要說這種話！」

諾亞大笑。「把熱狗放進杯子蛋糕裡！」他大喊。「熱狗放進杯子蛋糕！」

非常好。我瞪著羅肯，他不為所動地瞪回來。怎麼會用杯子蛋糕？我從來沒聽過這種比喻。

「或許你覺得很好笑。」理查對羅肯發火。「或許你覺得這全是一場笑話。」

「拜託你好不好，騎士先生[20]。」羅肯失去耐性。「你也應該退出了吧？你還不打算放棄嗎？沒有女人值得這麼多麻煩。」

「洛蒂值得十倍的『麻煩』。」理查驕傲地抬起頭。「再過六個小時我就可以見到她，我才不要放棄。我已經算好了，剛好六小時。」他從架上拿起一片烤吐司。

「對不起。」我握住他的手。「你要知道，不只六個小時，因為他們已經離開飯店到那家青年旅舍了。」

理查驚愕地瞪大眼睛看著我，過了許久才終於說，「可惡。」

「我知道。」

「他們一定會在那邊做愛！」

「也可能不會。」我說服他的同時也是在說服自己。「還有，這裡有小朋友，請注意您的用詞。」我指著諾亞說。

「他們一定會。」理查垂頭喪氣。「那是洛蒂的夢想王國，通往美好未來的黃磚路[21]，他們一定會——」他及時停住，連忙改口。「把熱狗夾進麵包裡。」

「是杯子蛋糕。」羅肯更正他。

「閉嘴！」我惱怒地說。

我們默默地坐著，一名女服務生拿著色本過來給諾亞，他高興地收下。

20. 原文為Sir Lancelot（蘭斯洛特騎士），是著名的圓桌騎士的成員之一，也是亞瑟王最受信任的騎士，卻和亞瑟之妻桂妮薇兒（Guinevere）發生不倫戀情。

21. 原文為Yellow Brick Road，出自名著《綠野仙蹤》裡的場景。象徵崎嶇曲折、通往未來的成長路。

「你可以畫你的爹地和媽咪。」她拿出一盒蠟筆。

「我爹地不在這裡。」諾亞很有禮貌地說，接著指著羅肯和理查，「他們兩個不是我爹地。」

很好，他這樣會讓人家怎麼想？

「出差。」我連忙微笑解釋。

「我爹地住在倫敦。」諾亞告訴服務生。「可是他要搬去好萊塢了。」

「好萊塢！」

「對，他去跟電影明星做鄰居。」

我的胃驚慌地一沉。天啊！他又來了。我不是已經跟他好好談過了嗎？女服務生一離開，我馬上轉頭看著諾亞，同時嘗試掩飾我的焦慮。

「諾亞，親愛的，你還記得我們說過要講實話嗎？」

「記得。」他平靜地說。

「那你為什麼說爹地要搬去好萊塢？」我忍不住開始失去冷靜。「諾亞，你不能講這種話！別人會相信你！」

「可是這是真的。」

「不是！爹地沒有要搬去好萊塢！」

「他有啊，妳看，這是他的地址，上面寫比佛利山莊，爹地說那裡就是好萊塢，他家有游泳池，我可以去游泳！」他從口袋裡拿出一張紙，我狐疑地看著上頭丹尼爾的字跡。

新地址：

丹尼爾．菲普司和楚蒂．凡得維爾

5406奧伯利路

比佛利山莊

CA 90210

我眨眨眼，不敢相信。比佛利山莊？怎麼會？怎麼會這樣？

「諾亞，你在這裡等一下。」我的聲音很不自然。同時離開椅子起身撥給丹尼爾。

「費莉絲。」他還是一貫「我正在做瑜珈妳呢」令人火大的口氣。

「比佛利山莊是怎麼一回事？」我連珠砲似地說。「你要搬去比佛利山莊？」

「寶貝，冷靜一點。」他說。

寶貝？

「我要怎麼冷靜？這是真的嗎？」

「所以諾亞跟妳說了。」

我的心受重擊落地。所以他真的要搬去好萊塢，卻沒有告訴我。

「因為楚蒂的工作。」他說。「妳知道她從事媒體法吧？那裡有個很棒的機會，反正我有雙重國籍……」

他繼續說，可是聲音卻逐漸淡出，變得沒有意義。不知道為什麼，我突然想起結婚那天。我們的婚禮很酷，很多幽默、有趣的小細節；例如量身訂作的雞尾酒。我太關心賓客玩得盡不盡興，而忘了確認自己有沒有嫁對人。

「……很優秀的房地產仲介幫我們在預算內找到新房子──」

「可是，」我打斷他的話。「諾亞怎麼辦？」

「諾亞？」他似乎很驚訝。「諾亞可以來找我。」

「他七歲了，要上學。」

「那就放假的時候。」他似乎不是很在意。「總是有辦法。」

「你們什麼時候走。」

「星期一。」

星期一？

我閉上眼睛，急速喘氣，心裡為諾亞覺得好痛，痛到無法形容，是一種肉體上的疼痛，痛到我想縮成一團。丹尼爾要搬到洛杉磯，卻幾乎沒有思考如何和他唯一的孩子保持聯繫。這是我們的兒子，我們充滿想像力、可愛的寶貝兒子。他眼睛一眨就把他們倆之間的距離擴大為五千英里。

「好。」我努力保持冷靜，說什麼都不重要了。「我得掛了，再聊。」

我掛上電話，轉身準備回座，但卻有種奇怪的感覺，一種不熟悉的驚恐感。突然間，我發出像小狗一樣的嗚咽聲。

「費莉絲？」羅肯起身離座。「妳還好嗎？」

「媽咪？」諾亞一臉擔心。

羅肯和理查交換眼色，理查點點頭。

「嗨，小朋友。」理查輕鬆地對諾亞說。「我們去買口香糖，上飛機可以吃。」

「口香糖！」諾亞興奮地大叫，跟著理查離開。

我又不由自主地叫了一聲，羅肯扶著我。

「費莉絲……妳這是在哭嗎？」

「不是！」我馬上說。「我的原則是絕對不在白天哭，絕對不——哭。」話還沒說完我就第三度發出詭異的叫聲。臉頰有些濕潤，是淚水嗎？

「丹尼爾怎麼說？」羅肯輕聲問。

「他要搬去洛杉磯，他要拋下我們……」其他桌有客人在看我們。「天啊。」我雙手掩面。「不行……我不能哭……」

我第四度尖叫，這次聽起來更像在啜泣，彷彿心裡有什麼東西正在湧起，力道猛烈、聲音響亮而且勢不可擋。上一次有這種感覺是在生產時。

「妳快崩潰了，需要一個隱密的地方。」羅肯馬上說。「可以去哪？」

「我已經退房了。」我邊哭邊說。「飯店都有吸菸室，應該也要有哭泣室。」

「我想到了。」羅肯抓住我的手臂，帶著我穿過用餐區，走向游泳池。「去蒸汽室。」他不等我回答，直接打開玻璃門，把我推進去。

裡頭一片朦朧，我摸索著找到位置坐，水氣瀰漫，微微帶點藥草的香氣。

「哭吧。」羅肯在朦朧的薄霧中說。「沒有人看得到，沒有人聽得到，哭吧。」

「我沒辦法。」我哽咽地說，我全身上下都在抗拒。雖然還是會不由自主地發出聲音，但我不能就這樣投降。

「那麼跟我說。丹尼爾要搬去洛杉磯。」他開頭。

「對，他不會再見到諾亞，而且他根本就不在乎。」我開始顫抖。「甚至沒告訴我。」

「我以為妳再也不想見到他？妳是這麼說的。」

「我是。」那一瞬間我困惑了。「我以為我是，可是他太武斷了，把我和諾亞排拒在外。」那種感覺再度浮現，強而有力地攪動我的心，可能是悲傷。「這代表一切都結束了，我們一家人就此結束……」

「過來。」羅肯靜靜地說，給我他的肩膀，我馬上往後縮。

「我不能在你身上哭。」我的聲音在顫抖。「請你轉頭。」

「妳當然可以在我身上哭。」他大笑。「我們都上過床了，記得嗎？」

「那是上床，這尷尬多了。」我哽咽。「你轉頭不要看。」

「我才不要。」他堅定地說。「我哪兒也不去，來吧！」

「我辦不到。」我焦急地說。

「傻女人，快點來。」他伸出手，西裝上沾滿蒸汽水珠。最後我終於感激地垮在他肩膀上，狠狠地大哭。

我們在那待了好一陣子，我邊哭邊顫抖，羅肯拍著我的背。不知道為什麼，我一直想起當初生諾亞的過程。那時是緊急剖腹產，我很害怕，可是丹尼爾穿著手術衣，從頭到尾都握住我的手，陪在我身邊。當時我對他沒有任何懷疑，當時我對什麼事情都沒有懷疑。一想到這，我又更想哭了。

最後我終於抬頭，把頭髮往後撥，臉上都是汗。我哭到眼睛鼻子都腫了。可能十歲之後就不曾再這樣哭過。

「對不起——」我才開口，羅肯就舉手阻止我。

「不用，不需要道歉。」

「可是你的西裝！」我開始意識到剛才發生了什麼事。我們倆竟然衣著整齊地坐在蒸汽室裡。

「離婚一定都會造成傷害。」羅肯平靜地說。「就把我的西裝想成是妳離婚造成的傷害之一。」然後又說，「反正蒸汽對西裝有利無害。」

「至少我們的皮膚會很乾淨。」我說。

「那就對了，很多優點。」

角落有個隱蔽的機器正在對窄小的空間噴蒸汽，空氣變得更朦朧。我把腳伸起，放在鋪著馬賽克磁磚的座位上，緊緊抱著膝蓋。蒸汽成為保護我的屏障，感覺很靠近卻保有距離。

「我結婚時知道人生不可能完美。」我對著蒸汽說。「也不期待美麗的玫瑰花園。後來我離婚時，也不期待會有美麗的玫瑰花園，但是我想說至少會有……有個陽臺。」

「陽臺？」

「就是一個小小的露臺，可以種點植物的小空間，保有一絲樂觀和愛。但是我只得到核戰後的廢墟。」

「說得好。」他笑了笑。

「你得到什麼？不是玫瑰花園吧。」

「很陌生的國度。」他想了一下才說。「像是月球表面。」

兩人在蒸汽瀰漫的空氣中互望，不需多說就能懂。

蒸汽持續噴發，包圍著我倆，感覺很療癒，彷彿把所有困擾都帶走，只留下清澈的思緒。我坐愈久，想得愈清楚，心情也愈來愈沉重。羅肯說得很對，不只是現在說的，也包括昨晚說的那些話。他說的沒錯，這一切全錯了。

我要馬上放棄任務。放棄！放棄！這個念頭像電視重點新聞一樣閃過我腦海；不能再繼續了，不能冒著失去洛蒂的風險。

對，我想保護我妹妹，不讓她承受同樣的痛苦。可是這是她的人生，我不能替她做決定。如果她跟班分手，那就這樣吧；如果她真的離婚，那就這樣吧；如果他們結褵七十年有二十個孫子，那就這樣吧。

感覺有種瘋狂的念頭一直把我推上這條瘋狂的路。這真的是為了洛蒂嗎？還是受到我和丹尼爾的事影響？羅肯是不是說對了？這其實是我自己「令人遺憾的選擇」？天啊，我到底幹了什麼好事？

我突然發現自己把最後一句話唸出來。「對不起。」我說。「我只是……突然想到……」我難過地抬起頭。

「妳盡自己所能幫妹妹。」羅肯體貼地說。「只是像個被矇蔽的傻子，用了錯誤的方法。」

「如果——」我摀著嘴。「天啊，如果她發現怎麼辦？」這個念頭太可怕，我幾乎快暈厥。我一心只想達成任務，沒有考慮到可能發生的後果。我真是個白癡！

「她不一定會發現。」羅肯說。「只要妳現在轉身離開回家，隻字不提，她不見得會知道，我也不會講。」

「尼可也不會走漏消息，他是我在飯店的幫手。」我急速喘氣，彷佛死裡逃生。「應該還好，她永遠不會知道。」

「所以破壞蜜月的計劃取消？」

「即刻取消。」我點頭。「我馬上通知尼可，他一定會鬆一口氣。」我看著羅肯說。「我發誓，我再也不要干涉我妹妹的人生。」我強調。「下次提醒我，我有發過這樣的誓。」

「一言為定。」他認真地點頭。「妳接下來有什麼打算？」

我搖搖頭。「我不知道。先去機場，之後再說。」我抓抓滿是汗水的頭髮，又想到我穿著衣服坐在蒸汽室裡。「我現在看起來一定很糟。」

「我同意。」羅肯一臉嚴肅地說。「不能這樣搭飛機，最好先沖冷水。」

「沖冷水？」我狐疑地看著他。

「可以緊縮毛細孔、刺激循環、消除淚痕。」

我覺得他好像在逗我開心，是嗎？

「你去我就去。」我向他下挑戰。

「有何不可？」他聳肩。我開始想笑，我們竟然有這種打算。

「好，來吧！」我推開門，幫羅肯打開等他出來。看到兩個衣著整齊的人從蒸汽室走出來，其中一個還穿著西裝，飯店賓客交頭接耳地看著我們。

「妳先請。」羅肯很有禮貌地指著冷水蓮蓬頭說。「我幫妳轉開。」

「那就來吧。」我笑著站到蓮蓬頭下。冰冷的水柱噴灑下來，我小聲尖叫。

21

洛蒂

我不太知道該如何形容現在的心情；我們又回來了！重回青年旅舍，一點都沒變——嗯，我是說基本上差不多啦。

我們一下水上計程車，班馬上接了一通羅肯打來的電話。這點讓我非常不爽，畢竟現在對我們是非常有意義、非常浪漫的一刻，他竟然在這個時候接電話。這就好像《北非諜影》的亨弗萊．鮑嘉[22]說，「我們將永遠擁有——親愛的，抱歉，這通電話我非接不可。」

總之，我提醒自己，要往正面看。這地方我想了十五年，現在終於回來了。

我站在碼頭的木棧道上，等著被滿滿的回憶和啟發性的思緒籠罩、等著流眼淚，或者對班說些發人深省的話。奇怪的是，我並不想哭，反而有點茫然。

我勉強看著山崖上的青年旅舍，熟悉的紅灰色石材和幾個窗戶，比我印象中小，有扇木窗還快掉下來。我的視線往下移到山崖壁：鑿在石壁上的階梯蜿蜒而下，其中一條小路通往我們現在所在的木棧道，另一條通往海灘。階梯旁現在有鐵欄杆圍著，破壞了整個風景。懸崖上方

22. Humphrey Bogart，美國電影演員，一九四二年在《北非諜影》一片中出色的表演讓他獲得奧斯卡最佳男演員獎提名，這部電影直至今日還被人認為是永恆的經典，而他所扮演的角色里克（Rick）是美國人永遠的偶像。

也有欄杆和警告標示。幹嘛做警告標示？以前從來沒有警告標示。

總之，要往正面看。

班回來找我，我握住他的手。海灘周遭被突出的岩層圍繞，我看不到，不知道有沒有改變？不過海灘就是海灘，要怎麼變？

「要先做什麼？」我輕聲問。「去青年旅舍？海灘？還是去祕密岩洞？」

班握緊我的手。「去祕密岩洞。」

我終於開始有興奮的感覺；祕密岩洞，那是我們第一次脫去彼此的衣服，渾身流竄著青少年熾熱慾火的地方。我們曾在那裡，在一天之內做了三次、四次、五次，一想到重回舊地我就興奮地發顫。

「要租船過去。」

然後他會跟以前一樣開著船載我過去；我的腳掛在船邊，兩人一起把小船拖到沙灘上，找塊有遮蔽的沙灘，接著……

「我們去租船。」班的聲音低沉，聽得出來他跟我一樣興奮。

「你覺得海灘那邊還有出租嗎？」

「去了才知道。」

我心情突然變得很輕鬆，牽著他的手走向階梯。直接去海灘租船，接下來一切都會很順利。

「走吧！」我跳上石階，心臟興奮地怦怦跳，就快彎進另一條小路，隨時都會看到那片這麼多年來一直等著我們，熟悉的、美麗的金色沙灘——

天啊。

我驚愕地看著底下的海灘。怎麼會這樣？怎麼會有這麼多人？以前住在青年旅舍時，感覺海灘好大好空曠。當時青年旅舍頂多住了二十個人，在沙灘上活動都會各自散開，並不覺得擁擠。

可是，我現在看到的景象卻像是被佔領了，或是辦完活動隔天早上的凌亂現場。海灘上約有七十多人，三三兩兩聚集，有些還躺在睡袋裡；有營火的灰燼，還有幾頂帳篷。我看了看，大部分應該都是學生，或是那種永遠畢不了業的學生。

看到我們不知所措地站在那裡，一名留著山羊鬍的年輕男子走幾步階梯上來，用南非腔的英文打招呼。

「嗨，你們是不是迷路了？」

我是有點迷失了，可是我並沒有這麼說，反而勉強擠出笑容。「只是隨便……看看。」

「舊地重遊。」班大方地說。「很多年前來過這裡，現在變了。」

「喔。」對方臉色一整。「你們是黃金年代的人。」

「什麼黃金年代？」

「我們的說法。」他笑。「有好多跟你們同年紀的人回來這裡，說以前還沒有蓋新的青年旅館時是什麼樣，大部分的人都一直埋怨整個被破壞了。要下來嗎？」

我們跟著他下去，但我心裡有一點不滿。說我們「埋怨」有點嚴厲。還有，什麼叫做「跟你們同年紀」？我們年紀是比他大一點，可是整體來說還算年輕，我們應該算同年代。

「什麼青年旅館？」我們到沙灘上時班問。「你不是住旅舍嗎？」

「只有幾個人住那裡，不多。」他聳肩。「因為太老舊了，而且那個老傢伙好像剛把旅舍賣了。我們都住在幾百公尺後的青年旅館，差不多……十年前蓋的吧？廣告打得很兇，很有效。這地方真是美。」他離開時邊走邊說。「這裡的夕陽真是太美了，拜啦。」

班微笑回應，可是我氣得快爆炸！竟然蓋了新的青年旅館？我好生氣，這是專屬於我們的地方，他們怎麼可以拿來打廣告？

而且你看他們怎麼照顧的？到處都是垃圾；有空的飲料罐、洋芋片包裝袋，還有幾個用過的保險套。看到保險套我就胃一揪；這些人怎麼到處做愛，好噁心！

我們以前也會在沙灘上做愛，可是那不一樣，以前很浪漫。

「那個租船的傢伙呢？」我四處張望。以前有個傢伙在這裡出租他的兩艘小船，可是今天沒有看到他。一名身材高大的男子正在推船出海，我連忙穿過沙灘衝去問。

「嗨！不好意思！請等等。」他轉頭，黝黑的臉上掛著燦爛的笑容。我伸手拉住他的小船。

「請問這裡還有小船出租嗎？這艘船可以租嗎？」

「有啊。」他點頭。「不過要早點來，全都被租走了。明天再試試看？青年旅館那邊有名單可以登記。」

「原來如此。」我頓了一下，然後又明白地說。「問題是我們只有今天在這裡，我先生跟我來度蜜月，我們真的很想租一艘船。」

我在心裡默默希望他會大方地把船借給我們。可是沒有，他繼續推船出海，愉快地說，

「真糟糕。」

「這件事對我們很重要。」我走進海裡，跟在他後面說。「我們真的真的很想出海，去看以前一個常去的祕密岩洞。」

「妳是說那邊的小岩洞嗎？」

「對！」我說。「你知道？」

「那邊不用租船。」他似乎很驚訝。「走步道過去就可以了。」

「步道？」

「往裡頭走一段。」他指向內陸。「有個木頭鋪成的大步道，幾年前建好之後通行無阻。」

我驚愕地看著他。有人蓋了一條通往祕密岩洞的步道？這是褻瀆，這是扭曲，我要寫封信給……某些人，好好罵一罵。這是我們的祕密，應該要一直保守祕密才對。現在這樣我們要怎麼在那裡做愛？

「很多人去嗎？」

「對啊，很熱門。」他微笑。「偷偷告訴妳，大家都去那裡哈草。」

哈草？我看著他的表情更驚訝了。我們完美的、浪漫的、夢幻的岩洞現在成了抽大麻中心？

我揉著臉，努力接受悲慘的新變化。

「所以……現在有人在那邊？」

「對啊，昨晚有場派對，不過他們現在應該都睡了。再見。」他揚起風帆推船出海。

所以就這樣，我們整個計劃都毀了。我涉水走回班站的地方。

「本來那麼完美的地方，現在都被破壞了。」我沮喪地說。「我受不了了！你看看。」我揮舞著雙手。「醜死了！簡直是垃圾堆！」

「拜託，洛蒂！」班有點不耐地說。「妳的反應也太誇張。我們以前也在沙灘上辦派對，妳忘了嗎？也是到處亂丟垃圾。亞瑟老是抱怨這件事。」

「我們沒有亂丟用過的保險套。」

「說不定有。」他聳肩。

「沒有！」我激動地反駁。「因為我有吃避孕藥！」

「喔。」他又聳肩。「我忘了。」

忘了？你怎麼可能忘記跟今生摯愛做愛有沒有戴保險套？

我很想說，如果你真的愛我，你就會記得我們沒有用保險套，可是還是咬牙忍住。沒有人希望在度蜜月時為了保險套而吵架。我垂頭喪氣，難過地望著大海。

好失望、好想哭。這跟我想像的完全不一樣。坦白說，我沒有想到海灘上會有其他人。我以為只會有我們倆，在空曠的沙子上奔跑，在白浪上跳躍，然後在小提琴樂聲中緊抱著彼此。這是有一點不切實際，可是現在的情況根本完全相反。

「那該怎麼辦？」過了許久我才說。

「還是可以好好享受。」班擁我入懷，親了我一下。「回來這裡不是很好嗎？沙子還是一樣，海也沒有變。」

想。

「對。」我沉浸在他的親吻裡。

「妳沒變，短褲也跟以前一樣性感。」他的手抱住我屁股。我突然很想重拾至少一部份的幻想。

「你還記得嗎？」我把皮包拿給他；深呼吸、做好準備，輕輕一跳，展開一連串的側手翻。

噢！可惡！頭好痛。

不知道發生什麼事，只知道我的手臂撐不住身體的重量。周遭傳來幾聲驚呼，我頭撞到地上，整個人笨拙地躺在沙子上，呼吸急促。

我的手臂好痛，心情則是非常尷尬。我什麼時候翻不過去了？

「親愛的。」班尷尬地朝我走過來。「不要傷到自己。」他的視線移到我的短褲上。「出了點小意外？」

我順著他的目光往下看，心裡一驚。我的短褲裂開了，從我最不想看到的地方裂開。好想死！

班把我拉起來，我皺著臉揉手臂，可能扭到還是怎麼了。

「妳還好嗎？」旁邊有個穿牛仔短褲和比基尼上衣，看起來只有十五歲的女孩子問我。「妳要跳用力一點，像這樣。」她輕快地彈跳，做了個完美的側手翻後又來個後空翻。

討厭的女人。

「謝謝。」我咕噥。「我會記得。」

我從班手上拿回皮包。一陣尷尬的沉默。

「那……接下來要幹嘛？」過了一會兒我才說。「要去看岩洞嗎？」

「我需要咖啡。」班說。「我想回青年旅舍看看，妳想回去嗎？」

「當然！」我燃起最後一線希望。雖然海灘毀了，但青年旅舍可能沒有。「你先走。」我說。我的短褲裂開了，我絕對不要走在他前面。

不知道是側手翻事件還是健身房的心跳感測器都在騙我，但我高估了自己的體能。一百一十三階真的很多。我抓著扶手把自己往上拉。還好班看不到我。我臉頰發燙，原本綁頭髮的橡皮筋也鬆脫了，大口喘氣，一點都不性感。太陽很大，我不敢往上看。不過，快走到山頂時，我抬頭一看，驚訝地眨眨眼，懸崖上有個女孩子的身影。

「嗨！」她操著一口英國腔大喊。「你們是來住宿的嗎？」

她好漂亮！我愈往上爬愈看清這一點，好美麗的胸部。我腦海中浮現許多成語典故：她的胸部像兩顆渾圓的棕色月亮懸掛在白色的無袖背心上；不對，像兩隻活力旺盛的棕色小狗，連我都好想摸。我們步履蹣跚地往上爬，她低頭往下打招呼，深邃的乳溝正對著我。

這表示也正對著班。

「你們辦到了！」我們終於爬到山頂時她大笑說。我喘得很厲害，說不出話，班也是，但他一副很想對我說什麼事的表情，還是對那個身材姣好的女孩子說？

是對那個身材姣好的女孩子。

「他媽的！」他勉強說，聽起來真的很驚訝。「莎拉！」

22

洛蒂

我思緒好亂，不知該把重點擺在哪裡？不知從何開始？

第一個是青年旅舍。怎麼會跟我的印象差那麼多？所有的東西都比印象中小，比印象中破舊，好像沒有那麼有意義了。我們坐在陽臺上，陽臺也跟我的印象差很多，還被漆成噁心的米黃色，到處都在剝落。記憶中的橄欖樹園光禿一片，只有幾棵孤伶伶的樹。景色不錯，可是跟其他希臘小島的景色沒有什麼兩樣。

還有亞瑟。我怎麼會對他那麼敬佩？怎麼會坐在他腳邊，全盤接收他的人生智慧？他不是什麼智者，也不是什麼賢人，只是個七十幾歲的酒鬼跟色鬼。

他已經想吃我豆腐兩次了。

「不要回來。」他邊揮舞著手上的大麻捲菸邊說。「我老是跟你們這些年輕人說，不要重回舊地。你把青春留在那裡就夠了，回來做什麼？值得帶上人生旅途的早就都帶走了。」

「爸。」莎拉翻白眼。「不要再講了，他們就回來了。我很高興看到他們！」她眼神閃亮地看著班。「你們剛好趕上。我們剛把房子賣了，下個月搬走。要不要再喝點咖啡？」

她靠過來倒咖啡時，我忍不住一直看。就算近看她的身材一樣姣好，全身光澤滑順，胸部緊貼著T恤，好像在做胸部瑜珈，展現給每個人看。

這也是另一個我思緒很亂的原因，應該說好幾個原因。第一，她好美；第二，她和班之間顯然曾經有過一段情，而且是在我來之前，因為他們一直在暗指當年的事然後又笑著把話題移開；第三，他們之間還有情愫。如果我看得出來，他們應該也看得到、感覺得到吧？這又代表了什麼？

這些到底都代表什麼？

我用顫抖的雙手接過莎拉倒給我的咖啡。原本以為回來青年旅舍是蜜月的盛大終曲，所有的軸線結合為一，打個令人滿意的結。結果卻出現許多嶄新的軸線，沒有任何結尾，尤其是班，感覺他離我愈來愈遙遠，甚至不肯正眼看我，連我伸手想抱他也被他甩開。我知道莎拉有看到，因為她巧妙地移開視線。

「我們老了。」亞瑟還在碎碎念。「人生阻礙了夢想，夢想阻礙了人生，一直都是這樣。有人要喝杯蘇格蘭威士忌嗎？」他心情突然好轉。「日上三竿，照希臘時間，可以喝酒了。」

「我要一杯。」班回答。我不太高興。他在幹嘛？現在才早上十一點，我可不希望他現在就開始喝威士忌。我瞪了他一眼表示，親愛的，這樣好嗎？他則回瞪我，感覺很像是，走開，少管我的事。

莎拉再次巧妙地移開視線。

天啊，這樣好折磨。看著其他女人因為妳和老公交換不滿的眼神而巧妙地移開視線，感覺好難堪。加上剛才側翻時短褲裂開，更是尷尬。

「好傢伙！來選瓶單麥威士忌。」亞瑟把班帶進屋子裡，留下我和莎拉在陽臺上。氣氛有點僵硬，我不知道該怎麼開口，可是我好想知道……知道什麼呢？

「咖啡很好喝。」我禮貌性地說。

「謝謝。」她微笑，嘆口氣。「洛蒂，我只想說……」她攤開雙手。「妳知不知道，班和我……」

「本來不知道。」我頓了一下。「不過現在知道了。」

「很快就結束了。那時我剛好來找我爸，我們一拍即合，但只維持了幾個星期，千萬不要以為……」她又頓了一下。「我絕對沒有——」

「我沒有以為什麼！」我愉快地打斷她的話。「什麼都沒有！」

「很好。」她又微笑，露出整齊的牙齒。「很高興看到你們回來，很多美好的回憶是嗎？」

「很多。」

「那年夏天很棒。」她喝著咖啡。「那年大比爾也在。妳認識他嗎？」

「認識。」我態度稍微放緩。「還有他女友派琪。」

「那兩個荷蘭人也認識嗎？有次他們被逮捕，當時我也在。」她微笑。「被關進牢裡，我爸還去保他們出來。」

「我有聽說。」我坐起來，突然覺得這段對話很有趣。「妳有聽說漁船沉沒的事嗎？」

「天啊，有啊！」她點頭。「爸有告訴我。還有那場火災，那年好多意外，班還得流感，病得好重。」

她說什麼？流感？

「班得流感？」我語氣尖銳地覆述她的話。

「他感冒好嚴重。」她把小麥色的腳放到椅子上。「我好擔心。他病到神智不清，我還照顧他一整晚，唱民謠歌手瓊妮・蜜雪兒[23]的歌給他聽。」她笑著說。

我的腦袋好亂好慌。原來他得流感時是她照顧，是她唱歌給他聽。

可是他以為是我。

他說在那一刻發現自己愛上我，他是這麼告訴全場觀眾的。

「喔！」我故作輕鬆。「哇！妳好棒。」我勉強說。「可是沒必要一直回想過去，是吧？呃……你們現在有幾名房客？」

我想趁班回來之前趕快換個話題，可是她沒有理我。

「他神智不清時講了一些很好笑的話。」她回憶。「他說他想飛行，我就說，『你生病了！躺好啦！』然後又說我是他的守護天使，一直講一直重複，說我是他的守護天使。」

「妳是誰的守護天使？」班說。他端著玻璃杯出現在陽臺。「對了，妳爸去接個電話。妳是誰的守護天使？」他又問了一次。

我的胃在翻攪，我要馬上終止這段對話！

「你們看那顆棵橄欖樹！」我尖聲說，可是班和莎拉都不理我。

23. Joni Mitchell。

「班，你忘了嗎？」莎拉仰頭大笑，神情輕鬆。「你重感冒，我徹夜照顧你？你說我是你的守護天使，護士莎拉。」她故意用腳戳他。「記得護士莎拉嗎？記得瓊妮．蜜雪兒的歌嗎？」

班整個人僵住，銳利的眼神先掃向我，再掃向莎拉，再掃回我，眉頭因困惑而緊蹙。

「可是……可是……洛蒂，是妳照顧我。」

我雙頰滾燙，不知道該說什麼。我為什麼把功勞攬在身上，為什麼？

「洛蒂？」莎拉驚訝地說。「可是她根本就不在！是我，嘉獎應該要記給我才對，謝謝！是我整夜沒睡，幫你擦汗擦到天亮，別說你忘了。」她半開玩笑地指責。

「我沒有忘記。」班的口氣突然變得很激動。「天啊！我當然沒有忘記！我一直記得那晚，只是我記錯了，我以為是……」他用責備的眼神看著我。

我全身刺痛，大家都在等我開口。

「可能是我搞混了。」我勉強說。「那是……另外一次。」

「哪有另外一次？」班質問。「我只有得過一次流感。結果原來不是妳照顧我，是莎拉。我就覺得很奇怪。」他口氣很冷很無情。

「抱歉。」莎拉看看我又看看他，彷彿感覺到我們之間緊張的氣息。「這不是什麼重要的事情。」

「當然重要！」班握拳抱頭。「妳不明白嗎？莎拉，是妳救了我，妳才是我的守護天使。這改變了——」他停下來，沒把話說完。

我生氣地瞪著他。這改變了什麼？三分鐘前我還是他的守護天使，怎麼可以這樣想換就換？

「你又來了！」莎拉微笑地搖著頭。「我剛不是有說，」她對我說，彷彿想把氣氛變得輕鬆些。「他說了很多莫名其妙的話，什麼天使什麼的。」她顯然想把話題從她身上移開。「對了，你們都從事什麼樣的行業？」

班憤怒地瞪著我，喝了一口威士忌才又說，「我在製紙業。」他開口。

我邊聽他說明他的工作，邊喝著微溫的咖啡，同時微微顫抖。我不敢相信自己善意的謊言竟然被揭穿，也不敢相信班竟然會這麼認真。拜託，誰照顧誰有那麼重要嗎？我陷入自己的思緒，沒有專心聽他們的對話，等我清醒時卻聽到班說「搬到國外」。他在講法國嗎？

「我也是！可能會先在加勒比海航行一陣子。」莎拉說。「教點書賺錢再看看。」

「我也有同樣的打算。」班猛力點頭。「我好愛航海！好想在未來兩年內多花點時間在我的船上。」

「你有橫渡過大西洋嗎？」

「我很想。」班的眼神發亮。「我想找一組船員，妳有沒有興趣？」

「有！然後在加勒比海航行一季？」

「就這麼說定了！」

「一言為定。」兩人大笑擊掌。「妳喜歡航海嗎？」莎拉客氣地問我。

「還好。」我氣呼呼地看著班。他從來沒跟我提過橫渡大西洋的事，這樣是要怎麼在法國南部買農舍？還有，幹嘛擊掌好像感情很好？我很想問他這些問題，又不能在莎拉面前問。

早知道就不要回來這裡。亞瑟說的沒錯，不要重返舊地。

「所以你們要把這裡賣掉？」我問莎拉。

「對。」莎拉點頭。「很可惜，可是美好的時光已經結束，新開的青年旅館搶走不少生意，他們正在買地蓋更多棟。」

「混蛋！」班氣憤地說。

「是啊。」她聳肩，似乎不太在意。「坦白說，當年發生那場火災後，生意就大不如前。我不知道爸怎麼可以撐這麼久。」

「那場火真的很糟！」我附和，很高興有個我可以插上嘴的話題。好希望有人提到我如何掌控現場，拯救性命的英勇事蹟，但莎拉只說，「對，好戲劇化。」

「起火原因是爐子故障還是什麼對不對？」班說。

「不是。」莎拉搖搖頭，耳環發出清脆的撞擊聲。「本來大家也是這麼以為，後來發現是有人在房間點芳香蠟燭。」她看看錶。「不好意思，我要去把燉肉拿出來。」

她一離開，班喝口威士忌，看看我，表情一變。

「怎麼了？」他皺眉。「洛蒂，妳還好吧？」

不，我一點都不好，感覺糟透了。事實太殘酷，我幾乎無法思考。

「原來是我。」過了一會兒我才難過地低聲說。

「什麼叫做原來是妳？」他一臉茫然。

「我都會在房間點芳香蠟燭！」我惱怒地低聲說。「記得嗎？我有很多蠟燭？一定是我忘了把蠟燭熄掉。其他沒有人點蠟燭。那場火災是因我而起！」

我好驚訝、好難過、熱淚盈眶。我成功的時刻……全化成灰。我不是英雄，只是個輕率的冒失鬼。

我以為班會抱住我或驚呼問我更多問題什麼的，可是他只是一臉漠然。

「那是好久以前的事了。」他最後說。「已經不重要了。」

「什麼叫做已經不重要了？」我不敢相信他會說出這樣的話。「當然還是很重要！我破壞了大家的夏天！我破壞了這家旅舍的生意！這很糟糕！」

我覺得好內疚。而且，這麼多年來，原來我一直都錯了，錯得很離譜。我一直抱著錯誤的印象。是的，那天晚上因為我而有不同，可是原因完全不一樣。有人可能因為我而喪命，很多人都可能因為我而喪命。我對自己的認知完全錯誤，我對自己的認知完全錯誤……

我發出小小的哭聲，感覺好像一切都崩解了。

「我是不是應該告訴他們？招認一切？」

「拜託。」班不耐地說。「當然不要，過去就算了。那是十五年前的事，沒有人受傷，也沒有人在乎。」

「我在乎！」我震驚地說。

「那就不要在乎了！妳老是一直提那場火——」

「我哪有！」

「有，妳有。」

我的怒火爆發。

「你還不是一直講航海！」我氣得大喊。「你怎麼會突然講出這種話？」

我們氣沖沖地互望，兩個人都很震驚，像是在比賽前打量對手，卻不太確定比賽的規則，最後班重新發動攻擊。

「我以後要怎麼相信妳說的話是真的？」他說。

「什麼？」我驚訝地往後縮。

「我重感冒，徹夜照顧我的人不是妳，妳卻讓我這麼以為。」他的目光好無情。「怎麼會有人做這種事？」

「我……我搞糊塗了。」我勉強說。「對不起，可以嗎？」

他表情依舊漠然，自以為高尚的討厭鬼！

「好。」我反擊。「要講大家來講。請問，我們如果搬去法國，你如何在加勒比海航行一季？」

「我們只是可能搬去法國。」他不耐地反駁。「也可能不會。拜託，只是討論一些想法而已！」

「才不是！」我驚愕地瞪著他。「這已經是在計劃了！我在規劃我的人生！」

「你們還好吧？」莎拉回陽臺上找我們，班馬上露出他一貫迷人的笑容。

「很好！」他若無其事地說。「只是閒聊。」

「還要不要一點咖啡或威士忌？」

我無法回答她的問題，因為我發現一件很可怕的事：我把人生建立在我對面這個男人身上；這個笑容迷人、態度大方的男人，突然讓我覺得很陌生、很不適合，就像別人家的客房。我不僅不認識他、不了解他，恐怕也不太喜歡他。

我不喜歡我自己的先生。

這句話像死亡的鐘聲一般敲醒我。我犯了非常嚴重、非常可怕的錯。

我突然很想念費莉絲，可是同時我也很清楚，我絕對絕對不能告訴她這件事，只能維持這段婚姻，假裝一切都很好，直到我過世為止，不然就太丟臉了。

好吧，這就是我的命運。我心情很平靜，我嫁錯人，必須永遠忍受這種不幸，除此之外別無他法。

「……很適合度蜜月。」莎拉邊坐下邊說。「你們玩得還愉快嗎？」

「很愉快。」班諷刺地說。「非常好。太好了。」他挑釁地看了我一眼，我生氣了。

「你這是什麼意思？」

「我們幾乎沒有享受到所謂的『蜜月』，不是嗎？」

「那又不是我的錯！」

「是誰今天早上拒絕我？」

「我在等岩洞！我們應該要在岩洞做的！」

看得出來莎拉很不安，可是我忍不住，我快爆炸了。

「妳總是有理由。」班怒吼。

「我才沒有！」我氣得大喊。「難道你以為我……我不想嗎？」

「我不知道該怎麼以為！」班氣沖沖地扔回一句。「可是我們就是沒有，然後妳似乎完全不在意！妳自己想一想！」

「我也很在意！」我大吼。「怎麼會不在意！」

「等等，」莎拉小心翼翼地看看班又看看我。「所以你們還沒……」

「沒有機會。」班簡短地說。

「哇！」莎拉驚嘆，一副不可置信的表情。「這……真的不像在度蜜月。」

「我們的房間被弄得亂七八糟。」我簡單扼要地解釋。「後來班喝醉了，然後我們又被管家環繞，接著我又過敏，基本上——」

「就是一場惡夢。」

「惡夢一場。」

兩人毫無元氣地垂頭喪氣。

「喔。」莎拉眼神亮了起來。「樓上有空房間。有床，還有保險套。」

「真的？」班抬起頭。「樓上有床？有雙人床可以借我們用嗎？妳不知道我們有多想聽到這句話。」

「空床很多，現在大概只住了一半。」

「太好了！太好了！」班的心情迅速好轉。「我們可以在這裡做！就在我們當初認識的地方！派爾太太，來吧！讓我好好嚐嚐妳。」

「我不會偷聽。」莎拉開玩笑說。

「如果妳有興趣的話，歡迎加入！」班說，然後又連忙對我說，「我開玩笑的。」

他伸出手，臉上的笑容和平時一樣迷人，可是對我已經失去魅力、已經不再有吸引力。

我沉默許久，思緒好亂。我想要什麼？我到底想要什麼？

「我不知道。」我過了很久才回答，班倒抽一口氣。

「妳不知道？」他似乎無法再忍耐了。「妳他媽的不知道？」

「我……我想出去走一走。」他還來不及開口，我已經起身走出去。

我走到屋子後方，沿著林木叢生的山丘往上爬。我看到新蓋的青年旅館，一棟混凝土玻璃建築，就蓋在以前男生們踢足球的那塊空地上。我大步向前，經過新蓋的旅館一路往山下走，到達一塊被橄欖樹叢圍繞的小空地，旁邊有一間廢棄的小木屋，我依稀還有點印象。這裡也有一些垃圾、一些空罐子、洋芋片袋和吃剩的口袋麵包。我看著那些垃圾，想到那些把垃圾留在這裡的人，心裡湧起一股恨意。我一時心血來潮，繞著空地四周撿拾所有的垃圾，消耗我的力氣。這裡沒有垃圾桶，我只好把垃圾堆在一塊大石頭的後方。或許我的人生一團混亂，但至少我有能力清理空地。

清理完，我坐在石頭上呆望前方，不想整理我困惑又令人害怕的思緒。太陽曬在我頭頂上，遠處傳來羊群的咩叫聲；我微笑，有些事情倒是沒變。

過了一陣子，我聽到喘息聲，回頭一看，一名穿著粉紅色短洋裝的金髮女子爬上山，看到我坐在石頭上，對我微笑，感激地朝著我走過來。

「嗨。」她說。「我可以——」

「沒問題。」

「好熱。」她擦擦額頭。

「真的。」

「妳來看遺址嗎？」

「不是。」我帶著歉意說。「只是在閒晃，我在度蜜月。」我補充，以這為藉口。

我依稀記得當年有人提過這附近有古代遺址。我們一直想去看看，可是最後都沒有人去。

「我們也是來度蜜月。」她微笑。「我們住雅波麗娜飯店。我先生把我拖來這裡看古蹟，我說我需要坐下休息一下，等一下再去找他。」她拿出一瓶水喝。「他每次都這樣。去年我們去泰國，我差點累死，後來我抗議不走了。我說，『我不要看廟了，我想躺在沙灘上。』躺在沙灘上有什麼不好嗎？」

「沒錯。」我點頭。「我們去義大利玩，結果都是在看教堂。」

「又是教堂！」她不耐煩地翻白眼。「我知道，我們去威尼斯也是。我就問他，『你在英國從來不上教堂，為什麼一出國度假就突然對教堂這麼有興趣？』」

「我也是這麼跟理查說的！」我興奮地說。

「我先生也叫理查！」她驚呼。「真巧！他姓什麼？」

她微笑看著我，我卻沮喪地望著她。我剛才說什麼？為什麼我想到的是理查，不是班？我到底有什麼問題？

「其實……」我擦擦臉，想要穩定自己的思緒。「其實我先生的名字不是理查。」

「喔。」她嚇一跳。「抱歉，妳剛才不是說……」她靠近看看我後驚訝地說，「妳沒事吧？」

天啊，我不知道自己到底是怎麼了？眼淚不停地往下掉，很多很多的眼淚。我擦去淚水，擠出微笑。

「抱歉。」我勉強說。「我剛跟男友分手，心情還沒平復。」

「男友？」她不知所措地看著我。「妳剛才不是說妳在度蜜月？」

「我是。」我大哭。「我是在度蜜月！」我開始像個小朋友一樣大哭不已。

「那誰是理查？」

「不是我先生！」我痛苦地哭喊。「理查不是我先生！他從來沒向我求過婚！他從來沒問過我！」

「我不打擾妳了。」她尷尬地說，爬下石頭，匆忙離去。她一走，我馬上開始大哭，這輩子從來沒有哭得這麼大聲這麼放肆過。

我好想家，好想理查。分手之後，我的心好像也被扯下一塊。有一陣子我靠著腎上腺素撐過去，可是現在我才明白自己受的傷有多重，全身因痛楚而顫動，毫無復原的跡象。

好想他，好想他，好想他。

想念他的幽默、他的理性，想念他在床上的感覺，想念參加派對時跟他四目相接，知道我們都有同樣的念頭；想念他的氣味，他身上有男人應有的味道；想念他的聲音，他的吻，甚至他的腳，我全都想念。

可是我卻嫁給別人。

我又絕望地哭了起來。我為什麼要結婚？我到底在想什麼？我知道班很帥、很有趣、很迷人，可是這一切突然變得好空虛，變得毫無意義。

我現在該怎麼辦？我雙手掩面，感覺自己的呼吸逐漸放慢。我轉著手上的結婚戒指，心裡從來不曾這麼徬徨。我以前也犯過錯，可是從來沒有這麼嚴重，從來沒犯過後果這麼慘烈的錯。

我的大腦告訴我，我不能怎麼辦！我被困住了，卡住了！這是我自己的錯。

熾熱的陽光曬著我的頭。我應該爬下石頭，移到陰涼的地方，可是我做不到。在我整理好自己的思緒之前，在我做出幾個決定之前，我都沒辦法動。

我過了快一個小時才終於移動。跳下石頭，拍拍身上的灰塵，迅速走回青年旅舍。我突然想到，班並沒有來找我，看我好不好，不過我已經不在乎了。

我先看到他們，他們沒有發現我回來了。兩人親密地坐在陽臺上，他的手放在她肩膀，輕輕把玩著她上衣的肩帶。一切都是那麼地明顯，我好想尖叫，可是我只是像貓咪一樣悄悄地朝屋子前進。

親下去，我在心裡想。親下去，證明我想的沒錯。

我站在那裡專心地看著他們，幾乎不敢呼吸。這跟幾天前我和班在餐廳見面的場景一模一樣；青少年時期的愛火被重新點燃，這是沒有辦法的事。我幾乎可以看見兩人身上散發出強烈的賀爾蒙。班正在說話，莎拉大笑。他正在把玩她的頭髮，兩人臉上掛著甜蜜如情侶般的表情……

觸地得分。

四片嘴唇相接。他的手伸進她的無袖小背心，還來不及有進一步的進展，我已經大步朝他們走去，感覺自己很像太晚出場的肥皂劇女演員。

「你怎麼可以這樣！」我吼出這句的同時，心裡其實真的很難過。他怎麼可以帶我來他青春風流史的另一個場景？他從來沒提過這段我來之前的戀愛史！他早就知道莎拉會在這裡！他早就知道青春期的賀爾蒙會再度揮發。難道他是故意的？難道這對他來說只是一場遊戲？

至少我有嚇到他們。兩人迅速彈開，班的腳踝撞到椅子，咒罵一聲。

「班，我們需要談一談。」我簡短地說。

「好。」他狠狠地瞪著我，彷彿這都是我的錯。我試著控制自己的情緒。莎拉則巧妙地躲回屋子裡，留下我和班兩個人在陽臺上。

「這顯然行不通。」我把目光移向大海，不想看他，心情沮喪，全身僵硬。「看來你另有中意的對象。」

「媽的。」他很不耐煩。「只是一個吻——」

「這是我們的蜜月！」

「沒錯！」他憤怒地說。「是妳說不要！不然妳要我怎麼辦？」

「我沒有說不要。」我反駁，然後又馬上想到確實是我拒絕他。「好，」我改口。「對不起，我只是……」

我只是不想跟你做！我想跟理查做，因為他才是我愛的男人。理查，我親愛的理查，可是我再也不會見到他，然後我又要哭了……

「這話很難啟齒。」我眨眼不讓眼淚掉下來，勉強說。「可是我覺得我們太快結婚、太衝動了。我覺得……」我顫抖嘆氣。「我覺得我們……錯了。這是我的錯，我才剛結束一段感情，一切都太快了。」我攤開雙手。「我錯了，對不起。」

「不對。」班馬上說。「是我的錯。」

我默默地吸收他的話，所以我們倆都認為這是個錯。我胸口被沉重的失敗感壓著，同時也鬆一口氣。腦子裡突然閃過一句，費莉絲說的沒錯，讓我整個人退縮。這個念頭太痛苦，我現在沒辦法應對。

「我不想搬去法國。」班突然說。「我討厭他媽的法國，不應該讓妳以為我是認真的。」

「我不該強迫你。」我說，以示公平。「也不該強迫你參加默契大考驗。」

「我第一天晚上不應該喝醉。」

「我應該在青年旅舍跟你做的。」我懊悔地說。「剛才那樣很沒禮貌，對不起。」

「沒關係。」他聳肩。「反正這裡的床會吱吱叫。」

「所以……就這樣？」我無法說出那幾個字。「到此為止，好聚好散？」

「我們可以申請最快離婚的世界紀錄。」班開玩笑說。

「要記得請喬治歐司取消蜜月相簿。」我幾乎是心痛地大笑。

「那新婚夫妻的卡拉ＯＫ之夜呢？還要去嗎？」

「我們贏了夫妻默契大考驗。」我提醒他。「或許可以在頒獎典禮上宣佈離婚。」我們交換眼神，突然間兩人都開始歇斯底里地狂笑，停不下來。

非笑不可。因為除了笑，還有什麼選擇？

等我們倆平靜下來後，我抱著膝蓋，正眼看著他。「你有認真看待過這場婚姻嗎？」

「我不知道。」他皺起臉，彷彿被觸碰到痛處。「過去這幾年一切感覺都很不真實；我爸過世、公司的事、放棄喜劇表演……我覺得我需要想清楚。」他握拳敲頭。

「我也是。」我老實說。「感覺像一場夢。我當時心情很不好，你剛好出現，又長得這麼帥……」

他是很帥，身材修長而結實，可是在我眼裡，他已經失去了些什麼，感覺像是合成物；就像是橘子汽水，而不是現榨的柳橙汁。有橘子味、有氣泡、可以解渴，可是喝完會苦苦的，而且對身體不好。

「我們該怎麼辦？」我的笑意消失，憤怒也消失了，感覺莫名地空虛，很不真實。我的婚姻還沒開始就結束了。

可是我們根本就還沒做。這不是很可笑嗎？到底是被命運怎樣殘酷地玩弄？蜜月之旅多災多難到令人無法置信，好像上蒼不希望我們在一起。

「我也不知道。先把假度完後再說？」他看看手機。「我跟尤瑞・次那科夫有約。妳知道嗎，他特別把船開來這裡找我！」

「哇！」我看著他，表示讚嘆。

「我知道。」他有點得意。「我想把公司賣掉，我覺得這很合理，但羅肯認為我不應該賣。」他說。「這讓我更想賣。」

他又露出那副不滿的模樣。我已經聽他抱怨過好幾次說羅肯是控制狂，很會利用人。有一次他還批評羅肯桌球打得不好。我沒有很想再聽他抱怨，連忙開新的話題。

「所以你不打算繼續工作？」這聽起來不太好。不過我即將成為他的前妻，我怎麼想有誰在乎？

「當然不會完全放棄。」他似乎有點被刺到。「尤瑞說他會繼續請我擔任特別顧問，一起規劃一些新的案子，想一些新的點子。這傢伙很棒，想不想看他的遊艇？」

「當然想。」既然如此，不如善用我還是他太太的身份。「那之後呢？你跟你的情人？」我朝青年旅舍點點頭，班臉上出現一抹羞愧的神色。

「對不起，我不知道為什麼會這樣。」他懊悔地搖搖頭。「感覺我和莎拉好像又回到十八歲，所有的回憶再度浮現……」

「沒關係。」我態度放軟。「我知道，我們不也是？」

我真不敢相信，青少年時期的戀人重逢，竟然會造成這麼嚴重的傷害。我覺得應該要明文禁止大家跟初戀情人見面，規定跟青少年時期的戀人分手後就要一刀兩斷，其中一個人要移民。

「不管你怎麼做，我都不會介意。」我說。「好好玩，盡情享受。」

他瞪著我。「真的嗎？可是……我們結婚了。」

我不是偽善的人。

「也許法律上是這樣。」我說。「也許我們是在證書上簽名也交換了戒指，可是你並沒有真的對我許下終身，我也沒有真的對你許下終身，我們都沒有好好地、仔細地思考過。」我重重嘆氣。「甚至沒有好好交往過，我不知道要怎麼留住你。」

「哇！」他似乎無法置信。「洛蒂，妳太讓我訝異了，怎麼可以這麼大方……這麼開明……妳太了不起了。」

「隨便。」我聳肩。

我沉默了一會兒。我在班面前保持冷靜，但心裡千瘡百孔，好想靠在別人的肩膀上大哭。每件事都跟我的想像不一樣。我的婚姻結束了。那場火因我而起。失敗，失敗，再失敗。

我坐在那裡，全身因不安而扭曲。腦袋像是一團困惑的雲不停地轉動，只有幾道清楚的光線，把我輕輕推往某個方向。因為……

問題就在班很帥，床上功夫又很好，然後我真的很想要。如果這可以讓我暫時忘記我差點害死二十名無辜學子的事情。

他安靜地望著荒蕪的橄欖樹叢，過了許久才轉頭看我，眼裡閃著某種光芒。

「剛想到一件事。」他說。

「其實我也是。」我說。

「第一次也是最後一次？重溫舊情？」

「我也是這麼想。不過不要在這裡。」我皺起鼻子。「這裡的床墊好噁心。」

「回飯店？」

「好啊。」我點頭，竄起一股興奮，就像這一連串混亂中的一點慰藉。我們有需求，這也是我們應得的。第一，剛好作為結尾；第二，讓心痛的我分心；第三，我已經想了快三週。再不來我就要瘋了。

如果第一次見面時就做愛做得體無完膚，也許這一切都不會發生。這是某種教訓。

「我去跟莎拉說我們要走了，跟她說個再見。」班走進青年旅舍。

他一進去我馬上拿出手機。他剛才在說話時，我突然有種奇怪的感覺，腦海中閃過理查的身影，彷彿可以感覺到他在世界上某個地方想我。影像好鮮明，我還以為會在手機上看到理查的名字。我手指笨拙地按著按鍵，心裡突然抱著希望。

但是，當然是什麼都沒有；沒有來電、沒有簡訊，我查了兩次，什麼都沒有。我是個白癡。怎麼可能會有呢？理查正在舊金山忙著過他的新生活。我想念他，但是他並不想念我。

我的心情再次陷入低潮，眼眶再次被淚水刺痛。我為什麼要想起理查？他已經走了。離開了。他不會傳簡訊給我，也不會打給我，更不可能飛越半個地球宣揚他對我的愛，說他還是想娶我（這只是我自己祕密幻想的愚蠢情景，永遠不可能實現）。

我難過地瀏覽其他訊息，很多都是費莉絲傳來的，光看到她的名字我就不安。她有警告我，叫我不要結婚，她說的沒錯，為什麼每次都會被她說中呢？

想到要告訴她實情我就好難過。這太丟臉了，我辦不到，至少現在還不行。

我沮喪地打了一封新的簡訊，很幼稚地想證明她說錯了。

嗨，費莉絲，這裡一切都好。妳知道嗎，班要把他公司賣給尤瑞·次那科夫，我們要上他的遊艇！

我看著這些嘲諷我自己的字眼。幸福、幸福、幸福，謊言、謊言、謊言。我的手指又增添了一行謊言。

好開心我嫁給班。

一滴眼淚落在我的黑莓機上，可是我不管它，繼續打字。

我們在一起好幸福，好完美。

更多眼淚滴下來，我用力擦去。手指又開始敲，我停不下來。

想像這世界上最棒的婚姻，我的比那更棒！我們好合，充滿對未來的期許。跟理查相比，班是個超棒的男人。我根本就不想理查……

23

費莉絲

我從來沒有這麼懊悔過！我終於看見光明，看見真相，看清現實了。我錯了！百分之百、徹徹底底、完完全全地錯了。我的直覺判斷怎麼會錯得這麼離譜？我怎麼會這麼白癡？

我不只後悔，而且還很快崩潰，難過至極。我站在蘇菲亞機場，看著洛蒂的簡訊，想到過去這幾天我讓她陷入的各種折磨、全身刺痛。她的蜜月之旅很慘，可是她和班卻變得更親密。

這整場鬧劇其實跟我和丹尼爾有關，我只有想到自己的需要，用扭曲的眼光看世界，而洛蒂成為無辜的受害者。還好她不知道我做了什麼事，而且永遠也不會知道。感謝老天爺。

我繼續看洛蒂的簡訊，不理會飛往伊克諾斯班機的登機廣播；我不去伊克諾斯了，我不要再干涉我妹妹的蜜月，我已經造成夠多傷害。我要找架飛機，把我和諾亞安全地送回倫敦，結束這場荒謬的秀。

想像這世界上最棒的婚姻，我的比那更棒！我們好合，充滿對未來的期許。跟理查相比，班是個超棒的男人。我根本就不想理查，也想不起來我以前到底喜歡他哪一點？班對未來有好多好棒的計劃！他要跟尤瑞・次那科夫合作！我們要去旅行，在加勒比海上航行，然後去法國買農舍！班希望我們的小孩會講兩種語言！！！！

我看著她的簡訊，心裡有一點嫉妒。這個班聽起來好像超人，羅肯對他的看法顯然有誤。

只可惜回青年旅舍時，我才發現原來多年前那場火是我造成的，是我的芳香蠟燭，我很震驚。不過除此之外這次蜜月很完美很夢幻，我好幸運！！！

我驚訝地看著手機，那場火是因她而起？就是那場改變她人生的火嗎？我忍不住發出一聲驚呼。理查猛然抬頭。

「怎麼了？」

「沒事。」我反射性地說。這是洛蒂的私人簡訊，怎麼可以跟他講，對不對？算了，我需要找個可以理解的人傾吐。

「那場火是洛蒂造成的。」我簡單扼要地解釋。果然，我就知道理查一聽就懂。

「怎麼可能。」他的臉垮下來。

「我知道。」

「這是大事，她還好嗎？」

「她說還好。」我指著手機說，理查卻堅決地搖搖頭。

「她只是故作勇敢，現在一定非常難過。」他的表情轉為關切，生氣地說，「這個班知道嗎？他會照顧她嗎？」

「應該吧！」我不自在地聳肩。「到目前為止他表現得都還不錯。」

「她的簡訊可以給我看嗎？」

我只考慮了一下。這趟旅程都進行到這裡了，現在還忸怩作態沒意義。

他默默地看完，我看到他垂頭喪氣的模樣就知道他有多難過。他看了一遍，又看第二遍、第三遍，最後才抬頭。

「她愛上他了。」他說，口氣有點無情，彷彿在懲罰自己。「對不對？她已經愛上對方，我只是不想面對現實而已。我是個他媽的白癡！」

「理查——」

「我做了一個愚蠢的夢，以為我到那裡，告訴她我真正的感受，她就會回心轉意，跟我走……」他搖搖頭，彷彿光想到這件事就心痛。「我到底是在哪個星球？這事到此為止。」

看到他放棄我好難過，雖然我自己也有同樣的打算。

「你不告訴她你真正的感受了嗎？那你說的輸贏呢？」我想重新點燃他的動力，他卻搖搖頭。

「費莉絲，我很久以前就輸了。」他說。「妳不覺得我十五年前就輸了嗎？」

「或許吧。」我頓了一下。「或許你說的沒錯。」

「她嫁給她一輩子的最愛，過得幸福快樂，這樣很好。我也該重拾自己的人生。」

「我覺得我們倆都需要重拾自己的人生。」我緩緩說。「是我鼓勵你去，我跟你一樣有錯。」

我和他互望，心裡有點悲傷。我知道這是道別，如果他和洛蒂分手，我們的友誼也將隨之結束，更不再有什麼親戚關係。

機場再次發出登機廣播，我依然置之不理。

「該走了。」原本低頭看黑莓機的羅肯抬頭說。諾亞坐在他旁邊，正高興地翻閱一張保加利亞安全守則傳單。「你們在幹嘛？」看到理查傷心的表情又問，「發生什麼事了？」

「我終於發現自己是個笨蛋，終於。」理查突然激動地說。

「我也是。」我嘆氣。「我也有同樣的感覺，終於發現自己是個笨蛋。」

「我們都看清楚了。」

「兩個人都是。」

「好。」羅肯似乎懂了。「那……就我一個人去伊克諾斯？」

理查想了一下，然後又拿起新買的市峰飯店提袋。

「我也去好了。這輩子可能不會再有機會去伊克諾斯了。我想看夕陽，洛蒂常說那裡有全世界最美的夕陽，我要找個安靜的地方看看再回舊金山，她不會知道我有去過。」

「妳和諾亞呢？」羅肯問我。我正準備說我才不要去伊克諾斯時，他的黑莓機發出嗶嗶聲。

「是班，等我一下。」他讀著簡訊，臉上浮現怪異的表情。「怎麼會這樣？」他低聲說。

「怎麼了？」

羅肯默默瞪大眼睛，似乎真的不知道該怎麼辦。

「到底是什麼事？」我開始擔心。「洛蒂沒事吧？」
「我永遠不了解班在想什麼。」他緩緩說，沒有回答我的問題。
「洛蒂沒事吧？」我追問。「發生什麼事？」
「沒有什麼事……」他臉上閃過一抹厭惡的表情。「我不要保護他了。」他自言自語。「這實在太誇張！」
「跟我說！」我要求。
「好。」他嘆氣。「他才結婚兩天就在安排跟其他女人約會。」
「什麼？」理查和我異口同聲說。
「他的助理在度假，他要我幫他和一個叫莎拉的女人訂英國飯店的週末住宿。我根本沒聽過這個女人，他說……」他把手機拿給我。「妳自己看他怎麼說。」
我把手機搶過來看，因為太緊張所以匆匆掃過，不過大概明白他的意思。

多年不見……身材超好……帶給你看……

「王八蛋！」我的咒罵聲在蘇菲亞機場迴盪。我火冒三丈，快要爆炸。「我妹妹愛這個男人！他卻這樣對她！」
「班這樣實在很差勁。」羅肯搖頭。
「她把身心都奉獻給他，心都交出來了！」我氣得渾身顫抖。「他怎麼可以這樣？他們現在在哪？」我再次查看簡訊內容。「還在青年旅舍嗎？」

「還在，不過吃完午餐就要回飯店。」

「好，理查。」我轉頭對他說。「我們要拯救洛蒂脫離這個卑鄙無恥的男人。」

「等一下！」羅肯插嘴。「妳不是說『我發誓，我再也不要干涉我妹妹的人生』？要我提醒妳說過的話？」

「那是之前。」我反駁。「那時候我錯了！」

「妳現在還是錯！」

「才沒有！」

「費莉絲，妳還是錯，妳沒有想清楚。妳才剛想清楚五分鐘後又糊塗了。」羅肯聽起來好理性、好冷靜，我暴怒。

「我想清楚了，你最要好的朋友是個腳踏兩條船的混帳！」我用指責的眼神瞪著他，他搖搖頭。

「這又不是我的錯，不要這樣看我。」

「你要不要看看這些簡訊？」我用力拍打我的黑莓機，加強效果。「我可憐的妹妹信任他，完全被他迷住，計劃和他在法國共度一生，完全不知道他要跟某個火辣的舊愛約會。」我快哭出來了。「拜託，這是她的蜜月！什麼樣低等的小人會在度蜜月還沒圓房前就對老婆不忠？」

「既然妳這麼說……」羅肯無話可說。

「我不能坐視不管，我要去拯救我妹妹。理查，你去不去？」

「去哪裡？」他堅決地搖搖頭。「我哪裡都不去。這是洛蒂的人生，她不要我，這一點她表達得很明確。」

「可是她和班的婚姻快觸礁了！」我氣得大喊。「難道你還看不出來嗎？」

「這一點還不確定。」理查說。「而且妳要我怎麼做？去收拾殘局嗎？洛蒂選了班，我必須接受現實。」他拿起提袋，掛在肩上。「妳想怎麼做就怎麼做，我要自己走。我要去找夕陽欣賞，找尋內心的平靜。」

我目瞪口呆。他竟然在這個節骨眼拿達賴喇嘛那套來對我？

「那你呢？」我問羅肯。他舉起手，搖搖頭。

「跟我無關。我只是來處理公司的事，只要班在重整文件上簽名，我不會再煩他。」

「所以你們兩個都要拋棄我？」我瞪著這兩個男人。「算了！我自己一個人也能挽救局面。」

我伸出手。「諾亞，走吧，還是要去伊克諾斯。」

「好，他們做了沒？」他邊抱起剛才收集到的保加利亞傳單邊跟我聊。

「做了什麼？」我一時語塞。

「洛蒂和班。他們把熱狗夾進漢堡裡了沒？」

「是麵包。」理查說。

「是杯子蛋糕。」羅肯糾正他。

「你們兩個，都給我閉嘴！」我氣急敗壞地說，感覺好像一切都失去控制。我一定要現在在蘇菲亞機場教我七歲大的兒子性知識嗎？

還有，這是個好問題。他們到底做了沒？

「我不知道。」我最後說，伸手抱住諾亞。「親愛的，我們不知道。沒有人知道。」

「我知道。」原本看著黑莓機的羅肯抬起頭。「班剛傳簡訊給我。」他的表情有些扭曲。「他們顯然要共度新婚之夜了，正準備回飯店去……」他看了諾亞一眼。「這麼說好了，熱狗正在朝杯子蛋糕前進。」

「不！！！！！」我急切的驚呼聲響徹大廳，幾名鄰近的旅客轉頭看我。「可是她不知道他是個奸詐劈腿的王八蛋！」我焦急地看看他們倆。「一定要阻止他們！」

「費莉絲，冷靜一點。」羅肯說。

「阻止他們？」理查一臉驚愕。

「她一直在破壞他們的蜜月之旅。」羅肯簡單地解釋。「難道你沒有懷疑他們為什麼這麼不順嗎？」

「天啊，費莉絲。」理查十分震驚。

「我們該登機了。」諾亞拉著我的袖子，可是我們三個都沒理他。我的意志如鋼鐵般堅定，十字軍東征時也沒有我堅決。

「我不會讓那個混帳傷了我妹妹的心！」我速撥給尼可。「理查，給我一點線索，你最清楚相關細節，請你幫忙，哪些事情最能打消洛蒂的性慾？」

「我們該登機了。」諾亞又說了一次，我們三個還是不理他。

「我才不要告訴妳！」理查聽起來很震驚。「這是很私密的事！」

「她是我妹妹——」我話還沒說完，尼可就接了。

「喂？」他謹慎地說。「是費莉絲嗎？」

「尼可！」我大喊。「還好你在！這件事需要提高層級。我重複一次，需要進一步提高層級！」

「費莉絲！」尼可聽起來很不安。「我不能繼續我們的協議！我的屬下不知道我在做什麼，開始起疑了。」

「你非繼續不可。」我堅定地說。「他們正要回飯店，我馬上就到。不要讓他們上床！如果有必要，把班壓制在地也可以。不計一切代價！」

「費莉絲——」

「不計一切代價！尼可，不計一切代價！」

24

洛蒂

我幾乎不敢相信！我們套房竟然空無一人？沒有管家、沒有工人、沒有豎琴。我看著四周光潔、寂靜的家具，感覺空氣中有種期待，彷彿在等我們用體溫、喘息聲和美妙的性愛填滿。

我們一回飯店就直接進房間，兩個人都沒有說話。我什麼都不去想；不想我們的婚姻，不想理查，不想莎拉，也不想我的懊悔、悲傷和恥辱，全都不去想，只想著自從在餐廳看到班之後，我體內的那股悸動。我想要他，他想要我，這是我們倆應得的。

他朝我走來，眼神專注。我知道他跟我都在想同一件事：要從哪開始？就像品嚐一盒美味的巧克力，這是一場全新的體驗。

「你有沒有在門上掛『請勿打擾』的牌子？」我低聲問。他的唇落在我脖子上。

「當然有。」

「門鎖了嗎？」

「我又不是笨蛋。」

「總算要來了。」我的手沿著他的背一路往下，握住他結實的臀部。如果我的屁股有這麼結實就好了。「嗯……」
「嗯……」他掙脫我的懷抱，脫掉襯衫。天啊，這男人真帥。我知道他是個三心二意的傢伙，我知道他明天就會去找莎拉或其他女人，但至少目前他是我的。
他緩緩解開我襯衫的釦子，還好我身上穿了昂貴的蕾絲胸罩；理查從來不注意我穿什麼內衣，只會急急忙忙脫掉。後來我告訴他，這樣讓我很受傷，他又變成另一種極端，每次都低聲說「這胸罩好漂亮」或「這內褲好性感」，真可愛。
不行！停住！不要想理查，不准想理查。
班正在用舌頭舔我耳朵。我發出急切的呻吟聲，拉住他的皮帶，解開他的牛仔褲。我以為我想慢慢來，拉長時間，成為經典、美妙的回憶。可是事情真的發生時，我現在就想要。我不想慢慢來，拉長時間。我現在就要！短而經典就可以了。
班在喘氣，我也在喘氣。我感覺得出來，他和我一樣急著想要，我這輩子從來沒有這麼想要過一個人——
「夫人？喝飲料嗎？」
搞什麼？
我們倆嚇得跳高起來，就像跳雙人舞的愛爾蘭舞者。
我衣衫不整，班也衣衫不整。喬治歐司卻端著銀質托盤，托盤上有一瓶葡萄酒和幾個玻璃杯，站在一公尺外。
「搞什麼？」班幾乎說不出話來。「這是什麼？」

「喝杯酒嗎？還是喝點冰水？」喬治歐司不安地說。「經理的一點心意。」

「去他媽的經理！去他媽下地獄的經理！」班暴怒。「我在門上掛了『請勿打擾』的牌子。你是不識字嗎？你看不出來我們在幹嘛嗎？你知不知道什麼叫做隱私？」

喬治歐司語塞。他往前踏一步，不安地把銀質托盤遞過來。

「算了！」班似乎已經忍無可忍。「那你就站在那裡看！」

「什麼？」我瞪著他。

「既然他不讓我們獨處，那就給他看，看我們圓房！」他轉頭對喬治歐司說。「應該會很好看。」

他伸手脫掉我胸罩，我則用手遮住胸部。「班！」

「不要理他。」班氣憤地說。「把他當成柱子。」

他是在開玩笑吧？難道他要在管家的注視下做？這沒有違法嗎？

班把臉埋進我的乳溝，我瞄了喬治歐司一眼。他用一隻手遮住眼睛，另一隻手還是端著托盤。

「那香檳呢？」他聽起來很不自在。「還是您要喝點香檳？」

「你為什麼不走？」我很生氣。「不要來打擾我們！」

「我不能走！」他聽起來好焦急。「夫人，拜託妳，停下來喝點飲料。」

「這跟你到底有什麼關係？」我把班從我胸前拉開，轉頭瞪著喬治歐司。「你從頭到尾……一直都在……妨礙……我們。」

「夫人！拜託！有緊急訊息。」又有一個聲音呼喚我，我迅速轉身，不敢相信會發生這種事。

我沒辦法接受！荷姆斯站在一公尺外，手裡拿著一張紙。我接過來，上頭寫著「緊急訊息」。

「什麼緊急訊息？」我厲聲問。「我不相信。」

「洛蒂，過來。」班怒罵，顯然已經受不了了。「不要理他們！我們就是要做，做給他們看。」他扯下我胸罩，我尖叫。

「班！住手！」

「夫人！」喬治歐司激動地大喊。「我來解救妳！」他放下托盤，把班壓制在地，荷姆斯則把一杯冰水潑在我們倆身上。

「我們又不是他媽的狗！」班大喊。「放開我！」

「我不是真的叫他住手！」我跟他一樣生氣。「我的意思是，住手！不要在管家面前脫掉我的胸罩！」

我和班都在急速喘氣，可是不是愉快的那種。兩個人都濕了，不過也不是愉快的那種。喬治歐司鬆開手，班揉揉自己的脖子。

「你為什麼一直妨礙我們？」我怒瞪喬治歐司。「這到底是怎麼一回事？」

「沒錯。」班也突然發現這一點。「這一連串的錯誤不可能是巧合，到底是誰在從中作梗？」

我倒抽一口氣。「有人指使你這麼做嗎？」我第一個想到梅莉莎。也許是她想要這間套房，她就是那種會使出各種骯髒手段的人。「你是不是一直故意破壞我們的新婚之夜？」我質問。

「夫人、先生。」喬治歐司不安地瞄了荷姆斯幾眼，兩個人像是被責罵的小學生。

「回答我！」班說。

「回答我們！」我氣憤地附和。

「派爾先生。」尼可熟悉的聲音打斷我們的對話。他就這樣悄悄進來，我根本沒發現他來了。看到我裸露上身，他連眼睛都不眨一下。他拿出一只信封給班。「來自次那科夫先生的信。」

「次那科夫？」班轉身。「他說什麼？」他把信封撕開，我們全部急切地看著他，好像這會解答一切的問題。

「好，我要走了。」班四處張望。「我的襯衫呢？」他問荷姆斯。「你放到哪去了？」

「是的，先生，我會幫你找一件襯衫。您要什麼顏色？」荷姆斯聽到有事情做似乎鬆了一口氣。

「你要走了？」我看著班。「你不能走！」

「次那科夫希望在遊艇上跟我見面，愈快愈好。」

「可是我們才做到一半。」我氣得大喊。「你怎麼可以就這樣走？」

班不理我，跟著荷姆斯走到更衣區。我氣得渾身顫抖，看著他離去。他怎麼可以就這樣走？我們剛才還在做愛，至少，正準備要做愛。他就跟那些管家一樣糟糕，老是做到一半打斷。

說到這，尼可人呢？

我看到他在套房大廳，連忙抓著衣服遮住胸口，奔去找他。我正準備好好罵罵他，卻意外發現他正在角落低聲講電話。「他們停了。我可以保證，他們分開了。」

我全身僵硬。「他們」指的是班和我嗎？他在跟誰說話？他到底在跟誰說話？我的腦袋迅速思考。他一定是在跟幕後主使者講話，也就是一直努力阻礙我們的人，一定是梅莉莎！

我在學校練過武術，偶爾會派上用場。我躡手躡腳地走到尼可身後，舉起手，準備發動攻擊。

「我還在這裡，我可以向妳保證，他們絕對不會進行任何形式的結合或發生性行為——」尼可發出一聲驚呼，因為我快手奪走他的手機放到耳邊，不發一語，默默聽著對方說話。

「尼可，我快到了，你做得很好。務必阻止他們在一起，不計一切代價！」

這個發號施令、輕快有力的聲音非常熟悉，有一瞬間我還以為自己在作夢。我驚訝地張開嘴巴，腦袋不停地在打轉。不可能，不可能，不可能！

尼可想把手機搶回去，我轉身不讓他得逞。

「費莉絲？」我突然火冒三丈。「費莉絲？」

25

費莉絲

可惡。

可惡可惡！

我全身忽冷忽熱，沒想到會發生這樣的事情，沒想到事情都到這地步了還被發現；我們都到島上了！都快到了，就快到了……

我站在伊克諾斯機場外，行李排成一列。羅肯正在跟計程車司機談去安巴飯店的車資，我示意他，請他顧諾亞。

「嗨，洛蒂。」我勉強說，可是我幾乎沒有聲音。我吞了幾次口水，想要鎮定情緒。我該說什麼？我能說什麼？

「是妳！」她聽起來好心痛。「是妳一直在阻止我和班上床，對不對？管家、單人床和花生油事件的幕後主使者都是妳！除了妳，還會有誰知道我對花生油過敏？」

「我……」我揉著臉。「聽我說，我……我只是——」

「妳為什麼要這麼做？怎麼會有人做這種事？我在度蜜月！」她提高音量，又氣又難過。

「這是我的蜜月！卻被妳毀了！」

「洛蒂，聽我說。」我哽咽地說。「我以為……我是為妳好。妳不明白──」

「為我好？」她大叫。「為我好？」

好，在她再次尖叫之前，我只有三十秒的時間解釋，這太難了。

「我知道妳很可能永遠都不會原諒我。」我連忙說。「而且妳說妳要生蜜月寶寶，我很擔心這會是個錯誤，而且我知道離婚的後果會怎樣，很慘，我不忍心看到妳這樣──」

「我正準備享受這輩子最火辣的性愛！」她大吼。「這輩子最火辣的性愛！」

很好，我講的話她一個字都沒聽進去。

「對不起。」我語氣微弱，一邊閃開一個用草繩綑綁的巨型行李箱。

「妳實在很愛多管閒事！老是自以為是，老是告訴我該怎麼做，管東管西……」

她的話刺痛了我，我做這些又不是為了我自己！

「洛蒂，我很遺憾，我必須告訴妳一件事。」我努力保持冷靜。「既然妳提到這件事，我必須告訴妳，班並不打算成為忠實的好老公，他同時搭上另一個叫做莎拉的女人，羅肯告訴我的。」

一陣沉默。她聽了很震驚，可是如果我以為這樣就能讓她認輸，那我就錯了。

「那又怎樣？」她反擊。「那又怎樣嗎？那是因為……」她遲疑。「因為我們是開放式婚姻！這點妳就沒想到吧？」

我驚訝地張大嘴巴。她說的沒錯，我沒想到這點。開放式婚姻？我的媽啊，我從來沒想過洛蒂會是推崇開放式婚姻的那種人。

「還有，羅肯根本什麼都不知道！」洛蒂發動新一波攻擊。「羅肯是個性格扭曲的控制狂，他一直想辦法把班的公司偷走。」

「洛蒂——」她對羅肯的看法讓我很疑惑，不知道該說什麼。「妳確定嗎？」

「班說的。羅肯叫他不要把公司賣掉，所以他更要賣。拜託妳也別太相信羅肯說的話好嗎？」她提到「羅肯」兩個字的口氣好憤恨，好像很不屑。

又一陣沉默。我心裡有好多相互衝突的情緒，幾乎無法反應。洛蒂對羅肯的看法讓我驚訝，但最強烈的感受卻是懊悔，一波又一波的懊悔。她說的沒錯，我完全不了解她的情況，一切都是我自己的假想。

也許我真的一點都不了解自己的妹妹。

「對不起。」我最後說，口氣十分卑微。「我真的很抱歉，我只是以為妳還沒有忘記理查，擔心妳最後發現班不適合妳，擔心妳會突然後悔嫁給他。我以為如果事情進展太快，妳真的懷孕了，後果會無法收拾。可是我顯然錯了。洛蒂，拜託妳，原諒我好嗎？」一陣沉默。「洛蒂？」

26

洛蒂

我恨她！為什麼每次都被她說中？為什麼每次都被她說中！

我好想哭，好想向她傾吐所有的事情，好想告訴她班確實不適合我，我確實還沒有忘記理查，告訴她我這輩子從來沒有這麼痛苦過。

可是我還是沒辦法原諒她，不想放過她。她是世界上最多管閒事、掌控慾最強的姐姐，需要受懲罰。

「不要管我！」我哽咽地說。「永遠都不要再管我！」

我掛上電話。一秒後她又打來，我把手機關機，還給尼可。

「還給你。」我說。「不要再接我姐的電話，也不要再干涉我的生活了！不要再來打擾我們。」

「派爾太太。」尼可開口準備安撫我。「關於您蜜月之旅遭逢的小小不便，我謹代表本飯店向您致歉，另外提供您頂級套房的週末豪華雙人住宿方案做為補償。」

「我們發生那麼多狀況，你就只有這些話可以說？」我不可置信地看著尼可。

「週末豪華雙人住宿方案包含所有餐點及浮潛活動。」尼可顯然沒有在聽我說。「另外，我也要提醒您，由於您贏得夫妻默契大考驗比賽，因此您和您先生都受邀參加今晚的頒獎典禮，屆時將頒發本週最幸福夫妻獎給兩位。」他微微鞠躬。「恭喜您。」

「最幸福夫妻獎？」我幾乎是用吼的。「你是在開玩笑嗎？不要一直看我胸部！」我突然發現身上的襯衫已經滑落。

我撿起胸罩穿上，尼可悄悄離開；我的思緒好亂，好多的情緒和想法到處狂亂地舞動，我擔心有些可能會造成嚴重的後果：我和班的婚姻還沒開始就失敗。他還做到一半就走了！費莉絲是個多管閒事的討厭鬼。我還是很想理查，我真的很想理查。那場火是我放的，是我！是我放的！

我突然悲從中來，忍不住哭了起來。最後這一點最糟糕，那場火是我放的！十五年來，每次發生什麼問題，我都可以用這件事安慰自己，至少那一次是我救了大家。我現在才知道，不是我救了大家，是害了大家！

「嗨。」班衣冠楚楚，穿著整齊地走了進來，好像還沖過澡。

「嗨。」我難過地說。不用把我正在想的這些事告訴他，他不會懂的。「跟你說一下，我們是本週最幸福的夫妻，晚上要出席頒獎典禮領獎。」

「我要去次那科夫的遊艇。」他不理我，接著又得意地說，「他們會派小船過來接我。」

「我也要去。」我突然決定。「等我。」我才不要錯過登上億萬富翁的超級遊艇的機會。我要跟著班去，在遊艇上的酒吧買醉，喝下一杯又一杯清涼的莫吉托調酒。

「妳還要去？」他瞪著我。

「我是你太太。」我說。「我想看遊艇。」
「好吧。」他不怎麼情願地說。「算了，妳要來就來，不過穿點衣服好嗎？」
「我又沒打算只穿內衣去。」我不高興地反駁。
我們還沒做就已經吵得跟老夫老妻一樣，真是太好了。

27

費莉絲

開放式婚姻？

我太過震驚，震驚到直接癱坐在我的行李箱上，就在滿是灰塵的人行道中央，無視於往來的旅客。

「好了嗎？」羅肯帶著理查和諾亞朝我走來，希臘的豔陽讓他睜不開眼睛。「我談好價錢，可以走了。」

我錯亂到無法回答。

「費莉絲？」他又問了一次。

「他們是開放式婚姻。」我說。「你相信嗎？」

羅肯挑眉吹口哨。「班一定會喜歡。」

「開放式婚姻？」理查瞪大眼睛看我。「洛蒂？」

「對，我也覺得不可能！」

「我不相信。」

「是真的，她剛才自己告訴我的。」

理查沉默不語，呼吸沉重。「果然沒錯——我真的不了解她。」過了許久他才說。「我是個笨蛋，這一切到此為止。」他對諾亞伸出手。「跟你一起旅行很愉快，再見了！」

「理查叔叔，不要走！」諾亞張開雙手，熱情地抱住理查的大腿。我也很想跟他做一樣的動作，因為我會很想念理查。

「祝你一切順利。」我抱住他。「如果有機會去舊金山，我一定會去找你。」

「不要讓洛蒂知道我有來過。」他突然激動地說。「絕對不能讓她知道。」

「就連『我愛妳洛蒂，勝過茲拉第』也不行嗎？」我忍住笑意。

「閉嘴。」他踢我的行李箱。

「不用擔心。」我拍拍他的手臂。「一個字也不會說。」

「加油！」羅肯握住理查的手。「很高興認識你。」

理查朝計程車的方向走去。我嘆口氣，如果洛蒂知道就好了。可是我也不能怎麼樣，當務之急是致上世界上最高的歉意，我已經準備好護膝向洛蒂跪下了。

「好，我們走吧。」羅肯說。他看了看手機，「班不回我的簡訊。妳知道他們在哪裡嗎？」

「不知道。他們剛才正準備做愛，被我打斷。」我苦著臉，回想自己的所作所為，瘋狂的薄霧逐漸散去後，我才意識到自己的行為有多惡劣。就算他們做了又怎樣？就算她懷了蜜月寶寶又怎樣？那是他們的人生。

「你覺得她會原諒我嗎？」我們上計程車時我問羅肯，希望他會說一些安慰我的話，例如她當然會原諒妳、姐妹情深、不會被這種小事擊敗之類的，可是他卻皺起鼻子聳肩。

「她是寬宏大量的那種人嗎？」

「不是。」

「嗯。」他又聳肩。「那就不太可能了。」

我心情一沉，我是有史以來最執迷不悟的姐姐，洛蒂永遠不會再跟我講話了。這全都是我的錯！

我撥給她，直接進入語音信箱。

「洛蒂。」我道第一百萬次歉。「我真的、真的、真的很抱歉。我需要見妳，我需要跟妳解釋。我要出發去飯店了，到了再打給妳好嗎？」我把手機收好，不耐煩地敲著手指。車子已經開上大馬路，可是以希臘的標準來說車速不快。我往前對司機說，「可以開快一點嗎？我有急事要找我妹妹。可以開快一點嗎？」

我都忘了安巴飯店距離機場有多遠。感覺好像過了好幾個小時才到達飯店，下計程車，關車門，快速跑上大理石階梯。

「把行李交給行李員。」我氣喘吁吁地說。「晚點再去領。」

「好。」羅肯請行李員推推車過來，把我們的行李箱丟上去。「走吧！」

他比我還急，剛才在車上他就愈來愈著急，愈來愈煩躁，一直看錶跟打電話給班。

「時間快到了。」他一直說。「我要趕快把他的簽名傳真回去。」

一踏進熟悉的大理石大廳，他馬上轉頭期盼地看著我。「他們在哪？」

「我不知道！」我回擊。「我怎麼會知道？在他們房間？」

飯店大廳的玻璃門外，蔚藍的大海發出閃爍誘人的光芒。我看到，諾亞也看到了。

「海！海！」他用力拉著我的手。「走吧！是海耶！」

「親愛的，我知道！」我把他拉回來。「等一下。」

「可以喝杯水果冰沙嗎？」他看到一名服務生端著幾杯看起來像是水果冰沙的粉紅色飲料。

「晚一點。」我答應他。「到時候再喝水果冰沙還有吃自助餐，你也可以去海裡游泳。不過，我們要先找到洛蒂阿姨，張大眼睛注意。」

「班。」羅肯拿起電話留言。「我到了，你在哪裡？」他掛上電話，轉頭問我，「他們房間在哪？」

「印象中是在樓上……」我帶著他快步穿過偌大的大理石大廳，閃過一群穿著淺色西裝、曬得黝黑的男人。耳邊突然傳來一個聲音。

「費莉絲？費莉絲緹？」

我一轉身就看到穿著漆皮鞋的熟悉圓胖身影匆忙穿過大廳。可惡。

「尼可！」我勉強打起精神。「嗨！感謝你做的一切。」

「感謝我做的一切？」他似乎氣得快中風。「妳知不知道我為了達成妳的要求，造成多大的損害？我從來沒看過這樣的鬧劇，從來沒看過有人這樣亂搞！」

「是。」我勉強說。「呃……對不起，真的很感謝你。」

「妳妹妹氣壞了。」

「我知道。」我苦著臉。「尼可，我真的很抱歉，可是我會表達我的感謝，在雜誌上以大篇幅專文介紹你，篇幅一定很長，一定會把你寫得很好。跨頁的專文。」我發誓我會親自寫，絕對不會有任何一個批評的字。「只有一件小事還需要你幫我——」

「幫妳？」他氣憤地提高音量。「幫妳？我要籌備頒獎典禮！已經來不及了。費莉絲，我要去忙了，請不要在我的飯店裡製造更多問題！」

他氣沖沖地大步離去，羅肯對我挑眉。「妳多了個朋友。」

「他沒事，我寫篇報導讚美他，他心情就會好了。」我焦急地在大廳裡四處張望，努力回想。「我記得珍珠貝套房是在頂樓，電梯在這邊，走吧！」

我們搭電梯上樓時，羅肯又試著打給班。

「他明知道我要來。」他不滿地低聲說。「他應該要準備簽名了，實在很不配合。」

「馬上就到了。」我不耐地說。「不要再唸了。」

我們到頂樓後，我拉著諾亞的手衝出電梯，沒有停下來看指標，直接衝到走廊末端的房門口，用盡力氣敲門。

「洛蒂！是我！」我發現有個小小的門鈴，馬上用力按住。「拜託妳！趕快出來！我要道歉！真的很對不起！真的很對不起！」我用力捶門，諾亞也興高采烈地跟著敲。

「出來！」他邊敲邊喊。「出來！出來！」

門突然砰一聲打開，一名圍著毛巾的陌生男子瞪著我。
「什麼事？」他口氣不太好地說。
我驚慌失措地看著他。我看過班的照片，他看起來不太像，一點都不像。
「呃……你是班嗎？」還是問問看。
「不是。」他斷然說。
我快速思考；她說他們是開放式婚姻，這表示——我的天啊，難道他們在玩３Ｐ？
「請問你是跟……班和洛蒂一起的嗎？」我謹慎地說。
「不是，我跟我太太一起。」他怒瞪我。「妳是誰？」
「這是珍珠貝套房嗎？」
「不是，這是蚌套房。」他指著門邊的一個小牌子，我完全沒看到。
「原來如此，對不起。」我後退。
「妳不是說妳對這裡很熟？」羅肯說。
「我是，我以為——」我話說到一半停住，因為我從旁邊的窗戶看出去，發現一些東西。窗戶是細長型的，可以看到海景，我瞄到外頭佈滿花飾的木棧道中間站著一對情侶，看起來很熟悉——
「我的天啊，他們在那裡！他們在舉行婚禮！快點！」
我再次拉著諾亞的手往前衝，三個人一起跑過走廊。電梯慢到令人受不了，不過我們還是很快就衝到飯店外，穿過草皮，沿著小徑往海邊跑。綴滿鮮花和氣球的木棧道就在前方，中間站著一對手牽手的新婚夫妻。

「游泳！」諾亞開心地大喊。

「還不行！」我大口喘氣。「我們要先——」我看著木棧道上的那對夫妻，話沒說完。他們背對著我，我覺得那應該是洛蒂，很像是洛蒂，可是……

等等。我揉揉眼睛，想再看清楚一點，也許我應該要檢查視力。

「是他們嗎？」羅肯問。

「我不知道。」我坦白說。「如果他們可以轉過來……」

「那不是洛蒂阿姨啦！」諾亞不屑地說。「那是別人。」

「看起來不像班。」羅肯也說，他瞇起眼睛看著那名男子。「太高了。」

此時那名女子轉頭，我才發現她看起來一點都不像洛蒂。

「天啊！」我癱坐在附近的躺椅上。「不是他們。我跑不動了，可以喝一杯嗎？」我轉頭問羅肯。「反正你應該也來不及了吧？明天早上再處理，先喝一杯。怎麼了？」

我眨眨眼，驚訝地看著他。他的臉突然變得好僵硬，望著我身後。我轉身看他在看什麼。這跟一般豪華飯店的海灘沒兩樣，海浪拍打在沙灘上，海裡有人在游泳，遠處有幾艘帆船，更遠處有一艘大遊艇停在深水處，原來他是在看那個。

「那是次那科夫的遊艇。」他平靜地說。「怎麼會在這裡？」

「喔！」我拼湊出事情真相，發出驚呼。「對了！原來他們在那裡，我都忘了。」

「妳忘了？」

他口氣好批判，我有一點生氣。

「洛蒂跟我提過，我剛好沒想到。班要把公司賣掉，跟次那科夫約在他的遊艇上見面。」

「他要做什麼？」羅肯的臉色瞬間慘白。「不行！我們說好了，他不能把公司賣掉，現在還不行，而且不能賣給次那科夫！」

「也許他改變主意了。」

「他不能改變主意！」羅肯似乎無法控制自己的情緒。「不然我公事包裡帶著再融資協議來做什麼？不然我繞過半個歐洲追著他來這裡做什麼？我們對公司已經有規劃了，有很棒的規劃，花了好幾個星期的時間才微調好，結果他竟然要跟次那科夫見面？」他突然看著我。「妳確定嗎？」

「你看。」我在手機找出簡訊，秀給羅肯看，他一看馬上表情僵硬。

「他要單獨跟次那科夫見面，身邊沒有任何顧問！他一定會被騙。白癡！笨蛋！」

他的反應激怒了我；他一直叫我冷靜一點，不要干涉洛蒂，現在卻因為一間根本不屬於他的公司動氣。

「那又怎樣？」我故意漫不經心地說。「那是他的公司，他的錢，隨便他。」

「妳不了解。」羅肯生氣地說。「這是大錯特錯！」

「你不覺得自己有點反應過度嗎？」

「不，我不覺得我反應過度！這件事情很重要！」

「現在是誰看不清楚現實了？」我反駁。

「這完全不一樣——」

「才沒有！我覺得你太投入這家公司了，班為此很生氣，這事不可能有好的結果！」

我終於說出口了。

「他才沒有生氣！」羅肯一副完全不相信的樣子。「他需要我的幫忙！沒錯，我們是有點意見不合——」

「你一點都不明白！」我氣得拿出手機在他面前晃。「你一點都不知道！我比你更清楚你和班的關係好不好！洛蒂都告訴我了！」

「洛蒂告訴妳什麼？」他突然安靜下來，表情平靜。我看著他，對於我即將說出口的話感到有些不安，可是我非說不可，他需要知道事情真相。

「班恨你。」我過了一會兒才說。「他覺得你是控制狂、他認為你坐擁肥缺、他覺得你想把他的公司偷走；你是不是有一次在大庭廣眾之下沒收他的手機？」

「什麼？」他看著我。

他皺眉想了一下，然後才又鬆開眉頭。「原來是那件事。他父親過世後，他有一次來公司，有一名年長的同事正在對大家講話，班聽到一半竟然接電話。」他皺著臉。「非常沒禮貌！我只好把他手機搶過來，打圓場。媽的，他應該要感謝我才對！」

「嗯，他到現在還在氣這件事。」

一陣沉默。羅肯情緒激動地發著抖，眼神茫然。

「肥缺？」過了許久他才爆發，還用指責的眼神瞪著我。「肥缺？妳知不知道我為他、為他父親，為那家公司做了多少事？我把自己的前途擺一邊，拒絕倫敦大事務所的邀約。」

「我相信——」

「新的卡片系列是我開發的，財務也是我重整的，我投入那麼多心血——」

我聽不下去了。

「為什麼？」我直接打斷他。「你為什麼要這麼做？」

「什麼？」他張大嘴巴看著我，彷彿不懂我在問什麼。

「你為什麼要這麼做？」我又問了一次。「你一開始為什麼要去斯坦福郡？為什麼要接近班的父親？為什麼要拒絕倫敦大事務所的邀約？為什麼對一家不屬於你的公司投入這麼多情感？」

他似乎不知道該怎麼回。「我……我非介入不可。」他開口。「我必須進去主導——」

「你不需要。」

「要！整個情況一團亂——」

「你不需要！」我深呼吸一口氣，想好我該怎麼說。「這些你全都不需要做，是你選擇這麼做。當時你剛離婚，心情很差，你很難過，你很生氣。」這些話很難說出口，但我還是說了。「你的所作所為跟洛蒂一樣，也跟我一樣，都是為了修補你破碎的心，只是你選擇拯救班的公司，可是這並不是正確的做法。」我正眼看著他，輕聲說。「這是你『令人遺憾的選擇』。」

他呼吸急促，雙手緊握，彷彿在努力阻擋些什麼。我看得出來他臉上流露出痛苦的神情，也很遺憾我造成他的不愉快，但同時我並不後悔。

「晚點見。」他突然說。我還來不及回答，他已經大步離去。不知道他以後還願不願意跟我說話？不過我仍然很高興我說出那些話。

我低頭深情地望著諾亞，他剛才一直耐心等待我們結束談話。

「我現在可以去游泳了嗎？」他說。「可以了嗎？」

我想到他的泳褲在行李箱，但行李箱在大廳，要回去拿好麻煩，而且再過幾個小時太陽就要下山了。

「要不要穿內褲游？」我對他挑眉。

「穿內褲！」他開心地大叫。「穿內褲！好！」

「費莉絲！」我抬頭一看，尼可正穿過海灘朝我們走來。白襯衫還是一樣地筆挺，踩在沙灘上的鞋子還是一樣光亮。「妳妹妹呢？我要跟她討論頒獎典禮的細節，她和她先生是飯店本週最幸福的夫妻。」

「那就恭喜你了！她在那裡。」我指著遊艇說。

「妳聯絡得到她嗎？」尼可一臉焦慮。「可不可以打給她？我們應該要彩排，可是一切都亂了——」

「媽咪，來游泳？」諾亞已經把衣服脫了，丟到沙灘上，正在呼喚我。「來游泳？」

我看著他急切的小臉蛋，心頭彷彿被刺穿。突然間，我知道人生最重要的事是什麼了；不是頒獎典禮、不是新婚之夜、不是解救我妹妹，也絕對不是丹尼爾。而是我面前的這個人。

我穿著素面的黑色內衣褲，應該可以充當比基尼。

「不好意思。」我愉快地對尼可說，一邊開始脫衣服，脫到只剩內衣褲。「不行，我要陪我兒子游泳。」

跟諾亞在藍綠色的愛琴海裡玩了半小時的水，將一切煩惱都拋到腦後。午後的太陽曬在我肩上，我嘴裡都是海水的鹹味，笑到肋骨都痛了。

「我是鯊魚！」諾亞在淺水處朝我游過來。「媽咪，我是潑水的鯊魚！」他對我使勁地潑水，我也奮力潑回去，兩個人一起在柔軟的沙子上摔倒。

他不會有事。我抱著他小小的身軀心想，我們倆都不會有事。丹尼爾如果想搬去洛杉磯就去吧！那裡應該很適合他，那邊都喜歡做作的人。

我微笑看著諾亞在我身邊，在水裡起伏。

「是不是很好玩？」

「洛蒂阿姨呢？」他反問我。「妳說我們會看到阿姨。」

「她在忙。」我安撫他。「不過我們一定會見到她。」

我每次抬頭看到海灣裡那艘偌大的遊艇就好奇裡面正在做什麼？很奇怪，我還在英國時，覺得洛蒂的事情離我很近，很重要。可是等我到這裡，感覺卻變得很遙遠。

不是我的人生，那不是我的人生。

突然間，我好像聽到有人在叫我的名字。我反射性地轉頭，看到羅肯站在海灘上，身上的西裝感覺格格不入。

「我有話要對妳說。」他大喊，聲音不太清楚。

「聽不到！」我動也不動地大喊。

我不要再跑來跑去了。就算他想告訴我洛蒂懷了雙胞胎、班原來是納粹的餘黨，這些都可以等一下再說。

「費莉絲！」他又大喊。

我揮揮手，意思是我現在忙著陪諾亞，有事待會兒再說，可是他好像沒看懂。

「費莉絲！」

「我在游泳！」

他臉上似乎浮現某種情緒。突然間，他把公事包丟在沙灘上，穿著西裝和鞋子直接踩進水裡，快步穿過海浪，走到我和諾亞面前才停下來。海水淹到他大腿。我大吃一驚，說不出話來。原本看到羅肯走來大聲驚呼的諾亞則笑得倒地不起。

「你不知道有泳褲這種東西嗎？」我面不改色地說。

「我有話要告訴妳。」他瞪著我，彷彿這一切都是我的錯。

「那就說啊。」

除了海浪的聲音、海灘上的談天聲和海鷗的叫聲外，是一陣漫長的沉默。羅肯的眼神多了點激動，不停地伸手撥頭髮，彷彿在整理自己的思緒。他深呼吸一口氣，然後再次深呼吸，卻依然沒有開口。

一艘載滿小朋友的塑膠小艇飄到我們身邊然後又飄走，他還是沒有開口。我想可能要我幫他說了。

「我猜猜看。」我輕聲說。「隨便說說，沒有依照特定順序。你發現我說的沒錯、你發現這很難接受、有機會你想談談這件事、你在想自己為什麼跑來這裡找班，可是他卻背叛了你珍惜的一切、你突然用不同的角度觀察自己的人生，覺得有些事情必須改變。」我頓了一下。「還有，早知道你就帶泳褲來。」

「很接近。」過了許久他才說。「不過還是漏了幾點。」他在海裡往前踏了一步，海水在他腿邊拍打。「從來沒有人像妳看得這麼清楚，從來沒有人像妳這樣質疑我；關於班，妳說的沒錯；關於我在公司網站上的照片，妳的觀察也沒錯。我自己去看了一下，妳知道我看到什麼嗎？」他頓了一下。「我的臉上寫著：你他媽的是誰？看什麼看？我很忙，沒時間理你。」

我忍不住微笑。

「妳說的沒錯，杜普立三得斯並不是我的公司。」他咬著牙繼續說。「我很希望它是，可是它並不是。如果班想賣，他可以賣。次那科夫會在六個月內關掉整家公司，如果真的發生這種事，那就算了。沒有什麼是永遠的。」

「如果發生這種事，你不會很氣嗎？」我忍不住要戳他一下。「畢竟你投入那麼多心血。」

「或許會吧。」他認真地點點頭。「氣一陣子，可是怒氣最後還是會平息。我們都必須這麼相信，不是嗎？」他正眼看著我，我突然很同情他。這是情感上的投資，這種投資最讓人心痛。

「不過，妳有一件事說錯了。」羅肯突然又充滿了活力。「完全錯誤！我很高興我沒帶泳褲。」

他把西裝外套脫了，往岸邊丟去，結果掉在水裡。諾亞開心地潛入水裡游過去拿。

「在這！」他高舉羅肯的外套。「我拿到了！」他興奮地瞪大眼睛，看著羅肯先脫下一隻鞋子，然後又脫下另一隻，丟到岸邊。「你的鞋子沉了！沉進水裡了！」

「諾亞，你游去撿羅肯的鞋子。」我笑著說。「幫他放在沙灘上好嗎？我猜他要穿內褲游泳。」

「內褲！」諾亞大喊。「穿內褲！」

「游泳就是要穿內褲才對！」羅肯對他露齒微笑。

28

洛蒂

我望向岸邊時，可以看到海裡有幾個游泳的身影。傍晚的太陽在沙灘上留下長長的影子；有尖叫的小朋友、摟摟抱抱的情侶和正在一起玩的小家庭。我突然好希望自己跟他們一樣，只是來度假，沒有複雜的人生，沒有自我中心又不可靠的先生，也沒有做出嚴重錯誤的決定必須解決。

一登上遊艇我就覺得很討厭。最討厭遊艇了！到處都鋪著白色的真皮，我好擔心弄髒，然後尤瑞·次那科夫只看了我一眼，彷彿在說，不行，妳當不了我的第五任太太。然後我就被丟給兩名隆胸又隆唇的俄羅斯女人，兩人身上滿是矽膠，讓我聯想到氣球造型的動物，除了「妳正在照鏡子的粉餅盒是哪位設計師的限量版？」就沒有其他話可以說。

我的粉餅是美體小舖，所以這段對話沒有持續很久。

我喝著莫吉托調酒，等著借酒澆愁，可是我的煩惱並沒有就此消失，反而在我腦子裡繞啊繞，愈來愈大。所有的事情都好糟糕，全變成一場災難。我好想哭，可是我不能哭。我在超級遊艇上，應該要神采奕奕心情愉快，乳溝也要變深才對。

我站在甲板，身體伸出欄杆外，不知道距離海面有多遠，可以從這裡跳下去嗎？

不行，可能會受傷。

天知道班在哪裡？我們上船之後他就變得很讓人受不了，一直炫耀一直自誇，跟尤瑞·次那科夫講了十五次他也想買一艘遊艇。

我的手悄悄滑進口袋。腦子裡一直有個揮之不去的念頭，好像有人一直在苦苦地等待，不願放棄。這個簡單的念頭已經出現好幾個小時了。我可以打給理查，我可以打給理查。我一直不理它，忽略它，可是我現在想不出來這個念頭有什麼不好？感覺很棒、很愉快，我現在就可以打給他。

我知道費莉絲一定會叫我不要打，可是這是我的人生，又不是她的，對不對？

其實，我也不知道要跟理查說什麼？我覺得其實我什麼都不想說，只想跟他聯絡，就像握住別人的手。沒錯，就是這樣，我想透過電話握住他的手。如果他把手抽走，那我就知道他的意思了。

那兩名俄羅斯女人正朝著我這邊走過來，我連忙躲到角落以免被她們看到。我拿出手機看了一下，伸手按了起來。電話鈴聲一響起，我的心也開始怦怦跳，好想吐。

「你好，我是理查。」

進了語音信箱。我的胃緊張地揪成一團，按下「結束」鍵；我不能語音留言，語音留言跟握手不一樣。語音留言是一封遞到對方手上的信，我不知道我想在信裡面寫什麼？現在還不知道。

我想像他現在可能在做些什麼事；我對他在舊金山的生活一無所知，他剛起床嗎？正在洗澡嗎？我甚至不知道他住的地方長什麼樣？他已經離開我身邊了。淚水刺痛我的眼，我難過地看著手機，要不要再打一次？這樣算不算騷擾？

「洛蒂！原來妳在這！」班帶著尤瑞走過來。我把手機塞回口袋，轉頭面對他們。班喝酒喝到臉紅，我心一沉。他看起來好狂躁，很像超過睡覺時間還沒上床的小朋友。「我們要喝香檳慶祝成交。」他興奮地說。「尤瑞要去拿陳年的庫克香檳，要不要一起喝一杯？」

29

亞瑟

年輕人！老是匆匆忙忙、擔心東擔心西的；老是馬上就要一個答案。不斷地有人來煩我，讓我筋疲力盡。

我總是跟他們說，不要回來了，不要再回來了。

把青春留在當下，就留在那裡就好。所有值得帶上人生旅途的東西，你都已經帶著了。

這句話我說了二十年，他們有聽進去嗎？當然沒有。現在又來一個，氣喘吁吁地爬上懸崖頂端。我猜年紀大概三十幾快四十。藍天下看起來頗為英俊，跟某個政客長得有點像，是嗎？也可能是電影明星。

我對他沒有印象，不過這也不重要了。現在的我連照鏡子都不見得記得自己的臉。那傢伙用目光掃射四周，從坐在椅子上的我到我最愛的橄欖樹，全盡收他眼底。

「你是亞瑟嗎？」他突然說。

「正是。」

我迅速瞧了他一眼。他身上穿著名牌運動衫——可能值好幾杯雙份蘇格蘭威士忌。

「要不要喝一杯？」我親切地說。一開始就把話題導向酒總是好的。

「不需要。」他說。「我只想知道發生什麼事？」

我忍不住打了個呵欠。果然不出我所料，他想知道發生什麼事。又一個發生中年危機的銀行家回到年輕時去過的地方，回到當年事發現場。我很想回他，回去吧，不要問了，回到你問題叢生的成年生涯，因為你的問題沒辦法在這裡解決。

可是他不相信我。他們都一樣，都不相信我。

「親愛的孩子，」我輕聲說，「你長大了，事情就是這樣。」

「不。」他不耐煩地說，伸手擦去眉頭上的汗水。「你不懂，我來這裡是有原因的，你聽我說。」他往前踏了幾步，高大的身軀背對著太陽，英俊的臉龐上意志堅決。「我來這裡是有原因的。」他又說了一次。「我本來不打算介入——可是我不得不插手，非插手不可。我要知道到底發生什麼事？我要知道到底火災那晚發生什麼事？」

30

洛蒂

我每次在公司對同事做人事訓練時，常有一個重點：所有的事情都可以成為學習的對象，然後舉個職場上的例子，大家一起腦力激盪，列出幾個學到的重點。

在次那科夫的遊艇上待了兩個小時後，我的重點清單如下：

1. 我這輩子絕對不會去隆唇。
2. 有艘遊艇真不錯。
3. 陳年香檳真是天上美味。
4. 次那科夫好有錢，有錢到讓我羨慕死了。
5. 班好狗腿，還一直講很諂媚的笑話，真尷尬。
6. 班誤會了，次那科夫對「合作計畫」根本沒興趣，他只想問鄉間大宅的事。
7. 我認為次那科夫會把製紙工廠關了，可是班似乎沒有發現。
8. 我覺得班可能不是很聰明。

9.早知道就絕對不要在這裡下船。

這是嚴重的錯誤。我們應該在一公里以外的地方下船，不該在海灘這邊下，因為我們一下船就被尼可逮住。

「派爾先生、太太！剛好趕上頒獎典禮！」

「什麼？」班很沒禮貌地瞪著他。「你在說什麼？」

「就那個，」我用手肘推推他。「本週最幸福夫妻。」

我們沒辦法脫身，只能跟其餘二十名房客一起喝調酒，聽樂團演奏浪漫的情歌。大家都在討論次那科夫的遊艇靠岸的事，我已經聽到班至少跟五組人說我們剛才在船上喝陳年香檳，每聽到一次我就縮一次。我們隨時都會被叫上臺領本週最幸福夫妻獎，這真的很蠢。

「我們可以不領嗎？」聊天空檔時我低聲問班。「我們應該稱不上本週最幸福夫妻吧？」

班困惑地看著我。「為什麼不行？」

為什麼不行？他是認真的嗎？「因為我們已經在討論離婚了！」我低聲說。

「可是我們還是很幸福啊。」他聳肩。

幸福？他怎麼會覺得很幸福？我瞪著他，突然很想揍他。他從來沒有對這段婚姻認真過，從來沒有。對他來說，這只是消遣，只是一時的狂熱，就像我上次為了織北歐毛衣而買了一臺針織機。

可是婚姻不是針織機！我好想對他大喊。這整件事根本是個笑話，我好想走！

「啊，派爾太太。」尼可衝過來，似乎猜到我的心思。「馬上要頒獎了。」

「真好！」我的口氣尖銳，他皺起臉。

「夫人，請容我再次向您對此次度假經歷的不便道歉。如我所說，我希望能夠提供您雙人豪華套房的週末住宿方案，所有餐點全包，另附送一次潛水行程。」

「我覺得這樣不夠。」我瞪著他。「我們的蜜月都被你毀了，婚姻也毀了。」

尼可低頭看著沙灘。「夫人，我真的很傷心，可是我必須讓您了解，這不是我的主意，也不是我願意的。我犯了非常嚴重的錯誤，我會一輩子後悔，這件事的主使者——」

「我知道。」我打斷他的話。「我姐姐。」

尼可點點頭。他看起來好沮喪，我突然很同情他。我知道費莉絲的個性，她如果展開攻勢，沒有人能夠拒絕她。

「尼可，沒關係。」我說。「我不怪你；我知道我姐姐的個性，我知道她像木偶戲師傅一樣從倫敦掌控一切。」

「她很有決心。」他頭又低下來了。

「我原諒你。」我伸出手。「我不會原諒她。」然後又連忙補上一句。「可是我原諒你。」

「夫人，我不值得您的寬恕。」尼可親吻我的手。「祝您幸福愉快。」

他離開之後，我開始好奇費莉絲在做什麼？她在語音信箱說會直接來飯店，說不定明天到，說不定我會拒絕見她。

我又喝了幾口調酒，跟一名穿藍色衣服的女生聊哪種美容療程最划算，一邊想辦法避開梅莉莎；梅莉莎一直想問到底我和班從事哪一行，放槍在皮包不是很危險嗎？突然間，樂團停止演奏，尼可站上臺，敲敲麥克風，微笑看著臺下聚集的群眾。

「大家好！」他說。「很高興看到大家參加頒獎典禮與酒會。阿芙羅黛蒂是愛與美的女神，安巴飯店則是愛的歸宿。今晚，我們要歡迎一對非常特別的夫妻，他們來這裡度蜜月，並且贏得本週最幸福夫妻獎，請大家歡迎班和洛蒂．派爾！」

一陣掌聲響起，班推推我。「走吧。」

「好啦！」我暴躁地說，我穿過沙灘走到臺上，聚光燈讓我微微瞇起眼睛。

「親愛的女士，恭喜您！」尼可送上一個心型的大型銀質獎座。「讓我幫您戴上皇冠……」

還有皇冠？

我還來不及抗議，尼可已經把銀色的塑膠皇冠戴到我們頭上，快手把飾帶披在我肩膀，接著後退一步。「恭喜兩位得獎的夫妻！」

觀眾又開始鼓掌。我對著燈光張嘴微笑，這好難堪。有獎座、皇冠和飾帶？我覺得自己好像長得並不美的選美皇后。

「接下來請幸福的夫妻檔講幾句話！」尼可把麥克風交給班，班馬上交給我。

「大家好。」我的聲音好大聲，嚇我一跳。「謝謝你，我很……榮幸。我們是一對非常幸福的夫妻，非常非常幸福。」

「超級幸福。」班在一旁對著麥克風說。

「幸福洋溢。」

「理想中的蜜月。」

「班當初求婚時，我完全沒有想到最後會這麼……這麼幸福，非常非常幸福。」

突然間，一滴眼淚毫無預警地緩緩滑落我的臉龐。我忍不住回想當初在餐廳開開心心地答應班的求婚，感覺好像在看別人的故事——一個腦袋有問題、精神錯亂的瘋子；我到底在想什麼？嫁給班就好像連喝四杯伏特加，暫時掩蓋了心痛，感覺棒極了，可是現在宿醉的感覺更差。

我露出更燦爛的笑容，對著麥克風又刻意強調一次。「我們真的很幸福，一切都是那麼地順利、那麼地美好、沒有一刻不愉快，是不是啊，親愛的？」

兩顆淚珠滾下來，希望大家會以為這是歡樂的眼淚。

「這段時間像是在天堂一樣快樂。」我擦擦臉。「悠閒美好的時光，各方面都好完美，我們實在太幸福了——」我話才說到一半，視線就被從海邊沿著沙灘走過來的三個身影給吸引住，他們身上都裹著毛巾，可是……那該不會是……

不，不可能。

班也看往同一個方向，他驚訝地張開嘴巴。

「羅肯？」他把麥克風從我手上搶走，拿著麥克風大喊。「羅肯！你在幹嘛？你來多久了？」

「阿姨！」裹著毛巾的最小身影突然看到我。「洛蒂阿姨，妳戴皇冠！」

可是最讓我驚訝到下巴掉下來的是第三個身影——

「費莉絲？」

31

費莉絲

我嚇呆了，只能默默地瞪回去。我本來並不打算用這種方式讓洛蒂知道我已經到伊克諾斯了。

「費莉絲？」她又說了一次，這次口氣有點尖銳，讓我害怕。我該說什麼？我能說什麼？要先說什麼？

「費莉絲？」我還來不及整理思緒，尼可就先把班手上的麥克風搶過來。「這位是這對恩愛夫妻的姐姐！」他對臺下的觀眾說。「請容我介紹《旅訊》雜誌編輯，費莉絲緹．葛來芙妮小姐，特地前來為本飯店做五星級的報導！」他欣喜地說。「各位可以看到，她剛才品嚐了美味的愛琴海！」

觀眾發出禮貌性的笑聲。我不得不佩服尼可，不放過任何一個行銷機會。

「接下來請他們全家上臺！」他催羅肯、諾亞和我上臺。「來拍張蜜月相簿裡的家人合照，請往中間靠！」

「妳到底在這裡做什麼？」洛蒂瞪大雙眼，氣沖沖地看著我。

「對不起。」我無力地說。「真的很抱歉，我以為——我想——」我嘴巴好乾，說不出話來，原本想說的話彷彿感受到我內心的愧疚，倉皇跑走。

「阿姨！」諾亞興奮地跟她打招呼。「我們來找妳度假！」

「妳把諾亞也帶來了。」洛蒂氣沖沖地說。「很好。」

「請大家微笑！」攝影師大喊。「看這邊！」

我要鼓起勇氣想辦法道歉。

「聽我說，」我急忙開口，卻差點被閃光燈閃瞎。「我真的真的很抱歉，洛蒂，我不是故意要破壞妳的蜜月，我只想……只想保護妳。可是，我後來知道自己應該要住手，妳是大人了，妳有妳自己的人生，我犯了非常嚴重的錯誤，希望妳可以原諒我。你們在一起很幸福！」我轉頭對班說。「嗨！班，很高興見到你。我是費莉絲，你的大姨子。」我尷尬地舉起手。「我想我們會經常在家族耶誕聚會上碰面什麼的……」

「看這邊！」攝影師大喊，所有人都乖乖轉頭看他。

「所以這一切都是妳搞的鬼？連希斯羅機場貴賓室的事情也是？」洛蒂轉頭看著我愧疚的表情。「妳怎麼可以這樣？還用花生油！害我好痛！」

「我知道，我知道。」我哽咽地說，幾乎快哭出來。「我不知道我是怎麼了，真的很抱歉，我只是想保護妳。」

「妳每次都想保護我！妳又不是我媽！」

「我知道我不是。」我的聲音突然顫抖。「我知道。」

我和洛蒂眼神交會，瞬間靜默地交換著姐妹共同的回憶：我們的母親、我們的成長歷程、為什麼我們會變成這個樣子？可是洛蒂的眼神突然又失去某種光采，恢復為原本冷淡無情的樣子。

「洛蒂，妳能原諒我嗎？」我屏息等她回答。「拜託妳？」

一陣漫長焦慮的沉默。我不知道她會怎麼決定？她的眼神空洞，我知道絕對不能催她。

「請大家微笑！露出最燦爛的笑容！」攝影師一直提醒我們，可是我笑不出來，她也是。我發現自己手指握得好緊，腳趾也是。

過了許久，洛蒂才終於轉頭看我，表情很不屑，但憤恨的程度稍微減輕；我的毛巾快掉了，我趁機抓起來包緊。她瞥了我一眼，「妳真的穿著內衣褲游泳？」

我在心裡小聲歡呼，好想抱住她。我知道這樣代表她已經原諒我了，雖然還沒有完全脫離險境，但至少有希望。

「妳不知道嗎？比基尼早就過時了。」我用跟她一樣漠然的口氣說。

「妳的內褲很好看。」她不太情願地聳肩。

「謝謝。」

「內褲！」諾亞大喊。「內褲！阿姨，我有個問題。」他補上一句。「妳把熱狗放到杯子蛋糕裡了沒？」

「什麼？」洛蒂像是被刺中。「他該不會是指——」她驚愕地看著我。

「妳把熱狗放到杯子蛋糕裡了沒？」

「諾亞！這……不關你的事！為什麼會沒有？還有，你為什麼問我這種問題？」看到她慌張的模樣，我突然警覺，從她的行為看來，看來好像……好像……

「洛蒂？」我挑眉。

「閉嘴！」她慌亂地說。

天啊，她簡直是不打自招！

「你們還沒做嗎？」我腦袋飛快運轉。他們還沒做？為什麼沒有？為什麼？

「不要再講了！」她似乎快哭出來。「不要干涉我的婚姻！不要干涉我的蜜月！不要干涉我所有的事情！」

「洛蒂？」我盯著她看。她眼眶濕潤，嘴唇發抖。「妳還好嗎？」

「當然很好！」她突然失控。「為什麼會不好？我有全世界最幸福的婚姻！我是全世界最幸運的女孩，而且我非常、非常——」她突然停下來，揉揉眼睛，彷彿不敢相信自己看到的景象。

我瞇起眼順著她的目光看過去，才發現她在看什麼；原來是個人影，是個男人，踩著熟悉沉穩的步伐穿過沙灘，朝我們走來。洛蒂臉色變得好蒼白，我擔心她會暈倒，如果她暈倒我也不會意外。我看著熟悉的身影，也不敢相信自己的眼睛，腦子裡閃過各種可能性。他不是發誓說不來嗎，為什麼會出現在這裡？

32

洛蒂

我簡直要心臟病發或恐慌症發作或什麼病發作之類的，血液快速地從我腦袋衝到腳趾又竄回來，彷彿它也不知道該怎麼辦。我無法呼吸、無法移動……什麼都沒辦法做。

理查來了，他在這裡。

他不在幾百英里外，過著全新的生活，忘記我的存在。他在這裡，在伊克諾斯，穿過沙灘走向我。我眨眨眼，眼皮快抽搐；我無法言語，這一點都不合理，他明明在舊金山，他應該要在舊金山的。

他踩著穩健的步伐穿過觀眾，朝我走來，我渾身顫抖。上一次見到他是在那間餐廳，告訴他我拒絕他根本沒求的婚，感覺好像已經是幾百年前的事了。他怎麼知道我在這裡？

我瞪了費莉絲一眼，可是她看起來和我一樣驚訝。

他站到舞臺前，抬頭用我愛的深色眼眸看著我。我覺得我快崩潰了，好不容易才想清楚，他卻突然出現——

「洛蒂。」他的聲音和以前一樣低沉，一樣令人安心。「我知道妳已經……」那個字他似乎很難說出口。「結婚。我知道妳嫁人了，祝妳幸福。」他停下來，呼吸急促。周遭的談笑聲停歇，大家都聚精會神地看著我們。「恭喜你。」他瞄了班一眼就移開目光，似乎覺得班很討厭，不想看到他。

「謝謝。」我勉強說。

「我不耽誤你們的時間，只是有件事我覺得妳應該要知道。那場火不是妳引起的。」

「什麼？」我看著他，不明白他的意思。

「那場火不是妳引起的。」他重複。「是另外一個女孩子。」

「可是——你——」我勉強說。「你怎麼會——」

「費莉絲告訴我，說妳以為那場火是因妳而起，我知道妳一定很難過；但我不相信這件事，所以就去查明真相。」

「你去青年旅舍？」我不敢相信他說的話。

「我跟妳朋友亞瑟談了。」他點頭。「要他找出當年警察的筆錄，他讓我攤開放在桌上，從頭讀到尾。答案很明顯，起火點是廚房上方，不是妳房間。」

我的思緒亂成一團，一時無法回答。現場沒有人開口，只有旗子在海風中飛揚的聲音。

「你去了青年旅舍？」我語氣微弱地說。「為我做了這麼多？」

「當然。」他一副理所當然的口氣。

「雖然我已經嫁給別人？」

「對。」他又說。

「為什麼？」

理查不可置信地瞪了我一眼，彷彿在說，這還需要問嗎？

「因為我愛妳。」他直截了當地說，然後又對班說，「抱歉。」

33

費莉絲

我這輩子經歷過很多事，但這一刻我會永遠記得。我不敢呼吸，全場靜默，洛蒂呆呆地望著理查，眼睛瞪得好大。她肩上披的「本週最幸福夫妻」飾帶在燈光下閃耀，皇冠滑落一旁。

「我……我……」她似乎很難把話說出口。「我還愛著你！」她把皇冠扯下來。「我愛你！」

理查明顯嚇一大跳。「可是——」他指著班。

「我錯了！」她快哭出來了。「我錯了！我一直都想著你，可是你去了舊金山，然後現在又來了這裡——」她突然轉頭看著我，滿面淚痕。「費莉絲？是妳把理查帶來的嗎？」

「呃……可以這麼說。」我小心地說。

「那我也愛妳。」她伸手抱住我。「費莉絲，我愛妳。」

「喔，洛蒂。」我眼淚盈眶。「我愛妳，我只想要妳過最幸福、最幸福的人生。」

「我知道。」她緊緊抱住我，接著又轉身跳下舞臺，奔向理查懷裡。我從來沒看過有人抱得這麼緊。「我以為你永遠不會回來了！」她埋在他的肩膀上說。「我以為你永遠不會回來了。我好難過！好難過！」

「我也好難過。」他小心翼翼地看著班。「可是，妳已經結婚了——」

「我知道。」她沮喪地說。「我知道，可是我不想這樣。」

我高度警覺，現在是我該介入的時候了！我跳下舞臺，用力拍洛蒂。

「洛蒂！我問妳，這件事很重要。」她一轉身，我馬上用力抓著她肩膀。「你們——」我看了諾亞一眼。「你們把熱狗放進麵包裡了嗎？你們做了沒？告訴我！這很重要！」

34

洛蒂

還有說謊的必要嗎？

「沒有！」我用幾近挑釁的口吻說。「我們還沒做！我們不是幸福的夫妻，根本就有名無實，連夫妻都不是！拿去。」我轉頭對著跟其他人一起熱切觀望的梅莉莎。「皇冠給妳，飾帶也給妳。」我把這些扯下來，拿走班手上的獎盃。「全都給妳！我們一直在說謊。」我把所有的東西都塞給她，她瞇起眼睛瞪著我。

「第一次約會是在墓園。」

「假的。」我點頭。

「在檢察官辦公桌上做愛。」

「根本沒有。」

「我就知道！」她轉身得意地對她老公說。「我就跟你說！」她戴上銀色的皇冠，高舉著獎盃。「這是我們的！我們才是本週最幸福的夫妻，謝謝大家——」

「拜託好不好，梅莉莎。」她老公麥特說。「我們才不是。」

理查則專注地望著我。「所以你們真的還沒……？」

「一次也沒有。」

「太好了！」我從來沒看過理查這麼興奮地揮拳。「幹得好！成功了！萬歲！」我從來沒看過他這麼有狠勁。天啊，我好愛他。

「你為了我飛越半個地球。」我再次靠在他肩上。

「當然。」

「然後又飛來希臘。」

「當然。」

我不知道為什麼以前會覺得理查不浪漫，也不知道我們為什麼會分手。我的耳朵貼在他胸口，聽著令人安心又熟悉的心跳聲，我想永遠停留在這裡。周遭隱約傳來其他人的聲音，但我已經把全世界排除在外。

「妳可以訴請婚姻無效。」費莉絲一直說。「洛蒂，妳明白嗎？這太好了！妳可以訴請婚姻無效！」

「熱狗應該是放進杯子蛋糕裡。」羅肯一直說。「是杯子蛋糕不是麵包。」

35

費莉絲

她說的沒錯，我這輩子沒看過這麼美的夕陽；燦爛的陽光逐漸往下移，卻不是西沉，而是散發出粉紅色和橘色的閃耀光芒，讓我想到諾亞某個超級英雄玩具。「夕陽」聽起來好沒生氣，好像沒什麼了不起，但這裡的夕陽像是「哇！夕陽耶！」

我低頭看著諾亞的臉，他的臉頰在陽光的照映下看起來好紅潤，他不會有事的。我難得一次不覺得焦慮，也沒有生氣或難過。他不會有事，他會把自己顧好，我也會把自己顧好，一切都會過去。

這段時間的氣氛很怪，有點療癒又有點令人不安，有點尷尬又有點歡樂，有點詭異又很美好。尼可幫我們在海邊的餐廳準備一張桌子，我們五個人圍著桌子品嚐會讓味蕾開心到唱歌的開胃菜，還有吃了五臟六腑會狂喜的慢燉羊肉。

這裡的餐點真的很好吃，我一定要在文章裡面特別提這一點。

我們問了很多問題，講了很多故事，親了很多次。

洛蒂跟我……應該算沒事了吧？也許還是有些微的不愉快和瘡疤，不過也敞開心胸聊了不少事，逐漸對彼此的意義多點了解，也許日後會再好好回顧（或不管它，繼續過日子，這還比較有可能。）

羅肯默默地主導著一切，每次我們的對話開始朝尷尬的方向前進時，他就會點美酒，不時跟我開玩笑似地膝蓋碰膝蓋，我很喜歡。我很喜歡他，不只是對他有好感，而是真的喜歡這個人。

班不見人影，這點可以理解，他一看到新婚妻子在大庭廣眾下投向另一個男人的懷抱後馬上匆匆離去。這也不能怪他，我猜他大概去哪個酒吧買醉了。

理查和洛蒂去海邊散步，諾亞在海邊玩打水漂，我和羅肯坐在矮牆上，光腳踩在沙灘。餐廳廚房傳出的香氣，混雜著空氣中海邊的鹹味和他身上淡淡的鬍後水味道，喚起各種不同的回憶。

我不只是喜歡這個人，而且還對他有好感，真的很有好感。

「等等，我有東西要送妳。」他突然說。

「送我？」我瞪著他。

「沒什麼，我特別留下來的……等等。」他朝餐廳走去，我好奇地望著他的背影。沒多久他走回來，手上捧著一個小盆栽，盆子裡有一小株橄欖樹。

「給妳當陽臺。」他說，我驚訝地看著他。

「你買給我的？」我感動到快哭了，不記得上一次有人買東西給我是什麼時候。

「妳需要些什麼。」他嚴肅地說。「妳需要……一個新的開始。」

他說的很貼切，我需要一個新的開始。我再度抬頭，他的眼神好溫暖，我心裡彷彿有什麼掉落。

「我沒有準備什麼給你。」

「妳已經給我了，妳讓我看清楚事實。」他頓了一下。「我想給妳平靜。」他指著象徵和平的橄欖葉說。「逝者已逝。」

逝者已逝。這幾個字在我腦海中不斷迴盪。我站了起來，有件事必須馬上做。我把脖子上的記憶卡拿下來，盯著它瞧。丹尼爾對我造成的傷害、我對他的憤恨，似乎全都存在這一塊小小的金屬內。感覺好毒，污染了我，非丟掉不可。

我快步走向淺水區，把手放在諾亞肩膀上。我微笑看著他抬頭回望。

「嗨，親愛的，這個東西給你丟。」我把記憶卡拿給他。

「媽咪！」他抬頭驚訝地看著我。「這是電腦的東西！」

「我知道。」我點頭。「這個電腦的東西我不需要了，就丟進海裡吧，能丟多遠就丟多遠。」

我看著他打水漂，跳了三下就不見了，掉入愛琴海裡。不見了，真的不見了。

我沿著海灘緩緩走回去，走向羅肯，享受赤腳踩在沙子上的感覺。

「好。」他伸出手，勾住我的手指。

「好。」我正準備建議去海邊散步，卻聽到班的聲音從我腦後傳來。

「羅肯，原來你在這，總算找到你了。」

我不用看也知道他喝醉了。心裡有一點同情他，他應該也不好受吧？

「嗨，班。」羅肯起身。「你還好嗎？」
「我今天跟次那科夫見面了，約在他的遊艇上。」他用期盼的眼神看著我們倆，彷彿等著看我們的反應。「在他的遊艇上見面。」他又說了一次。「喝了點香檳，隨便聊聊……」
「很好。」羅肯禮貌性地點點頭。「所以你還是要賣。」
「對，說不定。」班的口氣很不好。「有何不可？」
「可惜你沒早一點讓我知道，我花了好幾個星期才弄出再融資和企業結構重整協議，現在似乎都沒什麼意義了。」
「不是這樣……」班似乎有些困惑。「重點是……」他的氣焰消了些。「我和尤瑞已達成協議，君子之約，可是……」他抹抹臉。「他剛發了封訊息給我，我不太懂他的意思……」他把黑莓機拿給羅肯。羅肯不理他，只是表情木然地看著他。
「你真的想把你父親多年來一手建立的公司賣掉？」他靜靜地說。「就這樣放掉。」
「不是這樣。」班怒瞪他。「尤瑞說公司一切照舊。」
「一切照舊？」羅肯大笑。「你真的相信？」
「他對開發新的計劃很有興趣！」班氣憤地說。「他覺得我們是一間很棒的小公司！」
「你認為尤瑞．次那科夫對於替中產階級消費者開發新的紙品系列有興趣？」羅肯搖搖頭。「如果你真的相信那一套，那你比我想像得還要天真。班，他只想要那棟鄉間大宅，其他都不要。我希望你有談到一個好價錢。」
「我不太確定……我不知道我們到底……」他又抹抹臉，顯然覺得自己陷入困境。「你看看。」他再次把黑莓機拿給羅肯，可是羅肯舉起手，表示拒絕。

「我現在什麼都不做。」他平靜地說。「今天工作時間已經結束。」

「可是我不知道我到底答應了他什麼。」班剛才的氣勢全部消失。「羅肯，拜託你看看好嗎？處理一下。」

一陣漫長的沉默，有一瞬間我以為羅肯就要屈服了，可是他最後還是搖搖頭。

「班，我已經替你處理過夠多事情了。」他聽起來好疲憊，有點悲傷。「我要停手了。」

「什麼？」

「我辭職。」

「什麼？」班看起來好錯愕。「可是……你不能這樣！」

「就當我現在在提辭呈。我已經在你們公司太久了，既然你父親過世……我也該走了。」

「可是……可是你不能走！你不是很投入公司的業務嗎？」班瞪大眼睛慌張地說。「你比我還投入！你很愛！」

「對，問題就出在這裡。」羅肯的口氣中帶著嘲諷，我握住他的手。「我在辭呈生效前都會繼續幫你，但時間一到我就會離開，對大家都好。」

「可是我怎麼辦？」班聽起來真的很慌。

「你可以接手掌控全局。」羅肯往前踏一步正對他說，「班，你可以選擇，如果你想把公司賣給尤瑞，你可以賣掉，現金入袋，好好享受。可是另外一個選項是什麼你知道嗎？你可以接手，掌控全局。這是你的公司，你父親留給你的，你就放手一試。」

班一副被擊倒的模樣。

「你做得到。」羅肯又說。「可是會是個很艱鉅的挑戰，你一定要很想做才辦得到。」

「我跟尤瑞達成君子的協議。」班眼神慌亂。「天啊，我不知道該怎麼辦？」

「尤瑞．次那科夫不是君子。」羅肯冷笑。「這點應該沒有疑問。」他嘆氣，手指穿過頭髮，臉上表情無法解讀。「班，公司重整的協議在我公事包裡，明天我再跟你說明，解釋我認為目前你有哪些選擇。」他頓了一下。「可是我不會告訴你，你該怎麼做，要不要賣是你的決定，你自己決定。」

班看著羅肯，嘴巴張開又闔上好幾次，顯然說不出話來，最後直接轉身離開，一邊把黑莓機放回口袋。

「幹得好。」我再次握住羅肯的手，坐回矮牆上。「剛才那樣很勇敢。」羅肯微微偏著頭，沒有說話。

「他會試試看嗎？」我試探性地問。

「有可能。」羅肯嘆口氣。「如果現在不做就永遠沒機會了。」

「你辭職之後要去哪裡？」

「不知道。」他聳肩。「倫敦有個職缺要找我去，也許我會答應。」

「倫敦？」我心情忍不住為之一振。

「也可能去巴黎。」他故意逗我。「我法文很流利。」

「大家都知道巴黎很爛。」我說。

「那就去加拿大魁北克好了。」

「很好笑。」我揍他。

「我是律師。」羅肯開玩笑的口氣消失，若有所思地說。「這是我受的專業訓練，也是我的職業生涯。也許我暫時偏離軌道一段時間，也許我是做了錯誤的選擇。」他的眼神飄向我，我點頭表示了解。「可是，現在該重回正軌了。」

「加速前進。」

「開足馬力[24]。」他說。

「你把人生當成在開船？」我故意嘲笑他。「明明就是開車。」

「是開船。」

「絕對是開車。」

我們就這樣坐了一會兒，看著夕陽從粉橘變成淡紫靛藍，穿插著暗紅的條紋。真的好美！洛蒂和理查剛好沿著海灘走回來，靠在我們旁邊的矮牆上。他們看起來好登對，好適合，我忍不住又想。

「我現在沒工作了。」羅肯用閒聊的口氣對洛蒂說。「這全是妳姐姐的錯。」

「才不是！」我馬上大喊。「這怎麼會是我的錯？」

「如果妳沒有讓我用全新的角度看待我的人生，我絕對不會辭職。」他嘴角上揚。「這跟妳有很大的關係。」

24. 原文為「Full steam ahead」，為船長下達給船員的指令，意指全力以赴前進。

「我是幫了你的忙。」我反駁。

「還是妳的錯。」他眼神閃亮。

「嗯……」我四處搜索。「不對，我要駁回這一點。這其實是洛蒂的錯，如果她沒有跑去結婚，我就不會遇到你，也不會提到這件事。」

「說得好。」羅肯點點頭。「都是妳的錯。」他轉頭對洛蒂說。

「才不是！」她反駁。「是班的錯！這段愚蠢的婚姻都是他的主意。如果他沒有求婚，我也不會來這裡，你就不會遇到費莉絲。」

「所以班是罪魁禍首？」羅肯挑眉質疑。

「對。」洛蒂和我異口同聲說。

「對。」理查也堅定地表示同意。

天空現在已呈現深紫色，點綴著幾片深藍色的斑點；夕陽只剩地平線上一抹細微的橘光。我想像夕陽西下，轉而沒入另一個世界，在另外一個天空映照著另一組洛蒂與費莉絲，映照著她們人生中的困擾與歡樂。

「等等。」我突然想到一件事，挺直身子。「罪魁禍首不是班，是理查。如果他一開始就向洛蒂求婚，這整件事根本不會發生。」

「喔。」理查摸摸鼻子。「嗯。」

一陣詭異的沉默，有一瞬間我正在猜理查到底會不會單腳跪下做他該做的事，但那一刻很快過去，沒有人開口。只是空氣中仍有種詭異的氣息，感覺好尷尬。我不應該提這件事的……

「我有辦法。」洛蒂眼裡有種奇異的火花。「等我一下，我去拿包包。」

我們全都困惑地看著她快步走回餐廳，直接走向我們剛才的座位，在她皮包裡翻找。她到底在幹嘛？

我突然驚呼一聲。天啊，我知道她要做什麼了！我的心情既緊張又興奮又期待。這可能會很棒，可能會很精彩……

理查，千萬別搞砸了。

她正朝我們走回來，頭抬得很高，可是下巴在顫抖。我看得出來她要做什麼，好高興好高興好高興能親眼目睹！

我無法呼吸，洛蒂正緩緩但堅決地走向理查，在他面前單腳跪下，拿出一只戒指。

還好，這個戒指還蠻好看的，很有男子氣慨。

「理查。」她說，呼出好大一口氣，好像很緊張。「理查……」

36

洛蒂

我眼眶泛著淚水，不敢相信自己竟然會這麼做，我應該一開始就這麼做的！

「理查。」我說了第三次。「雖然我目前嫁給別人，可是，你願意娶我嗎？」

周遭一片靜默，氣氛緊繃。最後一抹餘暉落入海中，微小的星星開始在深藍色的天空裡閃爍。

「當然，當然，當然願意！」理查張開雙手緊抱著我。

「你願意？」

「當然願意！我只想要跟妳結婚，什麼都不想要。我是個笨蛋。」他拍打自己的頭。「我是個笨蛋，我是個——」

「沒關係。」我輕聲說。「我知道。所以……那就是好？」

「當然好！天啊。」他搖搖頭。「當然好！我才不會再讓妳離開。」他把我的手握得好緊，我骨頭都快斷了。

「恭喜！」費莉絲也抱住我，羅肯則用力拍著理查的手。「妳這次真的訂婚了！我們需要香檳！」費莉絲說。

「還要訴請婚姻無效。」羅肯冷冷地提醒。

我訂婚了！要嫁給理查！我又驚又喜，感覺有點頭暈。是我求婚的？我求婚？原來這麼簡單，我以前為什麼不這麼做？

「做得好！」羅肯邊吻我邊說。「恭喜妳！」

「我好開心。」費莉絲緊抱雙臂。「非常非常非常開心，這就是我希望看到的結果。」她不可置信地搖搖頭。「尤其是發生那麼多事。」她握住我的手。

「發生那麼多事。」我也握住她的手。一名服務生剛好經過，費莉絲把他叫過來。

「請給我們香檳！慶祝他們訂婚！」

最後等大家都暫時平靜下來後，看著我手心的戒指，理查還沒有拿走。我要幫他戴上嗎？還是直接拿給他？還是……怎麼樣？男人的訂婚戒指要怎麼戴？

「親愛的，關於這個戒指。」理查最後說。看得出來他很想把臉上的質疑轉換成興奮，可是沒辦法，無法掩飾。

「很漂亮的戒指。」羅肯說。

「很美。」費莉絲鼓勵地說。

「真的。」理查馬上說。「非常……閃亮，很好看，只是——」

「你不用戴。」我連忙說。「這不是拿來戴的，可以放在床頭櫃上……或擺在抽屜裡……或保險箱什麼的。」

理查的表情明顯鬆了一口氣，我忍不住大笑。他再次緊抱著我，我偷偷把戒指放進口袋，默默忘了這件事。

我就知道買這個戒指是個錯誤。

國家圖書館出版品預行編目資料

蜜月告急／蘇菲・金索拉（Sophie Kinsella）著；羅雅萱譯. --初版.--臺北市：泰電電業，
2014.08 面；公分.--（City Chic；65）譯自：Wedding night ISBN 978-986-6076-93-0（平裝）
873.57 103013484

City Chic 65

蜜月告急

作者——蘇菲・金索拉（Sophie Kinsella）
譯者——羅雅萱
總編輯——王郁燕
主編——井楷涵
行銷企劃——鍾珮婷
美術設計——周家瑤
版面設計——吳怡婷

出版——泰電電業股份有限公司
地址——台北市中正區博愛路七十六號八樓
電話——(02)2381-1180
傳真——(02)2314-3621
劃撥帳號——1942-3543 泰電電業股份有限公司
馥林官網——www.fullon.com.tw

總經銷——時報文化出版企業股份有限公司
電話——(02)2306-6842
地址——桃園縣龜山鄉萬壽路二段三五一號
印刷——普林特斯資訊股份有限公司

ISBN——978-986-6076-93-0
二〇一四年八月初版
定價——三六〇元

廣告回郵
台北（免）
字第13382號
免貼郵票

100台北市博愛路76號6樓

泰電電業股份有限公司

請沿虛線對摺，謝謝！

馥林文化

蜜月告急

感謝您購買本書，請將回函卡填好寄回（免附回郵），即可不定期收到最新出版資訊及優惠通知。

1. 姓名

2. 生日　　年　　月　　日

3. 性別　○男 ○女

4. E-mail

5. 職業　○製造業 ○銷售業 ○金融業 ○資訊業 ○學生
○大眾傳播 ○服務業 ○軍警○公務員 ○教職 ○其他

6. 您從何處得知本書消息？
○實體書店文宣立牌：○金石堂 ○誠品 ○其他
○網路活動 ○報章雜誌 ○試讀本 ○文宣品 ○廣播電視 ○親友推薦
○《双河彎》雜誌 ○公車廣告 ○其他

7. 購書方式
實體書店：○金石堂 ○誠品 ○PAGEONE ○墊腳石 ○FNAC ○其他______
網路書店：○金石堂 ○誠品 ○博客來 ○其他__________
○傳真訂購 ○郵政劃撥 ○其他__________

8. 您對本書的評價 （請填代號1.非常滿意 2.滿意 3.普通 4.再改進）
書名___ 封面設計___ 版面編排___ 內容___ 文／譯筆___ 價格___

9. 您對馥林文化出版的書籍 ○經常購買 ○視主題或作者選購 ○初次購買

10. 您對我們的建議

馥林文化官網www.fullon.com.tw
服務專線（02）2381-1180轉391